MW00966438

Nicht wegzudenken aus der Literatur des 20. Jahrhunderts ist dieser Roman über zwei deutsche Schulklassen Anfang der 30er Jahre, über Verrat und Freundschaft, Machtgier und Zusammenhalt.

Eine Perlmutterfarbe ist aus dem Schulranzen von »Maulwurf«, einem der beliebtesten Schüler in der A-Klasse, verschwunden – die Verdächtigungen sprießen, die Jagd nach einem Sündenbock beginnt. 1937 entstand dieser Roman, der weit mehr ist als eine Schulgeschichte.

»Voller unvergeßlicher Gestalten … Es gibt nicht viele Bücher, in denen ein ganzes Zeitalter vor uns aufersteht.«

Sybil Gräfin Schönfeldt, Süddeutsche Zeitung

Anna Maria Jokl, 1911 in Wien geboren, lebte von 1965 bis zu ihrem Tod im Oktober 2001 in Jerusalem. Sie schrieb *Die Perlmutterfarbe* in den dreißiger Jahren im Prager Exil. Ihr Gesamtwerk wurde 1995 mit dem Hans-Erich-Nossack-Preis ausgezeichnet. Zuletzt erschien im Jüdischen Verlag im Suhrkamp Verlag *Die Reise nach London. Wiederbegegnungen* (1999).

Anna Maria Jokl

Die Perlmutterfarbe

Ein Kinderroman
für fast alle Leute

Suhrkamp

Die Perlmutterfarbe
erschien zuerst 1948 im Dietz Verlag Berlin.

Umschlagfoto: © 2008 Constantin Film Verleih GmbH

suhrkamp taschenbuch 4039
Erste Auflage dieser Ausgabe 2008

Druck: Druckhaus Nomos, Sinzheim
Umschlag: Göllner, Michels, Zegarzewski
Printed in Germany
ISBN 978-3-518-46039-9

2 3 4 5 6 7 – 14 13 12 11 10 09

Für Josef den edlen Schmuggler

Vorwort

Ich schrieb *Die Perlmutterfarbe, einen Kinderroman für fast alle Leute* vor mehr als 50 Jahren, 1937, als junge Schriftstellerin in Prag, um die Folgen zu schildern, die überhebliches Machtstreben mit Hilfe von Lügen und Tricks ergeben können und die nur durch ehrlichen gemeinsamen Kampf überwunden werden können. 1933 war ich aus dem nationalsozialistisch gewordenen Berlin nach Prag geflüchtet und hatte die Gefährlichkeit der Weiterentwicklung gespürt. Das Buch – mein zweites – konnte nicht mehr erscheinen, weil am 15. März 1939 die Nazis die Tschechoslowakei besetzten. Von einer tschechischen Polizistenfrau gewarnt, flüchtete ich zeitig morgens in die Französische Botschaft und bat, wie viele andere, um Asyl. Als sich nach zwei Wochen die Möglichkeit zur Flucht über die polnische Grenze ergab, ließ ich das Manuskript des Buchs in der Obhut zweier tschechischer Dienstmädchen dort, Anička und Manička, nahm nur eine Tasche mit etwas Wäsche und einen Pullover mit, kaufte vom letzten Geld die Fahrkarte zu einem kleinen Ort nahe der Grenze und ging die Landstraße zu dem Dorf, wo Grenzführer warten sollten. Einer Intuition folgend hatte ich noch in Prag einen Trauerflor an den rechten Mantelärmel geheftet – in Europa das Zeichen für einen Trauerfall in der Familie –, denn damals, Anfang 1939, hatte man noch Scheu vor ›Trauernden‹, und ich wurde wirklich nicht von Posten angehalten. Fand im Dorf das beschriebene Bauernhaus mit zwei einsilbigen Bauernburschen und drei mir unbekannten Emigranten. Als es dunkelte, sagten die Burschen ›Los‹, erlaubten aber nicht, die Tasche mitzunehmen – sie würde hindern, wenn wir laufen müßten – und gingen in die mondlose Osternacht hinaus. Es hatte angefangen, stark zu regnen, so daß wir bald bis auf die Haut durchnäßt waren, aber es war eine laue Frühlingsnacht. Man war schon weit durch offenes Land gegangen, als die Burschen an einem Gebüsch halt machten. Man mußte warten. Wir warteten schweigend, eine Viertel-, eine halbe Stunde. Da überhörte ich, wie einer sagte ›Wo bleibt Josef?‹ und der zweite ›Lassen wir sie stehen?‹ Meine Mitgänger – sie verstanden nicht Tschechisch, das ich in Prag aufgepickt hatte – ahnten nichts von dem Abgrund, der sich auftat. Da aber kam Josef, ein tschechischer Bauer, der große Grenzschmuggler, und die Burschen blieben zurück, als er die Führung übernahm, mit schweigender Autorität. Wir folgten ihm in der stockdunklen Nacht, gehend, manchmal laufend, über frischgeackerte Felder, die der weiter strömende Regen in Schlamm verwandelt hatte, gerieten einmal in den weithin kreisenden Lichtkegel eines Scheinwerfers und langten schließlich nach einigen Stunden bei einer steinernen Bauernkate an. Dem einzigen Haus an der Landstraße, Josef schob uns durch die Eingangstüre in den großen Raum drinnen. Nun müßte man warten, bis die SS-Patrouille vorüber sei. Die Mitgänger legten sich auf den Boden und schliefen erschöpft ein. Josef und ich saßen auf dem verschlissenen ärmlichen Sofa. Von draußen hörte man nur das Trommeln des Regens. Während wir warteten, erzählte ich Josef von dem Aufenthalt in der Französischen Botschaft, von den beiden braven Dienstmädchen, Anička und Manička, dann fragte Josef, ob es mir leid täte, in Prag alles zurückgelassen zu haben, und ich sagte, aber nein, die paar alten Möbel, die paar Kleider – leid täte es mir nur um ein Manuskript, ein Buch, das ich eben geschrieben hatte.

Da näherte sich von weither der Schein einer starken Taschenlampe, filterte durch das kleine verhangene Fenster gegenüber dem Eingang, dann hörte man Stimmen direkt vor dem Haus. Wortlos schaute ich auf Josef. Er saß unbeweglich, gespannt wie eine Feder, die Hand in der rechten Hosentasche auf die Eingangstür gerichtet, und ich begriff, er würde die SS über den Haufen schießen, sollten sie hereinkommen, doch sie gingen weiter, hatten sich anscheinend nur für einen Moment vor dem Regen untergestellt. Die schlaftrunkenen Mitgänger wurden geweckt – zum zweiten Mal waren sie unwissend tödlicher Gefahr entgangen –, zweihundert Meter hinter dem Haus verlief die Grenze, ein breiter Bach, den wir durchwateten. Wir waren in Polen.

Ich erinnere mich nicht, wie viele Stunden wir noch weitergingen, wann Josef uns jemandem anderen übergab, wir in einem Bauernhaus schliefen, am nächsten Tag irgendwie weiterreisten und schließlich im polnischen Katowitz landeten, untergebracht in einem großen Schlafsaal der Polizei, der sonst für arrestierte Betrunkene und Prostituierte diente, jetzt für Hunderte Flüchtlinge, die auf ihre angekündigten Visen aus London warteten und darum unter dem Schutz des britischen Konsulats in Katowitz standen. Manchmal gab es etwas zu essen – die jüdische Gemeinde tat ihr beschränktes Bestes, für Juden wie Nichtjuden gleichermaßen –, an den Wänden des Schlafsaals krochen Läuse, man wusch sich und die einzige Wäsche am Leibe mit kaltem Wasser und ohne Seife an einer der zehn rostigen Waschschüsseln und wartete auf die Visen.

Nach ungefähr zwei Wochen sagte mir die Lagerleitung, jemand erwarte mich in einem nahegelegenen Kaffeehaus. Es schien mysteriös, aber die Wirklichkeit war noch mysteriöser: Im Kaffeehaus saß Josef, der Schmuggler, sagte ›da hast Du‹ und hielt mir ein Paket, in altes Zeitungspapier gewickelt, entgegen. Es war mein Manuskript der *Perlmutterfarbe*.

Josef hatte anscheinend gut zugehört in jenen gefährlichen Nachtstunden an der Grenze; und als er – vermutlich ein großer Mann auf dem Schmuggelgebiet – in Prag zu tun hatte, war er zur Französischen Botschaft gegangen, hatte dem Portier gesagt, er sei der Onkel von Anička, der er, herbeigerufen, ins Ohr flüsterte, er käme von mir, worauf sie sofort einging und ihm das Manuskript übergab, das er bei nächster Gelegenheit mit über die Grenze schmuggelte. Er wußte, daß ich nichts besaß, um solch Unbelohnbares zu belohnen. Wieso hatte er es getan, warum?

›Ich führe viele über die Grenze‹, antwortete er darauf, damals in dem Katowitzer Kaffeehaus, ›und die meisten jammern, was sie alles zurückgelassen haben. Du hast nicht gejammert. Dir war nur leid um ein Buch, das Du geschrieben hast. Das hat mir gefallen.‹

Es gibt im Jüdischen eine Tradition, wonach die Welt erhalten wird um 36 Gerechter willen, die unerkannt unter uns leben. Ich glaube, daß der tschechische Schmuggler Josef vielleicht einer dieser Gerechten war; oder ein Mensch in seiner großen Stunde.

Die Perlmutterfarbe erschien erst 1948, nach dem Krieg, in Deutschland und wurde das von Kindern wie Erwachsenen statistisch meist ausgeliehene Buch aus öffentlichen Bibliotheken. Es folgte Auflage nach Auflage. Dann wurde Berlin geteilt. Als ich 1950 zur Verfilmung des Buchs nach Ost-Berlin kam, wurde ich nach kurzer Zeit, ohne Angabe von Gründen, ›binnen 24 Stunden‹ ausgewiesen, die im Druck befindliche Auflage sowie alle Auslandsverträge dafür gestoppt.

A. M. J.

Die Perlmutterfarbe

A und B

Bis vor einer Woche war man in den beiden großen Pausen, um zehn und um zwölf Uhr, auf dem Schulhof gewesen, an dessen hohen Zäunen Feuerbohnen hinaufkletterten. Zu Beginn des Schuljahrs, im September, waren die dicken, grünen Bohnenschoten gerade reif geworden, jeden Tag neue. Und jeden Tag um 10 Uhr setzte nach dem Pausenläuten ein Wettrennen ein, wer die blauen und rosa Bohnen ernten würde, die seit dem vorigen Tag reif geworden waren: die A oder die B der dritten Klasse der Realschule. Andere Klassen beteiligten sich nicht an diesem Sport. Es war eine Angelegenheit zwischen den beiden Parallelklassen.

Aber jetzt war es schon Ende November und die leeren Bohnenschoten längst abgetrocknet. Die langen Stengel, die sich noch an den Zäunen festklammerten, waren nur braunes, totes Unkraut im Wind und Regen.

Man war jetzt in den Pausen auf dem Gang. Zwar traf sich auch dort die A und die B, denn der A gehörte das gerade Stück des Ganges, während die Gangkurve nach dem Knie, das er machte, für die B da war. Und an jenem Gangknie vermischten sich die beiden Klassen. Aber der Herbst zog immer wieder die Grenze zwischen ihnen, die die gemeinsamen Hofpausen leicht verwischten: auf dem Gange benahmen sich A und B zueinander wie zwei Nachbarn, die jahrelang im selben Hause wohnen, sich aber nur flüchtig grüßen und voneinander nicht mehr als den Namen wissen.

Aus einem nie ganz geklärten Grunde schaute die A etwas auf die B herab. Vielleicht, weil im Alphabet A vor B kam. Es war allerdings nicht so, daß Alexander zum Beispiel den Sikura aus der B persönlich verachtet hätte, oder Hugo und Heini den B-Karli. Diese persönliche Geringschätzung für jeden einzelnen B hatte eigentlich nur der lange Gruber. Aber da man nicht sehr viel auf ihn gab – ganz abgesehen davon, daß er erst in diesem Jahr in die Klasse gekommen war –, hatte das nicht sehr viel Einfluß. Im allgemeinen war die Meinung der A ein gutmütig-mitleidiges: No ja, halt die B!

Der B-Karli stand in einer Zehn-Uhr-Pause ein ganzes Stück im A-Gang drin. Wahrscheinlich ganz unabsichtlich, um besseres Licht zu haben. Denn das große Fenster im A-Gang ging auf den weiten Hof hinaus. Er kümmerte sich nicht um das, was ringsum vorging, sondern las in einem Buch, das aufreizend bunte Bilder hatte.

Alexander war aufmerksam geworden und ging unauffällig einige Male vorüber, weil ihn die Bilder sehr interessierten. Soweit er es im Vorübergehen beurteilen konnte, handelte es sich um Neger.

Das einfachste wäre es gewesen, an den B-Karli heranzugehen. Aber das wollte Alexander nicht, denn der lange Gruber kroch immerfort in der Nähe herum. Alexander hatte es schon bemerkt: der wollte sich an ihn heranmachen, weil er sah, daß der Maulwurf und die Lotte ihn nicht ganz für voll nahmen, nämlich den langen Gruber. Fiel Alexander etwas herunter, war schon der lange Gruber da und hob es auf. Er war es immer, der Alexanders Malereien am lautesten bewunderte. Wie ein untertäniger Polizist kroch er um ihn herum, mit seinen hervorquellenden Augen.

Er kam auch jetzt heran und sagte, absichtlich laut: »Schau mal, wie sich der B wichtig macht!« Da aber weder Alexander noch der B-Karli darauf antworteten, zog er sich wieder zurück.

Der B-Karli schien sich gar nicht wichtig machen zu wollen. Wenn aber so ein schlitzäugiger B mit schwarzen Borstenhaaren im A-Gang steht und die Umwelt scheinbar über seinem Buch vergißt, kann es leicht so aussehen.

Alexander nahm wieder seinen Marsch auf, der ihn nahe am B-Karli vorbeiführte. Da sah er ein zweiseitiges Bild mit

Chinesen oder Japanern. (Die konnte man immer so schwer unterscheiden.) Nun hatte sich Alexander vor kurzem ohne Erfolg bemüht, einen Chinesen zu zeichnen. Und hier gab es welche. Also faßte er einen Entschluß und fragte plötzlich den B-Karli über die Schulter: »Was ist das eigentlich für ein Buch?«

Der B-Karli war gar nicht erstaunt. Wahrscheinlich hatte er Alexanders Herumstreichen schon längst bemerkt, er las langsam weiter und sagte, ohne sich umzudrehen: »Da steht alles von den Menschen auf der ganzen Welt drin, von Negern und Chinesen und Indianern. Die sind ganz anders, als es in den blöden Indianerbücheln geschrieben ist, wo sie immer mit Federn am Kopf rumlaufen und Schätze graben.«

Freundlich, aber mit einer gewissen Würde hatte der B-Karli geantwortet. Er zeigte sich nicht im mindesten geschmeichelt, daß Alexander von ihm eine Erklärung verlangte. Er ließ gar nicht den Gedanken aufkommen, daß man auch über ihn sagen könnte: »No ja, halt ein B.«

Der B-Karli hatte Stolz im Leibe. Damit ersetzte er mangelnde Kraft. Denn natürlich gab es Stärkere und vor allem Größere als ihn. Aber gerade der lange Gruber hatte vor einiger Zeit erfahren, daß Größe allein nicht entscheidet. Damals, als er den beiden A-Mädchen, Lotte und Mausi, Kletten in die Haare werfen wollte (natürlich von hinten). Da hatte ihm der kleine B-Karli im Hof ein Bein gestellt, und der Gruber war seiner ganzen Länge nach hingefallen, mit den Kletten in der Hand. So groß der Schimpf für ihn auch war, so tat er doch nicht das einzige, was man erwartete: sich auf den B-Karli zu stürzen. Er schimpfte und drohte nur, während der schlitzäugige B-Karli ruhig und furchtlos weiterging. Das war kurz nach Eintritt des langen Gruber in die A gewesen und hatte sein Ansehen nicht vergrößert. In seinen leicht vorquellenden Augen hatte ein wilder böser Haß gestanden, der für den B-Karli und alle anderen, die die Schande mit angesehen hatten, nichts Gutes versprach.

»Also solche Bücher liest du?« fragte Alexander mit ehrlicher Hochachtung. »Ja, gestern hab ich es bekommen«, erwiderte der B-Karli fröhlich und blätterte langsam und liebevoll mit seinen braunen, tintenbefleckten Fingern eine Seite nach der anderen um, damit Alexander alles sehen könnte. »Gestern, endlich, zum Geburtstag.«

»Du hast gestern Geburtstag gehabt?« rief Alexander erstaunt. »Und ich vorige Woche. Bist du denn auch schon dreizehn? Dabei bin ich mindestens um drei Zentimenter größer als du, oder vier. Du, B-Karli, borg mir das Buch. Ich möchte mir gerne die Chinesen ansehen und abzeichnen, weil ...« »Nächste Woche vielleicht«, unterbrach ihn der B-Karli. »Ich hab es selber noch nicht anständig gelesen. Erinnere mich so in zehn Tagen daran ...«

Alexander war ungeduldig. Er brauchte unbedingt einen Chinesen. Wie konnte er nur den B-Karli dazu bringen, ihm das Buch gleich zu borgen ...

Da hatte sich wieder der lange Gruber herangemacht. »Geh, Alexander, was stellst du dich so lange mit dem blöden B hin«, sagte er mit einer Vertraulichkeit, die ihm überhaupt nicht zukam.

Zu einer anderen Zeit hätte Alexander das geärgert. Aber gerade jetzt paßte ihm dieser Vorwand ausgezeichnet. »Du wirst es mir gleich borgen«, rief er und packte das Buch, das der B-Karli mit seinen tintenbefleckten Händen krampfhaft festhielt.

Der lange Gruber stand daneben und grinste. Seine hervorquellenden Augen blickten abwechselnd schadenfroh auf den B-Karli und bewundernd auf Alexander.

Der bemerkte das. Und ebenso stark wie der Wunsch nach dem Buch wurde das Gefühl: jetzt darf ich mich nicht mehr blamieren vor dem Gruber. Es gab kein Zurück mehr. »Bis morgen!« schrie er und riß mit einem groben Ruck dem entsetzten B-Karli das Buch fort. Mit der Beute rannte er in die schützende A-Klasse. Eben läutete es das Ende der Zehn-

Uhr-Pause. Hinter Alexander lief der lange Gruber auf die Klasse zu, drehte sich noch einmal um, streckte lang die Zunge heraus und rief: »Ätsch B!« Dann warf er die Klassentüre hinter sich zu.

Die Perlmutterfarbe

Eigentlich war es sehr gemein von mir, überlegte Alexander, als er am Nachmittag zu Hause saß und das Buch vom B-Karli vor ihm auf dem Tisch lag. Klari würde mich groß anschauen, wenn sie wüßte, wie ich es mir ausgeborgt habe. Wieso habe ich das nur gemacht? Weil ich mich vor dem langen Gruber geniert habe. Weil er das vom blöden B gesagt hat. Aber wie kommt er dazu? Wenn der Gruber in der B wäre, so würde man ihn überhaupt nicht beachten. Und der B-Karli ist ein anständiger Junge; nur weil er ein B ist, braucht man ihn nicht zu verachten. Wenn man Pech hätte, wäre man vielleicht selber ein B. Und daß er das Buch nicht gleich hat herborgen wollen, ist auch zu verstehen. Warum hab ich es nur gemacht ...

Und Alexander nahm sich vor, morgen in der Zehn-Uhr-Pause dem B-Karli in anständiger Weise das Buch zurückzugeben, und wenn der lange Gruber zehnmal zuschaute. Zur Sühne wollte er dem B-Karli die Griechenlandmarke schenken und sich einfach nicht mehr um den Gruber kümmern.

Das war ein harter und edler Entschluß, und Alexanders Achtung vor sich selber war damit wieder vollständig hergestellt. Nun konnte er sich ohne Gewissensbisse das Buch anschauen, da er es schon hatte.

Mit einem Male fiel ihm ein, daß er nach der Malstunde den Schwamm nicht gut ausgedrückt hatte. Die Stunde war zu Ende gewesen, als man es noch gar nicht erwartet hatte, so daß sehr eilig zusammengepackt werden mußte. Der nasse

Schwamm konnte die Farben ruinieren. Auf diese Weise war Hugo mit der Warze neulich um sein Ultramarin gekommen.

Alexander machte schnell den Malkasten auf. Glücklicherweise war nichts geschehen. Der Schwamm war nicht besonders naß gewesen.

Aber was war da für ein fremdes Tuschfläschchen? Er zog es aus dem Malkasten und hielt es gegen das Licht. Von außen sah es aus wie alle anderen, aber es war keine rote Tusche drin, keine blaue und keine grüne, sondern ...

Das war doch die Perlmutterfarbe vom Maulwurf! Jetzt im Fläschchen sah sie wie einfache graue Tusche aus. Aber wenn man damit malte ...

Es war die neueste Maulwurf-Erfindung. Er, der Maulwurf, hatte nichts davon gesagt, erst während der Zeichenstunde war man ihm draufgekommen. Der Maulwurf machte nie ein großes Hin und Her mit seinen Erfindungen. Heute war es auch nur der Neugier von Heihei zu verdanken, daß dieses neue Wunder bekannt geworden war. Maulwurf hatte mit der Farbe den Himmel auf seiner Zeichnung angemalt. Zuerst hatte niemand darauf geachtet, denn die nasse Farbe sah einfach grau auf dem Papier aus. Außerdem waren Maulwurfs Bilder nicht besonders schön. Aber plötzlich hatte Heihei, der auch im Zeichensaal, ebenso wie in der Klasse, neben Maulwurf saß, gequietscht: »Herrgott, Maulwurf, was hast du denn mit deinem Himmel gemacht?« Als sich daraufhin alle zu diesem Pult hindrehten, hatte der Maulwurf sein unwirschestes Gesicht gemacht, wie immer, wenn man ihm auf etwas Unerhörtes draufkam und ihn bewunderte. Dann sah er aus wie der Maulwurf im Naturgeschichtsbuch. Daher sein Name.

Aber das Gesicht lockte die anderen eher an, als daß es sie abhielt. Denn man kannte den Maulwurf schon. Im Nu stand die halbe Klasse um seinen Zeichentisch herum, einer drängte den anderen weg, und im Hintergrund jammerte der dicke Heini, daß er absolut nichts sehen könnte. Alexander drehte sich auf seinem Sessel herum, denn er saß an dem Zeichentisch vor seinen Freunden Maulwurf und Heihei und sah staunend: Der gemalte Maulwurfshimmel glänzte jetzt, da er trocken war, wie ein Stück Perlmutter. Oder wie ein Ölfleck auf einer Regenpfütze.

Da hatte Hugo mit der Warze auch schon Maulwurfs Zeichenheft gepackt und es mit lautem Triumphgeheul zu den hinteren Zeichentischen geschleppt. Maulwurf, um den es plötzlich leer geworden war, war mit seinem unwirschen Gesicht, in dem aber doch die grasgrünen Augen vor Freude strahlten, langsam nachgeschlendert, um sich das Heft zurückzuholen. Da hatte sich Alexander – jetzt erinnerte er sich wieder daran – von Maulwurfs Tisch das Fläschchen mit der geheimnisvollen Farbe genommen, um es genauer zu besehen. In dem Moment hatte es überraschenderweise zwölf Uhr geläutet ... alle hatten in rasender Eile zusammengepackt, die Pinsel ausgewaschen, die Tische gesäubert ... Dabei war es anscheinend geschehen, daß Alexander die Perlmutterfarbe in seinen Malkasten gesteckt hatte. Na, aber das war kein Unglück. Er konnte sie ja morgen früh dem Maulwurf zurückgeben. Hoffentlich machte der sich inzwischen keine Sorgen um sie.

Aber wenn sie schon zufällig hier war, konnte er probieren, damit zu malen. Er brauchte ja nur ein paar Tropfen, der Maulwurf hatte sicher nichts dagegen, wenn er es ihm auch erst morgen sagte. Unter Freunden ist so etwas selbstverständlich.

Der Korken saß fest drin. Alexander mußte ihn mit den Zähnen herausbeißen. Das neue Zeichenheft wollte er zu Maulwurfs Ehren damit einweihen, indem er die erste Seite halb mit der Farbe anmalte.

Ja, es sah wirklich einfach naß und grau aus. Man konnte sich gar nicht vorstellen, daß das in ein paar Minuten wie Perlmutter glänzen würde. Alexander konnte es kaum erwarten. Der Maulwurf mußte ihm auch so eine Farbe machen! Er blies ein paarmal auf das Papier, aber es trocknete nicht so schnell.

Die Uhr von der Blindenanstalt gegenüber schlug schon halb sieben. Wie die Zeit verging! In längstens einer Stunde kam Klari, und er wollte doch vorher den Tisch decken. Um neun Uhr gingen sie schlafen. Und morgen gab er das Buch zurück. So wenig Zeit blieb dafür, zumindest noch darin ein bißchen herumzulesen, und er vertrödelte sie mit Warten! Die Perlmutterfarbe trocknete doch auch, wenn er nicht draufstarrte. Aber das Buch, soviel Ungelesenes war noch drin. Der Text war beinahe noch schöner als die Bilder. Er las eine Seite, riß sich dann mühsam los, um von den Negern schnell zu den Indianern zu springen, dann wollte er auch über die Eskimos etwas wissen ... Sie waren also alle genau solche Leute wie er selber. Allerdings sahen sie anders aus und lebten auch anders. Aber das hatte alles seine Gründe, und über diese Gründe stand hier alles drin.

Also solche Bücher las der B-Karli. Vielleicht hatte er noch andere, ähnliche. Und wenn er sie las, so wußte er das alles, hatte all das im Kopf, wovon Alexander keine Ahnung gehabt hatte! Der B-Karli erschien plötzlich in einem ganz anderen Licht. Jetzt war er sicherlich böse auf Alexander. Aber morgen um zehn Uhr wurde alles in Ordnung gebracht. Vielleicht war sogar schon um acht Uhr eine Gelegenheit dazu ... ach ja, um acht Uhr durfte er nicht vergessen, dem Maulwurf die Perlmutterfarbe ... was war denn inzwischen aus dem angemalten Papier geworden?

Da lag es, inzwischen getrocknet und glänzte wie Perlmutter, oder wie ein Ölfleck auf einer Regenpfütze. Entzückt und aufgeregt riß Alexander das Zeichenheft vom Tisch, da klappte etwas – Alexander schloß die Augen vor Entsetzen ...

Durch den Ruck war das Fläschchen mit der Perlmutterfarbe, das auf dem Rand des Heftes gestanden hatte, umgefallen. Der Hals lag sanft oben auf das Buch gekippt, und aus ihm floß die graue Perlmutterfarbe an den beiden aufgeschlagenen Seiten herunter, floß über ein Negergesicht, floß unten vom Buch herab, lief langsam rings um den Einband herum ... rann dann nach allen möglichen Seiten das Wachstuch des Tisches entlang ...

Die Vernichtung

Alexander stand noch immer so da, wie er im ersten Schreck aufgesprungen war, das Zeichenheft hoch in der rechten Hand. Was da auf dem Tisch geschehen war, konnte nicht wahr sein. So etwas Entsetzliches konnte nicht geschehen. Er träumte sicher nur einen schrecklichen Traum, zur Strafe, daß er dem B-Karli ... Wenn er die Augen öffnete, stand das Fläschchen bestimmt noch, und das Buch lag ruhig und sauber da. Eins ... zwei ... drei ... vier ... fünf ... sechs ... sieben ... acht ... neun ... zehn ... zählte er mit geschlossenen Augen und zog das »Zehn« ganz lang hin, ehe er die Augen wieder öffnete.

Aber es hatte sich nichts geändert. Nur, daß die Perlmutterfarbe jetzt stärker in die Buchseiten eingesogen war.

Da kam eine schreckliche Eile über ihn. Warum hatte er nicht gleich das Buch aus der Farbe gezogen ... vielleicht war es noch zu retten ... die zwei Seiten herausschneiden ... irgend etwas mußte geschehen ... Er hob das aufgeklappte Buch vom Tisch, sah den Einbanddeckel ...

Alles war verloren. Vorn und hinten hatte der Leineneinband große Flecken. Und auch die ersten und letzten Seiten waren angeleckt von der Perlmutterfarbe. Jetzt sah es nur naß und grau aus. Aber bald, sehr bald würden die Flecken schimmern wie Perlmutter oder wie ein Ölfleck auf einer Regenpfütze ... Was sollte er nur machen? So konnte er dem

B-Karli das Buch nicht zurückgeben. Zurückgeben? Das Buch mußte überhaupt verschwinden! Denn es war ja nicht einfach schmutzig gemacht, sondern *es war mit Maulwurfs Perlmutterfarbe* übergossen, die er, ohne daß der Maulwurf es wußte, mitgenommen hatte! Und darum durfte niemand etwas erfahren. Denn wer würde ihm glauben, daß er die Perlmutterfarbe wirklich nur aus Versehen mitgenommen hatte und nicht gestohlen? Nachher kann man das leicht behaupten, könnten die anderen sagen. Vor allem, wenn sie erfuhren, auf welche Weise das B-Karli-Buch in seine Hände gekommen war. Oh, das Buch mußte verschwinden. Und mit ihm alle Spuren der Perlmutterfarbe. Schnell, damit nichts davon übrigblieb!

Wohin mit dem Buch? In den Papierkorb? Lächerlich. In den Müllkübel? Und wenn zufällig Klari hineinschaute, bevor er ihn hinuntertrug? Klari! An die wollte er jetzt noch gar nicht denken. Vom Erdboden mußte das Buch verschwinden, keine Spur durfte bleiben. Ins Feuer! Ja, das war das Richtige. Verbrennen, daß es zu Asche wurde. Aus dem Feuer ist noch nie etwas zurückgekommen.

Der Dauerbrandofen war glücklicherweise heiß und rot. Alexander riß oben die Kohlenklappe auf. Heiß strahlte es heraus. Das ganze Buch auf einmal? Das konnte das Feuer ersticken. Jede Seite mußte er einzeln verbrennen, wenn es auch langsam ging, viel zu langsam ... Herausreißen, die Neger, die Indianer, die Japaner oder Chinesen, oh, nie wird er den Unterschied zwischen ihnen erfahren, sie mußten verbrennen, schnell ...

Die Bilder wanden sich in den Flammen, die Seiten mit den Buchstaben, auf denen soviel stand, was Alexander gerne gewußt hätte ... Jetzt kamen schon die Negerbilder mit den nassen, grauen Flecken. Hinein ins Feuer, sie vor allem! In der Hitze trockneten die Flecken blitzschnell, leuchteten einen Moment wie Perlmutter auf, dann brannten auch sie hell, verglühten als feurige Asche.

Nun war nur mehr der abgerissene Leinendeckel da. Er fiel auf die Glut, deckte sie zu, so daß Alexander schon fürchtete, das Feuer sei erstickt. Aber schon leckten die Flammen schüchtern darunter hervor. Sie hatten harte Arbeit. Der Deckel brannte nicht so leicht wie das Papier. Immer wieder sah es so aus, als ob die kleinen Flammen den Kampf aufgeben würden, als ob der unglückselige Deckel nicht verbrennen könnte. Aber mit einem Male schoß eine helle Flamme beinahe bis zu Alexander hinauf, der durch die geöffnete Ofenklappe alles beobachtete. Nun brannte der Einband lichterloh. »Wir sind alle Menschen«, glühte der Titel noch einmal auf ... Dann fiel die Asche auseinander.

Doch es war noch viel zu tun. Drüben auf dem Tisch trocknete schon die ausgegossene Perlmutterfarbe ein und hinterließ auf dem Wachstuch Flecken, die wie Perlmutter schimmerten. Die mußte man mit einem nassen Tuch abwischen ... da, auf den Boden war auch etwas heruntergetropft ... das Tuch an der Wasserleitung auswaschen ... alle Spuren verwischen ...

Jetzt war nur noch das leere Fläschchen da. Alexander horchte, ob Klari nicht vielleicht käme, sonst hatte er mit Ungeduld gewartet, heute lauschte er mit Furcht. Nichts rührte sich. Da machte er schnell das Küchenfenster auf, das in einen weiten Garten führte. Eiskalte Luft kam herein. Draußen war es dunkel. Mit seiner besten Schleuderdrehung holte er aus und warf das leere Fläschchen weit, weit hinaus in Dunkelheit und Kälte. Er horchte gespannt – aber er hörte es nicht auffallen. Es war ein guter Wurf gewesen. So – und nun war das Zimmer wie vorher. Die Asche im Ofen war längst zerfallen.

Man konnte meinen, es sei nichts geschehen. Und doch war so viel geschehen, daß Alexander nicht an morgen zu denken wagte. Aber in seinen schlimmsten Vorausahnungen hätte er nicht *das* befürchten können, was aus all dem entstehen sollte.

Jetzt überlegte er nur: Maulwurf ... Perlmutterfarbe ...

Buch ... Neger ... B-Karli ... wer würde mir die Wahrheit glauben, daß ich die Farbe nur zufällig ... Nie habe ich das Buch genommen, werde ich sagen ... nie habe ich so ein Buch gesehen ... und daß ich die Perlmutterfarbe hatte, weiß kein Mensch. Wenn ich es also nicht selber verrate, erfährt es niemand ...

Beinahe ein Geständnis

Der nächste Tag begann besser, als Alexander es erwartet hatte. Er hatte die Vorstellung gehabt, daß ihm jeder am Gesicht ansehen müßte, was geschehen war.

Doch in der Klasse war alles wie sonst. Einzig das kam ihm unheimlich vor, daß der Maulwurf ihn nicht wie sonst mit einem halblauten »Hallo« empfing, sondern mit Heihei in seiner Bank, der dritten links, stand und eifrig und leise sprach. Steckte nicht etwas dahinter? Der kleine, springlebendige Heihei gab erregte Zischlaute von sich, wie immer, wenn etwas Besonderes los war. Alexander beschloß, abzuwarten. Sonst wäre es das Natürlichste von der Welt gewesen, zu den beiden Freunden hinüberzugehen. Aber schon fehlte ihm der Mut dazu. Flüsterten sie nicht vielleicht über ihn? Da rief plötzlich der Maulwurf herüber – und Alexander schien es nicht ganz so freundschaftlich wie sonst: »Wir müssen mit dir sprechen, Alexander.«

Ihm wurde kalt und heiß. Er brummte schnell irgend etwas von Rechenaufgabe und ich habe jetzt keine Zeit. Die Aufgabe war im Heft. Schon vorgestern hatte er sie gemacht. Heute verstand er sie nicht mehr. Die Zahlen verschwammen vor seinen Augen. Wie ein Rätselbuch lag sein eigenes Rechenheft vor ihm. Aber es kam vielleicht auch daher, daß er eigentlich immer nur zur dritten Bank links schielte, um zu erlauschen, ob Maulwurf mit Heihei noch immer flüsterte, oder ob er schon neben ihm stand, um nach der Perlmutterfarbe zu fragen. Denn nur das konnte es sein, wenn der Maulwurf gesagt hatte: »Wir müssen mit dir sprechen.« Auf irgendeine geheimnisvolle Weise hatte er eben die Wahrheit herausbekommen. Beim Maulwurf war alles möglich. Seine Erfindungen waren auch immer zuerst geheimnisvoll und unverständlich – erst wenn er sie erklärte, sah man, daß sie ganz einfach waren.

Was sollte Alexander ihm antworten? Das beste wäre, die Wahrheit zu gestehen, ehe noch der Maulwurf ... Aber das war zu schwer. Wenn doch nur der Maulwurf ganz schnell käme und leise sagte: »Alexander, was hast du mit der Perlmutterfarbe gemacht?« Dann brauchte Alexander nicht zu lügen. »Maulwurf, ich bin ja so froh, daß ich es dir sagen kann. Ich hab sie aus Versehen mitgenommen und umgeschüttet. Bitte, glaub mir und entschuldige und hilf mir. Es ist nämlich noch etwas viel Schlimmeres passiert ... mit dem Buch vom B-Karli ... hör zu ...« Der Gedanke, dem Maulwurf alles zu sagen, hatte etwas unerhört Tröstliches. Kam er nicht? Fragte er nicht? Ihm könnte man gestehen, er wußte sicherlich Rat, auch wegen des Buches ...

Da war es Punkt acht Uhr, und die Schulglocke läutete. Warum war der Maulwurf nicht gekommen? Warum hatte er nicht Alexanders Geständnis gefordert, vor dem er sich so fürchtete, und das er gleichzeitig herbeisehnte?

Aber da kam schon der Magnetmaxl in die Klasse, und alle erhoben sich von ihren Plätzen. So mußte das Geständnis also noch um eine Stunde aufgeschoben werden. Oder sollte er nachher zum Magnetmaxl gehen und ihm sagen ... Sollte er überhaupt?

Der Magnetmaxl war der Rechenprofessor und sein Spitzname war in jener ersten Zeit entstanden, da man sich noch über ihn lustig machte. Denn er hieß Max und hatte krumme Beine, wie ein Magnet. Aber im Laufe seiner Stunden hatte der heimliche Name, mit den ihn die A bezeichnete, seine

Bosheit eingebüßt, im Gegenteil, einen fast zärtlichen Beiklang bekommen. Woher es kam, daß der Magnetmaxl allmählich jedem einzelnen so lieb und wert geworden war, wußte eigentlich niemand. Er war streng und verlangte, daß man die Aufgaben tadellos konnte.

Der lange Gruber hatte sich, als er dieses Jahr in die A gekommen war, besonders hervortun wollen. In der ersten Rechenstunde ließ er ununterbrochen sein Pult knarren. Er hatte es vorher absichtlich präpariert, daß es ganz abscheulich klang. Man war wütend. Einer oder der andere hatte verstohlen auf den Magnetmaxl geschaut, um festzustellen, wie er das aufnahm. Zähneknirschend hatten Hugo mit der Warze und Heihei bis zum Ende der Stunde ausgehalten und nachher dem langen Gruber einen schrecklichen Krach gemacht, wie er sich so was beim Magnetmaxl erlauben könnte. Und sie hatten ihm streng eine Wiederholung verboten. »Was soll er sich denn von uns denken!« hatte Heihei vorwurfsvoll gezischt.

Der lange Gruber hatte sie entgeistert angesehen, und, da ihn auch ein verächtlicher Blick aus Maulwurfs hellgrünen Augen über einige Bänke hinweg traf, wütend gebrummt: »Ihr Lehrerknechte ihr!« Aber das Pult hatte von da ab geschwiegen.

Der Magnetmaxl prüfte heute. Doch Alexander hatte Glück. Er kam nicht dran.

Das war wirklich ein Glück, denn sein Verständnis für Rechnen blieb weiterhin gestört. Seine Gedanken waren ganz woanders: Er bereitete sich auf die Aussprache mit Maulwurf vor. Eigentlich wäre es herrlich, wenn der Maulwurf alles wüßte. Welche Last wäre damit von Alexanders Schultern genommen! Die Stunde sollte nur schnell zu Ende gehen, damit die erlösende Pause und mit ihr das schwere Geständnis kam ... Alexander drehte sich vorsichtig um, um sich an Maulwurfs klugem Freundesgesicht Mut zu holen.

Da sah er, daß in der dritten Bank links eine Bewegung

entstand. Von dort aus wurde ein Brief geschickt; schon nahm die zweite Bank ihn in Empfang.

Alexanders Herz begann stürmisch zu klopfen. Er hatte gesehen, daß der Zettel vom Maulwurf kam. Er konnte nur ihm gelten. Und darauf würde stehen: »Du bist ein elender Dieb.« Warum hatte er nicht eher mit dem Maulwurf gesprochen ... Da war der Zettel durch gütige Vermittlung schon bei ihm angelangt. Er hielt ihn in der Hand und wagte nicht, ihn aufzumachen. Auch stand der Magnetmaxl dicht neben seiner Bank. Ungeöffnet hielt Alexander sein Schicksal in der Hand ...

Da begann der Magnetmaxl langsam in die Klasse hineinzuwandern, auf seinen gebogenen Beinen, und die vorderen Bänke waren in vollständiger Freiheit. Jetzt oder nie, dachte Alexander mit einem verzweifelten Entschluß, faltete den Zettel auseinander und las:

»In unserer Klasse wird geklaut. Heute hat der Pospischil eine Beschwerde eingebracht, sein Füllbleistift ist weg. Vorige Woche waren es drei Marken von Heihei. Die Mausi sagt auch, daß seit ein paar Tagen ihr neues Zeichenheft weg ist. Darum ist es notwendig, daß wir einen Selbstschutz gegen Diebe machen. Willst du auch? Der Heihei und ich machen es. Das übrige in der Pause, wir rechnen mit dir. Maulwurf. Zettel vernichten.«

Alexander saß wie erstarrt. Alles andere hatte er erwartet, nur das nicht.

Es wurde also geklaut. Und er sollte im Selbstschutz der A gegen Diebe mitmachen. Und dabei hatte er selber die Perlmutterfarbe genommen. Der Maulwurf forderte ihn auf; also wußte er von gar nichts. Lächerlich. Woher sollte es der Maulwurf wissen? Ein Glück, daß Alexander nicht unvorsichtigerweise gestanden hatte. Denn sonst würde man ihn vielleicht auch für den Dieb der anderen Sachen halten. Das mit der Perlmutterfarbe durfte nicht herauskommen! Und er mußte mitmachen im Klassenselbstschutz, unbedingt! Vielleicht konnte er hier durch ehrliche Arbeit wieder gutmachen, was er verbrochen hatte.

Und wenn das nicht – kam ihm der heimliche Gedanke –, so konnte er die Spuren verwischen, die zu seinen eigenen Schandtaten führten. Denn hier würde er aus erster Quelle erfahren, auf wen ein Verdacht fiel.

»Selbstverständlich könnt ihr auf mich zählen. Alexander«, schrieb er mit zitternden Buchstaben auf ein Stück Löschblatt und reichte es der Postverbindung zur dritten Bank links.

Es ist noch immer Zeit

Kaum war der Magnetmaxl aus der Klasse, standen schon der Maulwurf und der kleine Heihei neben Alexander. »Also das ist nämlich so«, schrie Heihei aufgeregt wie immer und hüpfte auf und nieder, »es muß vor allem sehr geheim sein.« »Dann brüll nicht so«, dämpfte ihn der Maulwurf, »sonst weiß es gleich die ganze Klasse. Und wir müssen wirklich sehr geheim vorgehen, damit der Dieb nicht merkt, daß wir ihm auf der Spur sind.« Wie der Maulwurf »auf der Spur« sagte, zuckte Alexander zusammen. Doch dann überlegte er, daß es doch hier um ein Zeichenheft, drei Briefmarken und um einen Bleistift ging, also um Dinge, mit denen er nicht das geringste zu tun hatte. Trotzdem fühlte er sich getroffen.

»Diebe sind sehr raffiniert«, zischte Heihei, was leise gemeint, dabei aber mindestens so deutlich hörbar war wie vorher das Brüllen. »Die Diebstähle sind doch in ganz verschiedenen Bänken vorgekommen!« »Ob der von der Mausi stimmt?« fragte Alexander. »Mädchen reden manchmal so daher . . .«

Da sah er, wie sich Maulwurfs Gesicht bedrohlich verfinsterte. Ganz leise sagte er: »Wenn du so redest, kannst du nicht im Selbstschutz mitmachen. Da muß für dich einer wie der andere sein, weil es um Gerechtigkeit geht und nicht darum, ob dir jemand sympathisch ist oder nicht.« Bei Maulwurfs Worten gestand sich Alexander mit Entsetzen ein, daß er darum an Mausis Glaubwürdigkeit hatte rütteln wollen, weil er dem unbekannten Heftdieb helfen wollte ...

»Der Maulwurf hat ganz recht«, flüsterte Heihei und hüpfte, wie immer, wenn er aufgeregt war. Und da das der dauernde Zustand von Heihei war, hüpfte er ständig. »Wir müssen wirklich ohne Vorurteile drauf kommen, wer klaut.«

Heihei war sehr edel. Er bewunderte den Maulwurf abgrundtief, denn er erschien ihm als unerreichbare Quelle der Weisheit. Heihei mußte immer jemanden bewundern. Früher war es seine Schwester Karla gewesen. Die hatte ihn aber schrecklich enttäuscht. Damals, als ... Der Maulwurf war es gewesen, der ihm neuen Mut gegeben hatte. Lange hatte Heihei sich um seine Freundschaft bemüht, indem er dem Maulwurf alles recht machen wollte. Aber erst, als er sich ganz auf seine eigenen, hopsenden Beine gestellt hatte, als er seine eigene Meinung wiederhatte, war Maulwurf sein richtiger Freund geworden. Maulwurf konnte es nicht leiden, wenn man sich auf ihn verließ. Jeder mußte allein denken. Darum hatte er ja den Alexander so gerne, obgleich der ein Dickkopf war und manchmal so komische Ideen hatte, wie eben jetzt. »Ganz ohne Vorurteile«, wiederholte Heihei noch einmal nachdrücklich.

Da mischte sich jemand in ihre Unterhaltung. Ein langer Zeigefinger hatte Alexander in den Rücken gestupst, so daß er erschreckt zusammenfuhr. Es war der lange Gruber. »Servus, Alexander«, sagte er mit unangebrachter Vertraulichkeit.

Wird er jetzt etwas über das Buch sagen? fuhr es Alexander durch den Kopf. Um das zu verhindern, nickte er ihm erfreut zu, obgleich er wütend war, daß der lange Gruber sich hier einzumischen versuchte.

In diesem Augenblick rettete ihn der Maulwurf. »Wir haben hier eine Besprechung, wenn du es noch nicht allein gemerkt haben solltest«, sagte er, nicht unfreundlich, aber so hoheitsvoll, wie es nur der Maulwurf konnte, zum langen Gruber. Der wagte nichts zu erwidern. Nur seine hervorquellenden Augen blickten böse auf die drei, als er sich zurückzog.

»Sei nicht so vertraulich mit ihm«, sagte der Maulwurf leise zu Alexander. »Der muß sich noch sehr ändern, ehe er in die Klasse paßt ...« Ehe Alexander darauf etwas sagen konnte, betrat der Hasenbart, würdig wie immer, die Klasse. Man hatte das Läuten überhört. Mit zauberhafter Geschwindigkeit waren Heihei und Maulwurf in ihrer Bank, der dritten links.

Es war, als ob heute alle Lehrer vergessen hätten, daß neben siebenundzwanzig anderen Jungen und zwei Mädchen auch noch Alexander in der Klasse war. Beinahe, als ob sie ihm alle Gelegenheit geben wollten, gut zu überlegen. Zu entscheiden, welchen Weg er gehen sollte: den schweren Weg der Wahrheit, des Geständnisses, oder den Weg der Lüge, der bequemer schien. Noch war nichts entschieden, auch wenn er Mitglied des Selbstschutzes war. Noch konnte er vielleicht auf das Einsehen und Verständnis von Maulwurf rechnen, wenn er alles sagte. Wenn er auch gestand, mit welchen Gedanken er im Selbstschutz hatte mittun wollen. Wohl war es wahrscheinlich, daß Heihei und Maulwurf ihn dafür eine Zeitlang mit Mißtrauen betrachten würden. Besonders, da er sich gegen die B so schlecht benommen hatte und damit die ganze A ins schlechte Licht setzte. Aber war nicht die offene Verachtung von Maulwurf und Heihei für eine Zeit besser, wenn er dabei ehrlich bleiben konnte, als ein Zustand, in dem er sich zwar ihre Freundschaft erstahl, sie aber dabei betrog?

Alexander überlegte. Er kämpfte. Einmal war er schon drauf und dran, dem Maulwurf alles zu schreiben ... Als er aber den Bleistift aufs Papier setzte, meinte er, Maulwurfs Verachtung nicht ertragen zu können und brach ab.

So schwankte er die ganze Stunde hin und her und hörte kein Wort von dem, was ringsum gesprochen wurde, hörte nicht einmal Hasenbarts Toben, weil der Pospischil mit dem Raben »Stein-Schere-Papier« um eine Ohrfeige gespielt hatte.

Als es, viel zu früh für ihn, zehn Uhr läutete, als die große Pause anfing, war in ihm noch immer keine Entscheidung gefallen.

Die Entscheidung

Aber sie ließ nicht auf sich warten. Sie drängte sich heran, ob Alexander bereit war oder nicht.

Wie es einen Verbrecher immer an den Ort seiner Tat treibt, so trieb es ihn hinaus auf den Gang. Er stand am Fenster und tat, als ob er hinaussähe. An diesem Fenster hatte gestern der B-Karli gestanden. Wo war er heute? Was Alexander nicht zu hoffen gewagt hatte, war eingetreten: Der B-Karli war weit und breit nicht zu sehen. Vielleicht war er krank geworden! Da fiel ihm auf, daß kein einziger B auf dem B-Gang war. Sollte ein Wunder geschehen sein? Hatte der Erdboden die B verschluckt oder war sie plötzlich wegen Scharlach geschlossen worden?

Doch mit einem Male gingen diese Hoffnungen in Stücke. Die Klassentüre der B öffnete sich, heraus schritt der Professor Müller mit einem dicken Stoß Hefte unter dem Arm. Hinter ihm schoß die B auf den Gang. Sie hatten Schularbeit gehabt. Und als einen der ersten erblickte Alexander den B-Karli, der suchend herüberkam. Schnell drehte sich Alexander zum Fenster. Auch der Vogel Strauß steckt seinen Kopf in den Wüstensand und denkt, man sieht ihn nicht, nur weil er selber nichts sieht.

Doch durch den Pausenlärm hörte er schon hinter sich leise die Stimme des B-Karli: »Wo ist mein Buch?«

Was soll ich nur sagen, was soll ich nur sagen, ging es durch Alexanders Kopf, ohne daß er zu einem Ende kam. Dabei wandte er sich um und sagte, ohne zu überlegen, nur um Zeit zu gewinnen: »Was für ein Buch denn?« Nun sah er das erstaunte, empörte Gesicht des B-Karli, der böse sagte: »Mach keine Witze. Du weißt sehr gut, was für ein Buch. Es war eine Gemeinheit von dir, daß ich es dir nur sage! Aber jetzt gib es her.« Er machte schon Fäuste aus seinen kleinen Händen.

»Was für ein Buch? Ich weiß von keinem Buch«, hörte sich Alexander immerfort wiederholen und dachte dabei: Noch immer kann ich ihm die Wahrheit sagen und versprechen, daß ich das Buch in ein paar Tagen ...

Der B-Karli bat jetzt: »Alexander, mein Buch mit den Indianern und den Negern. Ich hab es noch nicht einmal richtig gelesen gehabt, und das ganze Jahr hab ich mich darauf gefreut, weil der Vater es mir schon so lange versprochen hat, aber es ist sehr teuer, und der Vater hat lang' gespart und ich hab versprochen, daß ich gut drauf aufpassen werde. Der Vater will es heute auch lesen. Du hast es in deiner Klasse, ja? Dann gibst du es mir um elf Uhr, ja? Ich warte in der kleinen Pause vor deiner Klasse, ja?« Der B-Karli hatte jetzt so besorgte, flehende Augen. Es war schrecklich.

Warum bedrängt er mich nur so? Was kann ich denn machen? Soll ich ihm die Wahrheit sagen? Die hilft ihm auch nicht, und mir schadet sie nur ...

Darum sagte Alexander plötzlich, ganz ruhig bei aller Aufregung: »Ich weiß gar nicht, von was für einem Buch du überhaupt redest. Ich hab keines gesehen.«

Er erschrak über die Wirkung. Der ruhige kleine B-Karli wurde ganz bleich vor Wut und Entsetzen. Mit einem Male schrie er los: »Warum lügst du? Willst du mir das Buch stehlen? Der Gruber von euch war dabei, wie du es mir weggenommen hast. Gruber, komm einmal her!« Und der B-Karli fuchtelte wild mit beiden Armen dem langen Gruber zu, der sich natürlich wieder in der Nähe herumtrieb und das Gespräch neugierig beobachtet hatte.

»Stehlen« hatte der B-Karli gesagt. Jetzt war alles aus. Jetzt konnte er nicht mehr die Wahrheit sagen. Aber sie kam trotzdem heraus ... Den langen Gruber hatte er vergessen, der war dabei gewesen, der wußte alles.

Der lange Gruber war schon da. »Na, du blöder B, was brüllst du denn so?« fragte er und starrte den B-Karli aus seinen hervorquellenden Augen an.

Der achtete nicht auf die Beleidigung, sondern schrie, so daß Alexander meinte, der ganze Gang müßte es hören: »Gruber, du warst gestern dabei, wie der Alexander ... du hast gesehen, wie er mir das Buch fortgenommen hat ... und jetzt sagt er, daß er kein Buch gesehen hat ... und daß ich gar kein Buch gehabt hab ...« Ihm schnappte die Stimme vor Erregung über.

Der lange Gruber sah den B-Karli verächtlich an, schaute dann auf Alexander, der, ohne ein Wort zu sprechen, an ihm vorbei aus dem Fenster blickte. »Du warst doch dabei ...«, drängte der B-Karli, fast weinend.

Und Alexander erwartete den Blitzschlag, erwartete das Urteil aus dem Mund des langen Gruber.

Da sagte der ruhig: »Mir scheint, du spinnst, B. Ich weiß von keinem Buch. Ich war überhaupt gestern nicht auf dem Gang in der Zehn-Uhr-Pause. Der Alexander und ich, wir waren im Turnsaal. Wir sind nämlich Freunde und machen alles zusammen. Nicht wahr, Alexander? Und wenn er im Turnsaal war, wie kann er da dein Buch weggenommen haben? Hast du denn überhaupt Bücher? Da sieht man wieder einmal, wie ein B lügt! Ich sag's doch immer, Alexander. Komm, stell dich nicht mit ihm her ...«

Der kleine B-Karli war ganz still geworden. Mit entsetzten Schlitzaugen schaute er abwechselnd auf den langen Gruber und auf Alexander, der noch immer unbeweglich dastand und während der ganzen Zeit keinen Laut von sich gegeben hatte. »Komm«, sagte der Gruber und zog ihn am Arm fort.

Alexander ließ sich ziehen. Sie gingen stumm und langsam nebeneinander, durch das Gewühl der A, vorbei an Maulwurf, der mit Lotte und Hugo dastand und ihnen aufmerksam nachblickte.

Einmal pfiff der lange Gruber leise durch die Zähne. Alexander starrte vor sich hin. Er wußte, der Gruber erwartete von ihm ein »Danke«. Aber er sagte es nicht. Er wußte auch – und der lange Gruber gab es ihm wortlos zu verstehen –, daß er mit ihm von jetzt ab durch diese Lüge verbunden war, ob er wollte oder nicht, er gehörte von nun an zum langen Gruber und nicht mehr zu Maulwurf und Heihei. Wie ein Gefangener ging er neben ihm her. Zwischen zwei Fingern zerkrümelte er die Griechenlandmarke, die er gestern für den B-Karli bestimmt hatte.

Vom Größten zum Kleinsten

In der Garderobe war ein unbeschreiblicher Lärm, wie immer, wenn sich die A zur Turnstunde umzog.

Auch hier hatte sich der lange Gruber wie selbstverständlich neben Alexander gesetzt und schnürte sich die Schuhe auf. Sie waren eigentlich viel zu vornehm für die Schule. Schwarzer Lack mit grauem Wildleder. Aber die Schuhbänder waren überall geknotet, so daß der lange Gruber seine Füße nur mühsam herauszwängen konnte. Alexander hätte ihn für seine Anhänglichkeit prügeln mögen. Da das aber nicht ging, drehte er sich zur anderen Seite und fragte: »Hast du dir nicht im letzten Turnen den Knöchel verknackst?« Der gefragte dicke, blonde Junge mit den weit abstehenden Ohren zog sich eben das Ruderleibchen über den Kopf. Als er endlich durch war, brummte er wütend: »Kannst du nicht hinter mein linkes Ohr schauen, du Schaf, wenn du schon nicht intelligent genug bist, damit du uns endlich unterscheiden lernst? Ich bin doch der Hugo und nicht der Heini! Und außerdem ist der Heini nur umgekippt, weil er so ungeschickt ist. Gemacht hat er sich nichts.«

Die einzige Möglichkeit, die beiden Zwillinge Hugo und Heini zu unterscheiden, schien wirklich nur die zu sein, nachzuschauen, welcher hinter dem linken Ohr die große braune Warze hatte. Der war dann Hugo. Wenn man sie allerdings besser kannte, sah man ihre Ungleichheit. Heini war entsetzlich faul, wenn es sich um Turnen oder sonst eine körperliche Bewegung handelte. Er war nicht dazu zu bringen, einen Schritt mehr zu machen, als unbedingt nötig war. Das brachte seinen Zwilling in rasendste Wut, da er nämlich sehr ehrgeizig war und immer befürchtete, mit Heini verwechselt zu werden, und also auch für faul und ungeschickt zu gelten. Auf Hugos Beschimpfungen antwortete Heini meist ruhig mit unbeschreiblichen Frechheiten. Er ärgerte sich über die Bevormundung des Bruders und suchte ihr zu entgehen. Er erklärte im Turnen einfach, daß er Seitenschmerzen hätte, und tat, als ob er Hugos Toben nicht hörte. Drohte aber in den übrigen Schulstunden Gefahr, so sprangen sie sich gegenseitig in aufopferungsvoller Weise bei. Da sie nur schwer zu unterscheiden waren, ging es gut, und sie ergänzten sich ausgezeichnet. Denn Hugo, der zwar sehr gut rechnete und Heini auch meistens die Hausaufgaben abschreiben ließ, konnte keine Gedichte auswendig lernen. »Mir fehlt da ein Stück im Gehirn«, erklärte er. Er *konnte* nicht. Und weil der Hasenbart gedroht hatte, ihn durchfallen zu lassen, war man zum Äußersten geschritten: Hasenbart, der kurzsichtig war und außerdem nicht das Geheimnis der Warze hinter dem Ohr kannte, wurde auf die großzügigste

Weise betrogen. In seiner Stunde saß Heini auf Hugos Platz. Und da der Hasenbart wußte, daß Heini Gedichte wie eine Maschine heruntersagte, prüfte er ihn sowieso nicht. Denn der Hasenbart hatte nicht die Anschauung vom Magnetmaxl, daß die Schüler nicht für die Lehrer, sondern für sich lernten. Also wollte er nur Hugo prüfen. Und Heini an Hugos Stelle rettete den Bruder einige Male. Allerdings hatte es schlecht geendet. Denn auf einmal war der Hasenbart doch draufgekommen. Wieso, war bis heute nicht geklärt. Doch die Gerüchte wollten nicht verstummen, daß der lange Gruber – eines der wenigen Lieblingskinder des Hasenbarts – es verraten hätte. Jedenfalls bekam Hugo ein großes Nichtgenügend und mußte sich nun immer mit der Warze ausweisen. Im Rechnen half er Heini – nicht aber im Turnen. Im Gegenteil, er selber betonte immer besonders die Faulheit Heinis. Leider aber verlor er trotz aller eigenen Anstrengungen nicht an Fett, obwohl er wie ein Wiesel lief, wie ein Affe kletterte. Wie gut hätte man ihn, bei schlankerer Taille, von Heini unterscheiden können! Und sein größter Kummer war es, wenn man sie verwechselte.

Darum war er auch jetzt so beleidigt, als Alexander ihm den verknacksten Fuß von Heini unterschieben wollte. Daß die Leute zu faul waren, nach der Warze zu schauen! Hugos Ohren schienen noch abstehender zu sein als Heinis, als wollte er die Warze möglichst auf den ersten Blick sichtbar machen. Aus Ärger ließ er sich mit Alexander in kein weiteres Gespräch ein. Doch da begann die Turnstunde.

Wie immer stellten sie sich in eine Reihe, der Größe nach. Der Größte war der lange Gruber. So war Alexander also glücklich von ihm durch Maulwurf und Knockout getrennt.

Der sommersprossige Knockout war zwar der Dritte, wenn es der Größe nach ging, aber ohne jeden Zweifel der Stärkste in der A. Allerdings war er in manchen anderen Gegenständen außerordentlich schwach, zum Beispiel in Physik. Und doch bestand Knockout alle Schularbeiten, ja, seine Hausarbeiten waren meistens, zur Verwunderung der Lehrer, ausgezeichnet. Sie wurden nämlich reihum unter Mitarbeit der Besten der Klasse gemacht. Man mußte nur darauf achten, doch ein paar Fehler hineinzubringen, damit es nicht zu sehr auffiel. Keinem wurde so aufopferungsvoll eingesagt wie Knockout. Erstens hatte man ihn sehr gern, zweitens aber, und das war das Entscheidende, war er die Sportkanone der A. Immer entschied er den Sieg. Wer Knockout auf seiner Seite hatte, der konnte lachen. Aber er kannte seinen Wert und verfiel manchmal in Starlaunen. Dann war er durch nichts zu besänftigen. Als einmal Heihei versucht hatte, ihm zu drohen: »Knockout, wenn du so bist, helfen wir dir nicht und du fliegst durch« – das war im vorigen Jahr gewesen – da hatte der mächtige Knockout furchtlos erwidert: »Na, dann mach ich die Klasse eben noch einmal.« Das war eine fürchterliche Drohung gewesen, denn was sollte aus der A werden, wenn es um Fußball- oder Boxkämpfe mit der vierten Klasse ging? Heihei war sprachlos gewesen. Doch damals hatte sich der Maulwurf eingemischt. Er hatte Heihei mit seinem gefürchteten ruhigen Ton verboten, so mit Knockout zu sprechen. »Wir helfen ihm, weil er zu uns gehört, und nicht, um ihn zu bestechen. Wir müßten ihm eigentlich viel mehr helfen, damit er die Physik wirklich versteht und nicht abschreiben muß.« Und seit damals war in Knockout langsam, durch Maulwurfs Hilfe, das Verständnis für Physik erweckt worden, so daß er jetzt ohne fremde Hilfe zwischen gut und genügend stand. Damals aber war auch die unwandelbare Treue und Liebe Knockouts zu Maulwurf entstanden, die er stumm in sich trug und nur manchmal scheu zeigte.

Durch diesen mächtigen Nebenmann, der ihn vom langen Gruber und auch vom Maulwurf trennte, fühlte sich Alexander wunderbar geschützt. Sogar der rechte Nebenmann erschien ihm heute angenehm – Meyer. Meyer hieß einfach Meyer. Er hatte weder einen Spitznamen, noch kannte man seinen Vornamen. Er war nicht klein und nicht groß, nicht gescheit und nicht dumm, er redete nicht viel, war aber auch nicht schweigsam. Seine Hefte waren sauber, seine Aufgaben konnte er mittelmäßig. In keinem Fach war er besonders gut (außer in Schönschreiben), aber ein Nichtgenügend war bei Meyer unmöglich. Bei gemeinsamen Abenteuern machte er zwar nicht mit, zeigte aber auch nicht an. Auch er war ein Liebling vom Hasenbart, aber nicht einmal *das* konnte ihm Unbeliebtheit einbringen. Er war so selbstverständlich und unauffällig wie Luft.

Den allerletzten Mann der Reihe der Achtundzwanzig bildete nicht mehr, wie in den früheren Turnstunden seit zwei Jahren, Heihei. Ein noch kleinerer war drei Wochen nach Beginn des diesjährigen Schuljahres in die Klasse eingetreten – der A-Karli. Diese drei Wochen schien er nie mehr aufholen zu können. Nicht, was das Lernen anbetraf – aber er fühlte sich immer als der Zuspätgekommene. Er war von rührender Bescheidenheit, wagte nie sich einzumischen, das Wort »Ich« schien er überhaupt nicht zu kennen. Seinen Sondernamen »A-Karli«, der ihn hervorhob vor anderen, die einfach Anton oder Otto hießen, verdankte er nur dem Vorhandensein des B-Karli, von dem er sich unterscheiden mußte. Aber trotz seiner Bescheidenheit behandelte man ihn gut, denn es gingen Freundlichkeit und Gefälligkeit von ihm aus.

Lotte hatte ihn eigentlich entdeckt. In seiner demütigen Freundlichkeit, mit der er sich allen dienstbar machen wollte, hatte sich der A-Karli natürlich auch den beiden A-Mädchen, Mausi und Lotte, genähert. Und Mausi hatte hier endlich einmal eine Möglichkeit gesehen, mit einem Jungen herumzukommandieren. »A-Karli, ich hab einen Handschuh in der Klasse vergessen, hol ihn mir ... wasch mir den Pinsel aus ...«, so ging das von Anfang an. Und A-Karli erfüllte Mausis Wünsche, so wie er jedem gerne half. Aber Mausi hatte anscheinend vor, aus ihm ganz und gar einen Sklaven zu machen. Das hatte Lotte nicht zugelassen. »Mach dir doch deine Sachen alleine«, hatte sie empört gesagt, »der A-Karli hat genau so viel zu tun wie du. Und nicht einmal anständig ›Danke‹ kannst du ihm sagen!« Mausi hatte dafür nur ein wegwerfendes »Ph ... der!« gehabt. Aber von nun an wagte sie doch nicht mehr, so mit ihm umzuspringen. Sie tat zwar, als ob sie auf Lotte nichts gäbe. Aber dabei beobachtete sie ihre Freundin, die neben ihr in der letzten Bank der Klasse saß, immer wieder aufmerksam und eifersüchtig. Was war an der Lotte bloß Besonderes? Zu ihr waren die Jungen nett, ja, sie fragten sie sogar manchmal um Rat. Dagegen Mausi ... sie konnte und konnte es nicht erreichen, von den Jungen als ihresgleichen angesehen zu werden, obgleich sie sich solche Mühe gab! Es gab einige, die mit besonderer Vorliebe zeigten, daß sie sie nur als Mädchen, also als nicht vollwertig, ansahen. Zum Beispiel der lange Gruber. Dann Heini, und seltsamerweise auch hie und da der farblose Meyer. Darum lag ihr besonders viel daran, eben diese zu überzeugen und als Freunde zu gewinnen; und es brachte sie zur Verzweiflung, daß es ihr nicht gelang. Dabei ließ sie kein Mittel unversucht, ja, sie schreckte nicht einmal davor zurück, Lotte zu verraten. »Na ja, Gruber, du hast recht, im allgemeinen laufen Mädchen langsamer als Jungen. Die Lotte hat neulich sogar beinahe gegen den Heini verloren. Aber sag ihr nicht, daß du es von mir weißt, Ehrenwort ...« Darauf hatte der lange Gruber erklärt, daß ein Mädchen kein Ehrenwort habe, und Mausi war außer mit ihrer Trauer nun auch mit der Angst zurückgeblieben, daß er es der Lotte wiedersagen würde. »Mädchen bleibt Mädchen«, das war der gefürchtete Satz, der Mausi zu immer größeren Anstrengungen verleitete. Weil der lange Gruber einmal sagte: »Lange Haare - kurzer Verstand«, war sie vor zwei Wochen mit ganz nahe am Kopf abgeschorenen Haaren erschienen. Nur über der Stirne rechts war eine einsame Locke stehengeblieben. Und trotzdem blieb der lange Gruber, der sich seiner Macht über sie freute, hartherzig: »Der Verstand wird nicht länger, wenn die Haare abgeschnitten sind«, bemerkte er, wozu der farblose Meyer bescheiden, aber beifällig lächelte.

Und dann mußte Mausi noch Lottes Vorwürfe ertragen, als sie ihr, beinahe weinend, das Herz ausschüttete. »Warum hörst du denn auf den blöden Kerl?« fragte sie. Sie hatte sich nie den Kopf darüber zerbrochen, ob ein Junge oder ein Mädchen besser sei. Sie wußte, sie lief langsamer als die meisten Jungen. Na schön, sie kam noch immer zurecht. Stolz trug sie ihre schwarze Ponyfrisur. Was der lange Gruber sagte, war ihr gleichgültig. Das kam davon, wenn man auf ihn hörte!

Der lange Gruber wählt seine Partei

Jetzt waren die Mädchen nicht dabei. Die hatten Freistunde, während die Jungen turnten. Man war unter sich. Wie hätten auch die Mädchen mit ihren lächerlichen Muskeln beim Tauziehen konkurrieren können? Vielleicht gegen den A-Karli und den Heini hätten sie gewonnen, und beide gemeinsam noch gegen den Meyer. Aber gegen Alexander oder Maulwurf waren sie schon machtlos. Oder – man denke und lache – gegen Knockout! Glücklich die Partei, der beim Tauziehen Knockout beschieden war. Auch Professor Hampel, der Turnlehrer, hatte das eingesehen und gab der Knockout-Partei immer nur dreizehn Mann, der anderen dagegen fünfzehn. Trotz der zwei Mann Übergewicht war der Ausgang unter Einsatz aller Kräfte jedesmal wieder fraglich: Knockout spuckte in die Hände, rieb sie, faßte dann an. Und auf dieses Zeichen warteten die anderen zwölf, während die gegnerischen fünfzehn dem ersten Ruck entgegenfieberten.

Die Parteien wurden gewählt. Zwei Jungen standen sich gegenüber und suchten, sich eine möglichst gute Mannschaft zusammenzustellen. So ging das, bis dreizehn auf jeder Seite waren. Die zwei, die übrigblieben, kamen auf die Nicht-Knockoutseite.

»Der Größte und der Kleinste wählen«, bestimmte Professor Hampel. »Der Größte beginnt.«

Rechts stand der lange Gruber, links der A-Karli, der furchtbar verlegen über diese unerwartete Führerstellung war und unglücklich um sich blickte.

Der Größte beginnt zu wählen! Das bedeutete fast sicher den Sieg auf seiner Seite. Denn wer würde sich in einem solchen Falle nicht sofort Knockout sichern!

Doch da geschah das Unerwartete, das die ganze A zu einem aufgeregten Murmeln veranlaßte: Der lange Gruber schaute über alle hinweg und sagte: »Alexander.«

Knockout, der schon einen Schritt aus der Reihe gemacht hatte, um selbstverständlich als erster Gewählter nach rechts zu treten, schaute entgeistert mit seinem sommersprossigen Gesicht um sich. Aber noch entgeisterter war Alexander. So sehr es ihn sonst mit Stolz erfüllt hätte, als erster gewählt zu werden, so erschreckt war er jetzt. Der lange Gruber ließ ihn nicht mehr los . . . »Also«, stieß ihn Maulwurf, über Knockouts Schulter hinweg an, und Alexander ging nach rechts.

Der A-Karli war jetzt von fiebernder Unruhe erfaßt. Alle Augen schauten auf ihn, auf den Kleinsten, auf den Spätergekommenen. Er setzte ein paar Male zum Sprechen an, – dann endlich entrang sich ihm der gewaltige Name »Knockout«. Es klang, als hätte er den Teufel beschworen. Und der mächtige Knockout machte sich, noch immer verwundert, auf den Weg zum Kleinsten und Schwächsten.

Es folgte eine Überraschung nach der anderen. Es war als selbstverständlich angenommen worden, daß der lange Gruber jetzt »Maulwurf« sagen würde. Denn Alexander und Maulwurf waren ja immerhin nach Knockout die besten Leute.

Aber der lange Gruber sagte ruhig, so, als hätte er es sich

ganz genau überlegt: »Meyer.« Folgsam wie immer trat Meyer, ohne sich zu wundern, unter dem Gemurmel der ganzen Klasse, nach rechts.

Unter den noch nicht Gewählten begann ein teils beleidigtes, teils neugieriges Geflüster. Was machte der lange Gruber? Was für eine merkwürdige Mannschaft stellte er zusammen? Alexander war ja einer der Besten, wenn auch Knockout vor allen anderen kam. Aber Meyer? Aber Heini?

Und wie ging das weiter? Heihei war nun auch schon bei den Knockouts, ebenfalls Hugo, der wegen seiner Zähigkeit und seines Ehrgeizes nicht zu verachten war. Beim langen Gruber dagegen wimmelte es von Mittelmäßigkeiten, wie zum Beispiel Rabe und Marhat. Zwar waren die drei aus der fünften Bank, die er sich herangeholt hatte, stark und rücksichtslos, aber das machte den Kohl nicht fett. Man ließ sich doch nicht alle Angesehenen fortschnappen. Nur Alexander hatte er. Kein Mitglied der Knockout-Partei wäre gegen noch so schöne Versprechungen zu einer Partei, wie der gegnerischen, hinübergewechselt.

Wie würde das ausgehen? Zwar hatte sich der lange Gruber selber als Letzter am Seil postiert und setzte seine ganze Kraft ein, um das Hinüberziehen auf die andere Seite zu verhindern. Aber die Knockout-Partei siegte beim zweiten Reißen am Seil. Bei aller Siegesgewißheit hatten selbst sie das nicht so schnell erwartet.

Doch Alexander, der als Erster seiner Partei am Seil stand und also nach dem Letzten, dem langen Gruber, der wichtigste Mann war, hatte versagt wie vorher nie. Ihm gegenüber, als Erster der Knockouts, stand der Maulwurf. Und schrecklich war es Alexander plötzlich zu Bewußtsein gekommen: er zog an einem Strick mit dem langen Gruber, während dort drüben, auf der anderen Seite, seine Freunde standen ... Nie waren ihm früher bei einem sportlichen Kampf solche Gedanken gekommen. Doch heute lähmte ihn das so sehr, daß er sich an das Seil hielt. Nicht, um zu ziehen, sondern eher, um sich zu stützen. Und die anderen Starken hatten vergebens auf eine zielsichere Anweisung gewartet.

Mausi verrät Lotte

»Wohin läufst du?« fragte Heihei, als Alexander um zwölf Uhr mit einem Ruck die Schultasche auf den Rücken schleuderte, seinen Mantel vom Haken riß und aus der Klasse rennen wollte.

»Ich muß weg, Heihei, unbedingt ...« Alexander stotterte, ihm fiel kein richtiger Grund ein. Aber es erschien ihm unmöglich, heute, wie seit Jahren schon, mit Maulwurf und Heihei, eventuell auch mit Lotte, den Nachhauseweg zu machen. Sie wohnten alle in ähnlicher Richtung und trennten sich erst nach sieben Minuten gemeinsamen Weges. Aber vielleicht wartete der B-Karli vor der Klasse und verlangte laut das Buch. Das durften die beiden nicht hören. Außerdem mußte er fort, bevor der lange Gruber etwas merkte, sonst hing er sich an. »Ich muß weg, Heihei, laß mich«, bat Alexander, aber Heihei hielt ihn fest. »Wir brauchen dich«, flüsterte er laut hörbar mit Verschwörermiene, »wir müssen beraten, wegen dem Selbstschutz ...« »Morgen früh, Heihei, jetzt nicht ...« Alexander drängte Heihei weg. »Also dann Punkt dreiviertel acht«, rief der Kleine ihm mahnend nach, und Alexander war frei.

Am Gang kein Mensch. Alle waren noch in den Klassen. Man mußte schon einen besonderen Grund haben, um seine Sachen so schnell zusammenzupacken. Der lange Gruber hatte nichts gemerkt, Gott sei Dank. Und auch vom B-Karli keine Spur. Schnell aus der Schule heraus ...

So, für heute waren alle Gefahren überstanden. Alexander atmete erleichtert auf und ging schnell die Straße entlang, um möglichst bald abbiegen zu können. »Alexander«, sagte da jemand neben ihm. Er fuhr erschreckt zusammen.

Aber es war nur Mausi. Mausi mit der blonden Locke vorne auf dem abgeschorenen Kopf. »Ich kann auch so 'rum gehen«, sagte sie, als wollte sie sich entschuldigen. »Da haben wir ein Stückel gemeinsam.«

Alexander schwieg. Was wollte Mausi? Oder wußte sie vielleicht ...? Es beruhigte ihn, als Mausi fortfuhr: »Ich hab mich eben mit Lotte zerkracht.« Dabei gab sie sich Mühe, mit ihren Trippelschritten neben Alexander zu bleiben. »Wirklich, du kannst mir glauben, sie hat keinen Stolz«, erzählte Mausi dienstfertig und war dabei etwas außer Atem. »Wirklich, ein Junge würde das nie machen, zum Beispiel du, Alexander ...«

Er horchte auf. Oh, das tat ihm wohl! Eine Schmeichelei, da er sich doch selber so schlecht und verworfen vorkam. Er ging sofort ein bißchen langsamer. Nicht merklich, aber doch so, daß Mausi leichter mitkam. »Was ist denn?« fragte er mürrisch, um seine Freude zu verbergen.

Da flüsterte ihm Mausi vertraulich zu: »Denk nur, sie hält zur B!« Dabei schaute sie auf Alexander, um zu sehen, welchen Eindruck das auf ihn machte, und fuhr dann schnell fort: »Also schau, du weißt doch, daß mein Zeichenheft weg ist, mein ganz neues, nichts war noch drin. Und da hab ich so aus Spaß gesagt: Aus der A hat das sicher keiner geklaut, das kann nur ein B gewesen sein. – Du weißt, der Gruber sagt immer so was. – Na, da hättest du aber sehen sollen, was die Lotte geantwortet hat! Ich kann mich gar nicht mehr an alles erinnern, solches Mädchengewäsch merkt man sich doch nicht ...«, Mausi machte einen verächtlichen Hopser, »aber zum Schluß hat sie gesagt: ›In der B sind manche, die mir lieber sind als manche aus der A. Oder findest du nicht, daß zum Beispiel der B-Karli viel netter ist als unser Gruber?‹«

B-Karli – Gruber – mitten in der Schmeichelei tauchten

wieder die beiden gegeneinander auf, die mit Alexander seit der heutigen Zehn-Uhr-Pause auf so schreckliche Weise verbunden waren. »Und was hast du darauf gesagt?« forschte er mit sichtlichem Interesse.

Mausi setzte eine stolze Miene auf, da sie sah, daß ihre Neuigkeiten bei Alexander, einem der unerreichbarsten Jungen, Neugier erweckten. »Ich hab ihr schon gut geantwortet, das kannst du mir glauben. ›Meine liebe Lotte‹, habe ich gesagt, ›da merkt man, daß du ein richtiges Mädchen bist. Du hast keinen A-Stolz. Denn wenn der B-Karli wer weiß was für Heldentaten machen würde, so ist mir trotzdem der Gruber lieber, weil er ein A ist.‹ Hab ich nicht recht, Alexander?« »Jaja«, murmelte der verstimmt. »Aber ich gehe jetzt nach links. Servus.«

Ganz verdutzt über den plötzlichen Abschied, stand Mausi da und sah ihm nach. »Jaja«, hatte Alexander gesagt und nicht mehr. Dafür hatte sie sich mit Lotte zerkracht! Zwar war ihre Antwort nicht ganz so stolz gewesen, wie sie es eben berichtet hatte. Man konnte Lotte nicht so antworten. Denn die hatte eine selbstverständliche Art, ihre Meinung zu sagen, daß man gar nicht dagegen aufkam. Aber immerhin. Ach Gott, warum war man ein Mädchen. Nur weil man ein Mädchen war, benahmen sich die Jungen so zu einem. Nicht einmal die abgeschorenen Haare hatten geholfen ... Mausi trabte bekümmert weiter.

Was wird der B-Karli unternehmen?

Alexander trabte auch dahin. Er war einer der von Mausi so viel beneideten Jungen.

Hätte sie nur gewußt, wie gerne er heute mit ihr getauscht hätte ... Nicht nur mit ihr – mit jedem, der ein leichteres Gewissen hatte.

Was sollte jetzt werden? Das Leben, das bisher so klar und einfach gewesen war, verlangte plötzlich, daß er seine Kameraden in verschiedene Gruppen einteilen mußte. Nicht mehr in nett oder nicht, in gut oder schlecht, sondern in: Wer wird zu mir halten, wenn ... Auf Mausi konnte er also rechnen. Aber Lotte war auf der anderen Seite. Gerade die beiden, auf die es ankam, hatte sie als Beispiel genommen und gegeneinandergestellt: den B-Karli und den Gruber. Er gehörte zum Gruber, und der B-Karli war durch die Ereignisse der Zehn-Uhr-Pause sein Feind geworden. Was der wohl inzwischen unternommen hatte?

Daß Alexander nicht gleich daran gedacht hatte! Sicherlich lief der B-Karli jetzt überall herum und erzählte, was Alexander gemacht hatte! Wahrscheinlich wußte es schon die ganze B. Und morgen würde es die A wissen. Da gab es keine Rettung mehr. Oh, wie er den unschuldigen B-Karli haßte. Aber würde Alexander geschwiegen haben, wenn ihm etwas Ähnliches zugestoßen wäre?

Konnte man nicht etwas gegen die ganze B unternehmen? Damit man der B und dem B-Karli nicht glaubte, wenn die Buchgeschichte laut würde? Manche in der A konnten ja sowieso die B nicht besonders gut leiden, und der Gruber wiederholte es überall, wo man ihn ausreden ließ: Die As sind was Besseres. Mausi betete es ihm schon nach. Allerdings hatte Alexander bei beiden das unangenehme Gefühl, daß sie sich damit nur selber besser machen wollten, weil sie keinen Einfluß in der Klasse hatten. Diese blöde Mausi ... Aber hatte nicht heute der Maulwurf erklärt, daß man über ein Mädchen nicht schlechter denken durfte als über einen Jungen? Also war Mausis Ansicht ebenso gut wie jede andere.

Ja, man mußte gegen die B etwas unternehmen, damit man ihnen nichts mehr glaubte. Natürlich durfte es nicht mit dem Buch zusammenhängen; wenn sie dann damit kamen, konnte man empört rufen: »Was, ihr denkt, daß ich ein Buch geklaut hab? Da seht ihr, wie die B lügt! Pfui ...« Wenn es gut vorbereitet war, mußte es gelingen.

Nur den langen Gruber durfte er dabei nicht ansehen.

Der Verdacht wird gelenkt

Am nächsten Tag erschien Alexander nicht, wie er Heihei versprochen hatte, um dreiviertel acht in der Schule, sondern erst fünf Minuten vor acht. Klari hatte ihn antreiben müssen, sonst wäre er noch später erschienen. Auf dem Weg hatte er absichtlich getrödelt. Seit gestern war die Schule für ihn ein Schreckgespenst, vor allem die Selbstschutzbesprechung.

Die ersten zwei Stunden waren Zeichnen.

Er erwartete Vorwürfe von den anderen Selbstschutzmitgliedern über seine Verspätung. Doch Heihei sprang ihm aufgeregt entgegen, als Alexander in den Zeichensaal trat, und zischte, von einem Bein aufs andere hüpfend: »Du, jetzt ist auch Maulwurfs Perlmutterfarbe weg ...«

Die Perlmutterfarbe! Über das Buch, über den B-Karli und über seine Unruhe hatte Alexander ganz die Perlmutterfarbe vergessen. Entsetzlich, entsetzlich! Wort- und hilflos ließ er sich von dem hüpfenden Heihei zu Maulwurf ziehen, der mit gerunzelter Stirne vor seinem geöffneten Malkasten stand und Alexander nur mit einem kurzen Kopfnicken begrüßte. »Das ist schon die vierte Sache«, sagte er bedrückt, »Mausis Heft, Heiheis Marken, der Füllbleistift vom Pospischil und jetzt meine Farbe. Das muß jemand sein, der gerne zeichnet.« Alexander zuckte zusammen. Er war doch der berühmte Maler der A! Wie nahe der Maulwurf der gefährlichen Wahrheit war! Allerdings nur für die Perl ... »Wir müssen es herauskriegen«, schrie Heihei in wilder Begeisterung, die Maulwurf aber dämpfte: »Du sollst nicht so brüllen. Wenn du es dir nicht abgewöhnst, kannst du nicht mitmachen. Alexander, was sagst du zu dieser Geschichte? Was soll der Selbstschutz unternehmen?« Der ernste, liebe Maulwurf fragte von Mann zu Mann. Fest sah er mit seinen grasgrünen Augen auf Alexander.

Stellt er mich auf die Probe? überlegte Alexander blitzschnell, zum ersten Male mit einem Mißtrauen gegen den Freund. Weiß er vielleicht schon von der B ... nein, das war unmöglich. Glücklicherweise ging man, ohne die Buchgeschichte zu streifen, direkt in den Zeichensaal, weil die ersten Stunden Zeichnen war.

Und woher sollte der Maulwurf überhaupt einen Perlmutterfarben-Verdacht haben? Kopf oben behalten! Das alles war sogar ein glückliches Zusammentreffen. Die beste Gelegenheit, der B zuvorzukommen. Alexander sah jetzt nur mehr sein Ziel vor sich. »Wann«, sagte er und versuchte möglichst unbeteiligt zu sprechen, »und wo ist es denn passiert?« »Eben jetzt habe ich es bemerkt. Seit der letzten Stunde hatte ich den Malkasten nicht aufgemacht, weil ... ich arbeite nämlich wieder an einer Erfindung. Also muß die Farbe in der letzten Stunde gestohlen worden sein, als ich von meinem Platz weg war.« Diesmal hatte der Maulwurf schon das ernste »gestohlen« gesagt und nicht mehr das kameradschaftliche »geklaut«. Stimmt, damals ist sie weggekommen, die Farbe, dachte Alexander bei sich. Laut aber sagte er – und wußte schon, was er damit erreichen würde: »Ist es nicht möglich, daß du die Perlmutterfarbe hier vergessen hast? Einfach auf dem Zeichentisch stehengelassen?« Und wirklich begann Maulwurfs Stirn sich denkend zu runzeln, er grübelte angestrengt. »Möglich ist es schon«, sagte er dann.

Da führte Alexander seinen zweiten Schlag. Obgleich er die Antwort wußte, fragte er: »Und wer kommt nach uns in den Zeichensaal?« Wie aus einer Maschine, in die man einen Groschen hineinwirft, kam aus Heihei die Antwort, die

Alexander hören wollte: »Die B! Vielleicht hat von denen einer die Farbe geklaut!«

Jetzt war es heraus. Und nicht einmal Alexander hatte es ausgesprochen. Der Verdacht ruhte auf der B. »Der Heihei ist wirklich ein guter Detektiv«, sagte Alexander schnell. »Nur muß er leiser reden«, bemerkte der Maulwurf, sichtlich unruhig. »Ja, es könnte sein, wie Heihei sagt, – allerdings, wie sollte ein B die anderen Sachen gestohlen haben, dazu hat er doch gar keine Gelegenheit ... Außerdem, wenn ich die Farbe nur stehengelassen habe, kann ein B sie höchstens *gefunden* haben, und nicht gestohlen ...« »Vielleicht ist es gar nicht derselbe, der mit der Farbe und der mit den anderen Sachen«, sagte Alexander überzeugend; denn er sprach die Wahrheit. Das leuchtete den beiden Freunden ein.

Maulwurf, der sich anschickte, Malwasser zu holen, sagte wie nebenbei: »Wir werden der Sache nachgehen. Heihei hat die Aufgabe, unauffällig herauszukriegen, wer von der B im Zeichnen auf meinem Platz sitzt. Den können wir dann fragen. Seid ihr damit einverstanden?« »Jaja!« schrie Heihei, entzückt über den Auftrag. Sofort entschuldigte er sich: »Jaja kann ich schreien, das ist kein Geheimnis.«

Heihei als Geheimdetektiv

In der Zehn-Uhr-Pause schoß Heihei eilig und mit wichtiger Miene zwischen dem A- und B-Gang hin und her. Er forderte direkt die Fragen der anderen heraus. Besonders die drei aus der fünften Bank, die immer zusammenhingen wie die Kletten und stets neugierig und lästig waren, bestürmten ihn geradezu, ebenso Hugo mit der Warze. Aber Heihei antwortete allen mit vielwissendem Ausdruck (soweit das seine Eile zuließ): »Oh, gar nichts, gar nichts, ich gehe nur einfach hin und her. Oder glaubt ihr vielleicht, daß ich ein

Geheimdetektiv bin?« Hugo sagte darauf ärgerlich: »Heihei tut sich wieder mal was an.« Aber er war, genau so wie die anderen, durch Heiheis Benehmen davon überzeugt, daß irgend etwas Aufregendes in der Luft lag. Sogar Heini überwand seine übliche Bequemlichkeit und fragte jeden, der ihm über den Weg lief, was denn los sei. Für geheimnisvolle Dinge hatte er eine besondere Vorliebe. Und da niemand wußte, was vorging, steigerte sich die Spannung immer mehr.

Heihei meldete dem Maulwurf dreimal: »Die B hält dicht. Sie fragen nur: ›Was gehts dich an?‹ Aber ich kriege es trotzdem heraus.« Und ehe Maulwurf ihn von seinem auffälligen Geheimauftrag abberufen konnte, war er immer schon davongejagt.

Alexander war aufgeregter als die ganze A zusammengenommen. Auf wen würde der Verdacht fallen? Auf den Zentner? Auf den mit dem roten Schopf – wie nannten sie ihn nur in der B ... Auf den Strohhalm oder auf den, der immer gleich so wütend wurde? Ach nein, das war ja derselbe wie der mit dem roten Schopf, Stichflamme riefen sie ihn. Auf welchen der vierundzwanzig Bs? Und wie würden sie es aufnehmen? Würden sie nicht doch merken, daß es mit dem Buch zusammenhing? Wußten sie schon davon? Alexander fand, daß Gewißheit besser sei als dieses Nichtwissen. Darum begann er, wie zufällig, in den B-Gang hineinzuschlendern.

Dort war es wie immer. Keiner schaute besonders auf ihn. Er horchte auf die Unterhaltungen. Niemand sprach von einem Buch. Sie waren ganz von der letzten Mathematik-Schularbeit erfüllt. So wußten sie also noch von nichts. Wie war das möglich? Wo war der B-Karli? Alexander sah sich vorsichtig um.

Der stand in einer Ecke ganz allein. Stumm starrte er vor sich hin. Eben ging ein B mit schrecklich langen Armen, wie ein Affe, auf ihn zu und fragte anscheinend etwas ...

der B-Karli nickte nur stumm mit dem Kopf und starrte weiter.

Alexander beobachtete ihn verwundert. Sollte der B-Karli wirklich niemandem etwas gesagt haben? Aus lauter Gutmütigkeit? Das war unmöglich. Viel wahrscheinlicher war, daß er einen entsetzlichen Racheplan gegen Alexander ausbrütete. Wenn man in seinen Kopf hineinschauen könnte! Bestimmt, ganz bestimmt war es so! Eben weil er den anderen nichts gesagt hatte ... das war der beste Beweis.

Diese Vermutung nahm Alexander die Ruhe. Er rannte in den A-Gang zurück, um zu hören, ob Heihei Neuigkeiten gebracht hätte. Da fing ihn der lange Gruber. Er legte seinen Arm mit einer unsicheren Bewegung um Alexanders Schulter, so, wie man es sich nur bei einem sehr guten Freund erlauben kann. Der feige Hund! Wie sollte Alexander nur von ihm loskommen? Er wagte es nicht, den Arm abzuschütteln. Dabei aber malte er sich in glühenden Haßfarben aus, was er tun würde, wenn er Napoleon wäre: Dann hätte er den langen Gruber zusammen mit dem B-Karli in einen Sack binden lassen und ins tiefste Meer geworfen. Oh, Napoleon durfte das sicher!

Da er nun aber eben nicht Napoleon war, sondern nur ein Schüler der dritten A-Klasse, der etwas Schlimmes begangen hatte und eben im Begriffe stand, noch Schlimmeres zu tun, mußte er seinem schlechten Gewissen in Gestalt des langen Gruber seine Schulter freundschaftlich überlassen.

»Es war bisher ergebnislos. Aber um elf Uhr. Heihei.« So lautete der Zettel, den Alexander von Maulwurf übermittelt bekam und der von Heihei in so schöner Beamtensprache verfaßt worden war.

Heihei war erst nach Stundenbeginn mit einem geheimnisvollunschuldigen Gesicht in die Klasse geeilt, während ihn die Klasse mit angespannter Neugier erwartete. Denn wer es bisher noch nicht von selber gemerkt hatte, war inzwischen von Hugo, Heini, den dreien aus der fünften Bank und anderen so oft gefragt und dann mit einem »Was, das weißt du nicht?« gespeist worden, daß nun glücklich alle unterrichtet waren, daß etwas im Gange war.

Aber Heihei drückte sich zur allgemeinen Enttäuschung und Erbitterung in seine Bank und kritzelte den bewußten Zettel. Bei ihm langte eine ganze Postfuhre Anfragen ein, aber er ließ sich nur herbei, nach allen Richtungen dieselbe Antwort zu schicken: »Ihr werdet es rechtzeitig erfahren.« Das brachte die A in eine wahre Raserei. Man verfolgte jede Bewegung Heiheis, und der Kleine platzte beinahe vor Stolz. Als man sah, daß zu Maulwurf und Alexander ein Sonderzettel ging, wurde die Stimmung richtig erbittert: »Die machen ihre Geheimnisse ...« Man wollte von Heihei um elf Uhr auf alle Fälle eine Auskunft erpressen. Aber direkt hinter dem Hasenbart rannte er hinaus.

»Was ist eigentlich los?« fragte Hugo mit der Warze empört Alexander. Auch Mausi hatte sich herangedrängt und zwinkerte Alexander vertraulich zu, um ihn an gestern zu erinnern. Er aber blieb unbewegt, zuckte nur mit den Achseln. Die Aufregung und Spannung der ganzen A paßte gut in seinen Plan hinein. Wer, wer, wer von den Bs würde es sein? Das Warten war jetzt kaum mehr erträglich. Und hatte der B-Karli wirklich bisher nichts gesagt? Und ... »Ich finde den Heihei als Detektiv sehr ungeeignet«, sagte da der Maulwurf leise hinter Alexander. »Die ganze Klasse weiß es schon ... wenn das nur gut endet ...«

Der kluge Maulwurf konnte seine prophetischen Worte nicht beenden. Denn da ging die Türe auf. Nein, sie *flog* auf, schlug mit einem lauten Knall ins Schloß, Heihei, rot und außer Atem, stürmte in die Klasse, rannte auf den Maulwurf zu und brüllte: »Der B-Karli!«

Verschiedene Meinungen

»Der B-Karli!« Dieser Name schlug in die gespannte A ein wie eine Bombe. Man wußte zwar überhaupt nicht, um was es sich handelte, aber es waren trotzdem schon alle möglichen Vermutungen aufgetaucht. »Was ist mit ihm?« »Ist er gestorben?« »Ach wo, aus der Schule geflogen ...« »Darum war er so lala ...« »Er übersiedelt in die A ...« So ging es durcheinander. Besonders Heini hatte alle Ruhe abgelegt und schnüffelte wie ein dicker Jagdhund nach dem Geheimnis, verbreitete dabei die wildesten Gerüchte. Und schließlich drängten sich alle um den Maulwurf und riefen fast drohend, er solle endlich sagen ...

Der Maulwurf stand ernst da und sprach leise, wie zu sich selber: »Was hat der Heihei da angerichtet!«

Heihei schien sich dessen gar nicht bewußt zu sein. Er hopste unausgesetzt in stolzer Aufregung auf und nieder, rotglühend über seinen Erfolg. Immer wieder schrie er: »Jaja, es stimmt, ich weiß es von drei Seiten ... der B-Karli sitzt auf deinem Platz im Zeichnen ...« Und der Maulwurf schwieg noch immer, während die anderen jetzt vor Neugier schon fast platzten.

Der lange Gruber war der erste, der fragte: »Was ist mit dem B-Karli?« Sein Blick streifte lauernd zu Alexander hinüber, der zur Salzsäule erstarrt, in seiner Bank saß.

Heihei, glücklich, daß endlich gefragt wurde, platzte los: »Maulwurfs Perlmutterfarbe ist doch weg seit dem letzten Zeichnen!« Ein Empörungsschrei kam aus vielen Kehlen. Die allseits bewunderte Perlmutterfarbe! »Und die hat der B-Karli? Hat man sie bei ihm gefunden?« schrie Hugo mit der Warze. »Der Maulwurf hat sie stehenlassen, und der B-Karli sitzt auf seinem Platz!« quiekte Heihei.

Diese zweideutige Erklärung ließ ein aufgeregtes, empörtes Geschrei laut werden: »Das ist eine Gemeinheit!« »Er muß die Farbe wieder hergeben!« »Verprügeln!« Und darüber hin schrie der lange Gruber: »Wer hat euch immer gesagt, wie die Bs sind? Jetzt stehlen sie auch noch! Und gerade der B-Karli war schon immer so verdächtig, nicht, Alexander?«

»Seid mal still. Ich werde es erklären!« Auf dieses Versprechen von Maulwurf hin hörte wirklich das Durcheinanderreden und -schreien auf. Nur den Pospischil hörte man in die eintretende Stille hinein brummen: »Wahrscheinlich hat er auch meinen Bleistift ...« Aber Hugo mit der Warze puffte ihn mit der linken Hand zur Ruhe, während er mit der rechten den Maulwurf anstieß, damit er erzähle.

Der sah mit gerunzelter Stirne vor sich nieder. »Es wäre für alle besser gewesen, wenn es geheim geblieben wäre«, sagte er und schaute plötzlich mit seinen grasgrünen Augen auf Heihei, der dadurch unvermutet aus seinem frohen Stolz gerissen war und ein bestürztes Gesicht machte. »Weiter«, drängten die anderen.

»Jetzt aber sollt ihr alles hören. – Ihr wißt vielleicht, daß in letzter Zeit in der A verschiedene Sachen fortgekommen sind. Pospischils Füllblei, vom Heihei drei Marken ... und ... jaja, Mausi, ich weiß, von dir ein neues Zeichenheft.«

»Pfui!« schrie es von einigen Seiten. Am lautesten war Mausis Piepsstimme hörbar.

»Und darum haben wir einen geheimen Selbstschutz gegründet, damit wir herausbekommen, wer seine Kameraden beklaut. Der Alexander, der Heihei und ich. Das war vorgestern. Und heute merkte ich, daß meine Perlmutterfarbe weg ist.« »Also das ist wirklich eine Gemeinheit«, ließ sich aus der Tiefe der Klasse der mächtige Knockout hören. »Der B-Karli hat sie dir geklaut, Maulwurf, deine neue Erfindung? Die so glänzt? Dem werd ich es aber zeigen, der kriegt ein paar Ohrfeigen von mir, der Kerl, Maulwurf, das versprech ich dir ...« Und Knockouts riesige braune Tatzen tanzten angriffslustig auf und nieder. Wehe dem, der dem Maulwurf etwas tat!

»Richtig, Knockout!« schrie Mausi, was Knockout aber nur zu einem verächtlichen Schulterzucken in ihre Richtung hin veranlaßte.

»Ruhe«, rief der Maulwurf klingend, und Heihei zuckte zusammen, obgleich er gar nichts gesagt hatte. »Knockout, mit dem B-Karli ist das nur eine Vermutung, verstehst du. Ihr müßt anständig zuhören. Der B-Karli muß nämlich die Perlmutterfarbe überhaupt nicht gefunden haben. Wie wir uns bei der letzten Selbstschutzversammlung den Kopf zerbrochen haben, wer alle Sachen und auch die Perlmutterfarbe genommen haben kann« (er sagte jetzt nicht mehr »gestohlen«), »da fragte der Alexander, ob ich sie vielleicht im Zeichensaal stehengelassen habe. Das ist leicht möglich. Und da war es selbstverständlich, daß wir nachgeforscht haben, wer nachher auf meinem Platz sitzt. Darum haben wir den Heihei ausgeschickt, er soll es geheim herausbringen. Geheim, damit kein Gerede entsteht. Denn auch wenn wir jetzt wissen, daß der B-Karli dort sitzt, so sagt das noch gar nichts. Sogar wenn er die Farbe gefunden hätte, hat er damit nichts verbrochen. Denn woher soll er wissen, daß sie mir gehört? Hat nicht auch einer von euch schon mal was gefunden? Wie kann er sie mir dann zurückgeben? Vielleicht hat er sie auch gar nicht gefunden. Also hat Heihei eine Blödheit gemacht. Nicht wahr, Alexander, das mit dem Platz hat doch gar nichts zu sagen?«

Zum erstenmal, seit die Nachricht von Heihei gekommen war, schauten auch andere als der lange Gruber auf ihn. Wie ein Blitzschlag hatte Alexander der Name »B-Karli« getroffen. Das hatte er nicht erwartet, das hatte er nicht beabsichtigt und gewollt. Ihn unschädlich machen – ja. Aber auf den B-Karli direkt den Verdacht eines Diebstahls lenken – das war zu schlimm. Alexander hatte ihn von sich auf die ganze B ablenken wollen. Die B war kein einzelner. Es war, als hätte man gar keinen beschuldigt. Daß ausgerechnet der B-Karli auf Maulwurfs Platz saß, war Schicksal. Gingen allen Bösewichtern ihre Schandtaten so gut aus? Denn nun stand der B-Karli, dem Alexander das Buch genommen hatte, durch Alexanders Schuld auch noch als Dieb da. Als Dieb der Perlmutterfarbe. Zwei Fliegen auf einen Schlag: Denn niemand kam mehr auf den wirklichen Perlmutterfarben-Verbrecher, und der B-Karli konnte es nicht wagen, Alexander zu beschuldigen, da man ihm nicht mehr glauben würde. Oder doch? Jetzt begann der Kampf. Nur einer konnte Sieger bleiben: Alexander oder der B-Karli.

Da er schwieg, hatte Maulwurf für ihn geantwortet: »Auch der Alexander denkt wie ich. Jeder anständige Junge muß so denken. Vielleicht hat der B-Karli auf meinem Platz die Farbe gefunden. Aber es kann sie auch während der Stunde einer aus der A genommen haben ...«

»Pfui!« rief der lange Gruber, der sich heute zum ersten Male so offen gegen den Maulwurf vorwagte. – Und da Hugo mit der Warze bei Maulwurfs Worten gedankenvoll genickt hatte, schloß sich sein Zwilling Heini der Gegenseite an. Ständig bevormundete Hugo ihn, er mußte sich einmal dagegen zur Wehr setzen. »Nein, ein A hat das bestimmt nicht gemacht!« rief Mausi und schaute umher, ob man sie auch ernst genug nahm. Und – o Glück – sie stellte fest: Der lange Gruber, der farblose Meyer und der dicke Heini nickten ihr entschieden zu. Der Pospischil sowie die drei Starken aus der fünften Bank machten ein beifälliges Gesicht.

Dadurch stieg Mausis Mut. Endlich, endlich war sie jemand! Sie hüpfte auf die nächste Bank und rief hell: »Oder hat vielleicht jemand von euch die Perlmutterfarbe?«

Die Frage, ob einer von ihnen ein Dieb sei, wurde mit einem wahren Empörungsschrei beantwortet. Mausi hatte alle auf ihrer Seite. Man hörte auf sie! »Also dann hat sie doch der B-Karli!« schrie sie und schaute kampflustig auf Lotte, die in ihrer letzten Bank sitzengeblieben war. »Und Heiheis Marken hat er sicher auch und Pospischils Bleistift!« rief anschließend der lange Gruber.

Wieso hatte das so überzeugend geklungen? Maulwurf sah scharf auf ihn, und auch Alexander wurde es ungemütlich. Aber da war schon wieder Mausi zu hören: »Sicher hat er auch mein neues Zeichenheft geklaut ...«

Knockout schaute von einem zum anderen. Er verstand gar nichts mehr. Maulwurf behauptete, daß es der B-Karli nicht sei, und Maulwurf wußte immer alles. Aber Mausi und Gruber schrien so laut, hatten sie nicht vielleicht doch recht? Knockout konnte sich nicht entscheiden. – Auch Hugo wurde unruhig, während Meyer weiter sein unbeteiligtes Gesicht zur Schau trug.

In die kleine Pause nach Mausis letztem Triumph ertönte es aus der letzten Bank: »Mausi, das glaubst du doch selber nicht!«

Es war Lotte. Wie sich jetzt alle nach ihr umdrehten, Mausi mit betont verachtungsvoller Miene, schüttelte sie ohne jede Verlegenheit ihren schwarzen Pony aus der Stirne und sagte ruhig: »Ja, es ist eine Gemeinheit von Mausi. Mir hast du selbst gesagt, daß du nicht bestimmt weißt, ob du das Heft nicht verkramt hast. Und jetzt verdächtigst du einfach den B-Karli? Wie soll der das denn gemacht haben? Ich hab ihn noch nie in der A gesehen. Nein, das sagst du nur, weil du dich vor dem langen Gruber groß machen willst, weil der immer von den Bs alles Schlechte sagt. Damit werden wir nicht herauskriegen, wer klaut. Denn jemand, der auf die B hetzt, wird nie die Wahrheit herauskriegen, weil er sie gar nicht wissen will. Ihr wollt ja nur die B verdächtigen!«

Ein Schweigen folgte. Nur Mausi flüsterte, aber so laut, daß es alle hörten: »Sie hält immer zur B.« »Pfui«, sagte Heini und schaute kampflustig auf Hugo, was diesen zu folgender Kundgebung veranlaßte: »Schweig, du Affe. Bitte, merkt es euch, daß es der Heini war, der ›Pfui‹ gerufen hat, und nicht ich, damit ich nicht mit so einem Blödian verwechselt werde. Ganz recht hat die Lotte, wir wollen wissen, wer hier klaut, und nicht, ob die Mausi die A für besser hält oder die B. Sie soll sich damit nicht so wichtig machen!« »Laß die Mausi in Ruhe, ja?« knurrte der lange Gruber.

Mausi traute ihren Ohren nicht: sie hatte in dem langen Gruber einen Ritter gefunden. Dafür wollte sie aber auch für ihn durchs Feuer gehen!

»Also, wer war es eigentlich? Wer hat recht?« fragte Knockout mißtrauisch den Maulwurf. Und auch manche andere sahen den Maulwurf an und wollten Antwort.

Da erinnerte Meyer pflichtbewußt: »Wieso hat die Stunde eigentlich noch nicht angefangen? Es ist gleich halb zwölf ...«

In der Aufregung hatten sie es nicht bemerkt, daß Professor Karba, der Geschichtslehrer, längst hätte da sein müssen. »Ich werd mal nachschauen«, erbot sich Heihei bereitwillig, sank aber sogleich wieder zu einem Häufchen Unglück zusammen, da er sich erinnerte, wie schlecht er vorhin sein Amt erfüllt hatte. Durch ihn war die ganze Verwirrung entstanden, er war sich dessen bewußt. »Meyer geht nachschauen«, bestimmte der Maulwurf.

Meyers Hinausgehen folgte eine erwartungsvolle Pause. Wieso kam der Karba nicht?

Alexander saß noch immer unbeobachtet. Man hatte ihn einfach vergessen, wie jeden, der sich nicht vordrängte. Als Lotte sprach, hatte er gleichzeitig gezittert und aufgeatmet. Vielleicht, hatte er gehofft, ließ sich wirklich noch das Unheil von B-Karlis Kopf abwenden. Aber dann hatte er einen der glotzenden Blicke des langen Gruber aufgefangen, der ihn erinnerte, wohin er gehörte und ihn zittern ließ vor Furcht, daß durch Lottes Worte die Wahrheit herauskommen könnte. Nachher war er wieder empört gewesen, als der Gruber sprach, aber gleichzeitig mußte er hoffen, daß man ihm Glauben schenkte. Denn davon hing seine Rettung ab. Er oder der andere. Eigentlich hatte er ein unverdientes Glück durch Mausis und Grubers Hilfe, durch die Verdächtigung des B-Karli. Denn wenn dem auch nie der Diebstahl der Perlmutterfarbe nachgewiesen werden konnte, einfach nicht *konnte* (niemand als Alexander wußte so gut, warum das unmöglich war) – von einem Verdacht bleibt immer etwas hängen. Und wer glaubt einem Dieb? Bisher hatte der B-Karli anscheinend noch niemandem von der Buchgeschichte erzählt. Tat er es jetzt, so nahm jeder an, es sei eine Retourkutsche, um einen A zu verdächtigen ...

Jeder würde es annehmen. Nur nicht der lange Gruber und Alexander. Warum der lange Gruber trotzdem hetzte, war nicht ganz klar. Warum aber Alexander zu ihm halten mußte, auf Tod und Teufel, das wußte er sehr gut. Zu gut.

Maulwurf hatte schon lange geschwiegen. Warum sagte er nichts? Trostlos wiederholte Knockout: »Ich versteh wirklich nichts mehr. Hat er nun geklaut oder nicht?« »Aber sicher hat er«, flüsterte der lange Gruber ihm freundlich zu, was ein empörtes: »Halt den Mund« von Hugo, der neben Knockout auf dem Pult hockte, zur Folge hatte. Und das wiederum ein Gepuffe zwischen Hugo und Heini. »Mein Gott, warum habe ich es so laut gesagt ...«, beschuldigte sich Heihei leise jammernd.

Da kam der farblose Meyer zurück und sagte: »Wir können nach Hause gehen, Professor Karba ist krank geworden, und die Stunde fällt aus.«

Diese erschütternde Tatsache sagte er so selbstverständlich, wie es nur der Meyer konnte. »Hurra!« riefen einige aus dem Hintergrund, denen das Hin und Her über den B-Karli schon zu langweilig geworden war.

»Noch einen Moment!« Endlich sprach der Maulwurf. »Wir sind noch zu keinem Ende gekommen, wir haben das Ganze nur zerredet. Es ist überhaupt kaum wahrscheinlich, daß der B-Karli die Farbe hat, und selbst wenn, ist er ganz unschuldig dazu gekommen. Aber ihr wollt ihn einfach als einen Dieb hinstellen. Warum eigentlich? Lieber will ich auf die Perlmutterfarbe verzichten.« »Es geht ja gar nicht mehr um die Perlmutterfarbe!« rief der lange Gruber. Er sagte das, was Alexander sich heimlich dachte. – Worauf Knockout verwirrt fragte: »Ich hab geglaubt, daß schon ...« »Nein, es geht um die Ehre der A!« erklärte Mausi, die begriffen hatte, worauf der lange Gruber hinauswollte. Hugo und Knockout schauten wütend. Ließ man sie ungestört hereinreden? Nein, der Maulwurf antwortete schon: »Es geht weder um die Perlmutterfarbe noch um die Ehre der A. Von der ist gar nicht die Rede. Es geht nur um die Gerechtigkeit und Wahrheit. Ob der B-Karli die Perlmutterfarbe gefunden hat oder ob sie jemand anderer gestohlen hat.«

»Warum fragen wir eigentlich nicht einfach den B-Karli?« fragte Lotte. Und auch einige andere griffen sich an den Kopf, warum man nicht gleich auf diese natürliche Lösung gekommen war.

Aber Mausi lachte höhnisch auf: »Ha, der wird gerade die Wahrheit sagen, ein B!« Und Heini, der sich auf der anderen Seite endgültig von Hugos Bevormundung frei glaubte, fügte gewichtig hinzu: »Sehr richtig.«

Da ließ sich ein schüchternes Stimmchen vernehmen. Es war der Zuspätgekommene, der Kleinste, der A-Karli, der sich erstaunlicherweise zum Wort meldete. »Ha, der Karli ...«, brummte Mausi verächtlich, was den Kleinen sonst ganz aus der Fassung gebracht hätte. Noch vor einer Stunde hätte er es für unmöglich gehalten, daß er sich in einer so wichtigen Sache meldete. Doch auf Mausis Bemerkung hin geschah das Unglaubliche, daß Knockout, der mächtige Knockout, seine riesige Pranke wie beschützend auf den winzigen A-Karli legte und Mausi anfauchte: »Ein Kleiner weiß manchmal auch was. Sags, A-Karli.«

»Ja ... ich meine nur ... natürlich muß man den B-Karli fragen. Jeder, der so einfach sagt, er hat gestohlen, tut ihm doch unrecht. Ich denke mir, wie schrecklich das wäre, wenn man mir so was vorwerfen täte und es täte nicht stimmen. Fragen wir morgen den B-Karli. Wenn er die Farbe gefunden hat, wird er froh sein, daß er sie zurückgeben kann. Und wenn es doch jemand aus der A war, wird die Farbe sicher bis morgen zurückkommen. Denn keiner wird doch wollen, daß ein anderer für ihn unschuldig leidet ...« Über und über glühend, verstummte der Kleine.

Knockout seufzte erleichtert auf. Also nicht nur er – auch andere wußten nicht, ob es der B-Karli gewesen war oder nicht. – Heihei murmelte, mit einem scheuen Blick auf den Maulwurf: »Ganz richtig«, und viele andere nickten. Natürlich, man mußte den B-Karli einfach fragen. Entweder hat er die Perlmutterfarbe gefunden oder nicht. – Warum redete man überhaupt soviel um eine so einfache Geschichte?

Maulwurf schien sichtlich erleichtert, da er sah, daß die meisten auf A-Karlis Rede hin den wahren Sachverhalt verstanden. »Also seid ihr einverstanden?« fragte er. »Wir holen den B-Karli morgen um halb acht herüber und fragen ihn?« »Gut ...« »In Ordnung ...« Das leise Murren von Gruber und Mausi ging in der allgemeinen Zustimmung unter.

Um jede weitere Unterhaltung abzubrechen, die heute doch zu keinem Ziel führen konnte, packte der Maulwurf mit der linken Hand die Schultasche, mit der rechten Alexander an der Schulter und zog ihn aus der Klasse. Wie ein verschüchtertes Hündchen schlich Heihei hinterher. Er durfte zwar nie mehr hoffen, Geheimdetektiv der A zu sein. Trotzdem aber wollte er die Vorwürfe von Maulwurf, die kommen mußten, entgegennehmen. Um dann, zwar ohne Ehrenamt, aber doch mit Maulwurfs Verzeihung, weiterzuleben.

Alexanders Auffassung ändert sich

Auf dem gemeinsamen Heimweg unterhielt man sich sonst immer lebhaft. Zwischen Maulwurf, Heihei und Alexander war immer etwas zu besprechen gewesen. – Heute fiel kein Wort. Alexander fühlte sich unbehaglich und fürchtete, sich durch jedes Wort zu verraten. Heihei, sonst wie ein Wasserfall, schwieg bedrückt, trapste schüchtern neben Maulwurf her und sandte nur manchmal einen zerknirschten Blick zu ihm. Der Maulwurf, ganz in sich gekehrt, hatte sein unwirschestes Gesicht aufgesetzt. Die grasgrünen Augen verschwanden fast unter der gerunzelten Stirn und den zusammengekniffenen Augenbrauen. Was für Ansichten sich heute in der A gezeigt hatten! Wie leicht sich manche verdummen ließen! Und dieser Gruber war ein ganz bösartiger Kerl! War neu in die A gekommen und schrie herum von »Ehre der A«! Er, Maulwurf, hatte nie davon geredet, aber er und alle seine Freunde hatten immer alles dazu getan, daß die »Ehre der A« nicht beschmutzt wurde, das heißt, daß es gerecht zuging. Na, es war vorüber. Was den B-Karli anlangte ... »Den fragen wir halt morgen«, dachte er laut. »Wie, bitte?« fragte Heihei, der nur auf eine Gelegenheit gewartet hatte, reden zu können. »Wir fragen den B-Karli morgen«, wiederholte der Maulwurf.

»Du, entschuldige bitte vielmals«, stieß Heihei schnell hervor. »Ich habe vorhin einen schrecklichen Fehler gemacht, Maulwurf, ich weiß, aber ...« »Na, es ist ja noch gut ausgegangen«, sagte der Maulwurf. »Hättest du nicht so ein Theater gemacht, so hätten wir drei, der Alexander, du und ich, als der Selbstschutz den B-Karli gefragt, und, wenn er die Farbe nicht gefunden hat – ich weiß doch gar nicht, ob ich sie überhaupt stehengelassen hab –, nachgeforscht, wer sie geklaut hat, ebenso wie die Marken und das Zeichenheft und den Füllblei. Das müssen wir auf alle Fälle. Aber es ist besser, wenn man das still tut und wenn nicht alle davon wissen.

Zum Beispiel der Gruber. Dem geht es anscheinend gar nicht darum, ob geklaut wird, und wer klaut. Nicht, Alexander?«

»Was sagst du?« fuhr Alexander erschreckt auf. Er hatte die ganze Zeit schon mit einem angebissenen Apfel, der auf der Straße lag, Fußball gespielt. »Ach so, die Perlmutterfarbe ... ich denke, daß es der B-Karli war. Oder wenn der nicht, dann ein anderer B. Einer aus der A sicher nicht.«

»Bist du am Ende auch ein B-Fresser geworden?« Mißtrauisch sah der Maulwurf Alexander im Gehen von der Seite an. »Ach nein, ... ich meine nur ...«, stotterte Alexander und gab dem Apfel einen Stoß, daß er auf die andere Seite der Straße rollte. »Ich meine nur, daß ein A so was nicht macht, denk mal, deine Erfindung ...«

Der Maulwurf schüttelte den Kopf: »Komisch, wie du sprichst. Das kommt doch vom langen Gruber! Der Gruber kommt mir nicht ganz geheuer vor, wenn er so von seiner A-Liebe spricht. Das klingt immer, als ob er sich damit selber künstlich besser machen wollte.« »Das find ich nicht«, trat Alexander plötzlich für den langen Gruber ein. Wenn schon, denn schon. »Nicht, daß ich zu ihm halte. Aber wir alle haben doch immer gefunden, daß die A mehr ist als die B, nur haben wir es nicht gesagt ...« Und Alexander glaubte in diesem Augenblick wirklich, was er sagte. »Warum soll die A besser sein?« fragte der Maulwurf kühl, während Heiheis Mund vor Erstaunen weit offen stand. »Kannst du mir das sagen?«

Ja, warum wirklich? Alexander suchte in seinem Kopf nach Beweisen. Aber ihm fiel nichts Richtiges ein. »Ich weiß nicht«, gestand er dann, »aber man hat das im Gefühl. Übrigens ist es nicht wichtig. Ich meinte nur ...« Heihei, als er den stolzen Alexander so in die Enge getrieben sah, half ihm: »Ach, der Xander hat sich nur so hineingeredet, wir sind ja heute alle ein bißchen blöd. Natürlich war es ein schrecklicher Fehler, daß ich es so laut gesagt habe, aber jetzt bist du nicht mehr böse, gelt, Maulwurf? Morgen fragen wir vor der ganzen A den B-Karli, und wenn der ›Nein‹ sagt, so ist alles gut. Aber wenn er die Perlmutterfarbe gefunden hat, gibt er sie zurück.« »Na ja, hoffentlich wird alles klar. Und du, Alexander, überleg dir auch noch mal das mit A und B. Auf Wiedersehen.« »Auf Wiedersehen.« »Auf Wiedersehen.«

Einen Moment schien es dem Maulwurf, als wollte Alexander etwas sagen, aber dann drehte der sich doch um. Der Alexander war solch ein Dickkopf, er konnte nie zugeben, wenn er unrecht hatte! Na, der kam schon wieder zu sich. Maulwurf wollte schnell nach Hause. Er war eben dabei, einen Topf zu konstruieren, in dem Kartoffeln nach fünf bis zehn Minuten weich waren. Damit wollte er den Onkel Ernst, bei dem er wohnte, zu Weihnachten überraschen. In einer Junggesellenwirtschaft, wie bei ihnen, mußte alles praktisch sein; und Weihnachten war schon in vier Wochen.

Gruber, diesmal sehr geheimnisvoll

Die Mutter, Klari genannt, stand in der Küche am Gasherd. Es roch gut nach Essen. Als Alexander aufschloß (er hatte einen Wohnungsschlüssel, da Klari auch vormittags manchmal im Geschäft war), machte sie ein ganz sprachloses Gesicht. »Nanu, wieso kommst du schon nach Hause? Ist dir nicht gut? Du siehst ein bißchen blaß aus.« »Ach nein, Klari«, sagte Alexander und war froh, daß er endlich zu Hause war, wo niemand von Perlmutterfarbe und A und B sprach, »der Karba ist krank und darum haben wir zeitiger aus.« »Na, dann ist ja alles gut«, sagte Klari und rührte das Kartoffelpüree um. »Ich bin in einer halben Stunde mit dem Essen fertig, wollen wir zeitig essen? Mir wäre es lieb, weil ich schon um halb zwei im Geschäft sein muß.« »O je, das ist aber schade«, sagte Alexander. »Ich hab mich so auf dich gefreut, Klari. Weißt du was, ich deck inzwischen den Tisch. Ach Gott, bin ich froh, daß ich zu Hause bin!« Das kam aus tiefstem Herzen. »Na, das freut einen«, sagte sie und patschte ihm auf den Kopf. »Schade, daß ich gleich weg muß. Wir haben uns schon lange nicht richtig erzählt. Aber die Wochen vor Weihnachten sind halt schlimm. Wahrscheinlich komm ich heute wieder erst um acht Uhr nach Hause. Dann mußt du alleine essen und nicht wieder auf mich warten, gelt? Nimm ein reines Tischtuch heraus, Xander, das alte ist schmutzig. Ja, das mit den blauen Streifen. Hast du viel Aufgaben zu machen?« »Jaja«, lenkte Alexander schnell ab und breitete das neue Tischtuch auf, das so angenehm nach frischer Wäsche roch.

»Erzähl mir was«, rief Klari aus der Küche. »Ist nicht was zum Lachen? Im Geschäft muß ich den ganzen Nachmittag so ernst sein! Was macht die Warze von Hugo? Kommt nicht wieder mal der Maulwurf zu uns und der kleine Gummiball?« »Du meinst den Heihei?« fragte Alexander beunruhigt. Warum fing Klari von der Schule an? Hier zu Hause wenigstens wollte er nichts davon hören.

Darum fragte er schnell: »Und bis Weihnachten wirst du soviel arbeiten müssen?«

»Na ja, Kalbl, Geld verdienen ist nicht anders.« Das sagte sie aber mit so lustigen Augen, als ob Geldverdienen die einfachste Sache von der Welt wäre. Trotzdem war sie am Abend immer blaß und müde, wenn sie es auch ableugnete. Alexander überkam plötzlich das Gefühl, daß die Mutter ihm helfen könnte, nur sie. »Geh nicht weg«, bat er und lief zu ihr hin. »Bitte, bitte, Mutter, bleib hier, geh heut nicht ins Geschäft . . .« »Aber Xander«, sagte sie erschreckt, denn nur in ganz feierlichen Augenblicken nannte er sie »Mutter«, »was ist denn mit dir? Du weißt doch, daß ich ins Geschäft muß, damit die Damen ihre Hüte bekommen. Später, wenn du groß bist, so ungefähr in zwei Wochen, und wenn du

Professor oder Kanalräumer oder sonst was sein wirst, dann kann ich zu Hause sitzen. Aber jetzt ...« Da war Alexanders Aufwallung schon vorbei.

Nein, Klari, die beinahe wie seine Schwester aussah, konnte er nicht in diese häßliche Geschichte hineinziehen. Zu Hause sollte eine ruhige Insel bleiben, wo er und Klari ganz alleine lebten und abwechselnd kindische Spiele spielten oder erwachsene Gespräche führten. – Besonders sorgfältig deckte er den Tisch, legte Gabel, Messer und Löffel schön gerade auf und ging sich die Hände waschen.

»Hallo, das Essen kommt!« rief Klari und stellte zwei Schüsseln hin. »So, mein Sohn wird mich bedienen. Nicht soviel Kartoffeln, wenn ich bitten darf.« »Damit du groß und stark wirst«, bestimmte Alexander und gab noch einen Löffel Püree auf ihren Teller. Er behandelte Klari gerne wie seine Tochter. »Aber du auch«, verlangte sie. »Hör mal, hast du vielleicht zufälligerweise einen Wunsch für Weihnachten? Ich meine, du könntest dir bei mir etwas bestellen.«

In Klaris Nähe hatte Alexander immer das tröstliche Gefühl, als ob nichts auf der Welt wirklich schlimm sein könnte. Darum erschien es ihm plötzlich möglich, daß sich noch alles gutmachen ließe. »Du«, sagte er darum mit stockendem Atem, »ich möchte ein Buch, und das heißt: ›Wir sind alle Menschen‹. Drin steht alles über Chinesen und Neger. Aber ich fürchte, es ist teuer ...« »Kann man ja sehen«, sagte sie. »Vielleicht läßt es sich erschwingen. O je, es ist schon gleich eins ... ich wollte noch vor dem Geschäft ...« »Geh nur, Klari, ich wasch das Geschirr ab«, rief Alexander. Ihm war leicht ums Herz. Wenn er das Buch bekam, konnte er es dem B-Karli geben. Dann war wieder alles in Ordnung; denn morgen konnte man dem B-Karli doch nicht den Diebstahl der Perlmutterfarbe nachweisen. Die Sache würde sich im Sande verlaufen. Dann brauchte er auch nicht mehr zu sagen, daß A besser sei als B. Und er durfte wieder Maulwurfs und Heiheis Freund sein. Das Leben erschien ihm leicht. Fröhlich holte er den Topf mit heißem Wasser vom Feuer und begann abzuwaschen.

»Adieu, großer Sohn«, sagte Klari, die jetzt, wo sie sich für das Geschäft angezogen hatte, wie eine Dame aussah, und gab ihm einen Kuß auf den Kopf. »Faß mich nicht an mit den nassen Händen ... also um acht Uhr. Und wegen dem Buch werde ich schauen.«

Es war viel Geschirr abzuwaschen. Auch noch vom gestrigen Nachtmahl. Alexander war so froh, daß er mit Feuereifer arbeitete und laut dazu sang. Daß einem so riesengroße Steine auf dem Herzen liegen können, die eine Mutter herunterrollen kann, ohne viel dazu zu tun.

Um halb vier machte er sich an die Aufgaben. Es waren ziemlich viele, besonders die vertrackten Mathematikaufgaben vom Magnetmaxl. Mindestens zwei Stunden hatte er damit zu tun. Blieben zwei zum Lesen. Dann mußte er den Nachtmahltisch decken. Denn ohne Klari würde er natürlich nicht essen.

Er hatte schon eine ganze Weile gerechnet, als es läutete. Eine Unterbrechung war angenehm. Wer konnte es sein? Vielleicht der Briefträger? Sonst kam er zwar immer erst um halb sechs, aber möglicherweise hatte er heute wenig Post auszutragen gehabt. Alexander sprang zur Türe, riß sie weit auf ...

Aber nicht der Briefträger stand draußen. Sondern – Alexander traute seinen Augen kaum – draußen stand wirklich und wahrhaftig *der lange Gruber*. Nie vorher war er hier gewesen. Nicht einmal auf dem Nachhauseweg waren sie jemals zusammen gegangen, geschweige denn, daß er ihn zu sich eingeladen hätte. Ihre Vertraulichkeit bestand ja erst seit zwei Tagen, seit jener unseligen Zehn-Uhr-Pause.

Rasch, bevor sich Alexander gefaßt hatte, sagte der lange Gruber: »Servus, Alexander. Da staunst du, daß ich zu dir komme, was? Aber ich hab vergessen, mir die Rechenaufgabe abzuschreiben.«

Er lügt, er lügt, dachte Alexander. Darum kommt er nicht her. Aus irgendeinem anderen Grund, den ich nicht weiß, verfolgt er mich bis in die Wohnung ...

Am liebsten hätte er ihn gar nicht hereingelassen, aber der lange Gruber war schon, ohne Einladung, weitergegangen. Wenn er nur nichts sagte, nichts von dem aussprach, was ihn und Alexander dunkel verband ... Um das zu verhindern, sprudelte Alexander los: »Ich geb dir die Aufgabe, ich mach sie eben und will auch gleich weiterarbeiten ...« Das bedeutete: Da hast du, aber geh bitte wieder.

Doch der lange Gruber schien das nicht zu verstehen. Er zeigte keine Eile, auch keine besondere Aufmerksamkeit für die Rechenaufgabe, wegen der er doch, wie er sagte, eigens hergekommen war. Vielmehr ging er im Zimmer umher, in dem Klaris Bett stand, der Kasten mit den Büchern Alexanders. Dann blieb er, nachdem er mit seinen hervorquellenden Augen wie suchend den Tisch mit Heften betrachtet hatte, vor dem Holzregal stehen, auf dem, sauber geordnet, Alexanders Schulsachen lagen. »Einen schönen Malkasten hast du«, sagte er und klappte ihn auf. Alexander wurde das Gefühl nicht los, daß der lange Gruber dort etwas suchte. Vielleicht die Perlmutterfarbe ... Gott sei Dank, daß er damals das leere Fläschchen fortgeworfen hatte. Man stelle sich vor, wenn der lange Gruber das jetzt gefunden hätte ...

Da sagte er zu Alexanders größter Freude: »So, jetzt werde ich wieder gehen. Sei so gut und gib mir vorher ein Glas Wasser.« Dabei hingen seine Augen wie gebannt an dem Holzgestell. »Und die Rechenaufgabe?« fragte Alexander argwöhnisch. »Die schreib ich mir ab, während du in der Küche bist. Laß gut ablaufen!«

Ein Glas Wasser konnte man nicht verweigern, obgleich Alexander den dunklen Gast nicht gerne allein im Zimmer lassen wollte. Also lief er in die Küche, ließ das Wasser aber nur solange abrinnen, als nötig war, damit es nicht zu warm war. So eilig kam er zurück, daß er die Hälfte auf den Boden ausgoß ...

Der lange Gruber saß nicht beim Tisch, nicht bei der Rechenaufgabe. Er stand noch immer vor dem Holzgestell und machte eine schnelle Bewegung, als hätte er eben etwas in die Tasche gesteckt. »Du bist aber ein Kerl«, sagte er dann mit einem Ausdruck von Hochachtung und Verwunderung in den Augen. Alexander wußte nicht, wie er zu diesem zweifelhaften Lob kam. Da griff schon der lange Gruber nach dem Glas, trank nur einen ganz kleinen Schluck und sagte: »Danke schön.« Sehr groß konnte der Durst nicht gewesen sein. »Komm mich doch auch mal besuchen«, fügte er hinzu. »Trinkst du gern Wein? Dann verschaff ich welchen, der Vater merkt es nicht.« Als Alexander verlegen schwieg, zwinkerte er ihm vertraulich zu: »Auf Wiedersehen, morgen um halb acht.« »Und die Rechenaufgabe?« stotterte Alexander. »Die hab ich mir inzwischen abgeschrieben«, versicherte der lange Gruber. »Servus.« Damit war er zur Türe hinaus.

Alexander glaubte ihm kein Wort. Um die Aufgabe abzuschreiben, war die Zeit, während der Alexander in der Küche war, viel zu kurz gewesen. Außerdem hatte er beim Regal gestanden und nicht beim Tisch, auf dem das Heft mit der Aufgabe lag. Wegen der Rechenaufgabe war er folglich nicht gekommen. Und er hatte sich Wasser geben lassen, obgleich er keinen Durst hatte. Weshalb das alles? Und warum war Alexander in seinen Augen ein ›Kerl‹? Er hatte ihn aus dem Zimmer haben wollen, um irgend etwas auszuschnüffeln ... Aber was?

Alexander zerbrach sich ergebnislos den Kopf. Doch nach diesem Besuch hatte er das hoffnungslose Gefühl, daß es nicht mehr helfen konnte, wenn Klari ihm das Buch »Wir sind alle Menschen« schenken würde.

Gegen halb acht waren wirklich die meisten schon da. Die Aufregung von gestern hatte sich etwas gelegt. Die Geschichte schien allen ganz einfach. Entweder hatte der B-Karli die Farbe gefunden, wußte nicht, wem sie gehörte, und würde sie sofort ausfolgen, oder aber . . . na ja, dann wurde es interessant, wenn einer aus der A sie gestohlen hatte. Sogar der lange Gruber schien seit gestern seine Meinung geändert zu haben. »Es ist richtig, daß man den B-Karli fragt. Wenn einer sie hat, dann er«, sagte er laut zum Meyer. Worauf Hugo mit der Warze, der danebenstand, sich verächtlich zu seinem Zwilling wandte und brummte: »Na siehst du, du Blödian, sogar dein Oberhetzer ist jetzt dafür, daß man den B-Karli fragt. Und du hast dich den ganzen Weg mit mir gestritten . . .« Heini nahm davon keine Notiz. Doch Mausi schien von Grubers neuer Friedfertigkeit beunruhigt. »Er wird doch ›Nein‹ sagen«, sprach sie eifrig auf ihn ein, »man kann einem B nicht so ohne weiteres glauben . . .« »Na, warten wir erst mal ab«, antwortete der lange Gruber verheißungsvoll.

Lotte war bei Maulwurf. »Fast alle sind da. Schicken wir jemanden um den B-Karli.« »Es ist fünf nach halb«, stellte der farblose Meyer der Ordnung halber fest. »Wer soll gehen?« machte sich Hugo bemerkbar.

Maulwurf schaute umher. Einen Moment blieben seine grünen Augen an Mausi hängen, so daß die schon vor Erwartung, er würde sie schicken, erzitterte. Dann aber sagte er: »Heihei, geh du.«

Heihei, der, als die Entscheidung getroffen wurde, mit niedergeschlagenen Augen und sogar ohne zu hüpfen dagestanden hatte, starrte den Maulwurf an. Ihn hatte er beauftragt? Trotz gestern? Nie hätte Heihei das zu hoffen gewagt. Aber er begriff: Maulwurf wollte ihm Gelegenheit geben, das Gestrige gutzumachen. Leuchtenden Auges setzte er sich in Bewegung. »Aber ängstige ihn nicht!« rief Hugo ihr nach. »Ach nein, dem Zuckerpüppchen passiert sonst was!« antwortete Heini höhnisch. Er war seit gestern erstaunlich selbständig und unternehmend geworden. »Sei still, Heini«, sagte Lotte und schüttelte ihre schwarzen Pony. »Heihei soll ihn unauffällig und ohne den Grund zu sagen rufen.«

Während dieser ganzen Erörterung blickte Heihei nur auf den Maulwurf, und sein Blick sagte: Dank, lieber Maulwurf. Danke für dein Vertrauen. Ich werde es so gut machen, wie ich nur kann. »Also hol ihn freundlich«, schloß der Maulwurf, und Heihei sauste davon.

Nun mußte man warten. Wie würde sich der B-Karli benehmen? Was sagen? Hatte er die Farbe? Eine stille Spannung überkam alle.

Aufgeregt saß Knockout da. Jetzt würde er die Sache endlich verstehen! – Aufgeregt war auch der Kleinste, der Zuspätgekommene, der A-Karli. Er fühlte sich dem B-Karli verwandt und verbunden. Vielleicht darum, weil nur ein A und ein B ihre Namen trennte. Ihm gefiel der Namensbruder in der B. – Knockout hätte sich gerne zu Maulwurf gesetzt. Aber der saß mit verschlossenem Gesicht in seiner Bank, der dritten links. Merkwürdig, daß alle die Sache so ernst nahmen!

Fünf Minuten vor drei Viertel

Die Minuten zogen sich. Alexander meinte, es nicht mehr aushalten zu können. Was geschah, wenn der B-Karli nun vor allen Kameraden erklären würde: »Euer Alexander hat mir ein Buch gestohlen?« Und selbst, wenn er das nicht tat, wie konnte Alexander es ertragen, daß man den B-Karli nach der Farbe fragte: Wie würde er seinen Blick ertragen? Sollte er sagen: »Mir ist schlecht«, und hinausgehen? Das mußte auffallen. Aber in seiner ersten Bank konnte er nicht bleiben. Zu Lotte in die letzte! Und sich dort so klein machen, daß ihn der B-Karli überhaupt nicht sehen konnte. Wenn er nur nichts von dem Buch sagte ...

Doch da kam wieder der schreckliche, der tröstliche Gedanke: Dem B-Karli würde man nicht glauben. Trotzdem er sagen mußte, daß er die Farbe nicht hat. Oder eben deshalb ... Und damit hatte endgültig der neue Alexander gesiegt, den es seit vorgestern gab, der Alexander, der der Freund des langen Gruber war, der Alexander, der die A besser fand als die B. Und dieser neue Alexander wünschte brennend, daß der B-Karli auf irgendeine Weise als Dieb der Perlmutterfarbe entlarvt würde. Auf dieses Wunder hoffte er. Doch der B-Karli durfte ihn nicht sehen. Darum stand er auf, ging durch den Gang, durch die wartende A, zur letzten Bank hin, in der Mausi und Lotte saßen.

Ehe jemand an ihn eine neugierige Frage stellen konnte, hörte man hinter der Türe vier Füße. Zwei hüpfende und zwei schwer gehende. Dann öffnete sich unter dem atemlosen Schweigen der neunundzwanzig As die Türe. Herein schob sich, mit mißtrauischem Gesicht, der B-Karli. Hinter ihm schloß Heihei, hüpfend vor Erregung, die Türe.

Da also stand der B-Karli in der fremden Klasse. Er wußte nicht, was man von ihm wollte. Heihei hatte ihn mit so anzüglichen Redensarten herübergelockt, daß ihm etwas unheimlich zumute war. »Komm mal einen Moment zu uns in die A ... wir wollen dich was fragen ... nein, hab keine Furcht, fast keiner glaubt es. Höchstens der Gruber und die Mausi, sonst nur noch der Heini und vielleicht der Meyer. Aber der Maulwurf und ich, wir wissen, daß du nicht geklaut hast. Komm schon, wir warten. Hab nur keine Angst, wir wollen dich nur ganz freundlich fragen ... es ist nur eine Formsache ...«

Man kann sich vorstellen, daß der B-Karli durch diese Einladung nicht besonders beruhigt war. Außerdem hatte

Heihei alles in seinem gefürchteten Flüsterton vorgebracht; und nun vermutete die B, daß irgendeine Verschwörung im Gange sei. – Heihei aber meinte, seinen Auftrag außerordentlich gut durchgeführt zu haben: den B-Karli unauffällig, höflich und ohne den Grund anzugeben, in die A einzuladen.

Da stand er nun also vor der fremden Klasse, der schlitzäugige, borstenhaarige B-Karli, vorne nahe dem Katheder. Er besann sich schnell, setzte eine gleichberechtigt-harmlose Miene auf und fragte: »Ihr wollt mich sprechen. Was wollt ihr von mir?« Dabei schaute er über die A hin, als suche er jemanden. Seine Schlitzaugen wurden noch schmaler, als sie den langen Gruber erblickten. Dann wanderten sie weiter, und Alexander dankte dem raschen Einfall, der ihn in letzter Minute aus der Sicht des B-Karli geführt hatte. Schließlich blieben sie am Maulwurf hängen. In der B wußte man: er war tonangebend in der A.

Auch alle anderen sahen jetzt auf den Maulwurf. Der stand auf. Es konnte aus Feierlichkeit sein oder aus Takt, damit der stehende B-Karli sich nicht benachteiligt fühlte, weil er stand. Es war mäuschenstill, nur Knockout atmete geräuschvoll.

»B-Karli«, begann der Maulwurf freundlich. »Bitte, möchtest du uns sagen, auf welchem Platz du im Zeichnen sitzt?« »Das wissen wir doch ohnehin!« piepste Mausi. »Ruhe!« zischte Hugo mit der Warze wütend nach hinten, und auch die anderen waren über die Störung ungehalten.

Der B-Karli wartete ab, bis sich der Sturm gelegt hatte, dann sagte er, den Maulwurf fest ansehend: »Am vierten Tisch rechts, am Eckplatz.« »Hm, hm«, ließ sich Heini anzüglich hören und bekam dafür von seinem Zwilling über die Bank hinweg einen Boxer in den Rücken.

»B-Karli« – der Maulwurf sprach sehr ernst –, »das ist auch mein Platz. Ihr kommt am Montag nach uns in den Zeichensaal. Hast du vielleicht am letzten Montag auf meinem Platz, ich meine also auf deinem, ein Fläschchen mit einer grauen Farbe gefunden, das ich möglicherweise dort stehengelassen habe? Wenn man damit malt, so glänzt die Farbe wie Perlmutter. Sie ist weg. Hast du sie vielleicht gefunden und eingesteckt?«

Der B-Karli schien zu merken, daß hinter dieser Frage etwas Gefährliches steckte. Er hatte sowieso nur mit Mühe seine Unsicherheit zu verstecken gesucht. Jetzt zögerte er. Da schrie plötzlich der Pospischil: »Na, ob du sie geklaut hast, sage schon . . .« Alle zuckten zusammen. Auch der B-Karli – für einen Moment. Und wieder suchten seine Augen die Gesichter der As ab. Dann wandte er sich direkt an den Maulwurf und sagte ruhig, fast würdevoll: »Leider habe ich deine Farbe nicht gefunden. Auf meinem Platz war nichts. Es tut mir leid, daß du sie verloren hast. Wenn du willst, so werde ich bei uns in der B fragen, ob sie vielleicht jemand anderer gefunden hat.« Es sah aus, als wollte er noch weitersprechen – aber dann klappte er den Mund zu und schwieg.

Diese Antwort war so einfach und überzeugend, daß man aufatmete. Ein Hauch von Anständigkeit ging vom B-Karli aus, wie er dort stand und sprach. Außerdem hatte es einen guten Eindruck gemacht, daß er nicht auf den gemeinen Einwurf vom Pospischil eingegangen war. So konnte nur einer sprechen, dessen Gewissen rein war, wenn er im Anfang auch sehr bedrückt und mißtrauisch erschienen war.

Die Runzeln auf Maulwurfs Stirn verschwanden. Er wandte sich an die A und in seiner klingenden Stimme klang seine Erleichterung und Freude durch: »Ich glaube, der Fall ist damit erledigt. Nämlich soweit er den B-Karli betrifft. Du darfst uns für die offene Frage nicht böse sein, B-Karli. Es ist doch besser so, als wenn wir nichts gesagt hätten. Diese Spur ist damit ausgeschaltet, und wir werden schon herausbekommen, wer in unserer Klasse klaut. Gegen den B-Karli hat wohl keiner mehr einen Verdacht? Nicht wahr, Mausi? Gruber?«

Mausi gab keine Antwort. Sie sah eingeschüchtert auf den Gruber.

Der blieb bei Maulwurfs Anruf sitzen. Er spielte mit einem Bleistift und sagte, während er sich die Krawatte richtete (er trug schon eine), gebläht vor Stolz, daß man auf seine Meinung Wert legte: »Ja, ich habe anscheinend unrecht gehabt. Aber damit wir die Sache gründlich machen und damit gar kein Verdacht an B-Karli hängenbleibt, schlage ich vor, daß seine Schultasche untersucht wird.«

Bei dieser Zumutung zuckte der B-Karli zusammen, seine Augen wurden ganz kleine Schlitze, wie Sicheln. Lotte konnte sich nicht halten und rief von ihrer letzten Bank her: »Das ist eine Unverschämtheit!« Und ganz für sich erglühte der kleine A-Karli vor Empörung und Scham.

Doch da sagte der B-Karli: »Bitte schön, untersucht meine Schultasche.« Eine unsägliche Verachtung und Erbitterung lag darin. Er wendete der A den Rücken, drehte sich zur Tafel und blieb so stehen. »Holt sie doch!« stieß er hervor. »Vielleicht der Gruber selber ... oder ... oder der Alexander ...«

Schweigen.

»Ich bin dagegen«, sagte der Maulwurf. »Und ich dafür«, entgegnete der lange Gruber frech. »Wenn schon, denn schon. – Damit wir wirklich die Wahrheit erfahren«, setzte er, hämisch Maulwurfs Worte wiederholend, hinzu.

»Na, dann hol sie«, sagte der Maulwurf drohend zum langen Gruber. »Schnell, damit es vorbei ist.«

Und während der sich sofort auf den Weg machte, rief Heihei: »B-Karli, sei uns nicht böse, wir machen es nur, damit dem Gruber und seinen Freunden endlich der Mund gestopft ist. Wir haben kein Mißtrauen gegen dich.« Doch der B-Karli blieb unbewegt und abgewandt stehen.

Alexander in der letzten Bank mußte sich zwingen, um nicht aufzuspringen und hinauszulaufen. Beinahe hatte der B-Karli es gesagt ... Oh, vielleicht kam aber jetzt das böse Wunder, beim Gruber steckte immer irgendeine Teufelei dahinter ... hoffentlich ...

Trotz seiner Mühe, die Aufregung zu verbergen, hatte

Lotte sie doch bemerkt. Allerdings mißverstand sie sie. Denn sie flüsterte: »Sei ruhig, Alexander, der B-Karli ist natürlich böse, aber er hat das mit dir nicht so gemeint. Er ist ja unschuldig, das sieht jeder ...« Es war zehn Minuten vor acht.

Das böse Wunder

Da erschien der lange Gruber. Auf beiden Händen trug er den abgeschabten Schulranzen des B-Karli, wie auf einem Präsentierbrett. So, als wollte er andeuten, daß er ihn nicht mehr berührt hatte, als unbedingt nötig war. Er legte ihn vor den Maulwurf hin.

Der biß sich auf die Unterlippe. Alle warteten. Der B-Karli rührte sich noch immer nicht. Was soll jetzt geschehen? Und die Zeit lief. »B-Karli«, bat endlich der Maulwurf leise, »bitte, sei so gut und pack deine Schultasche aus ...«

Der B-Karli stand einen Augenblick unschlüssig, dann drehte er sich mit einem kurzen Ruck um, sein bitterböses Gesicht wurde der A sichtbar. Ohne jemanden anzublicken, riß er den Riemen auf, nahm Heft für Heft heraus, hielt jedes hoch in die Luft, um es der ganzen A zur Kenntnis zu bringen, legte Buch nach Buch heraus, öffnete den Federkasten ... Alles geschah ohne den geringsten Laut. Nur die Hefte und Bücher klatschten, wenn er sie auf die erste Bank warf.

Jedem einzelnen A war es schrecklich unangenehm. Jeder einzelne schämte sich und verwünschte den langen Gruber, der sie in diese Lage gebracht hatte. Vor allem Knockout wurde von dieser allgemeinen Scham erfaßt, man hörte seine Zähne knirschen.

»So, das ist alles«, stieß der B-Karli hervor, hob den leeren Schulranzen und beutelte ihn aus, um zu zeigen, daß nichts drin geblieben war ...

Da fiel ein zusammengeknülltes Papier heraus. Der B-Karli

packte es, faltete es auseinander ... starrte drauf – und blieb wie erstarrt stehen, das entfaltete Blatt in der Hand.

Man wußte noch gar nicht, was da vorne geschehen war – da stieß Mausi, die sich auf ihre Bank gestellt hatte, um besser sehen zu können, einen markerschütternden Schrei aus: »*Die Perlmutterfarbe!* Er hat damit gemalt!«

Mit einem Schlage waren das Schweigen und die Starre gebrochen. – Aus allen Bänken stürmten sie nach vorne zum B-Karli, der vor der ersten Bank stand, in der neben dem Marhat der farblose Meyer unbewegten Gesichtes saß. Noch immer hielt der B-Karli das verhängnisvolle Blatt zwischen seinen tintenbefleckten Fingern und starrte entgeistert darauf.

Auch Lotte und Alexander in der letzten Bank waren aufgestanden. Und Alexander erblickte in B-Karlis Händen das erste Blatt aus seinem Zeichenheft, das er an jenem verhängnisvollen Nachmittag halb mit der Perlmutterfarbe angemalt hatte. Er meinte zu träumen. Das war doch unmöglich. Wie kam das in B-Karlis Schultasche?

Aber einen Herzschlag später war ihm alles sonnenklar: der lange Gruber mußte die wahren Tatsachen vermutet haben. Darum hatte er gestern bei ihm geschnüffelt, das Blatt gefunden und genommen, mit der Absicht, es dem B-Karli auf eine teuflische Weise in die Schultasche zu schmuggeln. Alexander erschauerte. Gab es so viel Bosheit? Doch diese Bosheit war unterstützt, ja, sie war erst möglich geworden durch seine Mithilfe. Er war um kein Haar besser als der lange Gruber. Aber die Schlechtigkeit, die Lüge konnten doch nicht recht behalten gegen die Wahrheit! Die Lüge mußte platzen.

Aber sie platzte nicht. Sie war zur Wirklichkeit geworden. Der B-Karli stand noch immer starr und stumm. Und auch Maulwurf, Hugo mit der Warze, auch Heihei, Lotte und der A-Karli standen wie Salzsäulen ... »Gott sei Dank«, stöhnte Alexander unbeherrscht – Lotte starrte ihn an ...

Da ertönte kämpferisch die Stimme des langen Gruber: »Ich habe also doch recht behalten! Beinahe wäre es dem B gelungen, euch einzuwickeln! Obgleich ich dem B-Karli nicht geglaubt hab, habe ich vorhin nicht ein Wort gesagt. Weil man von mir sagt, daß ich ein Hetzer bin, habe ich geschwiegen.« Wie eine beleidigte Unschuld sprach er. »Aber jetzt habt ihr den Beweis!« schrie er plötzlich auf. »Er hat nicht nur gestohlen, er hat es natürlich abgeleugnet. Weil eben ein B lügen und stehlen muß!«

Die Stimmung, eben noch voll und ganz für den B-Karli, schlug mit einem Male um. Das Murren wurde immer lauter. Knockout war bei Grubers Worten aufgesprungen, war nach vorne gerannt, hielt seine riesigen Fäuste dem B-Karli vors Gesicht und brüllte: »Du hast also die Erfindung vom Maulwurf? Na wart nur ...« Und Heini stichelte mit einem Finger seinen ganz in sich zusammengesunkenen Zwilling in den Bauch und rief: »Ätschätsch, ich hab recht gehabt ...«

Zum ersten Male sah die A ihren Maulwurf ganz aus der Fassung gebracht. Er schüttelte immerfort den Kopf. Dann wandte er sich über die zwei trennenden Bänke hinweg zum B-Karli. Eindringlich fragte er: »Bitte, sag mir die Wahrheit. Hast du die Farbe oder nicht ...?« Ganz langsam schüttelte der B-Karli den Kopf.

»Mausi!« schrie da der lange Gruber laut schallend, »dir ist doch dein Zeichenheft gestohlen worden. Ist das nicht vielleicht ein Blatt aus dem Heft?« Der farblose Meyer nahm wie ein Gerichtsbeamter dem B-Karli das verhängnisvolle Blatt aus der Hand und reichte es nach hinten dem Gruber, der es der verdutzten Mausi unter die Nase hielt.

Mausi sah sich im Mittelpunkt des Interesses der ganzen A. Ihr großer Augenblick war gekommen. Aber sie zauderte noch. Woher sollte sie wissen ... »Ist es dein Heft?« drängte Heini, den diese neue Wendung ganz lebendig machte. »Na also«, drängte auch der lange Gruber aufmunternd. Da setzte Mausi an: »Ich glaube schon ... ja ... genau so ein Heft ... es ist sicher aus meinem Heft ...«

Ihrer Aussage folgte die Vermutung des Pospischil: »Mein Bleistift wird sich auch noch finden ...« Damit war die A überzeugt. Daß Lotte rief: »Mausi, woher weißt du das? Ein Heft sieht aus wie das andere ...«, wurde nicht gehört. Es ging unter in Empörungsschreien von allen Seiten. »Mausis Heft hat er auch geklaut!« »Pfui Teufel!« »Nieder die B!« Das war der lange Gruber. Ein Sturm fegte über die As. Und auf einmal übertönte der lange Gruber alles mit den begeisternden Worten: »Es lebe die ehrliche A!« »Hoch, hoch!« schallte es zurück. »Nieder die Bs! Nieder alle, die zu ihr halten!« schrie er weiter, und seine Stimme überschlug sich fast. »Nieder, nieder, nieder!« dröhnte es durch die Klasse. Und alles drängte sich um den langen Gruber, der noch vor einigen Tagen ein wenig beachteter, nicht sonderlich beliebter Mitschüler gewesen war. Nun war er plötzlich zum Helden und Führer geworden.

Ihm war das nicht unangenehm. Er machte kein unwirsches Gesicht wie der Maulwurf in so einem Falle. Seine hervorquellenden Augen glänzten vor Freude. Und von seiner Ehre fiel auch ein Schimmer auf Mausi, auf die Arme, der man das Zeichenheft hinterlistig gestohlen hatte.

Doch auf der Höhe seines Glückes vergaß der lange Gruber nicht seinen Gefangenen und Helfer. »Auch der Alexander gehört zu uns«, rief er, und seine Hand zeigte nach der letzten Bank hin, wo Alexander, da sich nun alle Augen neugierig ihm zuwendeten, erglühte. Was, der Alexander, der Freund von Maulwurf und Heihei ... Aber man zerbrach sich in diesem heißen Moment nicht den Kopf darüber. Jubel und Hochrufe galten jetzt auch ihm.

Ja, Alexander wurde rot. Er wußte nicht, ob vor Scham oder Stolz. Lotte schaute ihn eine Weile mit ihren großen schwarzen Augen an, stand auf und verließ die Bank.

Aber was war das gegen den Jubel der anderen ... Die Lüge hatte gesiegt, zu seinem Vorteil und zu seiner Rettung. Er ließ sich von ihr hochtragen.

Und der B-Karli ... Bei dem Namen »Alexander« hatte er zum ersten Male aufgeblickt. Ein Blitz des Verstehens war in seinen Schlitzaugen aufgeblinkt. »Pfui Teufel«, hatte er dann gemurmelt, hatte auf Meyers Bank gespuckt, seine Sachen in den Schulranzen gestopft und war unbeobachtet zur Türe hinausgelaufen. Er stieß beinahe mit dem Hasenbart zusammen, der eben die Klasse betrat. Das Acht-Uhr-Läuten hatte man überhört.

Die andere Partei entsteht von selbst

Es war merkwürdig: All die Kämpfe, all die Auseinandersetzungen, die nun kamen, spielten sich in den Pausen ab. Die Stunden selber blieben fast unberührt davon. Es war, als erholte man sich in den Stunden von den Aufregungen der Pausen. Nur wurden die Leistungen aller, ohne Ausnahme, schlechter. Bei einem mehr, beim anderen weniger. Aber es war, als hätten sich alle Parteien geeinigt, die Lehrer aus dem Kampfe herauszulassen. Was sollten denn die Lehrer dabei? Die ganze Sache war unter den Schülern entstanden, in der A, in der B, zwischen der A und zwischen der B. Dort sollte sie bleiben. – Auch zu Hause, bei den Eltern, bei den Geschwistern suchte niemand Hilfe, als wären die Parteien, die nun entstanden, Geheimbrüderschaften. Der B-Karli empfand, daß ihm keine höhere Macht seine gestohlene Ehre und seinen zerbrochenen Glauben wiedergeben könnte. Maulwurf, und mit ihm die Seinen, war viel zu stolz, um bei den Lehrern Zuflucht zu suchen, auch später, als die Lage bedrohlicher wurde. Die andere Partei hatte ihre guten Gründe, zu verhindern, daß sich die Lehrer hineinmischten. Jungensache – A-Sache – Ehrensache – so glaubten die ehrlichen Anhänger. Die wahren Gründe allerdings wußten nur der lange Gruber und Alexander. Und die schwiegen darüber; selbst voreinander.

Ja, von dem Moment an, da der lange Gruber Alexander vor der erregten A als Gesinnungsgenossen bezeichnet hatte, da die A aufrichtig an die Schuld und Gemeinheit des B-Karli glaubte, da war für Alexander die Entscheidung endlich gefallen, vor der er sich so lange gescheut hatte. Wenn so viele richtig fanden, was er tat, mußte es richtig sein. Auf ihn hatten sie ja immer fast so viel gegeben wie auf den Maulwurf. Wenn Alexander dabei war, vertrauten sie, dann mußte etwas daran sein. Wenn er sich von Maulwurf abwandte und dem langen Gruber sein Vertrauen schenkte, so hatte man den sicher bisher verkannt.

Und so sah sich der Maulwurf nach jenem Verhör mit dem B-Karli vereinsamt und gemieden, das Ganze geschah im Verlaufe einer Viertelstunde. Nur ein kleiner Kreis seiner früheren Getreuen hielt zu ihm.

Aber ein Neuer war hinzugekommen, von dem man es nicht erwartet hätte: der A-Karli. Dieser kleine, schüchterne Kerl, der es vorher kaum gewagt hatte zu sprechen – er war wie verwandelt. All seine Verlegenheit hatte er vergessen, da es nicht mehr um seine eigenen Angelegenheiten ging. Er war sogar der, der als erster die richtigen Worte fand. »Auch wenn man beim B-Karli das Papier gefunden hat«, versicherte er, »so kann man deshalb nicht sagen, daß die A besser ist als die B. Es hat doch gar nichts mit einem Buchstaben zu tun, ob einer anständig ist oder nicht!«

Schwer getroffen von dem Schuldbeweis des B-Karli hatte sich der Kleine zu dieser Meinung durchgerungen. Er, der Kleinste, der Zurückgesetzte, er hätte sich so leicht dem langen Gruber anschließen können. Jeder wurde dort mit Begeisterung empfangen. Und er hätte sich sagen können: »Ich bin nicht mehr der Letzte. Ich bin ein A, also was Besseres als ein B. Oder besser als einer, der zur B hält.« Aber er hatte nicht einen Augenblick lang geschwankt.

Den Maulwurf tröstete das wenig. Er war zutiefst getroffen. Nicht darum, weil sein Einfluß in der A so plötzlich verlorengegangen war: daran dachte er vorderhand noch gar nicht. Aber sein Vertrauen in den B-Karli und in die Wahrheit überhaupt war so groß gewesen. Und nun lag das Beweisstück, jenes bemalte Papier, vor ihm. Hatte ihm der B-Karli wirklich frech ins Gesicht gelogen, mit dem ehrlichsten Ton von der Welt? Der Maulwurf wollte und konnte es nicht glauben.

Doch noch größere Sorge machte ihm der Lärm hinter seinem Rücken. Diese Begeisterung! Was wollte denn der lange Gruber damit bezwecken, daß er die As in den dummen Haß hineinhetzte? Glaubte er selber an das, was er sagte?

Oder hatte er vielleicht recht? War es nicht nur ein falsches Vorurteil, das Maulwurf gegen den Gruber einnahm? Maulwurf hätte doch vorhin auch ohne Zögern seine Hand dafür ins Feuer gelegt, daß der B-Karli unschuldig sei. Und doch hatte er sich getäuscht. Tat er nicht auch jetzt dem langen Gruber Unrecht?

Nein, es war unwahr, daß die B schlechter sei als die A. Aber wie konnte er, der Maulwurf, hoffen, das den aufgeputschten As beizubringen? Wo er sie eben beinahe von der Spur des Diebes abgelenkt hatte ... Sie würden ihm nicht glauben, wenn er ihnen erklärte, daß es nichts mit A oder B zu tun hatte, ob einer stahl oder nicht ... Maulwurf schien diese Aufgabe zu schwer. Er dachte schon daran, sich nur mehr ganz ernst mit seinem geplanten Patenttopf zu beschäftigen und sich um nichts sonst zu kümmern. Auch Alexander ...

Heihei stand in dem kleinen Kreis um Maulwurf, den Knockout, Hugo, der A-Karli und Lotte bildeten. Eben in Maulwurfs schlimmstem Augenblick sagte er: »Sei nicht traurig. Natürlich ist es blöd, daß du den B-Karli verteidigt hast. Aber wer hat es auch vorher wissen können, daß er stiehlt und dann noch lügt?« Und Knockout, der atemlos zuhörte, um endlich herauszukriegen, wie die Sache stand, fragte: »Also kann ich ihn verprügeln?«

Aber da mischte sich Lotte mit den schwarzen Ponys ein, und es war erstaunlich, wieviel warmer Mut von ihr ausging. »Heihei, machst du am Ende dem Maulwurf Vorwürfe?« fragte sie. »Er hat doch ganz recht gehabt!«

Maulwurf sah zum ersten Male während der Unterhaltung auf. »Ja«, fuhr sie fort. »Ich weiß nämlich nicht, wo du einen Fehler gemacht haben sollst und warum du so verdattert bist. Ich behaupte nämlich, daß der B-Karli nicht geklaut hat. Ich weiß nicht, wie ich es euch erklären soll ...« Sie faltete verlegen ihre beiden Hände immer wieder zusammen und nahm sie auseinander: »Aber ich habe das sichere Gefühl, daß etwas nicht stimmt. Bitte, man muß manchmal auch auf Gefühle geben! Ich habe den B-Karli ganz genau angeschaut. Der war ja noch viel verdatterter als wir alle, wie das Papier in seiner Schultasche war ... scheußlich war das ...« Lottes Stimme wurde plötzlich verdächtig hoch und gequetscht. Aber sie schluckte entschlossen und sagte schnell: »Der Alexander ist hinein verwickelt. Ich weiß nicht wie, aber er hat ›Gott sei Dank‹ gesagt, als das Papier herausgefallen ist. Da stimmt etwas nicht. Wer weiß, wie das Papier in die Schultasche hineingekommen ist! Sicher aber nicht so einfach, wie wir denken. Das hängt irgendwie mit dem langen Gruber zusammen; dem hat alles zu gut in den Kram gepaßt. Und dem Alexander auch. Da dürfen wir jetzt nicht einfach die Hände in den Schoß legen, sondern wir müssen trachten, die Wahrheit herauszukriegen. Vielleicht hat der Gruber den B-Karli angestiftet, er soll die Perlmutterfarbe nehmen, und jetzt hat er ihn verraten, nur, damit er hetzen kann. Das wäre doch etwas anderes, nicht? Jedenfalls dürfen wir nicht zusehen, wie uns der Gruber die ganze A verblödet.«

Der Maulwurf und auch die anderen waren sichtlich aus ihrer Niedergeschlagenheit aufgeblüht; bei jedem Wort mehr. Und der kleine A-Karli, früher peinlich darauf bedacht, nicht aufzufallen, hatte Lotte die ganze Zeit eifrig zugenickt. Sie hatte das ausgesprochen, was die meisten anderen dunkel meinten.

»Wir müssen alles tun, um 'rauszukriegen, was los ist«, fuhr Lotte fort, und jetzt war alle Rührung aus ihrer Stimme verschwunden. Im Gegenteil, wie eine Kämpferin stand sie da. »Auch wenn uns die anderen dafür beschimpfen, darf uns das nicht stören. Es geht nicht um den guten Eindruck. Wir wollen die Wahrheit herauskriegen. Damit schützen wir unsere A am besten vor dem langen Gruber, dem Kerl.« Jedes ihrer Worte zündete. Lotte war wie eine Quelle der Kraft, die die anderen speiste. Sie hatte Mut auf die Jungengesichter gezaubert, neuen Mut und neuen Glauben.

So war also, ohne daß es vorgesehen war, durch Lottes Eingreifen die andere Partei entstanden. Sie waren miteinander verschworen, die sechs, durch ihren gemeinsamen Willen, Unrecht zu verhindern, das gegen die B geplant wurde. Und durch den Willen, die noch unklaren Unwahrheiten, die sich breitmachen wollten, zu entdecken und aufzudecken.

Nur etwas erwähnte niemand, obgleich sich alle im geheimen den Kopf darüber zerbrachen: Wieso war Alexander bei den anderen? Wieso machte er gemeinsame Sache mit dem langen Gruber?

Der Kartoffeltopf

Eigentlich war die Sache gar nicht so schwierig. Es handelte sich darum, den Topf ganz luftdicht abzuschließen und doch ein kleines Ventil zu lassen, durch das notfalls der Dampf herauskonnte, wenn der Druck im Topf zu groß wurde. Während der ganzen letzten zehn Tage war Maulwurf nicht auf diese einfache Lösung gekommen, die jetzt das Ergebnis einer halben Stunde Nachdenkens war.

Das kam daher, weil es ihm in den zehn Tagen nicht

gelungen war, seine Gedanken ordentlich auf den Kartoffeltopf zu sammeln, sondern daß sie, ob er wollte oder nicht, immer wieder zu den Vorgängen in der Schule liefen. Stundenlang hatte er darüber gegrübelt, was wohl den langen Gruber dazu gebracht hatte, zu glauben, daß die A besser sei als die B, wie er es jetzt jeden Tag lauter ausposaunte und immer mehr Anhänger dafür fand. Und immer wieder war Maulwurf zu dem Ergebnis gekommen, besonders wenn er den Gruber still beobachtete, daß der selber nicht daran glaubte, daß es ihm auch gar nicht wichtig war. Um der Sache ganz auf den Grund zu gehen, hatte der Maulwurf versucht, sich zu fragen: Ist nicht vielleicht doch ein Körnchen Wahrheit in dem, was der Gruber der A einzureden versucht? Bin ich nicht vielleicht auf den Gruber ein bißchen eifersüchtig, weil so viele As auf ihn hören, die früher zu mir standen? Will ich es vielleicht deshalb nicht einsehen? Und ganz, ganz ehrlich hatte er erkannt: Nein, eifersüchtig war er wirklich nicht. Aber die Einteilung A – gut, B – schlecht war so dumm, daß gar nicht zu verstehen war, wie jemand darauf hereinfiel. Denn hereingefallen waren die As darauf. Der Gruber hatte das Ganze angezettelt, weil *er eifersüchtig* auf Maulwurf war. Vielleicht hatte man ihn falsch behandelt. Vielleicht hätte man netter zu ihm sein müssen, als er dieses Jahr neu in die Klasse kam. Aber warum hatte er sich von Anfang an so unbeliebt gemacht? Woher kam es, daß auch Maulwurf, der nicht so leicht Sympathie oder Abneigung gegen jemanden zeigte – daß auch er, und nicht nur Lotte und Heihei sehr bald eine Abneigung gegen den langen Gruber gehabt hatten? Und daß auch Heini oder Zippel (ganz zu schweigen von Alexander), die heute große Freunde des Gruber waren, nie bis zu Ende zugehört hatten, wenn sich der Gruber in ein Gespräch eingemischt hatte? So daß er immer »daneben« war? Maulwurf war sogar derjenige gewesen, der ihnen zugeredet hatte, nicht unkameradschaftlich gegen den neuen Mitschüler zu sein ... Nun, da es nicht auf einfache Weise gegangen war, versuchte er anscheinend, sich durch die B-Karli-Geschichte nach vorne zu bringen. Pfui Teufel ... Aber es mußte aufgeklärt werden, wie der B-Karli zu der Perlmutterfarbe gekommen war. Man mußte die B bitten, daß sie bei dieser Untersuchung mithalf. Mit der Wahrheit mußte man dann vor die A treten, ganz gleich, ob sie nun für oder gegen den B-Karli entschied. – Darum hatten die sechse heute früh beschlossen, daß Maulwurf in der Zehn-Uhr-Pause zur B hinübergehen sollte.

Aber wenn man über diese Dinge nachgrübelte, konnte man natürlich nicht einen Topf bauen, der Kartoffeln in fünf bis zehn Minuten kochte. Da aber Weihnachten täglich näher rückte, hatte sich der Maulwurf vorgenommen, an dem heutigen Freitagnachmittag sich ausschließlich mit dem Geschenk für Onkel Ernst zu beschäftigen.

Eigentlich war es ja kein Geschenk für Onkel Ernst, sondern ein gemeinsames Stück für den gemeinsamen Haushalt. Denn wo gab es einen Unterschied zwischen Maulwurfs und Onkel Ernsts Besitz? War Maulwurf schon jemals auf den Gedanken gekommen, daß zum Beispiel das kleine Laboratorium, das der Onkel Ernst in der Mansarde eingerichtet hatte, mit all seinen Chemikalien, mit dem elektrischen Schweißer und Bohrer nicht auch ihm gehörte? Daß er darin nicht dieselben Rechte und Pflichten hatte wie Onkel Ernst? Hatte er sich schon einmal den Kopf darüber zerbrochen, wem die Bücher (meistens über Physik und Chemie) neben Onkel Ernsts Schreibtisch gehörten? Onkel Ernst hatte ihn die Geheimsprache der Formeln lesen gelehrt. Und seither holten sich beide daraus das Wissen, das sie sich holen wollten. Auch das hatte ihn Onkel Ernst gelehrt in den vier Jahren, die er nun mit ihm wohnte, daß das Wissen allen gemeinsam gehörte. Seit damals teilten sie alles, was sie hatten, miteinander. Onkel Ernst teilte sein Gehalt, das er als Chemiker in einer Zahnzementfabrik verdiente, und seine Erfahrungen, sein Wissen mit Maulwurf, und der wiederum seine meisten Gedanken mit Onkel Ernst, und im Sommer das kleine Schreberhäuschen, das einzige, was ihm von den Eltern geblieben war.

Onkel Ernst hatte es nicht schwer gehabt, ihn zu dieser Gegenseitigkeit zu erziehen. Maulwurf kannte es nicht anders. Bei ihnen zu Hause war es nicht anders gewesen. Überhaupt war Onkel Ernst dem Vater, dessen jüngster Bruder er war, sehr ähnlich. Sogar die Glatze hatte er ebenso, obgleich er erst dreißig Jahre alt war.

Nur zwei schwarze Wochen waren in Maulwurfs Leben gewesen, wo man ihn nicht als ein vernünftiges Wesen behandelt hatte. Das war damals gewesen, als seine beiden Eltern bei einem Straßenbahnzusammenstoß plötzlich ums Leben gekommen waren und man den vor Entsetzen verstummten zehnjährigen Jungen ins Waisenhaus gebracht hatte. Alles war viel zu schrecklich gewesen, als daß er hätte weinen können, nicht einmal bei dem Begräbnis. Man hielt ihn für trotzig und gefühllos, während der kleine Junge vor Schmerz fast umkam. Nach vierzehn Tagen holte der Onkel Ernst einen plötzlich ganz verschüchterten Jungen, dem fast über Nacht sich die Stirne in tiefe Falten gerunzelt und der ein tiefes Mißtrauen gegen die Welt hatte.

Onkel Ernst schien das gar nicht zu bemerken. Er führte Maulwurf in seine Mansardenwohnung, meldete ihn bei einem Mittagstisch an (denn er selbst blieb über Mittag in der Fabrikkantine) und ließ ihn sonst schweigen.

Gegen Abend aber rief er ihn in das dunkle Laboratorium und ließ den kleinen Maulwurf zuschauen, ohne sich aber sonst um ihn zu kümmern. Beim dritten Male aber bat er Maulwurf schon um einige Handreichungen. »Gib mir mal die Flasche mit dem Äther 'rüber ... siehst du, wie sich die Flüssigkeit hier seit gestern verändert hat? Das ist, weil ...«

Und da war langsam, langsam die Starre von dem kleinen Maulwurf gewichen. Der schreckliche Schmerz und das schreckliche Gefühl der Verlassenheit wandelten sich langsam in eine tiefe Liebe zu den Wundern der Chemie und Physik um, und auch in eine tiefe, schweigsame Liebe zu dem jungen Onkel Ernst. Als der eines Tages mit ihm besprach, ob er nach der Volksschule lieber ins Gymnasium oder in die Realschule gehen wollte, fragte Maulwurf einfach, wo man mehr Physik und Chemie lernte? Damals wurde beschlossen, daß Maulwurf in die Realschule gehen sollte.

Als der elf- und dann zwölf- und dreizehnjährige Maulwurf sah, wie hilflos der sonst so sichere Onkel Ernst wurde, wenn Maulwurf in ganz seltenen Momenten (auf den Sonntagsausflügen zum Beispiel) davon sprach, wie bange ihm manchmal nach den Eltern und dem Zuhause sei, als er bemerkte, wie der Onkel Ernst dann schüchtern versuchte, ihn mit allen möglichen Dingen zu erfreuen, hatte Maulwurf sich vorgenommen, von jetzt ab darüber zu schweigen. Er durfte Onkel Ernst nicht das Leben schwer machen, im Gegenteil. Er mußte schon erwachsen sein. Nie wieder hatte er davon gesprochen, wie einsam sich ein vierzehnjähriger Junge manchmal fühlen kann, wenn er zum Beispiel bei Alexander zu Besuch war und an so vielen Dingen Klaris mütterliche Fürsorge bemerkte. Wie schwer es war, immer und immer vernünftig sein zu müssen. Wie schwer es war, auch in der Schule immer der Große sein zu müssen, weil fast vom ersten Schultag an so viele zu ihm Vertrauen hatten, die Lehrer und die Kameraden. Daß er immer Schiedsrichter sein mußte, an den man sich um Rat und Tat wandte. Niemand fiel es ein, daß er manchmal selbst Hilfe brauchen könnte. Er mußte allein fertig werden. Alexander war der einzige gewesen, mit dem er ganz offen hatte sein können.

In einer halben Stunde war er mit der Konstruktion auf dem Papier fertig geworden. – Da er sich den ganzen Nachmittag frei gemacht hatte, konnte er gleich an die Durchführung gehen. Wenn er es heute nicht machte, wer weiß, wann er wieder dazu kommen würde. Denn trotz des scheinbaren Erfolgs, den sein gemeinsamer Besuch mit Hugo in der B schließlich doch gehabt hatte, ahnte es Maulwurf, daß der schwerste Teil des Kampfes in der A erst kommen würde. Der Gruber gab ja nicht nach, man hörte schon kaum etwas anderes in der A als »Hoch die A«, »Die Lumpen, die Bs«. Nur einige wenige gab es, die unbeteiligt blieben. – Darum also konnte man den Kartoffeltopf nicht für »ruhigere Zeiten« lassen, da Weihnachten schon in drei Wochen war.

Zur Kontrolle mußte man wissen, wie lange es brauchte, bis Kartoffeln in einem gewöhnlichen Topf weichgekocht waren. Vom täglichen Nachtmahlkochen her wußte er es ungefähr. Aber wenn es um Wissenschaft ging, mußte man genau sein. Eindreiviertel Liter Wasser, eindreiviertel Kilo Kartoffeln. Wie lange brauchte das? Er konnte den Topf über den Bunsenbrenner stellen und unterdessen schon den anderen Eisentopf und dessen Deckel bearbeiten, der sich in den Patenttopf verwandeln sollte. Die gekochten Kartoffeln konnte er am Abend aufbraten. Onkel Ernst würde sicherlich noch irgend etwas zum Dazuessen mitbringen, wie gewöhnlich: Heringe oder Wurst. Darauf verließ er sich. Denn Maulwurf wollte jetzt, wo die Arbeit in Gang kam, nicht unterbrechen, um einkaufen zu gehen. Endlich hatte ihn wieder das Erfinderfieber gepackt. Werde ich es schaffen?

Das Zischen des Bunsenbrenners wurde übertönt von dem Surren des elektrischen Bohrers, als der an den Steckkontakt angeschlossen wurde. Auf je einer Seite mußte durch Deckel und Topfrand ein Loch gebohrt werden, durch das eine Schraube gehen sollte, die, oben und unten von einer Schraubenmutter gehalten, Topf und Deckel zu einer luftdichten Einheit verschmelzen würde. Maulwurf mußte nur darauf achten, daß das zu bohrende Loch auf den Bruchteil eines Millimeters mit der Dicke der Schrauben übereinstimmte, die schon vorbereitet dalagen. Wurden die Löcher zu groß, war der Topf undicht. – Eine ähnliche Aufgabe hatte er heute schon einmal gehabt. Vormittags in der B. Ein Wort zu wenig, eines zu viel, ein Wort an der falschen Stelle – und mit der B wäre dasselbe geschehen, wie mit dem größten Teil der A (nur umgekehrt): sie wären zu A-Hassern geworden. Wenn er nachgegeben hätte, als, gleich bei ihrem Eintritt, der Koch-Hans ihnen entgegengeschrien hatte, als Hugo sofort beleidigt war und umkehren wollte ... Der Hugo hatte sofort angenommen, daß die ganze B so sei wie der Koch-Hans! Dabei waren die beiden Abgesandten doch gekommen, um der B zu erklären, daß nicht die ganze A so denke wie die Grubers ... Der Hugo machte dieselben Fehler, die er den anderen vorwarf ...

Das linke Loch war tadellos geraten. An der äußersten Stelle, wo der Deckel auf dem Topfrand auflag, ging das Loch durch. Und die Schraube ließ sich mit einiger Anstrengung durchdrehen. Nun kam die rechte Seite dran, genau gegenüber dem linken Loch.

Während er den Stecker des Bohrers aus dem elektrischen Kontakt zog, wurde aus dem Topf über dem Bunsenbrenner das leise Summen hörbar, das anzeigte, daß das Wasser bald kochen würde. Merkwürdig, wie die Spannung im Wasser hörbar wurde, wenn es sich von neunzig auf hundert Grad erhitzte. Für Maulwurf hatte das immer von neuem Aufregendes. Dann kam ein Moment der Stille, wenn die hundert Grad erreicht waren, und die Spannung löste sich an ihrem Höhepunkt im Wallen des Wassers. Dann hörte man das leise Geräusch des kochenden Wassers, sah den Dampf unter dem Deckel hervorquellen, dessen Gewalt den Deckel sogar manchmal hob. Dann sprangen kleine Wassertropfen heraus und verzischten an der heißen Topfwand. Der milde Geruch kochender Kartoffeln erfüllte die Luft des Laboratoriums, das sonst nur den Geruch von Schwefelsäure, Salpeter und Äther kannte.

Maulwurf schaute auf die Uhr: Genau vierzehn Minuten hatte es gedauert, bevor die Kartoffeln zu kochen begannen. Nun würde es noch einmal mindestens fünfzehn Minuten dauern, bevor sie weich waren. Das kam daher, weil der heiße Dampf verlorenging, weil er vollkommen unnützerweise den Deckel hob und ebenso unnütz im Laboratorium verströmte, statt zu helfen, die Kartoffeln schneller weich zu kochen. Warum nützte man ihn nicht besser aus? Warum kochten nicht alle Leute mit Töpfen, wie er eben einen baute? Seine Konstruktion war doch so schrecklich einfach und klar!

Aber war es ihm nicht auch einfach und klar zu erkennen, ob einer log oder nicht? Und doch sahen es nicht alle. War es für ihn nicht auch die richtigste und einfachste Sache von der Welt, der B den Vorschlag zu machen, gemeinsam mit den Maulwurfs zu untersuchen, ob der B-Karli wirklich die Farbe gefunden, unterschlagen und es dann abgeleugnet hatte, oder ob andere geheimnisvolle Umstände dahintersteckten? Es war doch wirklich das einzig Vernünftige, wenn man die Wahrheit herausbekommen wollte. – Und doch hatten die sechs es geheimhalten müssen. Denn wenn der lange Gruber und seine Anhänger es erfahren hätten, hätten sie es sicherlich verhindert und die Maulwurfs dafür beschimpft.

Aber nicht einmal alle seine Getreuen waren sich klar. Fast wunderte sich der Maulwurf, daß Hugo nicht beim langen Gruber war. Denn heute, als man beschlossen hatte, daß Maulwurf in die B gehen sollte, hatte Lotte vorher mutig gesagt: »Es kann passieren, daß die Bs nicht sehr freundlich sein werden.« Aber Hugo hatte behauptet: »Die werden sich doch totfreuen, wenn zu ihnen As kommen!« Kurz und gut, Hugo hielt es für einen Edelmut, daß man sich zu den Bs herabließ, für eine Anständigkeit, statt für eine Selbstverständlichkeit. Da hatte es der kleine A-Karli schon viel besser begriffen. Maulwurf hörte, wie er dem riesigen Knockout leise, aber eifrig erklärte: »Schau, wir kommen doch 'rüber und verdächtigen einen von ihnen. Und vielleicht glauben sie uns nicht gleich, daß wir nicht denken wie die vom langen

Gruber, die sie jetzt jeden Tag in der Pause mit ›Blöde Bs‹ beschimpfen.« Und der mächtige Knockout hatte langsam genickt. Überhaupt, was für merkwürdige Folgen, schöne Folgen diese ganze häßliche Geschichte hatte! Eine so enge, so selbstlose Kameradschaftlichkeit hatte es vorher nie gegeben, wie jetzt unter den sechs. Und diese merkwürdige Freundschaft, die sich leise zwischen dem Stärksten und dem Kleinsten, zwischen Knockout und A-Karli anbahnte. Sie hatten die Rollen getauscht: der winzige A-Karli schien der Stärkere geworden zu sein, zu dem sich Knockout flüchtete, wenn er nicht verstand ... Hugo war aber bei seiner Überzeugung geblieben: »Paßt auf, die freuen sich *doch* tot!« Maulwurf hatte daraufhin vorgeschlagen, daß Hugo mit ihm gemeinsam in der Zehn-Uhr-Pause in die B gehen sollte. Er wollte, daß jeder selber lernte, und nicht, daß man ihn zu einer Anschauung überredete.

Aber jetzt brauchte er nicht daran zu denken. Jetzt durfte Maulwurf sich endlich mit dem Dampf und den Naturgesetzen beschäftigen. Hier galt nur die Wahrheit. Hier siegte immer die Wahrheit. Was hatte es denn geholfen, daß man den Giordano Bruno verbrannt hatte, vor vielen hundert Jahren, wie Maulwurf es in den Büchern von Onkel Ernst gelesen hatte? Und was hatte es geholfen, daß der Galilei, der entdeckt hatte, daß sich die Erde um die Sonne drehte und nicht umgekehrt, zum Papst kommen und dort schwören mußte, daß das doch nicht stimmte, sondern daß sich die Sonne um die Erde drehe, weil die Erde der Mittelpunkt des Weltraumes sein mußte? Nur weil es einigen Leuten in den Kram paßte, daß die Menschen die Unwahrheit glaubten? Der Giordano Bruno gefiel dem Maulwurf besser, weil er nicht widerrufen hatte, was er einmal als richtig erkannt hatte, wie es der Galilei tat. Ja, der Papst hatte ihn damals verbrennen können, aber heute wußten trotzdem alle Leute, daß sich die Erde um die Sonne drehte. Die Wahrheit hatte gesiegt, trotz allem.

Nun war das zweite Loch durch Deckel und Topfrand zu bohren. Vorsichtig, mit angestrengt gerunzelter Stirne setzte Maulwurf den Stahlbohrer, der, von der Elektrizität angetrieben, sich viele hundert Male in der Minute drehte, auf die bezeichnete Stelle am Deckel an ...

Wie *ein* Ruck war es durch die B gegangen, als er und Hugo in die Klasse gekommen waren. Der B-Karli – auf den hatte er zuerst geschaut – hatte eine trotzige Abwehrstellung eingenommen, ein Buch gepackt und getan, als bemerke er sie nicht. Wie feindlich die Bs schauten! Maulwurf hatte sich in diesem Moment erst richtig B-Karlis Gefühle vorstellen können, als er damals vor die A gerufen worden war. Er allein und unter einer schrecklichen Beschuldigung. Und trotzdem Hugos und seine Lage anders war, trotzdem sie mit viel gutem Willen und aus eigenem Antrieb kamen, hatten sie das Gefühl, sich in Feindesland zu befinden. Dazu kam natürlich, daß sie in der Türe mit dem Koch-Hans zusammengestoßen waren, der eben auf den Gang wollte und sie bösartig anzischte: »Was habt ihr hier zu suchen?« Maulwurf mußte jetzt noch unwillkürlich lachen, wenn er daran dachte, wie schnell Hugos Sicherheit, daß »die Bs sich totfreuen würden«, ins Wanken gekommen war. So sehr, daß er gleich hatte umkehren wollen.

So, nun war der Bohrer beinahe durch. Schon sah man die leichte Ausbuchtung an jener Stelle der Außenwand des Topfes, wo der Bohrer herauskommen würde, dann brach er siegreich durch. Es zeigte sich, daß auch hier Loch und Schraubenumfang genau übereinstimmten.

Maulwurf schaute auf seine Armbanduhr. Dreizehn Minuten kochten nun schon die Kartoffeln über dem Bunsenbrenner. Der aufsteigende Dampf hatte das kleine Laboratorium merklich erwärmt. Maulwurf stieg auf den Hocker und öffnete das schmale, hochliegende Fenster, das mit schwarzem Papier verklebt war. Ob die Kartoffeln weich waren? Er säuberte die große Klinge seines Taschenmessers, hob den Topfdeckel und stach in eine Kartoffel. An der Oberfläche drang das Messer leicht durch, aber in der Mitte der Kartoffel traf es noch auf Widerstand. Also noch ein paar Minuten.

Nun war in den Patenttopf-Deckel noch ein drittes Loch zu bohren. Hierbei mußte er nicht so acht geben, ob es etwas kleiner oder größer wurde. Hier kam keine Schraube durch, sondern es war das Dampfventil für den Notfall. Kreischend fraß sich der Bohrer durch das Eisen.

War nun der Karli eigentlich schuldig oder nicht? Am Ende der aufregenden Besprechung in der B hatte der Maulwurf wieder den Eindruck bekommen, daß es nicht sein könnte. Trotz des Beweises neulich. Denn die plötzliche Bitte des B-Karli: »Bitte, bitte! Untersucht es genau!« hatte schließlich die Entscheidung gebracht, daß man sich morgen, Samstag, nach Schulschluß in der B einfinden würde. Einige Male während der zehn Minuten, die sie drüben waren, hatte Maulwurf alle Hoffnung fahren lassen, daß die B darauf eingehen würde. Wenn der Zentner nicht gewesen wäre ...

Jetzt wäre beinahe der Bohrer abgebrochen, weil Maulwurf mit der Hand gezuckt hatte. Man durfte eben nicht mit den Gedanken woanders sein. Nur ein Zufall, daß nichts passiert war!

Inzwischen waren die Kartoffeln über dem Bunsenbrenner fertig geworden. Der einen, die Maulwurf vorhin angestochen hatte, war sogar die Schale geplatzt. Seit dem Aufsetzen mit kaltem Wasser bis zum Weichkochen hatten sie also einunddreißig Minuten gebraucht. Wenn aber die ganze Kraft des erhitzten Wassers im Topf erhalten werden konnte, mußte es viel schneller gehen.

Das eben gebohrte Dampfventil im Deckel sollte nur für den Notfall sein. Nur wenn der Dampfdruck im Topf zu mächtig wurde, sollte es sich öffnen, damit der Dampf nicht die Topfwände sprengte. Das sollte auf folgende Weise ermöglicht werden: Auf das Ventilloch wurde lose ein viereckiges kleines Eisenplättchen aufgelegt. Rechts und links von dem Eisenplättchen wurde ein stählernes Bändchen wie eine in die Luft ragende Schlinge auf den Deckel genietet. Und zwischen die Schlinge des Stahlbändchens und das Eisenplättchen wurde eine Stahlfeder gezwängt. Die Stahlfeder preßte das Eisenplättchen gegen das Loch und schloß dadurch den Deckel luftdicht. Wurde aber der Dampfdruck im Innern zu stark, suchte sich der Dampf gewaltsam einen Ausweg, so konnte er, wenn er stärker war als der Druck der Feder, das Eisenplättchen hinaufdrücken. Die Stahlfeder wurde dann noch mehr zusammengedrückt. War genug Dampf ausgeströmt, so wurde wieder die Feder stärker als der Dampfdruck und das Eisenplättchen senkte sich auf den Deckel.

Das Stahlbändchen anzunieten war keine Kunst. Schwerer war es schon, die Feder so zusammenzudrücken, daß sie sich zwischen Schlinge und Plättchen hineinschieben ließ. Zuerst sprang sie dem Maulwurf immer aus der Hand, befreite sich von dem Zusammengedrücktwerden. Aber endlich war sie doch dort, wo sie hingehörte.

Nun kam das entscheidende Experiment. Alle schönen Zeichnungen auf dem Papier bewiesen noch gar nichts. »Nur das Experiment beweist«, klang ihm Onkel Ernsts Stimme im Ohr, den er so oft hatte diesen Satz wiederholen hören.

Der Eisentopf, der sich durch die verschiedenen Gedankenverbindungen, durch die Löcher und Schrauben zu einem Patenttopf verwandelt haben sollte, war zu dreiviertel mit Wasser und Kartoffeln gefüllt. Dann wurden die beiden Schrauben rechts und links durch die Löcher gedreht, die Schraubenmuttern mit aller Kraft angezogen. Und dann setzte Maulwurf das Wundergebilde, das Kartoffeln in zehn Minuten kochen sollte, auf das Eisengestell über den Bunsenbrenner.

Schade, daß Eisenwände nicht durchsichtig sind, so daß man nicht das geheimnisvolle Spiel des Dampfes, den man bezwingen wollte, beobachten konnte. Aber man kann eben durch Eisenwände ebensowenig durchsehen, wie man durch Köpfe hindurch in die Gedanken hineinsehen kann. Wie leicht wäre alles, wenn man dem B-Karli einfach in den Kopf schauen könnte oder dem Gruber ...

Oder ... oder dem Alexander ...

Nein, daran lieber nicht denken.

Aber wenn man in Köpfe hineinsehen könnte, würde man endlich verstehen, wieso bei manchen die Gedanken so komisch liefen. Und warum sie die einfache Wahrheit so schwer erfassen. Oder war die Wahrheit vielleicht gar nicht so einfach?

Welche unerwarteten Widerstände waren in der B laut geworden! Zuerst dieser Affenarmige! Als der Maulwurf einfach erklärt hatte, daß er und Hugo gekommen waren, um mit der B freundschaftlich die Perlmuttersache zu untersuchen, und daß sie anders dächten als der lange Gruber, da war der Affenarmige aufgesprungen und hatte gerufen: »Ihr As da, ich und der Freier, wir haben schon besprochen, daß wir zu euch 'rüberkommen, zum Gruber, und ihm sagen, daß nicht alle Bs so sind wie der Karli! So eine Schweinerei von Karli!« Maulwurf war ganz entsetzt darüber gewesen. Aber bevor Maulwurf etwas darauf antworten konnte, hatte der Koch-Hans, der noch immer an der Türe stand und die Klinke festhielt, als wollte er verhindern, daß jemand die Klasse verließ, oder daß vielleicht Verstärkung von der A nachkäme, gebrüllt, daß »es die verfluchten As gar nichts anginge, was sich die Bs denken!« und daß »die hier ja nur 'rumspionieren wollten ...« Und wie hatte er eigentlich nur den Übergang gefunden – Maulwurf konnte sich beim besten Willen nicht mehr besinnen – als er schrie, daß »die B überhaupt viel besser sei als die A, die blöde, aufgeblasene«, und daß »der A da« – damit war Maulwurf gemeint – »noch gemeiner sei als die anderen As, weil er hierherlaufe und seine eigene A verrate«. Und »daß ihm da noch der Gruber lieber sei, obgleich der auch so ein verfluchter A sei, ein gemeiner«. Aber »der sagt wenigstens ehrlich: Ich spuck euch an. So wie wir sagen: Wir spucken die A an«. »Und mit dem B-Karli, das würde sich schon die B allein abmachen, das ginge keinen verfluchten A was an.« Und: »'raus mit ihnen! Hoch die B!«

In dem Moment, das mußte er jetzt ehrlich zugeben, war sogar dem Maulwurf fast der Mut gesunken. Besonders, da sich drei oder vier Stimmen hören ließen, die schrien: »Richtig ... *'raus* ...« Hugos Wüten und Antreiben: »Komm, Maulwurf, die sind ja genau so blöd wie der lange Gruber!« hatte eine starke Verlockung für ihn.

Aber auf einmal hatte sich eine große dicke Gestalt in einer Bank bewegt und hatte mit mächtigem Baß gerufen: »Ruhe, Koch-Hans, halt den Mund. Du, A, erzähl noch mal, um was es sich dreht. Man wird ja ganz blöd von dem Hinundherreden.«

Das war der Zentner gewesen, der berühmteste Mann der B, weil er in sich Knockouts Sportfähigkeiten mit Maulwurfs Vertrauensstellung in der Klasse vereinigte. Zentner hatte lange gezögert, sich einzumischen. Zentner befand sich nämlich im Stimmbruch und hatte dadurch etwas an Sicherheit verloren, da er nie wußte, ob ein Satz, den er mit tiefer Stimme begann, nicht in einem hohen Piepsen enden würde. Erst als er den Ernst der Lage erkannte, hatte er alle Rücksichten über Bord geworfen.

Und inzwischen war in Maulwurf eine Wandlung vorgegangen. Er überlegte nicht mehr: Was soll ich ihnen sagen, was soll ich auslassen ... Ihm war Giordano Bruno eingefallen und daß sich trotz des damaligen Papstes doch die Erde um die Sonne drehe. Die Wahrheit mußte er sagen, ganz gleich, wie sie es aufnahmen.

Hell und klar hatte seine Stimme geklungen, als er gerufen

hatte: »Der da mit den Affenarmen will zum Gruber gehen und die B entschuldigen, und der Koch-Hans schreit einfach, genau wie der Gruber: ›*Wir* sind besser‹. *Aber nicht einer von euch hat gefragt, ob der B-Karli wirklich schuldig ist oder nicht!* Interessiert euch die Wahrheit nicht? Uns schon.«

Und da war eine merkwürdige Veränderung auf den Gesichtern zu merken gewesen. Ein Kleiner mit einem brandroten Schopf (sie hatten nachher erfahren, daß man ihn Stichflamme nannte) hatte gerufen: »Der A hat eigentlich ganz recht!« Und als Maulwurf, jetzt schon ganz sicher, gerufen hatte: »Und es muß die A und die B gemeinsam interessieren, ob der B-Karli bei uns stiehlt oder nicht. Und es ist eine gemeinsame Sache von A und B, den B-Karli reinzuwaschen, wenn ihm Unrecht geschehen ist!«, da hatten schon allgemeine Zustimmungsrufe eingesetzt. »Der Gruber redet aber ganz anders!« hatte noch jemand eingewendet. »Aber wir wollen ja dem Gruber das Maul stopfen!« hatte Hugo, neu belebt, geantwortet. »Wenn er euch beschimpft, verblödet er uns gleichzeitig unsre A!« waren Maulwurfs letzte, aufklärende Worte gewesen ... Und als dann plötzlich der B-Karli, der bis dahin ganz stumm zugehört hatte, mit flehender Stimme gesagt hat: »Bitte, laßt die Maulwurfs kommen ...«, da war es entschieden gewesen ...

Bum. Ein schrecklicher Knall ertönte, mit höchster Geschwindigkeit sauste etwas zu der niedrigen Decke hinauf – zischend fuhr brühheißer Dampf oben aus dem Patenttopf, und kochendes Wasser spritzte dem grübelnden Maulwurf auf die nackten Knie ... Geistesgegenwärtig drehte er den Bunsenbrenner ab ...

Was war nur geschehen?

Der Dampf hatte sich doch gewaltsam einen Ausweg gesucht, mit solcher Macht, daß er die festgeschweißte Stahlschlinge einfach abgerissen und samt Eisenplättchen und Feder zum Plafond geschleudert hatte. Der Topf war explodiert. Wie hatte es nur dazu kommen können? Maulwurf, so hart aus seiner Träumerei geweckt, war außer sich.

Kaum daß er sich Zeit nahm, etwas von der Vaseline, die immer im Laboratorium sein mußte, auf das schmerzende Knie zu reiben, das ganz rot war. Schon faßte er mit einem Tuch den Topf und hob ihn herunter ... Wie hatte das geschehen können? Warum hatte dem Dampf nicht das Ventil genügt? Scharf nachdenken, Maulwurf. In der Wissenschaft entscheidet das Experiment. Und das war hier mißlungen. Ausreden galten nicht, nur die Wahrheit ...

Und dann hatte er es plötzlich: Die Stahlfeder hatte dem Druck nicht nachgeben können, weil sie zu sehr in sich zusammengedrückt war. Sie mußte um ein Stück gekürzt werden, damit ihr Druck mit dem Druck des Dampfes ins richtige Verhältnis kam. Da der Dampfdruck keinen Ausweg fand, hatte er an der Stelle des leichtesten Widerstandes angesetzt. Denn die Nietstellen des Stahlbandes waren leichter zu sprengen, als der festgeschraubte Deckel abzureißen war. Wie wunderbar die physikalischen Gesetze sich in den kleinsten Dingen zeigten!

Er war, wie jeder Erfinder, ob groß oder klein, erfaßt von der Leidenschaft, die Konstruktion, die auf dem Papier gelöst war, nun auch in Wirklichkeit umzusetzen. Es genügte nicht nur, die physikalischen Gesetze, die, wenn man sie einmal erkannt hatte, einfach und leicht schienen, zu kennen, man mußte sie in der Arbeit verwirklichen. Aber in der Durchführung stellten sich immer unvorhergesehene Schwierigkeiten ein. Diese zu beseitigen, zumindest soweit sie den Kartoffeltopf betrafen, war jetzt die wichtigste Aufgabe.

Am Samstag war in der A eine außerordentliche Spannung zu merken. Die sechs Maulwurfs eilten mit ihren Gedanken viele Stunden voraus, dem heutigen Schulschluß entgegen. Um zwölf Uhr würden sie alle zur B hinübergehen, so wie Maulwurf und Hugo es gestern verabredet hatten ... Knockout schaute etwas unglücklich um sich. Er hatte Angst, daß er dort drüben nicht würde verstehen können, was sie mit dem Zentner und den anderen Bs besprechen würden. Er mußte sich immer alles erklären lassen! Und konnte er versprechen, nicht gleich auf so einen miserablen B loszuspringen und ihm ein paar herunterzuhauen, wenn er über den Maulwurf was sagen würde? Knockout war in den letzten Tagen unsicher geworden. Wenn es nach ihm gegangen wäre, hätte er damals den B-Karli zerdroschen. Und jetzt wußte man nicht, ob er wirklich geklaut hatte ... Auf alle Fälle freundlich mit der B sein, hatte Maulwurf ihm besonders eingeprägt. Nein, Knockout kannte sich nicht aus. Und nicht einmal dem langen Gruber durfte er an den Kragen, obgleich bei dem ganz sicher war, daß er ein Lumpenhund war, der auf den Maulwurf hetzte!

Wenige waren in der A, die nicht von der allgemeinen Unruhe erfaßt waren. Die mußten schon ein ziemlich dickes Fell haben, um sich nicht um das allgemeine Gewisper zu kümmern, um das Briefeschicken vom und zum Gruber. Einige hatten es versäumt, von Anfang an achtzugeben, und kannten sich jetzt nicht aus, um was es ging. Die Gruber-Anhänger aber waren hochmütig und spielten Geheimverband. Sie wollten keine Neuen mit dabei haben.

Dafür aber bestürmten sie den langen Gruber, daß sie als »Stolze As« irgend etwas unternehmen wollten. Irgend etwas. Wozu war das sonst alles gut? Sie wollten irgendein Ziel.

Der war ganz ihrer Meinung. Endlich hörte man auf ihn.

Endlich war der Maulwurf ausgebootet. Aber wenn weiter nichts geschah, konnte sich das wieder ändern. Einmal den Kampf begonnen, konnte man nicht stehenbleiben, sonst ging es abwärts. Die Macht für einen Tag genügte ihm nicht. Nein. Der Maulwurf und die anderen mußten ganz tot gemacht werden. Nur auf *seine* Stimme sollte man mehr hören in der A. Und die Maulwurfs, obgleich sie anscheinend ganz still und an die Wand gedrückt waren, von den anderen gemieden, schienen irgendwelchen geheimnisvollen Zielen nachzugehen. Was sie vorhatten, war nicht herauszukriegen, denn die sechs hielten reinen Mund. Nicht einmal der dicke Hugo verriet dem Heini etwas. Um so gefährlicher war ihr Treiben, besonders da sie Knockout hatten, der zu Grubers Enttäuschung bei ihnen blieb. Na, der Gruber hatte auch Starke, die drei aus der fünften Bank.

All diese Überlegungen führten dazu, daß er in der Zehn-Uhr-Pause Alexander unterfaßte und, während er seine Krawatte zurechtzog, sagte: »Du, wir müssen eine Versammlung machen. Bei mir gehts morgen nicht, mein Alter hat Besuch. Also bei dir.«

Alexander war entsetzt. Nein, nein, das käme gar nicht in Frage. Morgen wäre die Mutter zu Hause, morgen sei ihr einziger freier Tag ... ausgeschlossen ...

Aber der lange Gruber, der nach den vergangenen vier Tagen, in denen seine Macht so unerwartet gestiegen war, nicht mehr den unterwürfigen Ton gegen Alexander zeigte wie am Anfang, antwortete: »Wie du es einrichtest, ist mir gleich. Man muß Opfer bringen. Ich lade die anderen ein. Du wohnst doch Lange Gasse einunddreißig, nicht?« Und dabei schaute er ihn mit seinen hervorquellenden Augen so kalt und herausfordernd an, daß Alexander wußte: er wollte ihn erinnern an seinen ersten und bisher letzten Besuch bei Alexander. Dann ließ der lange Gruber seinen Arm los.

Alexander war verzweifelt. Sein einziger gemeinsamer Nachmittag mit Klari. Beide freuten sich immer die ganze

Woche darauf. Auch würde sie fragen, warum nicht die alten Freunde zu ihm kämen, Maulwurf, Heihei, Hugo mit der Warze ... In schwerer Sorge zermarterte er sich den Kopf. Er hatte sich doch vorgenommen, Klari aus der A-B-Geschichte herauszulassen! Und nun zeigte es sich, daß das nicht ging. Kein Winkel sollte ihm bleiben, der frei davon blieb.

Da sah er schon wirklich den langen Gruber mit Mausi und dem dicken Heini flüstern, hörte »Lange Gasse einunddreißig«.

Und jeder Schritt, den Mausi und Heini jetzt machten, bedeutete eine Einladung für morgen zu Alexander. Wie würde er es Klari beibringen?

Es war leichtverständlich, daß der Magnetmaxl mit der Klasse, in der einerseits die Erwartung des Besuchs bei der B um zwölf Uhr, andererseits die Einladung zu Alexander, drittens aber die Neugier der allmählich aufmerksam werdenden Unbeteiligten, die sich benachteiligt fühlten, eine unbezähmbare Unruhe entfacht hatte, nicht sehr zufrieden war. Schon einige Male hatte er leise, aber streng gemahnt, was bei ihm selten war.

Er hatte schon den Pospischil und den Zippel nach der Zahl Pi gefragt, und beide hatten sie nicht gewußt. Nun schon fast ärgerlich, rief er Knockout und verlangte von ihm die Zahl Pi.

Knockout stand langsam auf, schaute den Magnetmaxl an und sagte: »Herr Professor, ich möchte nämlich um einen anderen Platz bitten.«

Der Magnetmaxl sah Knockout verwundert an und wiederholte: »Ich wollte wissen, was Pi ...« Dann unterbrach er sich aber plötzlich, schwieg, als überlegte er, und sagte: »Wohin willst du dich denn setzen? Und warum?« Knockout hob seine Riesenpranke und zeigte wortlos auf eine Dreierbank, in deren Mitte neben dem Pospischil der kleine A-Karli saß, welcher auf der anderen Seite aber keinen Nebenmann hatte.

Der Magnetmaxl folgte der angegebenen Richtung mit den Augen. Plötzlich spielte ein kleines Lächeln um seinen Mund, das er rasch zu unterdrücken suchte. »Aha. Na gut, setz dich dorthin. – Aber nicht jetzt, erst nach der Stunde ...«

Doch Knockout hatte schon seinen Rucksack gepackt, den er an Stelle einer Schultasche trug, und ging mit klassenerschütterndem Schritt auf seinen neuen Platz. Er schien Magnetmaxls letzte Worte gar nicht gehört zu haben, sondern begrüßte seinen neuen Nachbarn mit einem mächtigen Schlag auf die Schulter, unter dem der erstaunte, der beglückte A-Karli, der plötzlich im Mittelpunkt des Interesses stand, zusammenzuckte. – Jetzt konnte der Magnetmaxl das Lächeln nicht mehr unterdrücken. Sein Ärger schien vollkommen geschwunden, als er schnell sagte: »Nächste Stunde meldest du dich gleich zu Anfang und sagst mir die Zahl Pi.«

Und in der dritten Bank links lächelte auch jemand. Der Maulwurf fühlte so große Freude, wie schon lange nicht.

Die sechs meinten, die Zeit bis zum Zwölf-Uhr-Läuten würde nie vergehen. Heihei konnte überhaupt nicht mehr sitzen, sondern hüpfte auf seinem Platz so herum, daß es nicht mehr schön war. Er war ungeduldig, oh, so ungeduldig!

Sonst war am Samstag um zwölf Uhr die Woche zu Ende. Heute aber kam da erst das Wichtigste dieser Woche, in der es schon soviel Wichtiges gegeben hatte.

»Vielleicht werden sie uns auch jetzt wieder beschimpfen, wie am Anfang den Maulwurf«, hatte Lotte gestern gesagt. »Wir müssen uns erst ihr Vertrauen verdienen. Warum sollen sie denn gleich annehmen, daß wir gerecht sind? Wo sich der Gruber und die anderen so benehmen! Aber wir meinen es doch ernst mit der Wahrheit! Und da wird man sogar manchmal beschimpft von denen, denen man helfen will ...«

Knockout blinzelte auf den winzigen A-Karli. Er erschien ihm wie ein Kompaß auf dem stürmischen Meer der schwerverständlichen Ereignisse. Und A-Karli nickte ihm, noch schüchtern, zu.

Heute um zwölf Uhr begann also für die sechs Maulwurfs etwas Neues. Sie waren im Begriff, etwas zu tun, was sie in den Augen der meisten A-Kameraden, die auf den Gruber hörten, schlechtmachte. Und sie waren dabei nicht sicher, auf der anderen Seite von der B verstanden zu werden. Sie taten es aber trotzdem, weil sie es für gut fanden. Weil ihnen Gerechtigkeit und Wahrheit wichtiger waren als das falsche gute Ansehen bei ihren Kameraden. Weil ihnen der Kampf gegen den langen Gruber und gegen den Koch-Hans, nein, nicht gegen sie, aber gegen die Meinung, daß ein Buchstabe, A oder B, einen Jungen oder ein Mädchen besser oder schlechter machen könnte – so wichtig war, daß sie alles in den Kauf nehmen wollten.

Gemeinsames Verhör

Dem guten Rat Maulwurfs folgend, benahmen sich die sechs As um zwölf Uhr genau so, als wollten sie wie die anderen nach Hause gehen. Unauffällig verschwand einer nach dem anderen mit seiner Schultasche um das Gangknie hin zur B, wo man sie von der A-Seite her nicht mehr beobachten konnte. – Vor der fremden Klassentüre war Treffpunkt, denn sie wollten alle gemeinsam erscheinen. Heihei machte sich mit viel Phantasie übertriebene Vorstellungen von der Feindseligkeit der B und zog es darum vor, mit Maulwurf zu gehen. Das war dem auch sehr recht, denn in seiner Gegenwart hielt sich Heihei zurück, den Grubers gegenüber geheimnisvolle Anspielungen zu machen.

Die B-Klassentüre ging jeden Augenblick auf; immer schauten ein paar Köpfe neugieriger Bs heraus, die, wenn sie die kleine Versammlung draußen sahen, sofort die Türe wieder zuschlugen. Als Lotte endlich kam, war man komplett.

Sie kam etwas verspätet, denn ihr war plötzlich der Gedanke gekommen, sie müßte mit Alexander sprechen. Überall in der Klasse hatte sie seinen Namen flüstern hören, besonders Mausi war, ohne Lotte eines Blickes zu würdigen, wie eine Wahnsinnige herumgeschossen und hatte wichtig »Bei Alexander, Lange Gasse einunddreißig« einem nach dem anderen zugeflüstert. Alexander stand bei all dem wie traumverloren herum, so daß er Lotte sogar einen Moment lang leid tat. Darum war sie auf die Idee gekommen, mit ihm zu sprechen wie mit ihrer kleinen Schwester Mimi, wenn sie etwas angestellt hatte. – Aber Alexander hatte sich, als Lotte wie unabsichtlich näher kam, in den Gruber eingehängt und lebhaft auf ihn eingesprochen. Da konnte man nichts machen. Ihr Mitleid verflog. Sie ging.

Jetzt kam der Einzug in die B. Allen war doch etwas merkwürdig zumute. Heihei war nicht mehr zu halten, er hüpfte wie ein Gummiball auf und nieder ... Da öffnete Maulwurf ruhig die Türe, schob ihn und Hugo hinein, folgte dann selber. Nach ihm kam Knockout, der vor lauter Verwirrung ein wütendes Gesicht machte, rechts von ihm A-Karli, links Lotte.

Als sie eintraten, stoben alle Bs blitzartig auf ihre Plätze und musterten von dort aus mit stillschweigender Neugier die Gäste. Es war ein erhebender Moment, da welche aus der hochmütigen A zur B kamen. Dann ging das Geflüster los, freudig erstaunt: »Der Knockout ... schau, der Knockout ist auch dabei, mit dem Kleinen, der ist neu in der A ... sechs sinds im ganzen ...« Und dann wurde aus dem freudigen Erstaunen ein Spotten: »Und ein Mädchen ... Schau an ... dort, die letzte ... ein Mädchen bringen die mit ... was soll ein Mädchen bei uns ... die sind wohl ... haha ...« Und schließlich interessierte die B nichts anderes mehr, als daß die komischen As lächerlicherweise ein Mädchen mitgebracht hatten. Diese Überraschung hatten sie nicht erwartet.

Lotte merkte natürlich auch, welche Aufregung ihre Person verursachte. Aber sie schien sich gar nicht darum zu bekümmern. Nur mit der Hand fuhr sie sich über die schwarzen Ponys auf der Stirn. Sie waren in Ordnung.

Selbst der Zentner schien durch das Mädchen etwas aus der Ruhe gebracht. Da er sich für die Verständigung mit den Maulwurfs eingesetzt hatte, hing vom Gelingen oder Nichtgelingen sein Einfluß ab. Und ein Mädchen in ernsten Jungenangelegenheiten ist immer eine zweischneidige Sache. Darum war er etwas verwirrt, als er sich erhob und mit mächtigem Baß sagte: »Wir begrüßen euch. Die zwei ersten Bänke frei machen, damit die As sich setzen können.« Sechs Jungen sprangen daraufhin bereitwillig mit ihren Ranzen heraus und quetschten sich in verschiedene hintere Bänke.

In der ersten Bank nahm Maulwurf zwischen Heihei und Lotte Platz, während der gefährlich aussehende Knockout von Hugo und A-Karli in die Mitte genommen wurde.

»Na, viel sind sie ja nicht«, ließ sich hämisch der Koch-Hans hören. »Fünf Stück. Denn das Mädchen zählt ja nicht.«

Die ganze B schaute gespannt zu Lotte, wie sie das aufnehmen würde. Alle waren ja ähnlicher Meinung, nur sagte man es nicht so taktlos wie der Koch-Hans. Was war denn ein Mädchen? Sicher würde sie gleich beleidigt sein oder anfangen zu weinen, wie alle Mädchen ...

Aber Lotte lachte nur. Sie lachte die erstaunten Bs an und drückte Knockout auf seine Bank nieder. Denn der war empört aufgestanden und wollte eben mit der Faust auf die Bank hauen ... »Laß doch«, sagte sie – und sie hatte eine ganz vernünftige Stimme, sie piepste nicht, wie man dachte, daß alle Mädchen piepsten – »wegen mir werdet ihr doch nicht anfangen zu streiten!« Und merkwürdig, der Knockout, die stolze Sportkanone der A, auch von der B rückhaltlos bewundert, senkte auf diese Worte des Mädchens hin ergeben die drohende Faust ...

Wie Lotte die jetzt rundherum staunenden Bs anlachte, fing jeder, der sie ansah, verlegen an mitzulachen. Das war aber eine komische Nudel, dieses A-Mädchen! Gar nicht so übel! – Nur der Koch-Hans streckte ihr lang die Zunge heraus und wandte sich verachtungsvoll ab.

»Also, da seid ihr«, beendete der Zentner das bedeutungsvolle Zwischenspiel. »Und was machen wir jetzt?« Er fragte zu den beiden ersten Bänken hin.

»Ich denke, wir fragen euren Karli!« rief Heihei höflich. »Aber wer fragt, und wo fangen wir an?« Zentner wußte nicht recht ein und aus.

Maulwurf überlegte. Man mußte taktvoll sein, damit es nicht so aussah, als wäre die A gekommen, um allein Gericht über den B-Karli und damit über die B zu halten. Die B mußte genau so daran beteiligt sein. Das war schwer zu machen.

Da flüsterte Lotte dem Maulwurf etwas ins Ohr. Und während Lotte weiterflüsterte, nickte er zustimmend, stand dann auf und sagte: »Die Lotte hat einen guten Vorschlag: Einer von euch wird das Ganze leiten, damit nicht alle durcheinander schreien. Wer was sagen will, meldet sich bei ihm. Ist es euch so recht?«

»Gut ... ja ... der Zentner ... natürlich der Zentner solls machen«, kam die Zustimmung.

Also nahm der Zentner das Amt auf sich. Mit einem Bleistift klopfte er auf sein Pult und fragte mit hoher Stimme: »Wer will was sagen?« Die vier, die zum erstenmal da waren, erstaunten sehr über diesen plötzlichen Stimmwechsel, aber aus Höflichkeit taten sie, als hätten sie nichts bemerkt, nur Heihei zwickte den Maulwurf vor Vergnügen.

Niemand rührte sich auf Zentners Frage, keiner traute sich. Der B-Karli, der mühsam seine Aufregung verbarg, schaute ängstlich umher ... Da hob der Maulwurf den Zeigefinger, wie in der Schule. Ein Köpfezusammenstecken begann, als er aufstand und sich umwandte, damit alle ihn sehen könnten.

»B-Karli, wir fragen dich jetzt vor deiner ganzen Klasse: Hast du damals im Zeichensaal die Perlmutterfarbe gefunden? Hast du sie dann eingesteckt? Nein, antworte nicht so schnell«, unterbrach er sich, da der B-Karli sofort heftig den Kopf schüttelte, »überleg es dir noch einmal gut. Vielleicht hast du dich bis jetzt nicht getraut, es zu gestehen. Dann mach jetzt deinen Fehler gut. Bedenke, was die Geschichte für Folgen gehabt hat.« »Vielleicht hast du es nur so in Gedanken gemacht, weil sie auf dem Platz war, zufällig ...«, schrie Heihei hemmungslos. Er wurde sofort von den As zur Ruhe gerufen.

»So geht das natürlich nicht, Heihei«, sagte Maulwurf strafend. »Du darfst nur sprechen, wenn du dich meldest, und wenn es der Zentner erlaubt. Willst du also sprechen?« Heihei winkte beruhigend mit beiden Händen ab. »Nein ... nein ... später ... ich meinte nur ...«, murmelte er reumütig.

Ein Raunen ging durch die B. Es machte einen außerordentlichen Eindruck, daß ein A einen anderen A vor ihnen rügte, weil er sich nicht nach dem Zentner, einem B, gerichtet hatte.

Maulwurf bat jetzt seinerseits den Zentner um das Wort. Seine Augen waren ganz grün und schauten sehr ernst auf den B-Karli: »Der Heihei soll zwar nicht dazwischenbrüllen, aber er hatte recht mit dem, was er sagte. Vielleicht hast du wirklich die Perlmutterfarbe aus irgendeinem Grund mitgenommen. Diesen Grund wollen wir gerne wissen, wenn du ihn bisher verschwiegen hast. Denk dran, daß aus dem Ganzen die B-Hetze geworden ist. Sag die Wahrheit. Sag uns die Gründe, warum du es gemacht hast. – Ich bin fertig.« Maulwurf setzte sich.

Und da sprach der Zentner das schicksalsschwere Wort: »Karli.«

Der stand auf. Er war nicht besonders groß. Er sah gerade vor sich hin und sagte leise, aber sicher: »Ich hätte es gesagt, wenn nur irgend etwas wahr daran wäre. Aber ich hab nie so eine Farbe gesehen. Bitte, glaubt mir das, wirklich, ich kann nichts anderes sagen als die Wahrheit ...« Die Fäuste, die er vor die Brust hielt, die kurzen Borstenhaare, der ganze B-Karli schien zu sagen, zu schreien: »Ich hab es nicht getan, tut mir nicht Unrecht.« Seine Worte wirkten mehr als jeder Beweis.

Man schwieg. Was blieb noch zu fragen? Es war doch erledigt!

»Darf ich?« fragte da Lotte. – Etwas verwirrt nickte ihr der Zentner zu. Also das Mädchen wollte sprechen ...

Sie drehte sich zum B-Karli und sagte ernst: »Schau, um das Glauben allein geht es nicht. Wir müssen *wissen*. Genau wissen, wieso du es *nicht* gemacht hast. Denn das Zeichenblatt war doch nun einmal in deiner Schultasche. Das spricht gegen dich, und wenn wir dir hundertmal glauben, daß du die Perlmutterfarbe nicht gefunden hast. War das Blatt aus deinem Zeichenheft?«

Richtig! Das Mädchen hatte als einzige den schwachen Punkt herausgefunden. Das Blatt in B-Karlis Tasche! Die Überzeugung begann bei einigen zu wanken.

Für den B-Karli kam diese Frage nicht überraschend. Mit traurigen Augen antwortete er: »Es war nicht aus meinem Zeichenheft. Meines ist kleiner.« Und billiger, dachte er bei sich. Und dachte auch daran, welch große Angelegenheit jedesmal zu Hause so eine Anschaffung war. Und das Buch, das Buch, was war das erst gewesen ... Wenn nur der Vater nicht heute wieder fragte ...

»Die Mausi sagt, daß es ein Blatt aus ihrem Heft ist, und dieses Heft ist verschwunden«, fuhr Lotte fort. »Ich meine es nicht böse, wenn ich frage, aber es ist nötig: Hast du Mausis Heft?«

»Wahrscheinlich hat eure Mausi die Farbe gestohlen und

damit in ihrem Heft gemalt, und jetzt schiebt ihr es auf die B!« rief der Koch-Hans dazwischen. »Die A ist doch so eine Bande und ihr fallt drauf rein ...«

Doch er wurde von dem Affenarmigen in den Rücken gepufft, so daß der Zentner laut »Ruhe!« rufen mußte, um eine Rauferei zu verhindern.

»Ich hab Mausis Heft nicht gesehen und die Perlmutterfarbe auch nicht«, sagte der B-Karli mit so schmerzlichem Ernst, daß Lotte das Herz weh tat. »Denk doch selbst: Wie soll ich zu dem Heft kommen? Ich war doch früher nie in der A!«

Lotte seufzte erleichtert auf. Diese Antwort war fast unwiderlegbar, Gott sei Dank. Es war zu schwer, Staatsanwalt zu sein, wenn man von der Unschuld des Angeklagten überzeugt war. Nur wurde die Geschichte nicht klarer.

»So, und jetzt frag ich auch einmal was«, meldete der Zentner. »Karli, wieso war aber in deiner Schultasche das angemalte Papier? Das ist doch ein Beweis!«

Ja, wieso? Der B-Karli stand da, als wollte er etwas sagen. Aber dann zuckte er die Achseln. Nach einer kleinen Weile noch einmal. »Ich weiß es nicht«, sagte er schließlich. »Ich hab auch nur den ›Beweis‹ gesehen, nie vorher die Farbe. Vielleicht ... vielleicht hat es mir jemand in die Tasche gesteckt. Damit ein ›Beweis‹ da ist ... damit man glaubt, daß ich ...« Hätte er auch nur einen Ton weiter gesagt, so hätte er bestimmt geweint. So fürchterlich schwer waren diese letzten Tage. Erst das Buch, dann all das in der Schule ... zu Hause der Vater ... es war zum Verzweifeln.

Keiner aus der B schien an die eben ausgesprochene Möglichkeit bisher gedacht zu haben. Mit einem Male aber erschien sie ihnen als die einzige Lösung des Rätsels. »Der Lange vielleicht!« schrie Stichflamme mit dem roten Schopf. »Der hat doch damals die Schultasche geholt ...« »Ja ... Gruber heißt er ... du kennst ihn doch ... der Lange, der immer so frech ist ... wie ein Frosch schaut er aus ...«, riefen jetzt einige andere. Lotte nickte insgeheim dem Maulwurf zu, als wollte sie sagen: An so was Ähnliches denken wir ja schon die ganze Zeit.

»Ruhe!« donnerte der Zentner und reckte sich in seiner ganzen Größe. »Zuerst mal Ruhe! Man kann nicht sagen, daß ers gemacht hat, nur weil er die Schultasche geholt hat!«

Wie gerecht der Zentner war! Man stellte es mit Achtung, aber murrend fest; denn es wäre allen lieber gewesen, einen Schuldigen zu haben.

»B-Karli«, griff der Maulwurf ein, »du hast vielleicht früher einmal mit dem langen Gruber einen Streit gehabt; hast du ihn beleidigt oder sonst was? Glaubst du, daß er sich an dir rächen will?«

In den Augen des B-Karli sprühte es auf. Doch antwortete er nicht gleich. Er rang sichtlich mit sich, ehe er sagte: »Ja ... nein ... mit dem Gruber eigentlich nicht ... oder doch ... ja ...«

»Du, Zentner, laß mich mal!« rief Lotte plötzlich heftig dazwischen. »Ich weiß, daß sie was miteinander hatten: Der Gruber hat der Mausi und mir Kletten in die Haare werfen wollen, und da hat der B-Karli ihm ein Bein gestellt, und wir haben den Gruber ausgelacht. Seit damals hat er sicher eine Wut auf den Karli.« »Stimmt das?« fragte der Zentner.

Der B-Karli nickte zu dem Freudengeheul der Bs, die ihm nachträglich für die unbekannte Heldentat zujubelten, nachlässig, als wollte er sagen: Ja, das stimmt, aber es ist nicht das, was ich meine. »Glaubst du, daß er dir deswegen was antun wollte?« forschte der Zentner weiter.

Wieder überlegte der B-Karli. Dann murmelte er: »Nein, *nur* deshalb bestimmt nicht. Ich hab außerdem noch was mit dem Gruber gehabt ... das heißt, eigentlich ... aber ich möchte das nicht vor allen sagen.«

Ein Empörungsschrei kam aus der gekränkten und neugierigen B. »Was heißt das? Warum nicht vor allen? Zier dich nicht so ...« Nur der Koch-Hans sprang ihm bei: »Recht hat er, wenn er vor den verfluchten As nicht offen sprechen will über die anderen As ...«

Doch bevor der Zentner ihn zurechtweisen konnte, sagte der B-Karli leise, aber beharrlich: »Es ist nicht wegen der As, daß ich es nicht sagen will. Ich möchte es aber nur dreien oder vieren sagen, nicht allen.«

Ein kleines Fingerchen, von niemandem gesehen, hob sich in die Luft. – Es wäre übersehen worden, hätte nicht der Knockout gerufen, erregt, als handle es sich um ein Weltwunder: »Der A-Karli will was sagen ...« Auf so mächtige Fürsprache hin erhob sich der Kleine – er war im Stehen nicht größer als Knockout im Sitzen. Und trotzdem schaute der sitzende, sommersprossige Knockout gespannt auf den Kleinen, als erwarte er von ihm die Lösung aller Rätsel.

Der rief, ganz laut, indem er allen Mut zusammennahm, so daß es ganz sicher klang: »Ich denk halt, daß der B-Karli schon einen Grund haben wird, wenn er es nicht allen sagen will. Warum soll er es nicht dreien oder vieren geheim sagen? Die sollen dann bestimmen, ob man es uns sagen kann oder nicht.«

Die B merkte, daß es ein ehrlicher Vorschlag war. Vor allem, da er von »dreien oder vieren« gesprochen hatte, die es »nachher uns sagen«, gewann viele dafür, da er sich selbstverständlich zu den Wartenden einreihte.

Kurz und gut, man beschloß wirklich, daß vier Leute mit dem B-Karli zwecks geheimer Besprechung auf den Gang gehen sollten. »Wen wählt ihr?« fragte der Maulwurf. »Zentner«, war die einstimmige Massenantwort. »Lotte«, kam sofort der Gegenvorschlag, wie aus einem Munde von vier As. Knockout, der nicht gleich begriffen und darum nicht mitgestimmt hatte, nickte nachher zufrieden.

Also nicht nur, daß diese As ein Mädchen mitgebracht hatten – jetzt bekam sie von ihnen auch noch einen Ehrenauftrag!

»Und als zweiten: Stichflamme!« rief der hinkende Ucho. – Es wurde ebenfalls bewilligt. »Den zweiten von uns soll sich der B-Karli allein aussuchen«, sagte Lotte, was wiederum als sehr angenehm empfunden wurde. Man hatte sich schon daran gewöhnt, daß das Mädchen mitsprach wie ein Junge. – Der B-Karli dankte ihr dafür mit einem Blick. Er sagte: »Den Maulwurf möchte ich . . . und . . . und . . . bitte, noch den A-Karli.«

Der Letztgewählte war ganz entsetzt über diese Ehre. »Geh nur, geh nur«, beruhigte ihn Knockout, fast zärtlich, »nachher erzählst du mir.« Da nickte A-Karli schüchtern. Die Sympathie zwischen den beiden Karlis, die nur ein A und ein B trennte, schien beiderseitig zu sein.

»Aber das sind dann drei As!« schrie der Koch-Hans empört. »Einer mehr aus der A! Da muß mindestens noch ein B mit!« »Natürlich«, murmelte der A-Karli schuldbewußt, und machte sich schon bereit, wieder aus der Kommission auszuscheiden.

Aber ohne viel Hin und Her wurde der Meisel zum Dritten ernannt, ein schweigender, langaufgeschossener Junge mit Brille. Und nicht, wie er gehofft, ja erwartet hatte, der Koch-Hans. Stillschweigend zeigte die B damit, daß er ausgespielt hatte.

In Begleitung von Zentner, Stichflamme, Lotte, A-Karli, Brillenmeisel und Maulwurf zog der B-Karli aus der Klasse. – Die anderen blieben mit den drei restlichen Gästen zurück. Einer oder der andere versuchte, sich zur Türe zu schleichen, um auf den Gang hinauszuhorchen. Aber das wurde sofort unterbunden. Die Bs und die drei As wachten gemeinsam darüber, daß die geheime Besprechung geheim blieb. Sie hatten es zusammen beschlossen, sie waren alle *ein* Wille geworden, die Wahrheit über diese verzwickte Geschichte war ihnen plötzlich wichtiger geworden als die Neugier, die doch jeder einzelne hatte. Wenn auch der Koch-Hans laut schimpfte, daß sie sich von den As einwickeln ließen – man hörte einfach nicht auf ihn. Die As hatten einen guten und ehrlichen Eindruck gemacht.

Man unterhielt sich eifrig darüber, was der B-Karli wohl draußen sagte. Die verschiedensten Vermutungen tauchten auf. Am verbreitetsten war die Meinung, daß er unter irgendwelchen geheimnisvollen Umständen, die eng mit dem langen Gruber zusammenhingen, die Perlmutterfarbe plötzlich in seiner Tasche gefunden und mit ihr gemalt hätte, daß er jetzt gestand und die sechs bat, ihn nicht zu verraten. Zwischen dem Sikura und dem Kreibich kam sogar eine Wette um eine Ohrfeige zustande. Denn der Kreibich behauptete, daß der Karli vollkommen schuldlos sei. »Wie ein neugeborenes Kind.«

So verging die Zeit.

Warum der B-Karli nicht vor allen sprechen wollte

Der Gang war wie ausgestorben. Die Schritte der sieben hallten, obgleich sie sich bemühten, leise zu gehen. Aus der vierten Klasse nebenan hörte man eine Stimme eintönig vorlesen: .

> Da lächelt der König mit arger List
> und spricht nach kurzem Bedenken:
> »Drei Tage will ich dir schenken.
> Doch wisse: wenn sie verstrichen, die Frist,
> eh du zurück mir gegeben bist,
> so soll er statt deiner erblassen.
> Doch dir ist die Strafe erlassen.«

Sonst war es still. Nur von ferne hörte man das Geräusch, mit dem ein nasser Fetzen über Stein hinfährt. Wahrscheinlich wusch die Frau des Schuldieners oben den Gang vor dem

Physiksaal. Es roch nach frisch aufgewaschenem Schulboden.

Im A-Gang machten sie halt. Bei demselben Fenster, an dem gestern die Beratung der sechs stattgefunden hatte, deren Ergebnis die heutige Zusammenkunft war. Weit offen stand die Türe zur leeren A. Man gruppierte sich – und wartete.

Aber der B-Karli machte keine Anstalten zu sprechen. Er sah todunglücklich aus, so, als wollte er am liebsten davonlaufen. »Na also, red schon«, brummte der Zentner und klopfte ihm aufmunternd auf die Schulter.

Doch der B-Karli schaute weiter stumm vor sich hin.

Da fühlte der A-Karli die Verpflichtung ihm zu helfen. »Also, du hast dem Gruber was angetan, nicht?« fragte er zart. – Der B-Karli schüttelte den Kopf. – Da wurde es Stichflamme zu dumm. »Herrgott!« rief er, »dazu hast du uns aus der Klasse 'rausgelotst, damit du dich jetzt hier ausschweigst?«

Was sanftes Zureden nicht vermocht hatte – das Anschreien riß den B-Karli aus seiner Stummheit. Beide Hände in den Hosentaschen, zum Plafond schauend, sagte er: »Ich hab ihm nichts angetan ... außer das mit den Kletten – aber das war nichts. Aber vorige Woche ... ich glaube am Montag ... Aber das war eigentlich nicht der lange Gruber.« Er brach wieder ab. Die sechs, die ihm mit stockendem Atem jedes Wort vom Munde abgelesen hatten, drängten: »No was denn, weiter ... mit wem denn, wenn nicht mit dem Gruber ...« Da flüsterte der B-Karli: »Mit dem Alexander ...«

Lotte, Maulwurf und A-Karli stockte beinahe das Herz. Alexander. Natürlich. An ihn hatte man ganz vergessen. Der war doch bei den anderen ... Vielleicht kam man jetzt auf die Zusammenhänge, warum er gegen allen Verstand plötzlich mit dem Gruber gut Freund geworden war ... Maulwurf ertappte sich insgeheim bei dem Wunsch, der B-Karli möge schweigen, möge nichts Böses von Alexander erzählen ... jetzt wurde es ernst ...

»Der Alexander hat sich von mir ein Buch ausgeborgt ... das heißt, er hat es mir eigentlich weggenommen, denn ich wollte nicht ... aber der Alexander war zuerst anständig und höflich ... Aber dann ist der Gruber dazugekommen und hat ge ... ge ... na, da hat der Alexander es mir weggerissen ... nur der Gruber war dabei. Wiedergegeben hat der Alexander mir das Buch nicht. Am nächsten Tag, wie ich es verlangt hab, hat er gesagt, daß er das Buch nie gesehen hat. Und weil der Gruber am Montag dabei war, hab ich den gerufen, weil er doch ein Zeuge ist. Aber da hat der Gruber plötzlich auch gesagt, daß es nicht wahr ist. Daß er nichts gesehen hat ... und daß ich lüg' wie alle Bs ... hat der Gruber gesagt ...«

»Und der Alexander? Was hat der gesagt?« fragte der Maulwurf, kaum hörbar. Er sah dabei Lotte nicht an. »Nichts«, der B-Karli starrte bei der Antwort noch immer zur Decke. »Gar nichts hat er drauf gesagt. Er war, glaub ich, selber überrascht. Dann hat ihn der Gruber fortgezogen. Vorher war der Alexander immer nett ... auch noch, wie er das Buch haben wollte ... Das ist alles, was ich mit dem Gruber gehabt hab.«

»Warum hast du das nicht gleich erzählt?« fragte der Zentner nach diesem merkwürdigen Bericht. »So was sagt man doch!« »Weil ... weil ...«, stotterte der B-Karli, »was hättet ihr denn machen können ... es war so schrecklich, daß jemand so eine Gemeinheit machen kann ... einfach sagen, es ist nicht wahr, wo er doch dabei war ... und der Alexander, der es mir doch weggenommen hat, sagt auch, daß er von nichts weiß ... und der Gruber sagt noch, daß ich lüge ... zwei gegen einen ... wie hab ich es denn beweisen sollen ... Wenn einer so die Wahrheit verdreht! Es war so schrecklich, schrecklich gemein ... dabei hab ich nichts anderes wollen als mein Buch ...« Er räusperte sich, damit man meine, es sei ihm etwas in die Kehle gekommen.

»Wann war das eigentlich?« fragte der Maulwurf dringlich. Ihm war eine neue Gedankenverbindung gekommen. »Genau, an welchem Tag? Irr dich nicht, bitte!« »Am Montag hat mir der Alexander das Buch weggenommen. Ich weiß es sicher, denn ich habe es erst am Sonntag bekommen, weil ich Geburtstag hatte. Am Montag um zehn Uhr. Und am Dienstag war das mit dem Gruber, wie er gesagt hat, er hat nichts gesehen.«

»Am Dienstag haben wir unseren Selbstschutz gegründet«, sagte der Maulwurf, und seine Augen waren unter der gerunzelten Stirne unsichtbar geworden. Ausgerottet hatte er in diesem Moment alle freundschaftlichen Gefühle für Alexander. Hier mußte man schonungslos aufdecken. Er ahnte plötzlich fürchterliche Dinge. Wenn Alexander solche Dinge gemacht hatte, durfte man keine Rücksicht mehr auf ihn nehmen.

»Wir haben nämlich in der A einen Selbstschutz gegründet, weil ein paar Sachen weggekommen sind. Damals wußten wir aber noch nichts von der Perlmutterfarbe, sondern nur von einem Drehbleistift und Marken und Mausis Heft. Der Alexander war mit im Selbstschutz, ab Dienstag. Ist es sicher, daß das mit dem Buch schon Montag war? Und wann hat er gesagt, daß er es nicht hat?« »Am Dienstag um zehn Uhr.«

»Da war er schon Mitglied vom Selbstschutz.« Kaum wagten die anderen zu atmen. Da sagte der Maulwurf – und seine Stimme klang wie Stahl: »Wartet mal ... ja, es war der Alexander, der uns am Dienstag auf die Idee gebracht hat, daß der B, der auf meinem Platz sitzt, die Perlmutterfarbe gestohlen haben könnte ... durch ihn sind wir überhaupt erst auf diese Vermutung gekommen ... und weil der B-Karli dort sitzt, ist der Verdacht auf ihn gekommen.«

Nur Lotte ahnte, was sich in Maulwurf abspielte, während er das sagte. Nur sie wußte, welchen Schmerz, welche schreckliche Überwindung ihn jedes Wort kostete. Alexander war doch sein Freund gewesen, sein Freund. Und bei Maulwurf war Freund nicht nur ein Wort. Er tat ihr unermeßlich leid, und gleichzeitig bewunderte Lotte ihn. Da sagte der A-Karli: »So seid ihr auf den B-Karli gekommen? Wenn wir das gewußt hätten ... dann ist es doch klar!« »Aber wie kommt der Gruber dazu«, fragte Lotte zaghaft, »und warum hat der Alexander ... ich versteh das alles nicht ...«

Verstehen tat es keiner. Man sah nur, daß man dem Geheimnis auf der Spur war, daß es aber trotzdem unlösbar schien, und daß Lüge, ganz bewußte und gewollte Lüge hier mitspielte. Zu welchem Zweck? Sollte der Gruber die Farbe gestohlen haben, um den B-Karl als Dieb hinstellen zu können? Aber die Farbe mußte gestohlen worden sein, bevor Alexander dem B-Karli das Buch weggenommen hatte, am Montag, also bevor der Alexander überhaupt »mit dem B-Karli etwas hatte ...« Denn jene Zehn-Uhr-Pause war erst nach der Zeichenstunde gewesen, in der die Farbe verschwand. Oder sollte Alexander ... Das war ganz unsinnig. Er war doch zuerst, nach Aussage des B-Karli, noch sehr anständig zu ihm gewesen, hätte um das Buch gebeten, war dann vom langen Gruber aufgehetzt worden ... Und war damals noch ein guter Freund vom Maulwurf gewesen. Er hätte also selbstverständlich den Maulwurf einfach gebeten, ihm die Farbe zu borgen, wenn er sie gewollt hätte ... Nein, es war ganz ausgeschlossen, daß Alexander die Farbe vorher genommen hatte.

Irgendwie hing alles zusammen. Nur war nicht ersichtlich wie. Sicher war nur, daß der B-Karli unschuldig war. Der Verdacht deutete immer wieder auf den langen Gruber hin. Der hatte Grund, dem B-Karli böswillig einen Verdacht anzuhängen. Ihn zu verdächtigen, um etwas anderes zu vertuschen. Oder um die B-Hetze durchführen zu können, um sich groß zu machen. Oder beides zusammen.

Aber was hatten Alexander und Gruber mit dem Buch

gemacht? Wie war Alexander von Maulwurf weg auf den Abweg geraten?

Das alles beschäftigte die drei As. Es schien unmöglich, den Leitfaden zu finden.

»Karli, warum hast du das eigentlich nicht drinnen vor der Klasse sagen wollen?« unterbrach endlich Stichflamme das drückende Schweigen. »Ja, warum nicht?« schloß sich der Zentner der Anfrage an.

»Weil ... weil ...«, der B-Karli schaute bei dieser Antwort den kleinen A-Karli an, »weil ich gedacht hab, daß es so besser ist. Der Gruber sagt den As, daß die B gemein ist und schlecht, weil ich die Perlmutterfarbe gestohlen haben soll. Er sagt es, trotzdem er es besser weiß. Aber die As glauben es ihm. Und bei uns hetzt der Koch-Hans genau so. Und da hab ich Angst gehabt, daß der Koch-Hans sagen wird: Da schaut nur, wie gemein die A ist, man muß gegen sie sein, wenn man hört, was der Alexander und der Gruber gemacht haben. Der Koch-Hans hätte nur noch mehr die Wahrheit verdreht. Und ein paar hätten ihm sicher geglaubt und gegen die A gehetzt. Dabei kann doch die A nichts dafür, daß der Gruber und der Alexander Gemeinheiten machen. Darum wollte ich es nicht drin erzählen, damit nicht noch mehr Lüge und Ungerechtigkeit daraus entsteht ...«

Der A-Karli war nicht zu halten. Alle Zurückhaltung vergessend, fiel er dem B-Karli um den Hals. Lotte machte sich an ihren Ponys zu schaffen, und der Zentner räusperte sich verlegen.

Dieser kleine Kerl mit den schwarzen Borstenhaaren war wirklich ein Held. Nein, er war mehr als ein Held. Denn als Helden stellt man sich immer einen vor, der große Taten vollbringt und dafür gefeiert wird. – Der B-Karli aber wollte lieber auf seine Reinwaschung vor dem Verdacht verzichten, als daß er der A, aus der ihm soviel Unrecht gekommen war, Unrecht geschehen lassen wollte.

Doch nein, es war nicht die A, die er schützte. Er wußte,

wie weh Unrecht tut, noch dazu, wenn dieses Unrecht aus einer böswilligen Lüge kommt. Er wollte seine Kameraden vor der Lüge und Ungerechtigkeit bewahren, er wollte verhindern, daß sie sich auch in der B ausbreitete.

»Jetzt hätte ich mir aber alle unsere As hergewünscht, die dem Gruber nachplappern«, sagte Lotte, ganz weich. »Ob die dann noch sagen würden, daß die B schlecht ist, schlechter als sie! – Aber du, B-Karli, hättest es längst dem Zentner sagen müssen, zu dem kann man doch Vertrauen haben! Gegen so was muß man was tun, man darf nicht nur still leiden.« »Das ist ganz richtig«, setzte der Maulwurf hinzu. »Und was unsere As betrifft, Lotte, die kriegen wir schon noch auf den richtigen Weg.« Trotz dieser trostvollen Worte hörte Lotte, aber nur sie, Maulwurfs Kummer über Alexander durch.

»An euch kann man sich auch ein Beispiel nehmen!« rief Stichflamme, um an Edelmut der A nicht nachzustehen. »In so einer verzwickten Sache, wo man nicht hin und her weiß – ich kann nicht garantieren, ob ich in so einem Fall zu euch hinübergekommen wäre ...« Ganz schnell, so wie nebenher, brummte Zentners Baß: »Und euer Mädchen ist auch nicht so übel.« Man tat taktvoll, als hätte man es nicht gehört. Nur der A-Karli strahlte.

»Sagen wir es also den anderen oder nicht?« fragte der Brillenmeisel. »Natürlich!« rief der A-Karli, der den B-Karli schon gerne rein von Unschuld in aller Augen gesehen hätte.

»Ich bin nicht dafür«, meinte der Zentner. »Es ist besser, wenn der Gruber noch nicht erfährt, daß wir ihm und dem Alexander auf der Spur sind.« »Aber die Bs sollen wissen, daß der Karli ...«, ereiferte sich weiter der A-Karli; doch der Maulwurf unterbrach ihn: »Der Zentner hat recht. Wir werden sagen, daß wir von seiner Unschuld überzeugt sind, aber nicht mehr.« »Vielleicht glauben sie uns aber nicht«, wagte der A-Karli einen letzten Versuch. »Das macht nichts«, mischte sich nun der B-Karli ein. »Es ist doch besser, daß wir alles aufdecken, damit kein Gruber oder Koch-Hans weiter solche Sachen machen können.«

Soviel Uneigennützigkeit war schon fast unmenschlich. Aber man nahm sie an, um das Ziel zu erreichen.

Als die sieben zurückkehrten, erschallte aus der vierten Klasse noch immer die eintönige Stimme:

»Ich sei, gewährt mir die Bitte,
in eurem Bunde der Dritte.«

Die Bösen haben Glück

Die Bösen haben Glück in der Welt. Alexander merkte es zu seinem Erstaunen.

Denn bevor er Samstag zu seiner Ankündigung, daß er Sonntagnachmittag ungefähr fünfzehn Gäste haben würde, Mut gefaßt hatte, sagte Klari beim Mittagessen: »Ich hatte mich doch schon so auf morgen gefreut, aber denk dir, ich muß nachmittag ins Geschäft. Schon um zwei. Dumm ist das, was? Aber dafür bekomm ich Überstunden bezahlt, und davon kauf ich ein gewisses Buch, das mein Sohn sich zu Weihnachten wünscht. – Darf ich es dann auch lesen?«

Das Buch »Wir sind alle Menschen«! Wie lange lag die Zeit zurück, da er es haben wollte, um es dem B-Karli zurückzugeben und alles noch gutzumachen! Die Ereignisse hatten sich überstürzt. Jetzt war das Buch überflüssig. »Du, Klari«, sagte er, »weißt du, ich hab mir das überlegt. Ich will das Buch nicht.«

Klari machte ihr ganz erstauntes Gesicht. »Xander, warum nicht? Ich dachte, daß du es dir so wünschst? Und plötzlich nein?« »Ach, weißt du«, sagte er und versuchte das mit ehrlichem Ausdruck zu sagen, »es kostet so viel, und ich will nicht, daß du dafür so arbeiten mußt.« Als er sah, daß Klari gerührt war, schämte er sich fürchterlich. Doch da kam der neue Alexander zum Vorschein, und der dachte sich: Ist ja lächerlich. Gut ist, was nützlich ist. Und nützlich ist, was den stolzen As hilft und den Bs schadet. Man darf nicht mehr weichlich denken wie früher.

»Nein, ich will das Buch wirklich nicht. Daß du es mir nicht trotzdem schenkst!«

Das bat er fast ängstlich, denn der Besitz des Buches »Wir sind alle Menschen« schien ihm jetzt gefährlich.

Klari verstand die Ängstlichkeit ganz anders. Sie war wirklich gerührt über Alexanders Fürsorglichkeit. »Na, es ist ja noch Zeit zum Überlegen«, sagte sie. »Bis Weihnachten sind drei Wochen. – Aber was wirst du morgen nachmittag machen, wenn ich ins Geschäft muß? Warum war denn der Maulwurf schon so lange nicht da? Und der Heihei? Lad dir doch ein paar Freunde ein!« »Ja«, nickte Alexander schnell. »Ich hab mir für morgen welche eingeladen. Du bist doch nicht böse? Ich hab mir nämlich gedacht ...« »Aber selbstverständlich«, rief Klari erfreut. »Ein Junge soll nicht nur mit seiner alten Mutter herumsitzen. Ich würde mich auch freuen, wenn ich den Maulwurf noch erwischen würde, wenn ich gegen Abend komme. Wer kommt noch? Der Hugo und der Heini?« »Ob der Hugo kommt, weiß ich noch nicht«, murmelte Alexander verlegen. Da Klari es als selbstverständlich annahm, daß Maulwurf und Heihei kamen, hatte sie nicht erst gefragt. So war Alexander wenigstens um eine Lüge herumgekommen.

»Tee kannst du doch alleine machen. Und Kuchen kaufe ich morgen vormittag. Ich werde schauen, um sieben zu Hause zu sein, damit ich die Jungen noch sehe. Du weißt, ich bin mit einigen sehr befreundet.«

»Nein, Klari, Kuchen mußt du nicht besorgen, ist wirklich nicht nötig. Und abhetzen mußt du dich auch nicht, du wirst sie ja auch noch ein anderes Mal sehen ...«

Sonntagnachmittag

Sonntagnachmittag Punkt vier Uhr klopfte der kleine A-Karli schüchtern an der Portierwohnung in dem Haus Comeniusplatz eins. Eine tiefe, brummige Stimme sagte: »Herein.« A-Karli wagte nicht gleich einzutreten und blieb ängstlich stehen. Er hörte, wie sich drin jemand ächzend erhob, mit schweren Schritten brummend zur Türe ging – und dann stand vor ihm ein Knockout, nur, daß er noch viel größer und vor allem viel dicker war und nicht vierzehn, sondern vierzig Jahre alt. Vor dieser Riesengestalt erschien A-Karli wie ein Zwerg. Er wäre am liebsten davongelaufen, aber als er sah, daß dieser riesige Überknockout, anscheinend der Vater, ihn brummigbelustigt anschaute, wagte er zu sagen: »Ich komme nämlich zu Knockout.« »Zu wem?« fragte der Riesenvater. »Zu Knockout«, wiederholte der A-Karli, noch schüchterner. – Und da lachte der Riesenmensch laut los, daß der A-Karli meinte, ihm würde davon das Trommelfell platzen. »Knockout ... hahaha ... den Hans meinst du? Hahaha ... Knockout ... ja also, dann bist du wahrscheinlich sein Freund, was? Einen größeren hat der Hans gar nicht finden können, was? Der Knockout? Na, dann komm nur 'rein, der Hans ist noch bei der Zentralheizung im Keller, aber er kommt gleich ... Hallo ... Knockout ...«, schrie der Riesenvater so mächtig, daß A-Karli fürchtete, die Parteien würden sich über den Lärm beschweren. »Komm 'rauf ...«

Also war der A-Karli in der Familie seines neuen Freundes empfangen worden.

Sonntag nachmittag Punkt vier läutete auch bei Alexander zum erstenmal die Türglocke. Es war Meyer, pünktlich wie immer. »Guten Tag«, sagte er etwas verlegen, weil er nicht wußte, ob hier der Schulton angebracht sei oder ein Besuchston. War man hier eingeladen oder fand nur eine Versammlung statt. Auch Alexander wußte sich in dieser verzwickten

Lage nicht zurechtzufinden, doch er beschloß, Meyer vorderhand wie einen Gast zu behandeln. Darum sagte er höflich: »Komm bitte weiter.« Dann saßen sie sich gegenüber und wußten nicht, wovon sie sprechen sollten. Warum kam noch niemand von den anderen? Keiner war so pünktlich wie Meyer. Dabei wußte Alexander nicht, daß er sogar drei Minuten vor der Tür gewartet hatte, weil er zu früh gekommen war.

Die Geburt der ELDSAs

»Jaja, das sind welche, die Bs«, begann der farblose Meyer vorsichtig. »Mm«, stimmte der Alexander einsilbig zu. Wieder eine Pause, in der man Meyers Armbanduhr ticken hörte.

»Es war meine Bank, auf die er gespuckt hat, der Kerl, der B-Karli«, setzte der Meyer wieder an. Es war zu merken, daß er sich bemühte, bei Alexander, also einem der Führer, in günstigem Licht zu erscheinen. Meyer schien sich etwas darauf zugute zu halten, daß er jetzt allein mit ihm saß, selbst wenn sie nichts miteinander zu sprechen hatten. »Mir könnte man wer weiß was tun«, fuhr er fort, »ich möcht so was nicht machen. Auf eine Bank spucken, noch dazu auf eine fremde! Bis dahin war ich noch nicht so überzeugt, aber dann hab ich mir gedacht: So was kann wirklich nur ein B tun. Und daß er die Farbe vom Maulwurf gestohlen hat. So was! Ich habe doch recht, nicht, Alexander?« Er verlangte Beifall.

Alexander kam glücklicherweise um eine Antwort herum, denn es läutete. Die Neuankömmlinge waren Mausi mit Pospischil und noch einigen anderen, die sonst in der A nicht sehr in Erscheinung traten. Mausi hatte sie sich alle vor die Lange Gasse einunddreißig bestellt, um mit einem ganzen Hofstaat zu erscheinen. Seit vier Tagen besaß sie endlich

Ansehen und Macht, denn sie schien die rechte Hand des langen Gruber zu sein. Diese Macht nützte sie aus. Sie begrüßte Alexander herzlich, Meyer herablassend, aber beide mit Verschwörermiene, und fragte gleich im Hereinkommen: »Ist Gruber schon da?« Als die Frage verneint wurde, bemerkte sie: »Dann hat er wahrscheinlich noch etwas Wichtiges vor«, hüllte sich daraufhin in Stillschweigen, so daß ihr Hofstaat und auch Meyer sie ehrfürchtig betrachteten. Nur Alexander war wütend über die Großtuerei.

In kurzen Abständen erschienen nur der Rabe, der stotternde Marhat, dann gemeinsam wie immer die drei aus der fünften Bank und schließlich der Letzte im Alphabet, Zippel. Alexander zählte sie verzweifelt und zuckte bei jedem neuen Läuten zusammen. Nahm der Ansturm kein Ende? Schon wurde es schwer, Sitzplätze zu schaffen. Zwar hatte er alles Verfügbare hereingebracht, sogar die Müllkiste, auf der auch zwei Platz fanden, aber es reichte alles nicht. So mußte er sich entschließen, Klaris Bett anzubieten, worauf sich die fünfte Bank mit Wonne stürzte.

Zwölf Gäste waren nun schon da. Man beriet, wer noch fehlte, und Alexander überlegte mit Entsetzen, ob es noch viele sein könnten. Aber man kam nur auf Gruber und Heini. Sollte der feindliche Zwilling Hugo irgend etwas unternommen haben, so daß Heini nicht von zu Hause fortkonnte? Oder war Heini nur zu faul, um zu kommen?

Und wo blieb Gruber? Alexander fühlte, wie sich sein Magen vor Angst zusammenzog, wenn er daran dachte, der lange Gruber könnte ihn im Stich lassen. Was sollte er dann machen? Alle erwarteten mit scheuer Achtung von der Leitung bedeutungsvolle Worte, Anleitung zu Taten ... Was konnte er ihnen sagen? Und der Gruber kam noch immer nicht ... Oh, der verstand es geschickt so einzurichten, daß Alexander ihn herbeisehnen mußte wie den liebsten Freund, obgleich er ihn am allerliebsten nie wiedergesehen hätte.

Es kam kein richtiges Gespräch zustande. Zu ungewöhnlich war es, daß sich so viele außerhalb der Schule trafen, noch dazu in einer Wohnung. Außer dem Zippel hatten alle ihre Sonntagsanzüge an. Mausi hatte sich besonders fein gemacht. – In Sonntagskleidern bewegt man sich sowieso immer etwas feierlich und ungewohnt, außerdem ist ein Schulkollege in seinem Heim etwas Unheimliches, Heiliges, noch dazu, wenn er eine solche Führerstellung hat. Darum war eine ziemliche Stille, in Anbetracht des Lärms, den sonst dreizehn Jungen und ein Mädchen machen können.

Wie eine Erlösung war es, als die Glocke wieder erklang. Jetzt begann es also, der lange Gruber erschien ...

Aber es war Heini. Die abstehenden Ohren rotglühend, stürzte er an Alexander vorbei ins Zimmer und sprudelte los, ohne zu grüßen: »Also so ein gemeiner Kerl, der Hugo, also so ein Schuft! Aber ich habs ihm nicht sagen wollen. Nur weil er mich fort seckiert hat: ›Wo gehst du hin, was werdet ihr machen?‹ hab ich gesagt: ›Wenn du mir sagst, was ihr Maulwurfs macht, dann sag ich dir dafür, wohin ich geh und warum.‹ Er hats versprochen, aber ich muß es zuerst sagen. Und wie ichs erzählt hab, hat er nichts von den Maulwurfs gesagt.«

»Das ist wieder mal echt!« rief Mausi, glücklich, daß das Gespräch endlich in diese Richtung zu kommen schien. »Da sieht man, wohin es führt, wenn man zur B hält. Da lügt und betrügt man genau so.« Alle nickten, und es schien, als wäre man froh, endlich wieder einen handgreiflichen Beweis zu haben. Nur der Meyer warf ein: Man müsse eben schlauer sein als die Bs und ihre Helfer. Der Heini hätte den Hugo zuerst erzählen lassen müssen und ihm dann nichts sagen. – Das fanden alle richtig. Ja, so mußte man es machen. Vom Gegner mußte man lernen.

Alexander fürchtete eben wieder, daß das Gespräch abreißen könnte – da läutete es gebieterisch. Dreimal.

Es war, wie nicht anders zu erwarten, jetzt wirklich der

lange Gruber. Alexander empfing ihn mit: »Wo bleibst du so lange? Es ist schon zwanzig nach vier.« »Ich wünsche keine Vorwürfe«, sagte der Gruber streng und ging an ihm vorbei. Alexander folgte ihm betreten.

Als der lange Gruber ins Zimmer kam, standen alle auf. Sie hatten dunkel das Gefühl, daß er eine Respektperson sei, ähnlich wie ein Lehrer. Oh, der wußte sich jetzt zu benehmen! Er begrüßte sie alle mit einem Kopfnicken, sah dabei hochmütig mit seinen hervorquellenden Augen über die Versammlung hin und würdigte nur Alexander einer persönlichen Ansprache, indem er ihn fragte: »Können wir anfangen?« Sein Ton bestimmte aber viel eher, als er fragte. Dann setzte er sich auf den Stuhl, den Meyer ihm sofort dienstfertig geräumt hatte.

Eine Sicherheit hatte der lange Gruber in den letzten Tagen bekommen! Alexander spürte, er mußte achtgeben, damit der ihn nicht vollständig beiseitedrängte. Wenn er nun schon in dieser Geschichte drin war, so wollte er auch eine der Hauptrollen spielen! – Darum tat er so, als hätte er Grubers Frage wirklich als Frage aufgefaßt, und verkündete: »Wir fangen an. Ich eröffne unsere erste Versammlung.«

Sofort verstummte alles Gemurmel. Gespannte Blicke hingen an Alexander und Gruber. Der ließ ein paar Sekunden verstreichen, dann begann er: »Stolze As! Ich rede euch so an, weil es euer, unser Name ab heute sein soll. Wir sind As, und wir sind stolz darauf, und wir wollen uns deutlich von den Bs unterscheiden. Denn was die Bs sind – na, gewußt habt ihr es ja alle schon vorher auch, daß sie was anderes sind als ein A, nicht? Aber niemand hat sich getraut, es zu sagen. Weil ihr nämlich auf manche in unserer Klasse gehört habt, die zur B halten. Das ist doch klar. *Wer* hat denn den B-Karli schützen wollen, na? *Wer* hat uns von der richtigen Diebesspur abhalten wollen, na? Muß ich Namen nennen? Ihr wißt sie ja von allein.« Dabei sah er auf Alexander. Als er dessen entsetztes Gesicht sah, fuhr er schnell fort: »Etwas muß geschehen. Ihr müßt mir dankbar sein, und dem Alexander natürlich auch, daß wir euch so die Augen aufgemacht haben. Ein paar As halten zur B, und darum werden die Bs frech. Habt ihr nicht bemerkt, wie frech der B-Karli war, trotzdem er geklaut hat? Dem Meyer hat er auf die Bank gespuckt!«

Alle sahen nun auf den Meyer, der eine still-leidende Miene zur Schau trug. »So was darf sich nicht wiederholen. Ein B ist kein A. Ein A verachtet einen B. Kein B darf in unsern Gang, sonst werden sie frech; und damit sie sehen, daß es uns ernst damit ist, so werden wir am Gangknie, dort, wo der B-Gang beginnt, Wachen von uns aufstellen, die die Bs in der Pause nicht zu uns durchlassen. Hat einer von ihnen einen wichtigen Grund, so wird von der Wache bei mir, respektive bei Alexander gefragt, ob es gestattet ist. So werden wir auch verhindern, daß unsere, die zur B halten, hin und her laufen können. Die Wachen wechseln jeden Tag. Was sagt ihr dazu?«

Der Gedanke war begeisternd. Wache stehen – Bericht erstatten – das hatte etwas so Abenteuerliches an sich! Als so eine Wache war man ja eine Respektperson! Die Augen der Jungen leuchteten. »Wunderbar!« rief Mausi.

»Also das machen wir«, stellte der lange Gruber fest. »Wir besprechen es noch genauer. – Jetzt zweitens: Wir müssen einen Gruß haben, mit dem wir uns begrüßen können.« »Na: Guten Tag«, meinte der Zippel erstaunt. »Ach, du verstehst ja nicht«, sagte Mausi wichtig. »Es muß etwas Feierliches sein, so meint es der Gruber. Zum Beispiel: ›Es lebe die stolze A‹. Das wäre ein schöner Gruß, nicht?« »Viel zu lang«, erklärte der Pospischil, der etwas dagegen hatte, daß ein Mädchen wichtige Vorschläge machte. »Viel besser wäre: ›Good bye‹ oder ›Hurra‹ oder so ähnlich.« »Was heißt denn dieses Gudbei überhaupt?« rief einer von den dreien aus der fünften Bank. »Darf man dann überhaupt nicht mehr ›Guten Tag‹ sagen?« erkundigte sich der Zippel.

»Natürlich, aber nur zu gewöhnlichen Leuten!« rief

Mausi. Da nahm wieder der lange Gruber das Wort: »Der Gruß soll für uns Stolze As sein, wenn wir uns treffen. Oder wenn ihr mich begrüßt oder den Alexander. Zum Beispiel, wie ich vorhin ins Zimmer gekommen bin, da hättet ihr mich mit so einem Gruß empfangen können ...« »Ich weiß was, ich weiß was!« schrie Heini aufgeregt. »Die Mausi hat vorgeschlagen: ›Es lebe die stolze A‹. Ach nein, anders 'rum, aber das ist viel zu lang. Wenn wir aber von jedem Wort den Anfangsbuchstaben nehmen, so wird das ein feiner Gruß, nämlich ELDSA. Klingt das nicht herrlich?« »Ist das ein Fremdwort?« fragte der stotternde Marhat, der sehr schwer begriff. »Seht ihr, wie geheim es klingt!« jubelte Heini. »Wenn es der Marhat nicht weiß, der doch jetzt dabei war, wo ich's erklärt habe, werden es die anderen bestimmt nicht erraten. Nehmen wir es an!« bettelte er.

»Wirklich nicht so schlecht«, sagte der lange Gruber, nachdem er einmal prüfend »ELDSA« vor sich hingemurmelt hatte. »Probiert es einmal alle zusammen.«

Darauf hatten sie nur gewartet. »ELDSA ... SA ... SA ... ELD ...« brüllte es ohrenbetäubend durcheinander, so daß man überhaupt nichts mehr verstand.

»Nein, so geht das nicht«, rief Alexander; als es endlich möglich war, sein eigenes Wort zu verstehen, erschien es notwendig, sich wieder zur Geltung zu bringen. »Das muß ganz anders klingen. Ich werd mal dirigieren. Wenn ich die Hand hebe, ruft ihr: ELD, und wenn ich sie 'runtergebe: SA. Und alle gleichzeitig.«

»ELD-SA, ELD-SA ...« Wie mit Zirkel und Lineal abgemessen erschallte es. Und durch die Genauigkeit der Silben und die Gemeinsamkeit der Stimmen bekam das ELDSA eine solche Wucht, daß Alexander erschauerte. Zum ersten Male ahnte er, was für Macht er besaß, da er dreizehn Leute kommandieren konnte. Er blickte heimlich zum langen Gruber hin und sah, wie dessen Augen vor Befriedigung noch mehr aus den Höhlen quollen. Diese Bande von dreizehn As, die auf das Kommando eines Fingers ELD-SA riefen, waren nicht mehr einzelne Pospischils oder Meyers. Etwas Neues waren sie, etwas Gemeinsames. Ebenso wie der Chor der dreizehn anders klang als dreizehn einzelne Stimmen. Viel stärker, viel mächtiger. Und sie machten, was er, Alexander, wollte ...

Sie schienen mit dem »ELD-SA«-Rufen gar nicht mehr aufhören zu wollen. Alexander bekam Angst, daß sich die Nachbarn beschweren würden. Darum wollte er dämpfen.

Aber sie zur Ruhe zu bringen, war nicht so leicht. Man mußte erst jeden rütteln, ihn aus der Gruppe herauslösen und wieder zu einem einzelnen machen. Es war beruhigend, wenn sie heute für Gruber und Alexander, gegen die B schrien, aber wie, wenn sie einmal die Wahrheit erfuhren und dann so zusammen gegen ihn stehen würden ...

Als einzelne waren sie alle ein bißchen beschämt, als sie merkten, welchen Lärm sie in der fremden Wohnung gemacht hatten. Rot und erhitzt saßen sie da und atmeten schwer.

Die es mit den Bs halten

Der lange Gruber wartete ruhig ab, bis Alexander die Ruhe hergestellt hatte. Als sie dann still und verlegen umherschauten, ergriff er von neuem das Wort: »Jetzt kommen wir zu etwas Neuem. Aber es ist sehr wichtig. Wir müssen entscheiden über diejenigen in der A, die zur B halten. Die verdienen nicht den Ehrennamen A, weil so ein A noch viel schlimmer ist als ein B.« »Richtig«, bestätigte Mausi. Und Heini war erfreut, das von ihm erfundene »ELDSA« anzubringen.

Durch diese Zustimmung ermutigt, fuhr der Gruber mit erhobener Stimme fort: »Natürlich wird keiner mit ihnen sprechen. Das ist Pflicht. Sie sollen spüren, daß sie nicht mehr dazugehören ...« Seine Augen blitzten. Jetzt konnte *er* bestimmen. Der hochmütige Maulwurf und die anderen, die immer auf ihn heruntergeschaut hatten, sollten es nur spüren!

Aber den anderen wurde jetzt etwas merkwürdig zumute. Gruber hatte zwar keine Namen genannt, aber es war klar, wen er meinte. Maulwurf war seit jeher einer der Beliebtesten in der A gewesen, der Tonangebende. Er war es ohne Mühe geworden; man hatte einfach zu ihm Vertrauen gehabt. Was hatte sich eigentlich ereignet, daß er jetzt »nicht mehr dazugehören« sollte? Genau so gut konnte man es von Alexander sagen; der kam doch gleich nach Maulwurf, was den Ton angeben in der A betraf. Mehr als einer sah schnell zu Alexander hin. Er war doch immer ein unzertrennlicher Freund von Heihei und Maulwurf gewesen ... Alexander senkte die Augen.

Gruber hatte sofort die Lage erfaßt. »Denkt nur noch einmal daran«, rief er, »wer den B-Karli beschützt hat und wer mit ihm gesprochen hat, auch nachdem wir gesehen haben, daß er stiehlt. Wer? Auf *den* habt ihr immer so viel gegeben. Aber auch auf den Alexander habt ihr immer sehr viel gegeben, und der sagt dasselbe wie ich, und ist nicht mehr beim Maulwurf.«

Das stimmte. Mehr noch als Grubers große Worte überzeugte die dreizehn As, daß Alexander auf dieser Seite stand.

Der lange Gruber wollte die nachdenkliche Stille schnell überbrücken. Darum sagte er: »Man muß aber auch noch was anderes gegen sie machen. Zum Beispiel könnte man den A-Karli, der so blöd ist und zu ihnen hält, einmal verprügeln.« »ELDSA!« rief Heini wieder, aber seine Begeisterung fand merkwürdigerweise keinen Widerhall.

Im Gegenteil. Der Letzte im Alphabet, der Zippel, fragte erstaunt: »Den Kleinsten soll man verprügeln? Das finde ich aber ...« »Feind ist Feind«, erklärte der lange Gruber mit einem bösen Blick auf den Zippel. »Ob er stark ist oder schwach, ist seine Sache. Warum hält er zur B? Die Stärkeren werden auch noch dran kommen. Wir müssen jeden anders behandeln. Zum Beispiel den Hugo. Den werden wir aushorchen, was bei den Maulwurfs los ist. Das muß natürlich der Heini machen. Außerdem mußt du dir noch andere Sachen ausdenken, zum Beispiel Hefte verstecken, oder eurem Vater etwas erzählen, was Hugo in der Schule gemacht hat, oder so. Jedenfalls dem Hugo schaden.«

»Ausgerechnet ich soll das?« fragte Heini entsetzt. Solange es um Sticheleien und gelegentliche Boxer gegangen war, hatte es ihm Spaß gemacht. Er wollte sich von Hugo selbständig machen. Aber *damit* hatte er nicht gerechnet. »Du mußt beweisen, daß du ein Stolzer A bist«, sagte der Gruber streng. Heini schwieg bedrückt.

Auch die anderen schienen diese Sache nicht ganz in Ordnung zu finden. Sie sahen zu Boden. »Könnte man sie nicht bekehren?« schlug der Zippel vor.

Alexander überkam ein unangenehmes Gefühl, wenn er daran dachte, daß er den Auftrag bekommen könnte, Hugo oder den A-Karli zu bekehren, geschweige denn den Maulwurf oder Heihei. Oder gar Lotte.

Aber Mausi schien ehrlich überzeugt, als sie verächtlich rief: »Bekehren? Die? Was denkst du eigentlich?« »Ruhe, Mausi«, sagte der Gruber. »So falsch ist das gar nicht, was der Zippel sagt. Wenn er zum Beispiel den Knockout bekehren könnte. Den brauchen wir unbedingt. Verprügeln können wir ihn nicht, wie ihr alle einsehen werdet ...«

Schon allein der Gedanke, daß man Knockout verprügeln wollte, erschien allen als eine Lästerung. Sogar der starken fünften Bank lief ein Schauer über den Rücken, und Heinis abstehende Ohren wurden ganz rot. Am Ende würde er auch *diesen* Auftrag bekommen!

Gruber sah mit Befriedigung die Wirkung seiner Worte. »Da fällt mir ein, daß der Knockout leider in letzter Zeit den A-Karli beschützt. Also werden wir den A-Karli nicht verprügeln, wir werden es halt auch bei ihm mit Bekehren versuchen. Na, Heini, und wenn du meinst, daß du es schaffst, so red halt mit dem Hugo. Ich glaub zwar nicht, daß es viel nützen wird«, wandte er gleich ein, als er sah, daß Heini aufatmete, »aber ein paar Tage hast du Zeit. Danach allerdings ... wer nicht hören will, der muß fühlen. Droh ihm zuerst einmal. Sag ihm: ›Du denkst, daß wir nicht stark sind. Du hast es nur noch nicht gemerkt. Komm lieber jetzt zu uns, bevor wir es zeigen, nachher ist es zu spät ...‹ oder so ähnlich.«

Ein allgemeines Schweigen folgte. Begeisterung war schon eine ganze Weile nicht zu merken gewesen. Das Wachestehen und ELDSA-Rufen war die Sonnenseite. Aber das Drohen und vielleicht Verprügeln von Hugo oder A-Karli, nur, weil sie sagten, daß die Bs nicht schlechter waren als die As, war unbehaglich.

»Gruber«, fragte eine Stimme von Alexanders Bett her. Sie gehörte dem Letzten im Alphabet, Zippel. »Du, ich versteh es noch nicht ganz. Natürlich bin ich ein ELDSA ... weil ich gesehen hab, daß der B-Karli gestohlen hat. Vorher hab ich auch nicht geglaubt, daß die B schlechter ist. Aber weißt du, ich könnte es jemandem anderen nicht erklären, ich meine: genau, wenn man einen bekehren will, muß man doch alles genau wissen. Darum möchte ich gern, daß du oder der Alexander noch einmal erklärst, warum wir besser sind als die Bs.«

Und – sehr merkwürdig – auf einmal murmelten sechs oder acht Stimmen: »Ja ... das ist sehr gut ... ich weiß auch nicht ...«

Nur Mausi sagte nichts. Sie machte ein überlegenes Gesicht, um zu zeigen, wie sehr sie Leute verachtete, die so dumm fragen konnten. – Alexander schwebte in tausend Ängsten. »Alexander oder Gruber«, hatte der Zippel gesagt. Wenn er jetzt antworten mußte ... Zwar war er in diesem Augenblick wirklich davon überzeugt, daß ein A besser sei als ein B, weil er davon überzeugt sein mußte. Aber einen Grund hätte er dafür nicht angeben können.

Und dieser Teufel, der Gruber, wußte das. Er, der sich den ganzen Nachmittag in den Vordergrund gedrängt hatte, wandte sich jetzt an Alexander und fragte katzenfreundlich: »Alexander, möchtest du es erklären?« In diesem Moment haßte Alexander ihn ganz wild.

Aber es blieb ihm nichts anderes übrig, als zu sagen: »Mach du es lieber.« Und nun hingen alle Blicke aufmerksam am langen Gruber, so aufmerksam wie wohl kaum in einer Schulstunde.

Ein überraschendes Geheimnis

Er schien in tiefe, traurige Gedanken zu versinken. Es war weihevoll still, so daß man wiederum Meyers Armbanduhr ticken hörte. Gruber setzte ein paar Male zum Sprechen an, brach wieder ab, als fiele es ihm zu schwer. Dabei lag aber trotzdem über ihm die merkwürdige Fahrigkeit, die er von seinen langen Gliedern nie ganz abtun konnte, und trotz seiner Gedankenversunkenheit wich nicht der lauernde Ausdruck seines Gesichts. Endlich schien er einen Entschluß gefaßt zu haben. »Ja, ich kann es euch besser erklären als der Alexander«, begann er und machte eine große Bewegung mit beiden Armen. »Ich kenne die Bs aus nächster Nähe. Denn ich selber war einmal ein B.«

Allen stockte bei dieser unerwarteten, unglaublichen Enthüllung der Atem. Und ehe sie sich davon erholt hatten, setzte er die zweite Neuigkeit hinzu: »Ich bin nämlich ein Repetent.«

Ein Repetent! Auch das hatte man bisher noch nicht gewußt. Denn wer hatte sich denn bis vor einer Woche mit dem Vorleben des langen Gruber beschäftigt? Er war einfach zu

Beginn des Schuljahres in die Klasse gekommen, die schon drei Jahre beisammen war. Es kam jedes Jahr vor, daß einige abgingen oder durchfielen, daß einige neu eintraten. Die A war eine angenehme Klasse gewesen. Natürlich hatte es, wie überall, Cliquen gegeben und manchmal Sticheleien und Reibereien. Aber das hatte sich meistens bald wieder gelegt. Im Notfalle hatte Maulwurf oder Alexander oder sonst jemand, zu dem man Vertrauen hatte, Unstimmigkeiten geregelt. Es hatte wenig Aufregung und wenig Ungerechtigkeit gegeben, dafür einfache Kameradschaft. Um die Bs hatte man sich vorher wenig gekümmert, erst seit diesem Schuljahr lagen ihre Klassenzimmer so nahe aneinander. Als der lange Gruber kam, hatte man ihn nicht viel gefragt. Seinen Beinamen hatte er bekommen, weil er viel größer war als die meisten anderen. Na ja, wenn er ein Jahr älter war ... Man hatte sich nicht zu ihm hingezogen gefühlt, und so war er bisher ohne Freunde geblieben.

Jetzt aber lag der Fall ganz anders. Vieles hatte sich in den letzten Tagen verändert. Und jede Einzelheit aus dem Vorleben des langen Gruber wurde nun ungemein interessant. Ein Repetent zu sein war keine besondere Ehre. Gott, es kam vor und war nicht schlimm, aber warum sagte er es so triumphierend?

Da er das fassungslose Erstaunen sah, da er sah, daß sogar Alexander und Mausi vor Verwunderung den Mund aufrissen, wiederholte er, fast stolz: »Jawohl, ein Repetent. Ich hab die dritte Klasse schon einmal als B gemacht, in einer anderen Schule. Mir war das damals auch noch gleich, B oder nicht. – Aber trotzdem hab ich mich immer fremd bei ihnen gefühlt. Vom ersten Moment an haben sie sich zu mir benommen wie echte Bs. In die Klasse bin ich nämlich auch erst voriges Jahr gekommen, weil ich früher in einer anderen Stadt gewohnt hab. Mein Vater nämlich ...«, er machte eine bedeutungsvolle Pause, fuhr wieder mit den Armen durch die Luft und sagte dann, zur Enttäuschung der Neugierigen, die gerne gewußt hätten, was für eine Bewandtnis es mit seinem Vater hatte: »Na, ich will nicht protzen. – Ja, also die Bs. Die haben sich was angetan mit dem Lernen. Und ich war neu, und sie haben mir natürlich nicht eingesagt. ›Lern deine Aufgaben‹, haben sie gesagt, frech wie Bs immer sind, die sich in alles 'reinmischen. Als ob es sie was angeht, ob ich meine Aufgaben lern oder nicht! Da könnt ihr schon verstehen, daß mich eine ehrliche Wut gepackt hat und daß ich aus Rache einmal einem Professor gesagt hab, daß ich zwei gesehen hab, wie sie sich Kreide von der Tafel genommen haben, um nachher Häuserwände anzuschmieren. Dabei war ich noch so anständig, daß ich die zwei vorher gewarnt hab, ich werd es dem Professor erzählen, wenn sie nicht ... das ist hier aber nicht wichtig. Kurz und gut, sie haben mir eine richtige B-Antwort gegeben: ›Trau dich nur, es zu probieren. Wir werden sagen, es ist nicht wahr.‹ Weil sie ja immer lügen. Da hab ich es justament gesagt. – Aber es gibt auch Professoren, die zur B halten. Wie ich es ihm also gemeldet hab, weil es sogar meine Pflicht war, hat er mich angeschrien: ›Ich soll nicht angeben, das ist nicht kameradschaftlich.‹ Also wenn dort schon die Professoren so waren, könnt ihr euch vorstellen, wie schwer ich es gehabt hab, als einziger Anständiger gegen die B-Bande. – So ist das weitergegangen. Sie haben es erfahren, daß ich es dem Professor gesagt hab, und jetzt ist so eine richtige B-Hetze gegen mich losgegangen. Per Spaß, um mich zu rächen, hab ich dem Direktor Briefe ohne Unterschrift geschrieben, wenn einer was angestellt hat. Und trotzdem die Professoren doch sonst immer wissen wollen, wenn die Schüler was machen, haben sie sich auch gemein benommen. Und dann war da noch eine Sache – aber das ist zu lang, um es jetzt zu erzählen – kurz und gut, sie waren alle gegen mich. Auch die Lehrer. Und so haben sie mich durchfallen lassen, aber ich bin gegangen, schon vorm Schulschluß. Daran sind die Bs schuld. Ich habe es euch erzählt, weil ich mich für nichts zu schämen brauch. Aber ich kenn die Bs. Am B-Karli habt ihr es gesehen. Niemand kennt sich mit ihnen so gut aus wie ich.«

Alle schwiegen. Die Beichte hatte Eindruck gemacht. Jedem lag daran, überzeugt zu werden. Und darum versuchte man, dem langen Gruber aufs Wort zu glauben. Mit einer gewissen Feindschaft dachte man an jene unbekannten Bs. Nur in Alexander regte sich die Frage, was das wohl damals für eine Sache gewesen war, die, wie der Gruber sagte: »zu lang zum Erzählen« war. Doch hütete er sich, laut danach zu fragen. Denn er fürchtete, sie würde ziemliche Ähnlichkeit mit der B-Karli-Geschichte haben. Nur daß sie eben für den langen Gruber nicht gut ausgegangen war, sondern schlecht. – Nein, Alexander fragte nicht. Er wollte nicht wissen, er mußte jetzt glauben, an den langen Gruber, an seine Ehrlichkeit, und sich nicht zu Bewußtsein kommen lassen, daß der wegen Angeberei, wahrscheinlich aber wegen noch schlimmerer Dinge die vorige Schule hatte verlassen müssen.

»Gruber«, fragte da aufgeregt der Zippel, als hätte er eben eine Entdeckung gemacht, »das waren doch die Bs aus einer anderen Schule und nicht unsere?«

»Mein Gott, wie du redest!« rief Mausi ungeduldig. »Als ob es nicht gleich wäre, ob Bs von dort oder da? B ist B. Nicht, Gruber?« Der nickte.

Was würde der Maulwurf sagen, wenn ich ihm diese Geschichte erzählte, um zu beweisen, daß die Bs schlechter sind als wir? fragte es in Alexander, wider seinen Willen. Er wußte Maulwurfs Antwort genau: Du siehst, daß die anderen dem langen Gruber auch nicht getraut haben. Alexander, merkst du denn wirklich nicht, daß kein einziger Grund da ist, warum ein A besser ist als ein B? Merkst du nicht, daß der Gruber nur eine Rolle spielen will? Das würde der Maulwurf sagen.

Und der neue Alexander antwortete sich darauf: Natürlich würde der das sagen, weil der Maulwurf eben eine ganz andere und ganz falsche Art hat, die Sache zu sehen. Als Stolzer A aber, als ELDSA, mußte man auch ein neues Denken haben.

»Und kann man die Schlechtigkeit der Bs nicht ändern?« fragte stotternd der Rabe. »Nein!« rief der lange Gruber, und ein Ruck ging durch seinen ganzen Körper. »Das liegt schon so in ihnen drin. Man muß sie klein kriegen, damit sie sich nichts mehr trauen. Und weil ein paar von unsern As ihnen helfen, darum muß man gegen die noch entschiedener sein als gegen die Bs. Diese As werden versuchen, euch zu sagen, daß es nicht wahr ist mit A und B. Ihr dürft nicht auf sie hören!«

Die Leidenschaftlichkeit, mit der der lange Gruber das ausrief, weckte wieder neu die Begeisterung, »ELD-SA, ELD-SA«, begannen sie ohne Kommando. Und nun rief auch Alexander mit, vollkommen überzeugt. Man konnte es nur *fühlen*, daß man ein ELDSA war, nicht erklären. Und wenn die anderen etwas dagegen sagten ... »ELDSA ... ELDSA!«

»Und zum Abschluß noch eine Kleinigkeit!« rief der lange Gruber, der sah, daß er gesiegt hatte. »Wir werden Geld brauchen, wenn wir den Kampf gegen die B führen. Ruhe! Wir gründen eine Kasse, und jeder zahlt jede Woche ein. Als ELDSA muß man Opfer bringen. Wollt ihr also Opfer bringen für unseren Kampf gegen die Bs und ihre Helfer in der A? Ihr, die As, die ihr besser seid?« »Ja ... ELDSA ...«, schallte es ihm entgegen. Nur eine schüchterne Stimme fragte: »Und wer soll die Kasse verwalten?« Das war Meyer.

Gruber fuhr auf, sah Meyer mißtrauisch an, dann aber sagte er ganz ruhig: »Ich denke, der Alexander.« »Ja ... gut ... Alexander ... ELDSA ...«, rief die begeisterte Masse. Sie hätten in diesem Augenblick alles ausgezeichnet gefunden. Große Taten standen vor ihnen, sie fühlten sich ungeheuer zu allem fähig.

Und Alexander, froh über dieses hohe und verantwortungsvolle Amt, das er eben erhalten hatte, blickte dankbar zum Gruber hinüber. Er hatte ihm vorher Unrecht getan. Er riß nicht alles an sich. Man durfte ihn nicht feindselig beurteilen, wie Alexander es getan hatte. Das war noch immer der Einfluß von Maulwurf und Heihei – Gruber hatte es so gut erklärt, warum sie »nicht mehr dazugehörten«. Sie verstanden nicht das Neue, das hier vorging. Der arme Gruber! Wie war er in der vorigen Klasse von den bösen Bs mißverstanden worden, was mußte er gelitten haben! – Alexander, der Herr über das zukünftige Vermögen der ELDSAs, dachte mit Empörung daran.

Alle waren schon in Aufbruchstimmung. Da erinnerte Mausi mit ihrer hellen Stimme: »Und wer wird morgen am Gangknie Wache haben?« Richtig, beinahe hätte man das Wichtigste vergessen ...

»Bitte ich, laß mich, Gruber, bitte«, bettelte Heini.

Und wirklich bekam er, zusammen mit dem Raben, das Ehrenamt für Montag. Für Dienstag war Meyer und Zippel bestimmt, für Mittwoch die fünfte Bank. Das waren zwar drei Leute, doch sie waren unzertrennlich. Donnerstag, Freitag waren nun auch schon besetzt. Für Samstag blieb nur noch der Marhat übrig.

Und Mausi. Mit fiebernder Aufregung verfolgte sie die Einteilung. Wann wurde denn endlich ihr Name genannt? Die letzte Möglichkeit war der Samstag. Dreizehn ELDSAs gab es, außer Gruber und Alexander. Das reichte genau für die sechs Wochentage, da doch am Mittwoch die fünfte Bank (drei Leute) gemeinsam Wache halten sollte. Am Samstag mußte Mausi drankommen.

Aber sie kam nicht dran. Der lange Gruber überlegte kurz und sagte dann: »Am Samstag steht mit dem Marhat einer aus der fünften Bank, denn wir haben um einen Mann zu wenig. Entweder ihr teilt euch am Mittwoch, oder einer hat doppelten Dienst.«

»Und ich?« rief Mausi, die es nicht mehr länger aushielt. »Und ich? Gruber, du hast mich vergessen ...«

Ein Gelächter antwortete ihr. »Ein Mädchen? Die soll Wache stehen? So was ... hahaha ...« Am schadenfrohesten lachten Heini und Meyer.

»Nein, Mausi«, verkündigte der lange Gruber hochmütig. »Ein Mädchen hat dabei nichts zu tun. Mädchen bleibt Mädchen. Das mußt du dir aus dem Kopf schlagen. Sei froh, daß du überhaupt bei den ELDSAs sein darfst. Dadurch bist du schon mehr wert als die Lotte. Aber steck deine Nase nicht in Jungensachen 'rein. Du wirst schon Mädchenaufgaben bekommen. So, jetzt haben wir alles für die nächste Woche fertig.«

Mausi saß mit glühenden Wangen und Tränen in den Augen da. Die einsame blonde Locke vorne auf dem sonst glattgeschorenen Kopf schwankte traurig. Also sie blieb auch weiterhin »ein Mädchen«! Ausgestoßen! Sie, die so mit Leib und Seele den ELDSAs ergeben war, die die Bs so haßte! Sie hatte also auch einen unabänderlichen Fehler, der mit ihr mitgeboren war. Sie war und blieb ein Mädchen, so wie die Bs schlechter waren und blieben, weil es, wie der Gruber sagte, »schon so in ihnen drin lag«. Mit größter Anstrengung unterdrückte sie die Tränen.

Alle wären noch gerne geblieben. Sie waren in herrlicher Stimmung, die sie alle mit Mut und Freude erfüllte. Wie sehr hatte man früher den Gruber verkannt! Er hatte ihnen ein nie gekanntes Selbstbewußtsein gegeben. Gerne hätte man sich noch darüber unterhalten.

Doch Alexander drängte nun nachdrücklich darauf, daß sie gingen. Er fürchtete, daß Klari jeden Augenblick heimkommen würde. Wie sah das Zimmer aus ... Gruber gab endlich das Zeichen zum Aufbruch. Mit vielen Händedrükken und noch mehr ELDSA-Rufen zogen sie ab.

Alexander, der in der stillgewordenen, unordentlichen Wohnung allein blieb, hörte sie im Treppenflur und dann auf der Straße sprechen und rufen. Aber Mausis helle Stimme erklang nicht mehr mit. – Als Alexander aus dem Fenster ihnen nachschaute, sah er, daß Mausi hinter der Gruppe der übrigen aufgeregten ELDSAs allein herging.

Die jagenden Zwillinge

Montag früh, so gegen dreiviertel acht, wunderten sich auf dem Wege ins Geschäft viele Leute, daß sie einen ziemlich dicken Jungen mit knallroten, abstehenden Ohren wie den Blitz die Straße herunterschießen sahen und nach einer halben Minute ganz genau denselben, mit denselben Ohren und derselben Eile. Viele schüttelten den Kopf und glaubten an eine Sinnestäuschung.

Man konnte es den Leuten nicht übelnehmen. Denn woher sollten sie wissen, daß es zwei verschiedene Jungen waren, die sich nur durch eine Warze hinter dem linken Ohr unterschieden?

Der Grund des Rasens war folgender: Hugo und Heini pflegten sonst natürlich gemeinsam in die Schule zu gehen. Das war seit undenklichen Zeiten Brauch, von dem Tag an, wo sie trippelnd und stoßend die erste Volksschulklasse betreten hatten. Denn gepufft hatten sie sich seit jeher. Das war der natürliche brüderlich-freundschaftliche Zustand.

Heute war es zum ersten Male anders gewesen. Hugo wollte alles daransetzen, um so schnell wie möglich, auf jeden Fall aber vor Heini, in der Schule zu sein. Um Maulwurf mitzuteilen, daß Heini gestern, Sonntag nachmittag, erst nach vielen Stunden in sehr angeregter Stimmung von einer Versammlung heimgekommen war. Heini konnte doch nicht den Mund halten, besonders wenn es darum ging, sich vor Hugo groß zu machen! Und so hatte er ihm geheimnisvoll und überlegen angedeutet, daß »deine Maulwurfs ihre Wunder erleben werden«. Daß Hugo diese Mitteilung anscheinend ganz kühl und ohne Interesse aufnahm – innerlich bebte und kochte er – hatte Heini, der imponieren wollte, noch dazu verleitet, den ELDSA-Gruß zu verraten. Da merkte er, daß er schon zuviel gesagt hatte. Denn Hugo war jetzt lebendig geworden und hatte versucht, aus Heini herauszukriegen, was das heute »für ein Wunder« sein würde. Da hatte Heini erschreckt seinen losen Mund im Zaum gehalten. Aber stolz war er doch, daß er seinen Zwilling so aufregen konnte.

Hugo wußte auch so genug. Er mußte seine Freunde warnen. Glücklicherweise war Papa schon auf einer Krankenvisite und konnte seinen Sohn also nicht dazu zwingen, in Ruhe zu frühstücken. So ließ Hugo Kaffee Kaffee sein und stürzte heimlich davon, während Heini den Verschluß seiner Schultasche zubringen wollte und nicht konnte.

Als Heini das Zuklappen der Wohnungstüre hörte, faßte er sofort Verdacht. Auf alle Fälle brüllte er vorerst: »Hugo . . .« Da ihm kein irgendwie gearteter Laut antwortete, war er im Bilde. Ihm war klar, was Hugo vorhatte. Er packte seine Schultasche, unverschlossen, wie sie war, und rannte hinterher.

Das war eine unglaubliche Aufopferung. Niemand hatte Heini je so laufen sehen. Er stöhnte dabei laut. Sein Abscheu gegen Bewegung und sein neuerwecktes Pflichtgefühl lagen im harten Kampfe miteinander. Da hörte er aus der halbgeöffneten Schultasche etwas zu Boden sausen . . . Ächzend blieb er stehen, hob das Heft auf. – Als er sich wieder aufrichtete, hatte Hugo einen solchen Vorsprung, welcher Heini uneinholbar erschien. Zwar stellte er sich vor sich selber ärgerlich. Im Grunde aber war er doch sehr froh, daß er diese anstrengende Verfolgung mit gutem Gewissen aufgeben konnte.

Hugo seinerseits kam keuchend in die erregte Klasse. Schon beim Hereinstürzen merkte er, daß das »ELDSA« kein Geheimnis mehr war, denn es schwirrte nur so herum. Die A schien überhaupt nur mehr aus Grubers zu bestehen.

Hugos Mitteilung war also für die wenigen Maulwurfs keine Neuigkeit mehr, sie war nur eine Bestätigung dessen, was sie seit ein paar Minuten beobachteten. Die Art, wie sich die anderen um Gruber, um Alexander scharten, wie Gruber Anweisungen gab und daraufhin der Marhat, der Meyer, Mausi und Pospischil in alle Richtungen davonstürmten, mit verächtlichen oder scheuen Seitenblicken auf Heihei, Lotte oder den A-Karli, ließ auf eine Beratung schließen, die inzwischen stattgefunden hatte. Auch das »ELDSA«, das überall auftauchte, sprach dafür; den Maulwurfs erschien es als ein Schimpfname, was den anderen höchste Ehre war. So verschieden sind eben Anschauungen.

Neu, wenn auch nicht unerwartet, war Hugos Mitteilung von dem »Wunder, das die Maulwurfs heute erleben sollten«. »Wir müssen auf alles gefaßt sein«, zischte Heihei mit Todesverachtung; worauf Knockout den kleinen A-Karli fragte, ob er jemanden verprügeln solle ... Der war seit dem gestrigen Besuch ganz offensichtlich sein Freund geworden. Er bot seinen ganzen Einfluß auf, um Knockout von der gefährlichen Idee abzuhalten. »Nein, das hätte keinen Sinn«, sagte auch der Maulwurf, etwas zerstreut. Er war gestern mit seinem Kartoffeltopf nicht zu Ende gekommen. Zwar explodierte er nicht mehr, aber die Kartoffeln brauchten noch immer fünfzehn Minuten, bis sie weich waren. Höchstens zehn Minuten durfte es dauern. Der Topf ging ihm nicht aus dem Kopf. Ob er Magnetmaxl um Hilfe bat?

»Warum hat es keinen Sinn?« brummte Knockout, den der A-Karli vor den obersten Richter, vor Maulwurf geschleppt hatte. – Der sammelte sich schnell und erklärte: »Wir müssen erst abwarten, was sie unternehmen. Es ist viel besser, wenn ihr ein bißchen den Alexander und den Gruber beobachtet, damit wir möglichst bald ihren Schwindel aufdecken können, du weißt doch, A-Karli.« A-Karli nickte ernst. Trotz aller neugebackenen Freundschaft hatte er dem Knockout nicht eine Silbe von dem verraten, was der B-Karli am Samstag heimlich mitgeteilt hatte. Sonst wäre Knockout nicht mehr zu halten gewesen. Er hätte sicher inzwischen den Gruber »hingemacht«. Für die ELDSAs wäre aber dadurch nicht klargeworden, auf welchen Schwindel sie 'reingefallen waren, sie wären nur entschieden gegen die Maulwurfs gewesen. Nicht mit Gewalt konnte man vorgehen, bevor man nicht des Rätsels Lösung hatte.

Da kam Lotte vorbeigegangen. Wie immer brachte sie etwas Beruhigendes: »Sie sind nicht alle ELDSAs«, flüsterte sie den vieren zu. »Bestimmt nicht. So ungefähr zehn oder zwölf wissen von gar nichts, mit denen müßte man mal sprechen ...« »Warten wir zuerst einmal das Wunder ab.« Maulwurf ging nicht von seinem Plan ab. Man einigte sich, daß die sechs Maulwurfs in der Zehn-Uhr-Pause in der Klasse bleiben würden, denn wahrscheinlich sollte dann das »Wunder« losgehen und sicher auf dem Gang. Wenn man hierblieb, machte man den ELDSAs einen Strich durch die Rechnung. Außerdem war am Samstag mit der B besprochen worden, daß sie einen Abgesandten, wahrscheinlich Stichflamme, in die A schicken sollten, um weiteres zu besprechen. In der Klasse war das Treffen unauffälliger. Bis zur Aufdeckung weiterer Spuren in der Buch-Perlmutter-Sache sollte für die ELDSAs möglichst verborgen bleiben, daß die anderen etwas unternahmen.

Man wollte also abwarten, was geschah. Abwarten, was die ELDSAs machen würden. Wenn man ihnen erst die Wahrheit servieren konnte, fiel sowieso der ganze Schwindel in sich zusammen. Der Wahrheit mußte man nachgehen. Und nicht prügeln.

Warten

Man sah es den ELDSAs an, daß sie der Zehn-Uhr-Pause entgegenfieberten. Alexander, als er in der Physik einen Versuch machen sollte, zitterten die Hände so sehr, daß ihm das Röhrchen mit Schwefelwasserstoff aus der Hand fiel, zerbrach und die Luft im Physiksaal mit einem ätzenden Gestank erfüllte, der kaum auszuhalten war. Heini sandte Marhat flammende Blicke zu und fragte den Köhler neben sich, einen ganz Unbeteiligten, der aber eine riesige, silberne Zwiebeluhr besaß, dauernd, wie spät es sei. Sofort nach dem Läuten stürzte er sich wie ein Raubvogel auf den zweiten Wachtposten, auf Marhat, und zerrte ihn die Treppe hinunter, auf ihren Gang. Die übrigen ELDSAs stürmten blindlings nach. Nur der lange Gruber hemmte künstlich seinen Schritt und zwang auch Alexander, für den Maulwurf und Heihei Luft schienen, zu würdevollerem Gehen. Mausi trug seine und Alexanders Hefte in die A hinunter. Sie schaute sehr betrübt drein und schien auch gar nicht zu bemerken, daß die sechs Maulwurfs nach ihrer Rückkehr aus dem Physiksaal in der A blieben.

Sie hatten sich auf ihre Plätze gesetzt und taten, als lernten sie. Das kam manchmal vor. Auch heute waren außer ihnen noch vier oder fünf andere dageblieben. Das konnten nur vollständig Unbeteiligte sein, denn jeder ELDSA schien darauf zu brennen, auf den Gang zu eilen.

Hugo fiel es sehr schwer, sich arbeitend zu stellen. Um wenigstens nach außen hin die Form zu wahren, trug er ein aufgeschlagenes Heft in der Hand, als er sich neben den Maulwurf setzte. Der ließ sich nicht stören, sondern zeichnete ganz hingegeben seinen Kartoffeltopf auf. – Hugo wurde kribbelig. »Du«, stupste er ihn nach einer Weile, »ich möchte hinausschauen, was sie treiben ... sie haben doch was vorbereitet ... der Heini hats gesagt ...«

Maulwurf beachtete ihn anscheinend nicht. Er sagte wie

nebenbei: »Nein. Wir tun ihnen diesen Gefallen nicht. Sie warten nur darauf.«

Wie zur Antwort öffnete sich die Klassentüre, wodurch der Lärm vom Gang voll hereintönte. Der Meyer steckte den Kopf herein, überschaute höhnisch die Klasse und rief dann hinaus: »Natürlich sitzen sie alle drin ...« Dabei schlug er die Türe wieder zu. Abgedämpft hörte man das Lachen, das ihm antwortete.

Die Unbeteiligten, die ernsthaft an Aufgaben arbeiteten, schauten erstaunt auf. Aber sie ließen sich nicht ablenken. Zum Spaß bleibt niemand in der Zehn-Uhr-Pause in der Klasse und ißt sein Frühstück nebenbei. Sie hatten zu tun.

Anders die Maulwurfs. Knockout machte Miene, aufzuspringen. Nur sein guter Engel A-Karli hielt ihn davon zurück. – Heihei zischte wie eine Schlange, als Lotte aus ihrer letzten Bank durch die Bankreihe kam. Neben Heihei blieb sie stehen und sagte über ihn hinweg zum ruhig weiterzeichnenden Maulwurf: »Es sind schon sieben Minuten von der Pause vorbei, und Stichflamme ist noch immer nicht da. Hoffentlich kommt er überhaupt ...« »Oh, bestimmt!« versicherte der A-Karli über eine leere Bank hinweg. – Da sich Lotte in diese Bank setzte, füllte sie den Zwischenraum aus, der die erste und dritte Bank bisher getrennt hatte. Da waren sie nun glücklich wieder auf einem Haufen. »Er kommt sicher. Vielleicht war ihre Stunde später aus. Sie sind doch verläßlich!« Auf A-Karlis Verteidigung hin wurde man wieder zuversichtlicher.

Man wartete mit Stillschweigen. Um so lauter klang der Lärm vom Gang. Den Köhler hörte man bei seiner Rechenaufgabe murmeln: »A-Quadrat plus B-Quadrat ...«

Doch Stichflamme kam nicht. Es verging eine Minute nach der anderen. War die B über Sonntag anderer Meinung geworden? Wollten sie mit den sechsen nichts mehr zu tun haben, oder nahmen sie es einfach nicht ernst? Es war ja nicht jedermanns Sache, sich über eine Ungerechtigkeit aufzuregen ... Hugo meinte auch schon, ob es eigentlich einen Sinn habe, daß man sich wegen des B-Karli mit der übrigen A zerstritt, und Heihei dachte im Augenblick überhaupt nicht mehr an Wahrheit und Gerechtigkeit, sondern war nur mehr von Sportgeist und Neugierde, wie die Geschichte ausgehen würde, erfaßt.

Der Maulwurf wurde unruhig. Ihm schien alles ins Wanken zu kommen. Auch Lotte hatte ähnliche Befürchtungen. Sie sah auf die Uhr und sagte dann entschlossen: »Nur noch vier Minuten. Irgend etwas ist nicht in Ordnung. Ich bin dafür, daß man nachschauen geht.«

Lottes Worte wirkten erlösend. Endlich ein Entschluß! Und eben Hugo wurde von Maulwurf beauftragt, sich unauffällig zur B hinüberzuschleichen, um auszukundschaften, warum ihr Bote ausgeblieben war.

Und Hugo, glücklich darüber, daß er feststellen konnte, was die ELDSAs auf dem Gang machten, stürmte los.

Das rettende Klo

Mit einem Blick übersah er, daß sich auf dem Gang Ungewohntes abgespielt hatte. Der größte Teil der As, gleich ob ELDSAs oder bisher Unbeteiligte, stand um den langen Gruber herum, der eben in diesem Augenblick triumphierend ausrief: »Der hat aber Augen gemacht, was?« Worauf der Meyer ihm schnell und zuvorkommend zustimmte: »Die werden sichs jetzt merken, die Bs!« Das alles wurde von entzückten Bemerkungen der anderen begleitet. Sie waren viel zu sehr mit sich selbst beschäftigt, um Hugo zu bemerken, der in der Türe erschienen war.

Er wollte die gute Gelegenheit benützen, um zur B hinüberzuschlüpfen (sehr wohl war ihm dabei nicht zumute), da entdeckte er, daß sein Zwilling mitten im Gangknie stand.

Neben ihm der Marhat. Merkwürdig: Heini sah nicht so aus wie sonst. Er stand da wie ein Denkmal, würdevoll in seiner Rundheit und breitbeinig, als wollte er mit seiner Person den ganzen Gang versperren. Neben ihm sah der Marhat direkt dürftig aus. Seine Augen hingen an dem langen Gruber, als wartete er darauf, daß der auf ihn schauen möchte.

Hugo wartete, ob sich Heini nicht endlich von dort wegbewegen würde. Warum stand er nicht um seinen geliebten Gruber herum, statt ihn von ferne her anzuhimmeln? Wenn schon nichts anderes – sein Bruder trieb Hugo immer wieder auf die Seite der Bs; eigentlich nur, daß der Gruber so gegen sie war, machte sie ihm sympathisch, und daß der Heini sich damit so was antat. Und – natürlich – daß der Maulwurf für sie war. Ging Heini nicht endlich weg?

Doch Heinis Standplatz schien unabänderlich. Was sollte Hugo tun? Es war doch beschlossen worden, daß er *unauffällig* zur B gelangte. Und Heini mußte es merken, wenn Hugo vorbeiging. Warum war er nicht bei seiner Bande? Hugo bebte vor Wut. »Geh doch schon weiter, du Trottel, geh schon, du Zwillingstrottel«, murmelte er beschwörend. Es nützte nichts. Da ging er geradewegs auf ihn los.

Erst als er schon beinahe vorbei war, bemerkte Heini ihn und schrie wie am Spieß: »Halt!« Hugo zuckte vor Schreck zusammen, als sei er bei einer Missetat ertappt worden, hackte aber gleich darauf dem Heini mit dem Fuß gegen das Schienbein und zischte: »Was schreist du denn so, du Blödian?«

Doch es war nichts mehr zu retten. Die ELDSAs hatten sich bei Heinis Schrei wie elektrisiert umgewendet und wälzten sich jetzt auf die beiden feindlichen Zwillinge zu. Mit einem letzten Blick stellte Hugo fest, daß sich kein einziger B auf dem übrigen Gang befand. Dann war er von seinen Kameraden umringt, die ihn wie ein nie gesehenes Wundertier anstarrten.

»Wollte wohl 'rüber zur B?« fragte kurz der lange Gruber.

Bevor Heini nur den Mund aufmachen konnte, schnaubte Hugo den langen Gruber an: »Das geht dich gar nichts an, wohin ich geh, verstehst du?« Eben wollte er seiner Wut noch mehr Luft machen, vor allem Alexander beschimpfen, der hinter dem langen Gruber stand – da mäßigte er sich. Denn ihm fiel plötzlich wieder der Zweck seines Ausflugs ein. »Außerdem wollte ich aufs Klo, damit du es weißt. Da werde ich dich vielleicht um Erlaubnis bitten, oder die Mausi, was?«

Er hatte richtig gerechnet – sie waren verblüfft. Über die Zumutung, daß ein Junge Mausi fragen sollte, ob man aufs Klo gehen dürfe oder nicht, begann der Zippel zu lachen und steckte damit einige andere an.

Diese Pause benützte Hugo, spuckte verächtlich aus und steuerte dann unbeirrt auf die Klotüre zu, obgleich ihm danach gar nicht zumute war. Er sah gerade noch, daß der Magnetmaxl oben auf der Treppe stand und mit prüfendem Blick, von den anderen nicht gesehen, herunterschaute.

Auf dem Klo verweilte er eine ganze Minute. Einige Male wurde an der Türe gerüttelt. Als er wieder herauskam, standen sie noch immer verblüfft. Das hatte er gut gemacht, Maulwurf würde zufrieden mit ihm sein. Hugo dachte an keine B mehr, sondern nur noch an seine Heldentat. Stolz schritt er der A zu, während die Glocke die Pause ausläutete. Mit einem beschwörenden Blick bannte er die Freunde, die ihm gespannt entgegensahen. Ohne ein Wort zu sagen, schritt er zu seiner Bank und nahm ein Buch. Denn knapp hinter ihm strömten die anderen herein. Sie witzelten über die Maulwurfs, die sie in den Bänken sitzen sahen. Besonders Heini, dem man es ansah, daß er in der Pause irgendeine wichtige Rolle gespielt hatte, tat sich mit selbstverherrlichenden Äußerungen hervor: »Zu ihnen hat er wollen, ich kenn ihn doch ...«, rief er des öfteren. »Aber ich habs gleich gemerkt, ich ...« Hugo hätte ihn am liebsten erschlagen. Doch Alexander mäßigte Heini. Er, der Arm in Arm mit dem langen Gruber hereinkam, rüttelte ihn an der Schulter und sagte: »Sei ruhig. Hier darf darüber nicht gesprochen werden.« Er sagte es auffallend laut und forsch, so als wollte er, daß alle es hörten. Und die Maulwurfs merkten: Jetzt wurde es ernst. Der Krieg war offen erklärt, und dem Alexander ging es nicht mehr ums Klauen, B-Karli oder andere lächerliche Dinge, die den Maulwurfs doch so unendlich wichtig waren. Maulwurf sah auf Alexander; er suchte im Gesichte des ehemaligen Freundes zu ergründen, was ihn so verändert hatte. Aber nicht mehr wie einen Freund sah er ihn an, sondern prüfend, wie eine neue Erfindung, der man auf den Grund kommen will. Dabei wollte es der Zufall, daß Alexander gleichzeitig auch zu ihm hinschaute.

Glücklicherweise gelang es Alexander, bei diesem überraschenden Blick nicht sichtbar zu erschrecken, sondern zu tun, als wäre der Maulwurf Luft, durch die man hindurchsah. Aber er war doch beunruhigt. Die letzte Spur von Freundschaftlichkeit war aus dem ehemals so vertrauten Gesicht verschwunden. Alexander wußte genau, was Maulwurfs gerunzelte Stirn, was der kalte Blick der grasgrünen Augen bedeutete. Früher wäre er bis ans Ende der Welt gelaufen, wenn er damit einen solchen Blick von Maulwurf hätte verhindern können. Denn, was Alexander noch nicht vollständig gelungen war, nämlich: den Maulwurf als einen zu betrachten, »der nicht mehr mit dazugehörte« – in dem Moment kam ihm diese Vorstellung vollkommen lächerlich vor. Der Maulwurf würde immer mitzählen! Aber Alexander war jetzt sein Feind.

»Da haben wirs der B zum erstenmal gezeigt«, tönte ganz nah an Alexanders Ohr die Stimme des langen Gruber. Sie beruhigte ihn. Er hatte eine Macht hinter sich. Was war dagegen das armselige Häuflein von Maulwurf? »Und damit hat es nur begonnen. – Hast du übrigens schon einkassiert?«

Da entsann sich Alexander wieder seiner neuen, großen Würde, die ihm gegeben war, die eines ELDSA-Kassierers.

Und vor dieser ehrenvollen Wirklichkeit verblaßte das unversöhnliche Gesicht des Maulwurfs.

Eine gefährliche Minute

Die sechs Maulwurfs hatten durch das Benehmen der ELDSAs urplötzlich begriffen, daß sie von jetzt ab heimlich vorgehen mußten. Sie waren schwach und die anderen stark. Schade, daß nicht alle zusammen daran arbeiteten, so schnell wie möglich die dunkle Geschichte mit dem Buch, mit der Perlmutterfarbe aufzudecken. Sie schienen überhaupt nicht mehr daran zu denken, die brüllenden ELDSAs, daß das der Ausgangspunkt gewesen war. Wic hatte der Gruber das zustande gebracht? Hoffentlich würden sie überhaupt noch auf die Maulwurfs hören, wenn die endlich das Geheimnis aufgedeckt hatten ... Man durfte es nicht aufgeben. – Aber man mußte, wie gesagt, heimlich vorgehen.

Darum wurde Hugo nicht sofort gefragt, als er von seinem Erkundigungsweg zurückkam, obgleich man seiner stolzen Miene ansah, daß er manches zu berichten hatte. Wenn schon nichts anderes – seine knallroten Ohren verrieten es. Inzwischen erfuhr man aus den Äußerungen der heimkehrenden ELDSAs, daß sie in der Pause etwas gegen die B unternommen hatten, auf das sie offenbar sehr stolz waren. Man vertraute darauf, daß Hugo einen Weg finden würde, um sein Wissen mitzuteilen. Hoffentlich machte er es nur genügend geschickt.

Es ist merkwürdig, wie schnell man sich in schwierige Umstände findet, wie geschickt und aufmerksam man werden kann, wenn es notwendig ist. So langte während der Stunde auf vollständig unsichtbarem Wege bei Lotte ein Zettel an, der folgendes enthielt: »Sie passen nämlich auf, die Hunde, ob wer von der B kommt oder wenn wer von uns 'rübergeht. Mich haben sie auch nicht 'rübergelassen, Heini, der Schuft, aber ich bin aufs Klo gegangen, da haben sie nichts gemerkt. Wahrscheinlich mit Stichfl. ebenso.«

Die Buchstaben waren schief und krumm, die Schrift kaum zu entziffern. Denn Hugo hatte unter unerhörten Schwierigkeiten geschrieben: Heini, der in der Bank vor ihm saß, hatte sich immerfort umgedreht, teils um zu sehen, was sein Zwilling machte, teils um sich in hämischen Bemerkungen gegen ihn zu ergehen. – Schließlich kam aber für Hugo doch eine Gelegenheit, als der Hasenbart – in seiner Stunde geschah es – den Heini aufrief, so daß der wohl oder übel von seiner Aufpassertätigkeit abgehalten wurde. Trotzdem gab Hugo weiterhin sehr acht, denn er fühlte sich – ob mit Recht oder Unrecht – belauert und beobachtet. Als er zu Ende geschrieben hatte, kundschaftete er aus, wer von den Unbeteiligten auf dem Wege zu Lotte saß.

Hugo stieß bei seiner Bitte um Weiterleitung auf volles Verständnis. Die Unbeteiligten wurden allmählich neugierig und bereuten, daß sie sich nicht schon früher um die aufregenden Ereignisse gekümmert hatten. Jetzt kannten sie sich überhaupt nicht aus, es war zu schwer zu verstehen. Zwar hatte der Gruber in der Pause versucht, einige von ihnen heranzuziehen, aber sie verstanden nicht recht, warum man auf einmal so scheußlich zur B sein sollte. Und warum war der Maulwurf für den B-Karli, wo der ihn doch beklaut hatte? Und wieso traute man sich, so gemein gegen den Heihei und den Maulwurf und die Lotte zu sein? Und wieso waren die mit Alexander böse? Nein, die Unbeteiligten bereuten, daß sie sich nicht früher gekümmert hatten, jetzt standen sie außerhalb. Darum nahmen sie vorläufig nicht Partei, waren aber nach allen Seiten hin hilfsbereit.

Also landete der Zettel bei Lotte. Es geschah so geschickt, daß nicht einmal sie es merkte, als er neben sie gelegt wurde. Mausi war glücklicherweise in ein heftiges Zeichengespräch mit Meyer verwickelt. Also war die Gelegenheit günstig, Hugos Nachricht zu lesen und etwas darunter zu kritzeln. Dann überdachte auch Lotte alle Vorsichtsmaßregeln, um den Brief nach ganz vorne weiterzusenden. Es mußte sofort geschehen. Denn auf Hugos Nachricht hin hatte um elf Uhr bereits etwas zu geschehen.

Auch sie wollte sich der Unbeteiligten bedienen. Bis zu A-Karli und Knockout, der nächsten Station, war von Lottes letzter Bank ein weiter Weg. Der Brief mußte durch drei Hände gehen. Die drei Namen vermerkte sie untereinander. Dann übergab sie den Zettel der ersten Postverbindung.

Atemlos verfolgte sie, wie die mit großer Geschicklichkeit ihre Aufgabe erfüllte. Der zweite aber – der Haase – schien der Sache keine Wichtigkeit beizumessen. Er reichte den Brief offen weiter, aber nicht dem dritten Unbeteiligten, auf den Lotte gerechnet hatte, sondern – o Schrecken – indem der unglückliche Haase auf den A-Karli wies, steckte er den Zettel dem Letzten im Alphabet zu, dem Zippel.

Lotte, die den heimlichen Weg mit stummer Spannung verfolgte, biß sich vor Schreck auf die Zunge. Ihr erster Gedanke war: aufspringen ... dem Zippel den Zettel aus der Hand reißen ... Sonst wußten die ELDSAs alles. Dann wußten sie auch, was Lotte vorhatte, und würden es verhindern ...

Gelähmt vor Schreck, mit schmerzender Zunge starrte Lotte auf Zippels Hinterkopf. Machte er den Zettel auf ...?

Da sah sie, wie der Hinterkopf sich langsam und vorsichtig drehte, sah, wie sich Zippels erstauntes Gesicht suchend nach hinten wandte ... Er weiß ja nicht, woher der Zettel kommt, überlegte Lotte blitzschnell, es stehen nur die Namen der drei Unbeteiligten drauf und darunter »A-Karli« als Empfänger ... der Zippel konnte den Brief für einen gewöhnlichen Schmierzettel halten ... so konnte noch alles gut ausgehen.

Wie aber, kam ihr sofort darauf ein anderer Gedanke,

wenn der Zippel mißtrauisch war, den Brief aufmachte und an seinen Ober-ELDSA weiterleitete?

Noch immer saß er, nach hinten gewendet. Da setzte Lotte alles auf eine Karte. Es war sowieso nichts mehr zu verlieren. – Mit leisem Fingerwinken lenkte sie Zippels Blick auf sich und zeigte dann zage auf den A-Karli, der von Zippel nur durch den Gang getrennt war. Da drehte er sich wieder nach vorne.

Hatte der Zippel sie gesehen? War es richtig, was sie gemacht hatte? Konnte sie noch hoffen, daß es gut ausging? Sie trug die Verantwortung!

Von Zippel war wiederum nur mehr der Hinterkopf sichtbar. Er hatte sich von ihrem flehenden Gesicht abgewandt, ohne eine Miene zu verziehen. In seiner linken Hand mußte er den Zettel halten ... er, ein ELDSA ... Und da er nun wußte, woher der Brief kam, wußte er auch, daß etwas Wichtiges drin stehen mußte. Er würde ihn also behalten ...

Da rief der Hasenbart den Zippel auf. Wahrscheinlich hatte er gesehen, daß er sich umgedreht hatte, und hoffte nun, Zippel würde nicht weiterwissen.

Doch der Zippel stand unerschrocken auf und setzte das Gedicht fort, wo der Rabe aufgehört hatte. Zum Entzücken aller hatte der Rabe heute besonders gestottert. Es war immer eine Quelle reinsten Vergnügens, wenn er ein Gedicht aufsagte. – Zippel aber leierte wie geölt herunter:

»Alles rennet, rettet, flüchtet,
Taghell ist die Nacht gelichtet ...«

Während er sprach, stellte er sich in den Gang neben die Bank, stützte die linke Hand auf A-Karlis Pult.

Als er sie gleich wieder wegnahm, lag an ihrer Stelle ein kleiner weißer Zettel.

Lotte war überwältigt vor Glück. Wer hätte das erwarten können? Der Zippel, ein ELDSA, hatte sie nicht verraten, obgleich er wußte, woher der Brief kam ...

Lotte konnte nicht wissen, daß der Zippel es tat, *weil* er wußte, woher der Brief kam. Sie konnte nicht ahnen, daß die Heldentaten der heutigen Zehn-Uhr-Pause nicht auf alle begeisternd gewirkt hatten.

Niemand außer ihr schien den Vorgang bemerkt zu haben. Nicht einmal der A-Karli. Sein Mund wurde ganz rund vor Erstaunen, als der Zettel, wie vom Himmel gefallen, vor ihm lag. Von ihrer letzten Bank aus sah Lotte, wie er und Knockout die Köpfe zusammensteckten. Sie beobachtete, noch immer innerlich jubelnd vor Freude, wie der Brief von dort zum Maulwurf wanderte. Sie meinte, den Ausgang der Stunde nicht erwarten zu können, um den anderen die beglückende Geschichte erzählen zu können.

Als der Zettel von Heihei gelesen wurde, drehte sich der Maulwurf wie zufällig um und nickte Lotte schnell zu.

So war also, ohne daß ein Wort gesprochen wurde, beschlossen, daß Lotte um elf Uhr zur B gehen sollte. Denn sie hatte unter Hugos Nachricht geschrieben: »Ich geh um elf 'rüber, wenn ihr einverstanden seid.« Von A-Karlis Hand fand sich darunter die Bemerkung: »Sehr gut, Knockout findet auch.«

Doch bevor es elf Uhr war, bekam Lotte ein Nichtgenügend. In ihrem Falle hatte der Hasenbart mit Recht angenommen, daß sie das Gedicht nicht weiterkönnen würde. Ihre Augen unter den schwarzen Ponys hatten einen zu lebhaften Ausdruck gehabt, als daß es dem Gedicht zuzuschreiben gewesen wäre.

Er hatte recht. Lotte stand auf und schwieg. Keine Silbe fiel ihr ein. Von irgendwoher flüsterte zwar eine gütige Stimme immer wieder: »Der Mann muß hinaus ... der Mann muß hinaus«, aber Lottes Gedanken kamen von zu weit her, als daß ihr das geholfen hätte.

Der Hasenbart tobte. Da hatte er wieder einen erwischt ... Ob sie jetzt auch so anfangen wollte, ihre Eltern würden keine so große Freude haben über diese Faulheit ...

sie sei doch früher eine gute Schülerin gewesen ... sie würden noch alle Verbrecher werden ...

Die Klasse verharrte in Schweigen. Hasenbarts Getobe ging weit über das sonstige erheiternde Maß hinaus. Mausi sah man an, daß sie mit Genugtuung erfüllt war. Als der Hasenbart gleich darauf sie drannahm, fuhr sie mit bewunderungswürdiger Zungenfertigkeit fort:

> »Der Mann muß hinaus ins feindliche Leben,
> muß wirken und streben ...«

Lotte murmelte die Worte mit. Jetzt fielen sie ihr ein. Aber gleich darauf war sie schon wieder so eingesponnen in ihre Gedanken, daß sie nicht bemerkte, daß der A-Karli sich umdrehte und ihr durch einen scheu-mitleidigen Blick sein Beileid sandte.

Lotte war von einer schweren Entscheidung bewegt. Ihr waren große Bedenken gekommen, ob sie die Geschichte mit dem Zippel den anderen Freunden mitteilen sollte. War es nicht besser, zu schweigen? Daß *sie* das Geheimnis keinem Unbefugten verriet, dafür konnte sie die Hand ins Feuer legen. Aber konnte sie auch für Hugos Verschwiegenheit bürgen, oder Heinis? Es war kein böser Wille nötig, um auszuplappern, nur Unüberlegtheit. So wie ihre kleine Schwester Mimi nicht schweigen konnte.

Und darum entschloß sie sich schweren Herzens, vorläufig nichts zu sagen. Es war notwendig, daß die ELDSAs es auf keinen Fall erfuhren. Vielleicht konnte der Zippel – wenn das vorhin nicht ein reiner Zufall gewesen war – noch viel helfen. Darum beschloß sie, zu schweigen, obgleich es sehr schwer ist, ein Geheimnis allein zu tragen.

Eine Niederlage

Als Lotte um elf Uhr die Klasse verließ, legte ihr niemand ein Hindernis in den Weg. Vielleicht dachte man, sie wolle sich draußen über ihr Nichtgenügend ausweinen. Der Gang war gefahrlos. In der Regel war es nicht Sitte, um elf Uhr hinauszugehen.

Erst als sie das Gangknie hinter sich hatte und sich der fremden Klassentüre näherte, wurde sich Lotte der Schwierigkeiten ihres Weges bewußt. Wenn die ELDSAs wirklich, wie Hugo schrieb, den Bs verboten hatten, in den A-Gang zu kommen, so mußten die Bs mit Recht wütend sein. Und sie, das Mädchen, sollte den fremden Jungen in den kurzen fünf Minuten der Elf-Uhr-Pause alles erklären ... Hatte sie sich nicht zuviel vorgenommen?

Aber dann erinnerte sie sich an die Begebenheit mit dem Brief und dem Zippel. Es stärkte sie, und sie schritt voll Mut auf die B-Türe zu. Wenn nur die Zeit reichte ...

Die Zeit hätte gereicht. Denn schon nach einer Minute stand Lotte wieder auf dem Gang, erfüllt von heiligem, tiefem Zorn gegen die B.

Ihr Botengang war ein reiner, offener Mißerfolg gewesen. Ja, Lotte gestand es sich ein: Sie war herausgeworfen worden aus der B. Ach, nicht einmal das konnte man sagen: Man hatte sie nicht einmal hereingelassen!

Als sie die Türe geöffnet hatte, das Herz voll Empörung über die Gemeinheit der ELDSAs und erfüllt von dem Wunsch, gegen sie gemeinsam mit der geschmähten B vorzugehen – da hatte sie lautes, erregtes Schreien gehört. Über die vielen Stimmen klang die des Koch-Hans vernehmlich hinweg. Sie zögerte einen Moment – ihre Augen suchten den Zentner, fanden ihn aber nicht. Trotzdem überwand sie ihr Zagen, wollte die Schwelle überschreiten ...

... da hatte man sie bemerkt. Ein allgemeiner, fürchterlicher Empörungsschrei schallte ihr entgegen. Mit einem Satz sprang der Koch-Hans über ein paar Bänke hinweg, packte sie grob an der Schulter und schrie, so daß sie meinte, das Trommelfell würde ihr platzen: »Hinaus mit dir, du traust dich überhaupt noch hierher? Sie denken, das Mädchen kann uns noch einmal einwickeln ... hinaus!«

Lotte gab es nicht gleich auf, das muß zu ihrer Ehre gesagt sein. »Hört mich doch mal ...«, versuchte sie zu rufen. Doch ihre Stimme ging unter in dem allgemeinen Geschrei: »So eine Gemeinheit ... Wachen haben sie aufgestellt, die verfluchten As ... haha ... die wollen besser sein ... uns nicht 'reinlassen ... uns vorschreiben ... 'raus ...«

Sie stand machtlos da. Dabei mußte sie sich immerfort gegen den Koch-Hans wehren, der sie auf den Gang drängen wollte. »Aber ...«, rief sie mit Anstrengung, »das waren doch die anderen ... wir haben es erst nachher erfahren ... darum komme ich ... wir wollen euch doch helfen ...« »Helfen!« schrie der Koch-Hans, und seine Stimme kippte beinahe über, »haha ... dabei war einer von euch mit dabei auf dem Gang ... der Dicke ... der hat ja überhaupt Wache gestanden ...« »Das ist nicht wahr!« schrie jetzt auch Lotte und fühlte mit Schrecken, daß ihr bei dieser Verleumdung der Maulwurfs die Tränen die Kehle heraufstiegen und ihre Stimme zu ersticken drohten. »Der Koch-Hans lügt!« »Nein, es stimmt, mich hat er nicht 'rübergelassen, der Dicke, der mit euch hier war!« schrie Stichflamme, und sein roter Schopf machte seinem Namen volle Ehre. Jetzt war nur mehr *ein* Wort zu hören: »'raus ... 'raus ... 'raus ...!«

Bei diesem Haßruf wurde Lotte ganz schwach. Es war doch nicht wahr, daß der Hugo ... Wieso behaupteten sie es? Auch Stichflamme? – Diesen Moment benützte der Koch-Hans, um sie hinauszudrängen und ihr die Türe vor der Nase zuzuschlagen.

Alles in allem hatte der Vorgang eine Minute gedauert.

Da stand Lotte. Die geschlossene Türe zwischen ihr und der B dämpfte etwas den Lärm. Eine wilde Wut packte sie gegen die da drinnen. Wie sie die Bs haßte! Ihr wurde ganz schwarz vor den Augen. Wie blöd und gemein sie waren! Für wen machten denn die Maulwurfs alles? Wegen wem waren sie mit der übrigen A Feinde geworden? Warum mußte man flüstern und sich verstecken? Doch nur, weil der B-Karli falsch beschuldigt wurde und weil der Gruber jetzt gegen die ganze B hetzte, die Maulwurfs aber die Gerechtigkeit wollten ...

Halt ... halt ... dämmerte es in Lotte auf. Es ging nicht um A oder B. Das behauptete doch nur der lange Gruber. Die Maulwurfs waren gar nicht für die B oder gegen die A. Der Kampf hätte ebenso gut innerhalb der A ausbrechen können. Wenn der Gruber zum Beispiel behaupten würde, daß die, die eine Aktentasche haben, besser seien als die, die einen Rucksack als Schultasche hätten, und als Beweis dafür zeigen würde, daß einer mit Rucksack etwas Böses getan hätte. Wenn jetzt also die Maulwurfs flüstern mußten, so nur darum, weil sich in der A etwas breitmachte, das die Wahrheit nicht vertrug. So war es. Und nun waren die Bs ebenfalls verhetzt worden; wahrscheinlich war es nur ein Mißverständnis, denn der Hugo hatte doch nicht Wache gestanden. – Und der Koch-Hans, der gegen die As und besonders gegen die Maulwurfs war, hatte es ihnen eben falsch klargemacht. Und sie waren darauf 'reingefallen. Also wenn Tatsachen so schwer zu begreifen waren (Lotte hatte ja eben in diesem Augenblick an sich selber erfahren, wie leicht man in einen blinden Haß hineinkommt), so durfte man darum nicht gleich die Flinte ins Korn werfen. Nicht gleich »auf die Bs« eine Wut kriegen. Sie war eben in jene Gemütsstimmung verfallen, die sie den Bs vorwarf. Natürlich waren sie wütend über die ELDSA-Wachen. Konnte man es ihnen übelnehmen, wenn sie Maulwurfs und ELDSAs nicht unterschieden? Der Gruber selbst behauptete doch, die ELDSAs seien »die As«!

Nein, das durfte man nicht, stellte Lotte fest. Im Gegenteil. Man mußte nun erst recht nachspüren, um zu erfahren, warum der B-Karli von Alexander und Gruber als Schuldiger verleumdet wurde. Noch eifriger als früher mußte man einen Weg suchen, um den ELDSAs klarzumachen, daß die Bs nicht schlechter waren als die As, nur weil Gruber und Alexander irgend etwas Dunkles auf dem Kerbholz hatten.

Lotte ging schnell zur Wasserleitung und trank direkt vom Hahn weg. Das spülte die Tränen hinunter, die noch immer in der Kehle saßen. Nein, man durfte nicht weinen. Jetzt mußte man handeln. Man mußte das Vertrauen der Bs wiedergewinnen. Wenn man die Hände einfach in den Schoß legte, herrschte der lange Gruber unbeschränkt. Und, das spürte Lotte ganz genau, ihm ging es vor allem um die Maulwurfs, weil die ihn störten.

Schwer erschien es Lotte, den fünf Maulwurfs die Niederlage mitzuteilen und dabei zu verhindern, daß sie in Haß und Mutlosigkeit hineinschlitterten. Sie wußte nun, wie schnell man kleinmütig werden kann. Das könnte dem Gruber so passen und dem Koch-Hans ... Gerade jetzt tat es mehr denn je not, die Wahrheit herauszufinden. Trotz alledem.

• Die Kremschnitte

Neun Mark fünfundvierzig Pfennig waren zusammengekommen. Das war ein großer Haufen Geld, da die meisten in Pfennigen, Fünfern und Groschen bezahlt hatten. Alexander ordnete das Geld schön nach Größen. Das machte er zu seinem Vergnügen, denn gleich darauf tat er doch alles zusammen in ein ziemlich reines Taschentuch, das er oben dreifach verknotete. Auf ein Blatt Papier hatte er aufgeschrieben, wieviel jeder für die ELDSA-Kasse gegeben hatte.

Er war sich nicht ganz darüber klar, ob er und der lange Gruber auch etwas beitragen mußten. Darum ging er zu ihm hin, um zu fragen.

»Natürlich«, sagte der lange Gruber und kramte fünfundsiebzig Pfennig aus seiner Hosentasche hervor. »Wieviel gibst du, einen Fuffziger? Das ist nicht viel. Wir werden einführen, daß jeder wöchentlich eine Mark fünfzig bezahlt. Diesmal sind es sogar etwas über zehn Mark. – Gib sie her.«

Alexander hielt das fast saubere Taschentuch, in dem das Vermögen der ELDSAs eingebunden war, fest. »Nein, du, *ich* bin der Kassierer. Die Kasse bleibt bei mir!« Aber der lange Gruber ließ sich nicht einschüchtern. »Die Kasse behältst du natürlich«, sagte er, »ich aber bekomme das Geld.« »Wozu?« fragte Alexander feindlich. »Für geheime ELDSA-Zwecke«, erwiderte der lange Gruber kurz. »Nein, nein, du mußt mir genau sagen, wozu«, beharrte Alexander und hielt das Taschentuch mit dem Geld fest, das ihm der lange Gruber zu entreißen versuchte. »Ich bin der Kassierer! Du selbst hast mich dazu bestimmt!« »Ich brauche es für verschiedene geheime Sachen«, sagte nun der Gruber leise, jedes Wort betonend. Seine hervorquellenden Augen blitzten ungeduldig und böse auf. »Man kann nicht alles erzählen, ich habe sowieso schon zuviel gesagt. Also gib es mir ...« Und damit wand er Alexander endgültig das Bündel aus der Hand. – Er knüpfte es auf, sah befriedigt auf den Inhalt und wandte sich zum Gehen. Nach zwei Schritten hielt er inne. Nahm eine Mark aus dem Reichtum und reichte sie Alexander. »Hier, kauf dir dafür Eis ...«, flüsterte er ihm zu. Leerte den Inhalt in seine Hosentasche und warf das leere Taschentuch mit den Worten: »Da hast du die Kasse!« Alexander zu. Dann entschwand er.

Alexander blickte ihm entgeistert nach. In der rechten Hand hielt er die Mark, in der linken das Taschentuch, das er unwillkürlich aufgefangen hatte. Der Gruber hatte ihm also die Kasse doch weggenommen.

Denn was war das leere Taschentuch? Nicht mehr, als es vorher gewesen war, als es zum Schneuzen bestimmt war. Das Amt, auf das er so stolz gewesen war, hatte er verloren, das Kassiereramt. Denn es bedeutete mehr als Geld einsammeln, es bedeutete: das Geld verwalten. Der Kassierer aber, der über Geld bestimmte, hatte Macht. Der Gruber durfte ihm die Kasse nicht wegnehmen.

Eigentlich hatte er es mit dem Geld genau so gemacht, wie Alexander damals mit dem Buch des B-Karli ... Der Gruber konnte abstreiten, daß er von Alexander das Geld bekommen hatte, so wie Alexander es damals abgestritten hatte, daß er das Buch ... Kein Zeuge war jetzt dabeigewesen. Dann wäre er in derselben Lage wie der B-Karli ... Und der Gruber würde schon Mittel und Wege finden, auch ihm einen »Beweis« zuzustecken, wie das bemalte Papier dem B-Karli in die Schultasche ...

Alexander wurde es heiß und kalt. Er hätte sich nicht mit dem langen Gruber einlassen sollen! Der hatte ihn doch damals auch in die Sache mit dem B-Karli hineingeritten ...

Alexander war undankbar. Er vergaß, daß er »in der Sache« schon drinnen gewesen war, als der Gruber mit seiner frechen Lüge ihn herausgerettet hatte.

Wozu brauchte der Gruber eigentlich wirklich das Geld? – Ach, warum war er nur immer so mißtrauisch, warum konnte er dem Gruber nicht einfach glauben, wie er dem Maulwurf aufs Wort geglaubt hatte? Wahrscheinlich stimmte das mit den »geheimen Zwecken«!

Alexander klammerte sich an diese Hoffnung. Sicherlich waren die Zwecke sehr geheim, wenn der Gruber sie nicht einmal ihm, Alexander, sagte. Nein, ihm machte er bestimmt nicht so eine Sache wie dem B-Karli. Sie waren doch Freunde, also was für einen Anlaß hätte der Gruber? (Und warum, warum, warum hatte er es dem B-Karli gemacht? Noch immer zerbrach sich Alexander gelegentlich den Kopf darüber, aber zu fragen wagte er nicht.) Denn Gruber brauchte den Alexander. Ohne ihn waren die ELDSAs nur eine halbe Sache. Die anderen hatten sich ja nur darum so leicht vom Maulwurf abbringen lassen, weil Alexander –

Maulwurfs Freund – plötzlich mit dem Gruber ging. Dem Gruber allein hätten sie nie im Leben getraut. Also wenn sich Alexander von ihm lossagte ... ja, was war dann?

Mit neuem Schrecken kam es Alexander jetzt, da er den Gruber von sich abhängig glaubte, wieder zu Bewußtsein, daß der Gruber dann verraten konnte, was er über das Buch, was er über die Perlmutterfarbe wußte. – Er kam zu dem Schluß: Ich brauche den Gruber genau so, wie er mich braucht. Beide mußten sie schweigen über das, was sie voneinander wußten. Es war ein festes, unzerreißbares Band.

Sie waren also Freunde, weil sie es sein mußten. Warum fürchtete sich Alexander vor dem Gruber? Und warum zweifelte er daran, daß der, sein Freund, das Geld nicht für »geheime ELDSA-Zwecke« ausgeben würde? Es war ja doch ein besonderer Vertrauensbeweis vom Gruber, daß er es ihm mitteilte! Die anderen wußten nichts davon.

Und außerdem: *Die Kasse* hatte er ihm gelassen. Man konnte das Taschentuch eben von zwei Seiten ansehen: als Taschentuch und als leere Kasse. Wenn er sich nicht hineinschneuzte, blieb es die Kasse. Der Gruber wußte sicher, was not tat. Manchmal war es sehr angenehm, sich auf ihn zu verlassen. Was hatten die Maulwurfs noch zu sagen, sie, denen man jetzt wirklich draufgekommen war, daß sie mit der B zusammen etwas vorhatten ... Also war Grubers Vorschlag mit den Wachen richtig gewesen. Der kleine, rothaarige B heute in der Zehn-Uhr-Pause wollte sicher zu den Maulwurfs, warum wären sie sonst in der Klasse geblieben? Nur damit man nicht ihr Stelldichein mit der B bemerkte. Und der Hugo hatte sicher zur B hinüber wollen ... Nein, die Maulwurfs durften nicht stark werden, man durfte ihnen nicht trauen. Wer weiß, welche wichtigen Dinge der Gruber mit den neun Mark siebzig Pfennig unternahm. Und damit, daß er Alexander eine Mark schenkte, hatte er ihn ausgezeichnet vor den anderen. Denen hatte er sicher nichts »für Eis« gegeben.

Allerdings hatte der Gruber nicht daran gedacht, daß es jetzt, in den letzten Novembertagen, kein Eis mehr gab. Dafür aber gab es Kremschnitten. In einer Konditorei, drei Minuten von der Schule, auf dem Heimweg, gab es besonders große.

Als er mit seinen Gedanken soweit war, bekam Alexander plötzlich unbezwingbare Lust nach einer Kremschnitte. Alles andere, Drückende, war verschwunden.

Aber er hatte Pech: Die drei aus der fünften Bank hängten sich an. Es schien ihnen eine so große Ehre zu sein, mit Alexander zu gehen, daß sie Miene machten, ihn bis nach Hause zu begleiten.

Das paßte ihm nicht in den Plan. Er versuchte, sie durch Schweigsamkeit abzuschrecken. Aber das schien die drei Starken nur noch mehr anzufeuern. Seine spärlichen »Jaja ... das glaube ich schon ... mmm ...« veranlaßten sie zu immer längeren Erzählungen.

Dabei hörte Alexander gar nicht hin. Er überlegte wütend, wie er diese treuen und unentwegten ELDSA-Anhänger abhängen könnte. Die Kremschnitte wurde zu einer Zwangsvorstellung. Er konnte nichts anderes mehr denken, als daß die bewußte Konditorei nur noch ein paar Meter entfernt war. Er verlangsamte seine Schritte. Er mußte die drei loswerden – die Kremschnitte haben, jetzt gleich!

Er hatte gehofft, daß sie ihn antreiben würden, schneller zu gehen. Das wäre ein guter Vorwand gewesen, beleidigt abzuspringen. »Ich lasse mir nichts vorschreiben!« – aber nein. Die drei schlichen jetzt neben ihm in seinem Schnekkentempo her. Trotz allem war die Konditorei erreicht. Im langsamen Vorbeigehen sah Alexander lockend sechs besonders große Kremschnitten auf einer weißen Porzellanplatte in der Auslage stehen ...

Eben sagte einer der beharrlichen Begleiter geheimnisvoll: »Und übermorgen, wenn *wir* Wache haben, wenn da ein B ...«, da wurde es Alexander zu bunt. Was ging ihn der ganze Blödsinn an? Diese Idioten! Er blieb stehen, murmelte, kaum verständlich: »Ach wie dumm, jetzt hab ich das Rechenbuch in der Schule vergessen ...«, drehte sich um und lief den Weg zurück, ehe einer sich anbieten konnte, für ihn zu gehen.

Während er lief, hätte er sich ohrfeigen können. Früher hatte er keine Ausreden gebraucht. Er schämte sich vor sich selber. Jetzt war er ihnen zwar entwischt – aber mit der dümmsten Ausrede von der Welt. Sicher standen die drei Trottel und sahen ihm nach. Er war also gezwungen, wirklich bis zur Schule zurückzulaufen, denn die ganze Straße war zu übersehen. Sich umzudrehen wagte er nicht, denn er fürchtete, sie könnten dann nachkommen und fragen: »Wieso hast du so plötzlich bemerkt, daß du das Rechenbuch nicht hast?« Denn er hatte nicht einmal zum Schein in der Schultasche nachgeschaut. Also mußte er seine Rolle bis zu Ende spielen.

Er knirschte mit den Zähnen. Vor allen Leuten mußte er sich jetzt in acht nehmen. Immer war irgend etwas, das die anderen nicht merken durften. Jetzt mußte er sogar sinn- und zwecklos bis zur Schule zurücklaufen, nur um zu verdecken, was er tat. Statt sie zu essen, mußte er sich immer mehr von der Kremschnitte entfernen.

Endlich stand er vor der Schule, die wie ausgestorben dalag. Nun erst wagte er, sich vorsichtig umzudrehen. Die drei waren nicht mehr da. Der Kremschnitte lag also nichts mehr im Wege.

Im Trab legte er den eben gegangenen Weg zurück und kam atemlos vor der Konditorei an. Endlich war es soweit. Noch einmal schaute er sich um, ob kein ELDSA in der Nähe sei – dann trat er ein.

Auch im Laden drin, als ihm das etwas brummige, hellblonde Fräulein die Kremschnitte auf einen Glasteller gab, auch während er sie herunterschlang, luchste er immerfort durch das Auslagefenster auf die Straße.

Erst als der Teller vor ihm leer war, merkte er, daß er von der Kremschnitte überhaupt nichts geschmeckt hatte. Nichts hatte er davon gehabt, gar nichts. Während er mit der Gruber-Mark bezahlte, war ihm etwas übel. Er wußte nicht, ob das von seiner Ängstlichkeit kam oder vom Herunterschlingen.

Warum war er eigentlich so ängstlich? Warum hatten die drei aus der fünften Bank nicht sehen sollen, daß er eine Kremschnitte aß? Sie wußten doch nicht, woher er das Geld hatte?

Oder hatte er ein schlechtes Gewissen, weil er sich die Kremschnitte von ihrem Geld, also vom ELDSA-Geld, kaufte? Unsinn! Wenn er es sich so recht überlegte, so war es doch überhaupt sein eigenes Geld! Zumindest fünfzig Pfennig davon. Die hatte er eingezahlt. Der Gruber hatte nur wieder eine so echte »Gruber-Sache« gemacht: Er hatte Alexander gnädig dessen eigenes Geld geschenkt, damit der ihm »Danke schön« sagen mußte!

Aber wenn es schon in der Kasse war, so war es eben nicht mehr Alexanders Geld, sondern Vermögen der ELDSAs. Sonst könnten die anderen auch ihr Geld zurückverlangen und sich dafür wer weiß was kaufen. Die anderen bekamen aber nichts zurück. Deren Beitrag wurde für »Geheime Zwecke« ausgegeben. Darum also hatte er ein so schlechtes Gewissen.

In diesem Moment wünschte Alexander dringend, der Gruber möge die neun Mark siebzig nicht für »Geheime Zwecke« ausgeben, sondern für sich. Der Gruber sollte nicht weniger schuld haben als er! – Aber dann fiel ihm ein viel besserer Trost ein. Er beruhigte ihn erheblich: Der lange Gruber wußte schon, was er tat. Er mußte keine Rechenschaft darüber ablegen. Wozu war er sonst ein Führer? Und damit, daß er Alexander etwas von dem ELDSA-Vermögen gegeben hatte, wollte er sicher andeuten, daß Alexander auch ein Führer war. Denn die mußten vor den anderen etwas voraus haben. Darüber konnten sie allein bestimmen. Wer hatte die ELDSAs gegründet? Wer war die Seele des Ganzen? Doch er und der lange Gruber! Na also. Von schlechtem Gewissen konnte keine Rede sein. Das war das falsche Maulwurfdenken, das noch immer in ihm steckte!

Und nun glaubte Alexander wirklich, daß ihm nur die schnell heruntergewürgte Kremschnitte dieses komische Gefühl in der Magengegend verursachte.

Australier und Afrikaner

Aber trotz allem war Alexander doch nicht so beruhigt, wie er glaubte. Seine frühere Fröhlichkeit war dahin. Auch merkte er sehr bald: Mit Klari war es anders als früher. Immer mußte er auf der Hut sein, daß er nicht unversehens etwas sagte, das Klari stutzig machen konnte. Früher hatte er sich nie überlegt, ob er das oder jenes erzählen könne. Denn wer anders als Klari konnte alles verstehen und immer helfen?

Seit zehn Tagen war das anders. Mit dem Buch »Wir sind alle Menschen« hatte es angefangen. Bis jetzt hatte er allerdings nur verschwiegen. Heute aber schwindelte er zum ersten Male.

Es war nur eine Kleinigkeit, kaum der Rede wert. Es hatte damit angefangen, daß Klari bei der Suppe sagte: »Du bist heute so komisch, was ist denn? Schularbeit verhauen? Das ist doch kein Grund, ein so böses Gesicht zu machen. Muß halt die nächste besser sein.«

Alexander hatte daraufhin versucht, wie früher oft, eine Grimasse zu schneiden, bei der die Gewohnheit bestand, daß Klari lachte. Sie hatten noch von früher her, als Alexander kleiner war, bestimmte Grimassen miteinander.

Aber er merkte: Heute war die Grimasse nicht gut gelungen. Darum fügte er schnell hinzu: »Ich weiß nicht, aber mir schmeckt die Suppe nicht. Irgend was Komisches ist drin, so was ...« Er wußte nicht weiter, denn die Blumenkohlsuppe schmeckte genauso, wie Blumenkohlsuppe bei ihnen immer zu schmecken pflegte.

Jetzt machte Klari die Grimasse. Sie machte sie so selten und dabei so vollkommen, daß ihr Alexander sonst immer bei dieser Gelegenheit um den Hals gefallen war und sie gebeten hatte, es noch einmal zu machen. Die Grimasse war von Klari eine besondere Liebenswürdigkeit. »Du hast doch unterwegs was gegessen«, sagte sie dann. »Gesteh es nur. Hats gut geschmeckt?«

Unterwegs was gegessen – hatte die Mutter etwas gemerkt? Vor Schrecken fiel ihm gar nicht ein, daß das manchmal vorgekommen war, daß er unterwegs etwas gegessen hatte. Nur war nie die Notwendigkeit gewesen, es der Mutter zu verschweigen. Im Gegenteil, er hatte ihr geschildert, wie es geschmeckt hatte: »Weißt du, das Vanilleeis war wie Gas aus einem roten Luftballon ... kannst du dir das vorstellen?« oder ähnlich. Und Klari hatte meistens behauptet, es sich vorstellen zu können.

Heute aber sagte er – und das war die Schwindelei: »Ach wo, aber das Frühstücksbrot war so dick geschnitten. Mindestens so ...« Nach seiner Angabe hätte das Brot fünf Zentimeter haben müssen. »Ich konnte kaum durchbeißen ...«

Er wollte das Schwindel-Butterbrot noch weiter schildern, aber glücklicherweise sagte Klari: »Wenn du keinen Hunger hast, so iß nicht. Morgen paß ich beim Brotschneiden besonders auf!«

Damit wäre eigentlich alles erledigt gewesen. Doch Alexander ließ es keine Ruhe. Klari mußte er anschwindeln! Wie war es nur so weit gekommen?

Sonst wurden immer beim Geschirrabwaschen die schönsten Gespräche geführt. Heute war es still. Schon waren die

Gläser trocken und auch die kleinen Teller, ohne daß Alexander etwas gesagt hatte. Dann aber, als er die Kartoffelschüssel nahm, fragte er plötzlich: »Du, Klari, wie ist das: Können eigentlich zwei gleichzeitig recht haben?«

Klari, die eben eine Pfanne mit Soda ausrieb, fragte zurück: »Was meinst du? Warum sollen eigentlich nicht zwei Leute recht haben?«

Alexander hatte eine Patentantwort erwartet: Ja oder nein. Denn die Frage genauer zu erklären, lag gar nicht in seiner Absicht. Nun mußte er es tun. »Ich meine«, fing er an und rieb verlegen mit dem Geschirrtuch in der Schüssel herum, obgleich sie schon trocken war, »weißt du, wenn einer was behauptet und der andere das Gegenteil .. weißt du, genau das Gegenteil; können sie da beide recht haben?« »Ich glaube nicht. Aber sag mir lieber ein Beispiel.« »No wenn ...«, überlegte er – stockte aber gleich. Wie sollte er schildern, was vorging, was ihn bewegte, ohne sich zu verraten?

Klari kam ihm zu Hilfe. »Meinst du vielleicht so: Der eine lernt für die Schularbeit, aber der andere sagt: ›Ich schreibe sie auch so gut‹. Ja? Ist es so was Ähnliches? Das stellt sich nach der Schularbeit heraus. Wenn beide sie gut geschrieben haben, so haben beide recht. Dann haben sie auf verschiedenen Wegen dasselbe erreicht.« Alexander hatte bei den ersten Worten gemerkt, daß Klari auf dem Holzweg war, sie aber aus Höflichkeit nicht unterbrochen. Was sollte so ein harmloses Beispiel? Er meinte doch etwas viel Ernsteres.

Inzwischen hatte er die Teller im Küchenschrank geordnet. »Was du da sagst«, brummte er ungeduldig, »dabei haben ja beide dasselbe wollen. Nämlich die Schularbeit anständig schreiben. Ich aber meine es so, daß der eine sagt: Das ist richtig, und der andere: Das ist falsch. Nur was ich sage ist wahr. Und dabei meint er genau das Gegenteil. Können sie da beide recht haben?«

»Na, wenn der eine auf eine Maus zeigt und sagt: ›Das ist

eine Maus‹, der andere aber: ›Nein, eine Katze‹, so hat natürlich nur der erste recht. Der andere hat sich geirrt oder er sagt absichtlich die Unwahrheit.«

Alexander war verzweifelt. Klari war doch sonst nicht so dumm? Sie machte heute alles so einfach. Nichts paßte auch nur im entferntesten auf die ELDSAs und die Maulwürfe ...

»Nein, ich meine noch etwas anderes«, sagte er langsam und bedachte jedes Wort. »Stell dir zum Beispiel vor, daß die Australier die Afrikaner verachten, weil die Afrikaner böse und schlecht sind. Und ein Mann von den Australiern, ein Oberaustralier, würde den Australiern verbieten, daß sie mit den Afrikanern sprechen. Trotzdem würden ein paar Australier zu den Afrikanern halten und sagen: Die Afrikaner sind nicht schlechter als wir. Das ist doch eine Gemeinheit, nicht? Nämlich, daß sie nicht zu den anderen Australiern halten. Und gegen die muß man doch etwas tun, nicht? Das ist natürlich nur ein Beispiel«, wandte er schnell ein, da er sah, daß Klari im Abwaschen innehielt und ihn sehr aufmerksam ansah.

Es war eine kleine Pause. »Alexander«, sagte Klari plötzlich ganz ernst, »vorhin noch hast du mich gefragt, ob zwei gleichzeitig recht haben können, wenn sie auch ganz verschiedene Meinungen haben. Aber jetzt willst du doch nur hören, daß die Australier recht haben. Oder willst du noch eine andere Antwort?«

Alexander fühlte sich ertappt. Ja, natürlich hatte er bestätigt haben wollen, daß die ELDSAs ... pardon: die Australier recht hätten ...

Am liebsten hätte er das Gespräch abgebrochen, aber er kannte Klari. Die gab nicht nach, wenn sie mal gemerkt hatte, daß bei Alexander etwas nicht stimmte. Darum sagte er schnell: »Natürlich sollst du mir antworten, wie du denkst. No, können die paar Australier, die zu den Afrikanern halten, auch recht haben?«

»Ja schau«, sagte Klari, und sie hatte plötzlich gar keine

Lachgrübchen mehr, »zwei können nicht gleichzeitig recht haben, wenn ihre Meinungen so verschieden sind. Wie du sagst, haben doch die Australier angefangen, weil sie sagen: Die Afrikaner sind schlecht und böse. Wieso sind die Australier nur auf diese Idee gekommen? Haben ihnen die Afrikaner was gemacht? Und haben sie es auch schon gesagt, bevor es dein Oberaustralier verkündet hat?« »Hm ... eigentlich hat der Gruber ... hat der Oberaustralier ... aber alle waren sofort derselben Meinung!« »War das nicht vielleicht darum, weil dein Oberaustralier ihnen damit geschmeichelt hat, daß sie besser sind als die Afrikaner?«

Alexander erschrak. Woher wußte Klari alles so genau? Unmöglich konnte sie ahnen, was er mit Australien und Afrika meinte. – Dadurch beruhigt, antwortete er: »Ja, natürlich sind die Australier besser. Aber nicht alle. Im Gegenteil, die paar Australier, die sagen: Es ist nicht wahr, – die also nicht zu ihren eigenen Leuten halten, die sind doch schlechter als Afrikaner. Denn so ein Afrikaner ist doch schon von Geburt aus Afrikaner, nicht wahr, und kann nichts dafür. Oder meinst du, daß die paar Australier auch recht haben? Können beide gleichzeitig recht haben?«

Klari rieb auffällig lange an dem schmutzigen Geschirr herum. So, als wollte sie das Ganze hinziehen. »Nein«, sagte sie dann. »Nur einer von beiden kann recht haben. Ich glaube nämlich nicht, daß irgendein Australier besser ist als irgendein Afrikaner, nur darum, weil er woanders geboren ist oder eine andere Sprache spricht. Es gibt überall Menschen, die etwas Gutes wollen, und andere, die das Gegenteil wollen. Ob in Afrika oder in Australien. – Aber wenn einer sagt, so wie dein Oberaustralier: Alle Afrikaner sind schlechter als du, so will er damit etwas erreichen. Entweder, daß er sich selber damit besser machen will, um etwas Böses zu verstekken, was er getan hat. Oder er will etwas Böses tun und will, daß man ihm dabei nicht auf die Finger sieht, sondern ganz woanders hinschaut. Oder, daß seine Australier ihm bei etwas helfen, bei dem sie nicht helfen würden, wenn er ihnen die wirklichen Gründe sagen würde. Darum schmeichelt er ihnen und sagt: Ihr seid die Besseren. Und weil er ihnen schmeichelt, darum glauben ihm viele. Alexander, versprich mir, daß du dich immer vor Leuten hütest, die dir schmeicheln. Die wollen immer etwas dafür! Denn was haben die Australier davon, daß sie sich vom Oberaustralier einreden lassen: Wir sind besser? – Da hab ich aber lang geredet, nicht? Und viel zu erwachsen?« Klari hatte ganz rote Wangen.

Alexander hatte sie nicht unterbrochen. Manchmal war es ihm erschienen, als ob sie direkt von den ELDSAs, dann aber wieder, als ob sie von ganz fremden, unverständlichen Dingen spräche. Unheimlich fremd und gescheit erschien ihm Klari. »Woher weißt du das alles?« fragte er schließlich verwirrt.

Klari lachte ein ganz kleines Lachen, das aber gar nicht lustig klang, sondern besorgt. »Weil es im Leben genau so ist«, sagte sie. »Leider. Darum weiß ich es.«

Diese Auskunft beruhigte Alexander. Klari wußte also nichts von der Schule. Aber ... Er wischte mit seinem Handtuch über die Küchentischplatte hin und her, hin und her, so daß sie schon wie Lack glänzte. »Mutter«, sagte er, wie nur in ganz ernsten Momenten, »du bist also für die Afrikaner? Und für die paar Australier? Und du glaubst nicht, daß der Oberaustralier recht hat? Er liebt doch die Australier, wenn er immer wieder sagt, daß sie besser sind!«

Er sagte das mit so todtrauriger Stimme, daß Klari, die schon auf dem Weg ins Zimmer war, um sich umzuziehen, umkehrte, ihn mit ihren beiden Händen liebevoll an den Haaren packte, ihn sanft hin und her beutelte, bis er ihr in die Augen sah. Da sagte sie: »Nein, mein Bub, das ist keine echte Liebe, wenn man so etwas sagt, um zu betrügen. Wer wird sich von so einem Oberaustralier anschwindeln lassen? Doch nur Leute, die nicht die Wahrheit sehen oder nicht sehen wollen. Oder welche, die was davon haben, wenn sie mit dem Oberaustralier gehen ...« Und während sie Alexander einen Kuß gab, ahnte sie nicht, daß ihre letzten Worte wie ein Schlag auf Alexander gewirkt hatten. Denn vor seinen Augen tauchte die Kremschnitte auf. Man mußte etwas davon haben, wenn man ein Führer ist – das hatte sie vorhin gesagt. Ja, er ging mit dem Oberaustralier.

Eine tiefe Kluft riß – zum ersten Male – zwischen ihm und Klari auf. Sie hielt, ohne es zu wissen, zu den Maulwurfs. Und damit war sie ein Feind ihres Sohnes. Darum sagte er zurückhaltend: »Das Ganze war nur eine Frage von mir. Ich hab damit nichts Bestimmtes gemeint.«

»Ich weiß schon«, sagte Klari leichthin und ging aufs Zimmer zu. Sie mußte eilen, um rechtzeitig im Geschäft zu sein. Bei der Türe aber blieb sie stehen und drehte sich um. Ganz im Gegensatz zu ihren letzten Worten schaute sie wieder aufmerksam, beinahe besorgt auf Alexander.

Der wandte sich schnell ab, denn ihm war die lächerliche Angst gekommen, daß sie ihm vom Gesicht alles ablesen könnte ...

Nein, Klari hatte unrecht. Zwar hatten er und der lange Gruber beide etwas zu verbergen ... Aber das war nicht die Hauptsache. Die Hauptsache war das Ideal, die ELDSAs. Wieso hätten ihnen sonst so viele vertraut? Zwei können nicht gleichzeitig recht haben, das hatte sogar die Mutter zugegeben. Man mußte es nur von der richtigen Seite her betrachten, dann wußte man, wer recht hatte. Er hätte die Mutter gar nicht fragen dürfen!

Er hätte Klari wirklich nicht fragen dürfen. Denn damit hatte er sein Gewissen, das er ständig einzuschläfern suchte, wieder aufgeweckt. Je mehr er sich bemühte, ihm unrecht zu geben, um so lauter meldete es sich. Seit diesem Gespräch war es ein unermüdlicher, fürchterlicher Begleiter, der zu allem seine Bemerkungen machte. Das ihn nicht zu Ruhe und Frieden kommen ließ, das ihm jede Freude an der Macht verdarb. Das ihm nicht von der Seite wich, womit immer er es wegscheuchen wollte, nicht bei Tag und nicht bei Nacht. Das ihn mit Mißtrauen und feindlicher Aufmerksamkeit alles beobachten ließ, was der lange Gruber und er selber taten, obgleich sich Alexander immer verzweifelt bemühte, ein guter ELDSA zu sein. Gut, im Sinne Grubers. Alexander versuchte krampfhaft zu glauben, daß das Recht auf ihrer Seite sei, weil doch nicht zwei gleichzeitig recht haben können.

Auch ein Zuhause

»Albert, Sie haben sich schon wieder nicht die Schuhe abgeputzt«, sagte Mitzi. »Nach Ihnen muß ich immer die ganze Wohnung noch einmal aufräumen.« Mitzi, ein älteres kleines Fräulein, hatte zwar meistens recht, wenn sie herummäkelte, aber sie ließ auch keine Gelegenheit vorbeigehen, es zu tun. Es war ein bösartiger, ständiger, stiller Kampf, der zwischen ihr und Albert seit zwei Jahren, seit sie den Haushalt führte, gekämpft wurde. Bösartig von beiden Seiten. Nach dem Tod der Mutter hatte sich Herr Gruber entschlossen, eine entfernte Verwandte ins Haus zu nehmen. Aber er sagte vom ersten Augenblick an »Sie« zu ihr, und Albert weigerte sich entschieden, die kleine spitzige Person als eine Art Tante anzuerkennen. Trotzdem ihm der schweigsame Vater, der noch dazu selten zu Hause war, aufgetragen hatte, Mitzi bedingungslos zu folgen, hatte sich Albert sofort entschlossen, sie »wie ein Dienstmädchen« zu behandeln. Das ältliche kleine Fräulein, das mit viel gutem Willen gekommen war, wurde von Albert mit höhnischer Verachtung behandelt. Hier konnte er sich rächen für all das Mißgeschick in der Schule. Hier konnte er sich rächen, wenn ihn der Vater herabsetzte und ihm vorhielt, er würde nie etwas werden. Mitzi ahnte wohl, daß Albert darauf brannte, vom Vater anerkannt und bewundert zu werden. Sie sah auch, wie wenig es ihm gelang, und benützte es als Waffe. Ihre letzte Rettung gegen heimtückische Streiche war, daß sie mit ihrer schwachen, schrillen Stimme schrie: »Ich werd es aber doch dem Vater sagen ...« Dann duckte sich Albert immer.

Zu ihrem Erstaunen aber ließ er sich heute nicht einschüchtern. Er wurde sofort auf ihr Nörgeln hin frech. In den ganzen letzten Tagen hatte sie bemerkt, daß er verändert war, ein merkwürdiges Siegesbewußtsein zur Schau trug und sogar pünktlich in die Schule ging.

Mitzi, das kleine dürre Fräulein, ahnte nicht die großen Dinge, die vorgingen. Endlich, endlich, zum ersten Male fühlte sich Albert Gruber als etwas. Endlich schien er das zu erreichen, was er so lange erstrebte: Einfluß zu haben, einmal alle anderen überwunden zu haben, so daß sie zu ihm aufschauten und ihn fürchteten. Und heute war auch das Letzte gelungen: Alexander war untergekriegt. Alexander, der, ob so oder so, zu jener Art Maulwurfs gehörte, die sich ihm, dem Albert Gruber, immer und überall siegreich entgegengestellt hatten, in dieser Schule und in jener. Zu denen auch der Vater irgendwie gehörte. Zu denen er aus einem unbekannten Grunde nie gehörte. Früher hatte er versucht, es ihnen gleichzutun, ihnen das stille Geheimnis abzulauschen, durch das sie überall Vertrauen und damit Einfluß gewinnen. Er hatte aber nie herausgefunden, worin das Geheimnis eigentlich bestand. Er selber war einflußlos geblieben. Da hatte er begonnen, sie zu hassen, statt zu bewundern. Durch eine glückliche Verkettung von Umständen war es ihm dann plötzlich gelungen, einen von ihnen, Alexander, in die Hand zu bekommen. Nach so etwas hatte er schon lange ausgeschaut. Und der Zufall hatte es dann soweit gebracht. Zuerst wollte er ja nur Alexanders Freundschaft, um mit ihr zu prunken. Als er dann aber sah, daß Alexander nur aus Zwang zu ihm hielt, ja, daß er ihn erst jetzt wirklich verachtete und zu meiden suchte, da hatte er den Versuch aufgegeben, ihn für sich zu gewinnen. Dann mußte Alexander eben so weit gebracht werden, daß er vor ihm zitterte und zu ihm aufschaute, wenn er nicht gutwillig sein Freund sein wollte. Er hatte ihn in der Gewalt. Jetzt war er endlich soweit. Hatte es Alexander heute vielleicht ernstlich gewagt, ihm das Geld zu verweigern? Nun besaß er die Macht. Er, der bis vor kurzem kaum beachtet gewesen war, er hatte die anderen, die ihn sonst immer gestört hatten, diese Art Maulwurfs, einfach aus dem Sattel geworfen. Wer hörte noch auf sie? Aber auf wessen Wort hörte man statt dessen? Wer war der Oberste? Er. Ach, viel lieber wäre ihm Alexanders Anerkennung und Freundschaft gewesen. Aber die konnte er nicht erzwingen. So wollte er wenigstens Macht haben. Alle sollten noch lernen, ihn zu fürchten. Er klimperte mit den neun Mark siebzig in der Hosentasche. Auch Geld war eine Macht. Er war auf dem richtigen Weg!

Doch nur in der Schule. Der Vater aber wußte nichts von der neuen Größe seines Sohnes. Vor dem würde er sich weiter ducken müssen. Aber auch der würde einmal drankommen. Und Albert Gruber malte sich aus, wie das sein würde, wenn auch der Vater einmal zu ihm aufschauen würde, wie Alexander und die anderen ELDSAs. Oder gar, wenn er ihn fürchten würde wie die Bs. Und wie ihn hoffentlich auch bald die Maulwurfs fürchten sollten. Ja, er wollte etwas werden, der Albert Gruber. Wie, das war ihm egal. Freundschaft? Ach was, das gab es für ihn nicht. Furcht wollte er verbreiten. Man mußte nur klug sein und nicht das sagen, was man wußte. Oh, die sollten noch einmal sehen ...

Erfüllt von dem Gedanken seiner zukünftigen Macht, stieß er das dürre kleine Fräulein beiseite, das ihn mit den schmutzigen Schuhen nicht aus dem Vorzimmer lassen wollte. Sie zeterte hinter ihm her: »Diesmal sag ichs aber doch dem Vater ...«

Neue Verbindung

Die Maulwurfs sahen es ein: Die Schule war nicht mehr der richtige Ort für ihre Besprechungen. Man fühlte sich von vorn und hinten beobachtet und belauert. Und der Maulwurf war auf eine wichtige Spur gekommen. Er war nach der Physikstunde im Kabinett, das nur durch einen Vorhang vom Physiksaal getrennt war, geblieben, um ein paar Röhrchen zu reinigen. Das wurde meistens ihm überlassen, da der Physikprofessor wußte, daß Maulwurf sorgfältig damit umging. Maulwurf putzte und meinte, daß niemand mehr im Physiksaal sei. – Auf einmal hörte er durch den Vorhang Schritte hereinkommen und hörte Alexander erregt sagen: »Was machst du denn an meiner Schultasche? Willst du mir auch etwas hineinschwindeln?« Maulwurf horchte auf. Er rührte sich nicht mehr. Zu wem sprach Alexander so? Warum war er so gereizt? Und da hörte er schon eine Antwort: »Blas dich nur nicht so auf! Wem hab ich damit geholfen damals? Ich bin nicht schlechter als du!« Es war unweigerlich die Stimme des langen Gruber. Eine Erwiderung von Alexander war nicht mehr zu hören, wohl aber sein schnelles Hinausgehen.

Maulwurf putzte die Röhrchen nicht weiter. Was hatte er da eben gehört! Ein Schuldgeständnis von beiden! Also war der Verdacht gegen den langen Gruber richtig gewesen ... Und Alexander steckte unbegreiflich tief mit in der ganzen Geschichte ... Hier war eine einwandfreie Spur. Aber Maulwurf erkannte sofort, daß das noch kein Beweis war. Die beiden würden natürlich ableugnen ... und die ELDSAs waren dadurch nicht zu überzeugen ... Die anderen hatten ihre Lüge so aufgebauscht, hatten eine ganz andere Sache daraus gemacht, den Kampf gegen die Bs ..., so daß man darüber schon fast den Ausgangspunkt, die Perlmutterfarbe, vergessen hätte. Also mußte man zuerst weiter gegen die Wachen und die Verleumdung der B ankämpfen, bis es soweit war, die ganze Lüge aufzudecken. Und man brauchte dazu auch die Hilfe der B.

Seit Lottes Herauswurf war die freundschaftliche Verbindung zerbrochen. Das Ganze mußte natürlich auf einem geheimnisvollen Mißverständnis beruhen. Aber man hatte es bis jetzt noch nicht aufklären können, da die Wachen in der Pause ein unüberwindliches Hindernis bildeten, zur B zu gelangen. Doch es mußte sein. Maulwurf mußte seinen Freunden und gleichzeitig der B mitteilen, was er eben gehört hatte. Wenn aber die B so verhetzt war, würde man nie die Wahrheit über Gruber, Alexander und die Perlmuttergeschichte aufdecken. Man mußte sich mit der B aussprechen.

Nach unendlicher Mühe und vielen vergeblichen Versuchen gelang es endlich, an den Zentner heranzukommen.

Unglücklicherweise war er an jenem verhängnisvollen Tag, an jenem Montag, beim Zahnarzt gewesen. Heldenhaft hatte er sich dort benommen, als ihm zwei Zähne plombiert wurden, und hatte nicht im entferntesten geahnt, welch fürchterliche Leidenschaften die B durchtobten. Am Dienstag früh hatte er gleich beim Eintritt in die Klasse die Bescherung gemerkt. Die B, die früher nicht aus der Ruhe zu bringen war, glich vor acht Uhr einem Bienenschwarm vor Kriegsausbruch. Und an der aufreizenden Frechheit, mit der ihn der Koch-Han's absichtlich übersah, merkte der Zentner, daß sich Unerwartetes ereignet haben mußte.

Er bekam es bald zu hören. Man stürmte zu ihm hin, man berichtete, man wollte, daß der Zentner sein »Ja« zu der Empörung der B gäbe: Die As, die sich so anständig gestellt hätten, hätten sie auf das gemeinste beschwindelt und ausgehorcht ..., gemeinsam mit den Grubers seien sie Wache gestanden, um die Bs zu bevormunden und in ihren Gang einzusperren ... so eine Gemeinheit ... und dann hätten sie das Mädchen geschickt – schon das allein war eine neue Beleidigung – damit sie weiter spioniere ... natürlich hätte man sie 'rausgeschmissen ... verprügeln müßte man die A ..., besonders aber die sechse von neulich ... die wären überhaupt die schlimmsten ...

Nur mit Mühe machte sich der Zentner ein ungefähres Bild. Dann rief er, während er mit der Zungenspitze an den neuen Plomben leckte: »Und was habt ihr gegen diese ›Wachen‹ unternommen?«

Ein Schweigen antwortete ihm. Daran hatte man nicht gedacht.

Der Zentner wartete um eine Sekunde länger, als notwendig war. Sie sollten sich nur schämen! »Wir haben aber vor, dem Maulwurf was anzutun, weil er sich so aufgespielt hat ... und dann machen sie mit ...«, ertönte eine Stimme entschuldigend aus dem Hintergrund. Dann war es wieder still. Wirklich, wie hatte man nur das Wichtigste vergessen können?

»Woher wißt ihr so genau, daß der Maulwurf mitmacht? Und wenn, so wollt ihr gegen ihn, gegen einen einzelnen was machen, statt gegen die ganze Gemeinheit? Gegen die Wachen überhaupt?« fuhr der Zentner in strafendem Tone fort. »Da habt ihr noch nichts unternommen?«

Mit einem Schlage hatte der Zentner die B zu sich herübergezogen, die eben noch ihn zu ihrer Meinung hinüberziehen wollte. »Ich hab genau dasselbe gesagt!« schrie Stichflamme beteuernd, »aber der Koch-Hans ...«

Und nun kamen hundert Vorschläge, was man machen sollte. Sie schwankten zwischen: den Wachen gut zureden, über viele Schattierungen bis: die Schule in die Luft sprengen. Man hielt alles für möglich. Doch als der B-Karli den bescheidenen Vorschlag äußerte: »Unsere aus der A helfen sicher mit ...«, denn weiter kam er nicht, da wollte man sich auf ihn stürzen, um ihn in Stücke zu zerreißen.

»Ruhe!« donnerte der Zentner und setzte alles auf eine Karte. »Damit ihr es wißt: Ich glaube es auch. Eure Beweise genügen mir nicht. Ich glaube nicht, daß sie mitgemacht haben. Wer weiß, wieviel davon euch der Koch-Hans aufgeschwatzt hat! Denn die Maulwurfs brauchen uns wie wir sie, wenn ihr es bisher noch nicht gemerkt habt! Der Koch-Hans hat aber nicht vorgeschlagen, daß man gegen die Wachen was macht, he? Gegen die machen wir was, verlaßt euch drauf, aber gleichzeitig sprechen wir noch mal mit den sechs As!«

Zentners Worte waren kühn, wenn man die Stimmung der B bedachte. Und doch hatte man durch seine Vorschläge, sich ernsthaft gegen die A-Frechheit zu wehren, wieder so viel Vertrauen zu ihm bekommen, daß man nicht lauter gegen ihn schrie, als unbedingt nötig war.

»Haha ... Ihr könnt schreien, soviel ihr wollt!« rief der Koch-Hans, »der Zentner geht doch 'rüber und verrät alles ... da seid ihr an den Richtigen gekommen ... der hält ja zur A ...«

»Du hast ganz zu schweigen«, sagte der Zentner ruhig, obgleich er vor Empörung bebte. »Dir gehts ja gar nicht um die Wachen, gegen die hast du ja bisher nichts gemacht ... du willst ganz was anderes ... aber mit dir reden wir jetzt nicht. Nein«, wandte er sich an die anderen. »Gegen euren Willen sprech ich nicht mit ihnen. Ihr müßt damit einverstanden sein. Ich rate nur: Laßt es mich machen. Ich verspreche euch, daß ich herauskriege, ob sie mit dem Gruber zusammengegangen sind oder nicht. Wenn nur irgend was davon stimmt, dann kriegen sie kein Pardon. Paßt mal auf, wie wir uns wehren werden ... Aber wir müssen es wissen, sonst machen wir einen großen Blödsinn. Also ...«

Kurz und gut, als es acht Uhr läutete, hatte der Zentner, von ganz wenigen Ausnahmen abgesehen, die Zustimmung der B, sich mit den sechs As zu unterhalten.

So hatten also beide Seiten den gleichen Wunsch. Es vergingen allerdings noch zwei Tage, ehe Zentner vor der Schule dem A-Karli zuflüstern konnte, daß er für den nächsten Tag um fünf Uhr nachmittags eine Einladung von den sechs As erwarte. Diese Tatsache teilte er der versammelten B mit, die gespannt das Ergebnis abwartete.

Die Vernunft siegt

Die Maulwurfs, die nach Lottes Rückkehr von ihrem damaligen schmachvollen Weg untereinander manche Kämpfe gehabt hatten – zum Beispiel Hugo sagte, man sollte sich doch nicht weiter um die blöde B kümmern, wenn sie nicht geholfen haben wollten, sie sollten sich nur von den ELDSAs beschimpfen lassen, recht geschähe ihnen –, waren sehr erfreut, als der A-Karli Zentners Worte ausrichtete. Besonders Maulwurf, der bisher noch niemandem das zufällig belauschte Gespräch zwischen Alexander und Gruber mitgeteilt hatte. »Ich habe doch gleich gesagt«, flüsterte Lotte ihm zu, »daß die Vernunft siegen wird.« Dabei war ihr aber ein schwerer Stein vom Herzen gefallen, da sie manchmal an ihren eigenen Worten gezweifelt hatte.

Aber, wie gesagt, die Schule war nicht mehr der richtige Treffpunkt. Vor allem nicht um fünf Uhr nachmittags, wie der Zentner es verlangte. Doch wohin?

Nach langem Hinundherberaten machte schließlich Knockout verlegen den Vorschlag, ob man sich nicht im Zentralheizungskesselraum bei ihm treffen wollte. Sein Vater war nämlich Hausmeister. Sonst könnte er nämlich morgen gar nicht kommen, fügte er hinzu, weil er nach fünf Uhr die Kessel heizen mußte. »Nur sehr heiß ist es dort«, schloß er.

Man war begeistert. Die versprochene Hitze machte den Treffpunkt nur noch verlockender. Denn draußen war eisige Kälte. »Es ist nicht viel Licht«, wandte Knockout ein. »Nur eine schwache Birne brennt in einer Ecke. Es ist zwar noch eine Lampe dort, aber der Vater liest am elektrischen Zähler ab und kommt dann fragen, warum ich sie anzünde.«

Das Angebot war ideal. Dort würde sie niemand suchen, niemand belauschen.

Hugo, der ständig mißtrauisch war – schon wegen seines Bruders Heini, vor dem er auf der Hut sein mußte –, drehte sich um, ob der nicht herumspionierte. Aber er sah nur den Meyer, der anscheinend ganz geistesabwesend vor sich hinstarrte.

War eigentlich der Meyer ein ELDSA? Hugo konnte sich nicht genau erinnern. Meyer war so unauffällig, daß man ihn nie beachtete. Und außerdem hatte er sicher nichts gehört. Er machte das gleichgültigste Gesicht von der Welt. Nein, der war keine Gefahr.

Der Gruber weiß es schon

Man soll niemanden unterschätzen. Am wenigsten solche wie Meyer. Sie sind verschwunden, wenn es Gefahr gibt, sie sind immer auf der Seite, wo die Übermacht ist, sie haben die längsten Ohren, sie denken nicht über Recht und Unrecht nach. Meyer sollte noch seine Rolle spielen. Und zwar bald. In der nächsten Unterhaltung, die zwischen Heini und dem langen Gruber stattfand.

Gruber hatte sich wie zufällig den Heini gefischt, als er ihn fröhlich den Gang entlang kommen sah. Der lange Gruber hatte auf die Gelegenheit gewartet, da Heini allein war.

»Jetzt sind schon die paar Tage abgelaufen«, fing er an. Als Heini ihn verständnislos ansah, fuhr er fort: »Wo du den Hugo bekehren solltest. Aber du hast trotzdem noch nichts gegen ihn unternommen.« Heini erschrak. »Wieso?« fragte er entsetzt. »Und neulich, wie ich Wache war ... da hab ich ihn doch aufgehalten ...« Damit meinte er sich losgekauft von dem, was der lange Gruber in der ersten ELDSA-Sitzung von ihm gefordert hatte.

Er sollte aber gleich erfahren, daß dem nicht so war. »Das war selbstverständliche Pflicht«, sagte der lange Gruber von oben herab. »Jeder andere an deiner Stelle hätte das genau so gemacht. Aber ist der Hugo inzwischen ein ELDSA geworden? Ich hab nichts davon gemerkt.« »Ja, was soll ich denn machen?« fragte Heini verzweifelt.

Gruber machte eine wirkungsvolle Pause. Seine hervorquellenden Augen weideten sich an Heinis sichtlichem Schrecken. Wie der vor jedem Wort zitterte! »Na, also, ich werde dir sagen, was du machen sollst«, sagte er dann. »Die Maulwurfs haben heute eine geheime Versammlung. Um fünf Uhr.« »Woher weißt du das?« fragte Heini, der über seiner Neugier ganz die unangenehme Lage vergaß, in die er bald kommen würde. »Das geht dich gar nichts an«, erwiderte der lange Gruber grob. Doch tat ihm trotzdem Heinis Bewunderung sichtlich wohl. »Man hat so seine Nachrichtenquellen«, fügte er dann prahlerisch hinzu.

In der kleinen Pause, da er sich an Heinis Staunen und Bewunderung weidete, gesellte sich zu Grubers größtem Ärger Meyer hinzu. Den konnte man jetzt nicht brauchen.

Eben wollte er ihn gebieterisch wegschicken, da fragte Heini, den Grubers Auftrag ängstigte und der sich sicherer fühlte, wenn er nicht mit ihm allein war. »Aber du weißt doch gar nicht, wo das ist, und was soll ich dort überhaupt tun?« Mit einem mißtrauischen Seitenblick auf den Meyer brummte der Gruber: »Was du tun sollst, werde ich schon noch sagen. Und wo es ist, mußt du selber herauskriegen.« »Das kann ich sicher nicht!« rief Heini, und ein Hoffungsstrahl blitzte in ihm auf, daß er dadurch vielleicht aus der unheimlichen Geschichte herauskönnte.

Ehe aber der Gruber antworten konnte, ertönte Meyers Stimme, wie immer ganz unbeteiligt: »Sprecht ihr vielleicht von den Maulwurfs, heute nachmittag ...?«

Eben, weil der Meyer es so leise hinsprach, hatten seine Worte eine besondere Wirkung. Sogar der Gruber war platt.

»Du weißt ...?« fragte er und konnte sein Erstaunen nicht unterdrücken. Mit bescheiden niedergeschlagenen Augen murmelte der Meyer: »Ich laß sie doch nicht aus den Augen. Für die ELDSAs tu ich alles. Die Versammlung ist beim Knockout. Das ist Comeniusplatz eins. Im Keller dritte Tür links.« Nun hob er die bescheidenen Augen, und man konnte sehen, daß sie gar nicht so bescheiden waren. Sie warteten auf Lob, vom Herrn und Meister: vom Gruber.

Das Lob blieb nicht aus. Mit geschwellter Brust ging Meyer weiter. Dabei sah er, wie Zippel eben vom A-Karli einen Bleistiftspitzer in Empfang nahm. »Was soll das heißen?« fuhr Meyer ihn mit einer neuen Kühnheit an. »Mit einem Maulwurf ...« »Blas dich nur nicht so auf«, brummte der Zippel unwirsch. »Ob Maulwurf oder nicht – Schulkollege ist Schulkollege.« Damit kehrte er dem Meyer den Rücken.

Heini aber stand zitternd vor dem langen Gruber. Seine letzte Hoffnung war bei Meyers Worten dahingeschwunden. Nun gestikulierte er heftig mit den Armen, zuckte mit den Achseln, seine abstehenden Ohren wurden knallrot. Einmal zeigte er wie beschwörend hinter sein linkes Ohr – doch vor ihm der viel größere Gruber redete drohend auf ihn ein.

Zum Ende der Pause schlich Heini geknickt in die Klasse zurück. Ihm war nicht wohl zumute. Seine ELDSA-Begeisterung war einem tiefen Unbehagen gewichen. Nicht einmal mehr Wachestehen konnte ihn reizen. Merkwürdig, obwohl er keine Kremschnitte heruntergeschlungen hatte, ja, obwohl er vor Aufregung sogar sein Frühstücksbrot vergessen hatte (bei Heini eine erwähnenswerte Tatsache), stellte sich bei ihm dasselbe komische Gefühl in der Magengegend ein, das Alexander vor kurzem gehabt hatte.

Knockout hatte es genau beschrieben: Vom Nebeneingang des Hauses führte innen ein schmaler Gang nach links. Die dritte Türe links, die eiserne, war die richtige. Hinter der ging man eine schmale Wendeltreppe hinunter und war da. Alle hatten es sich gut eingeprägt, es war nicht zu verfehlen. Man fürchtete nur, ob der Zentner nach der schriftlichen und gezeichneten Beschreibung den Weg finden würde.

Doch die Sorge war umsonst. Zentner war der erste.

Knockout, der schon im zweiten Raum bei den Heizkesseln war, erkannte ihn zuerst nicht. Denn die Wendeltreppe endete in dem ersten dunklen Raum, der durch einen Bogen vom Kesselraum abgeteilt war. Nur in diesem brannte ein Licht, eine schwache elektrische Birne, die an einem Draht herunterhing, in der äußersten Ecke. Sie gab ihr weniges Licht direkt auf das Thermometer, das oben an den Kesseln angebracht war. Daher sah man im Kesselraum nur die Umrisse der Gestalten und nur ganz von nahem undeutlich die Gesichter. Im Eintrittsraum war fast gar nichts zu erkennen.

Als sich Zentners große breite Gestalt näher schob, dachte Knockout im ersten Augenblick, der Vater sei gekommen, und fürchtete schon für die Versammlung. Aber als er den Zentner erkannte, nahm er ihn freudig in Empfang.

Endlich einmal konnte man mal in Ruhe mit der Turnkanone der B über die Technik des Tauziehens sprechen. Zwei große Kollegen tauschten ihre Erfahrungen und Meinungen aus. Knockout, der so leicht verlegen wurde, wenn von ihm Ansichten und Pläne und Verstandesfragen verlangt wurden, war hier in seinem Element. Vor Zentner hatte er nicht die fromme Scheu wie vor Maulwurf, obgleich der wirklich nichts dazu getan hatte, sie beim Knockout hervorzurufen. Beim Zentner mußte er nicht immerfort achtgeben, daß er ihm nicht weh tat, wie beim kleinen A-Karli, seinem Freund. Knockout hatte es sich fast abgewöhnt, jeden bei der Begrüßung freundschaftlich mit seiner Pranke auf die Schulter zu hauen, seit der A-Karli dabei einige Male stumm, aber schmerzlich zusammengezuckt war. Seinem kleinen Freunde, der alles Unverständliche so gut verstand und erklärte, wollte er nicht weh tun.

Dadurch war Knockout fast ängstlich vor seiner eigenen Kraft geworden. Aber der hier, der Zentner, der war ebenso stark wie er, der vertrug was. Ohne Ängstlichkeit, sozusagen rein fachmännisch, konnte man Boxhiebe praktisch erklären, natürlich immer auf der Brust des anderen. Dem Zentner machte es ebenfalls Freude. Gleichzeitig aber beobachtete er heimlich den Knockout. Nein, der konnte sich nicht verstellen, der war viel zu offen und ehrlich. Knockout hatte bestimmt nicht bei den Grubers mitgemacht, dem würde man sonst was anmerken. So wich bald jedes Mißtrauen. »Herrgott, ist das hier heiß!« stöhnte der Zentner bei der regen Muskeltätigkeit.

Das fanden die anderen auch. Heihei behauptete sofort beim Eintritt: Hier würde er bestimmt ersticken. Lotte knöpfte den hochgeschlossenen Kragen ihrer Bluse auf, und Maulwurf fuhr sich immerfort mit der Hand übers Gesicht. Das geschah aber auch, weil er ein bißchen nervös war. Denn der Zentner zeigte nicht die geringsten Absichten, mit irgendeinem Wort den Vorfall von neulich anzuschneiden. Und doch merkte der Maulwurf, daß er sie alle aufmerksam beobachtete.

Inzwischen hatte Knockout unbekümmert einen riesigen Kübel mit Koks gefüllt, der sich in hohen Haufen an den Wänden gegen den Vorraum hin türmte. Dann öffnete er mit raschem, entschlossenem Griff den Deckel des Koksbehälters am ersten Kessel, und mit Donnergepolter rollte die Ladung hinein. Dann der zweite, dann der dritte Kübel.

Wortlos und gespannt sah man ihm zu.

Langsam kehrte Knockout wieder in die Wirklichkeit zurück. Während er seine kohlschwarzen Hände betrachtete, brummte er, jetzt wieder verlegen: » Na, sauberer wird man bei dieser Arbeit nicht. Jetzt muß ich nur noch nach dem Druck schauen ...« Und mit wachsender Hochachtung beobachteten die anderen, wie Knockout mit seinen schwarzen Pranken vorsichtig an einem Regulator herumdrehte. »Ist alles in Ordnung«, wandte er sich dann zu den anderen. »Man muß immer schauen, ob das stimmt. Sonst kommen die Parteien aus dem vierten Stock und beschweren sich, daß es bei ihnen kalt ist. Wenn nämlich das heiße Wasser nicht bis zu ihren Heizkörpern hinaufkommt. – So, ich bin fertig.«

Heihei nahm in diesem Augenblick alles, alles, was er je gegen Knockouts geistige Fähigkeiten gesagt hatte und was er noch je denken würde, zurück. Er arbeitete wie ein Erwachsener, während Heiheis Pflichten zu Hause nur in den Schularbeiten bestanden. Maulwurf merkte mit Freude, daß auch die anderen Knockouts Wert endlich begriffen, einsahen, daß man nicht alle über einen Kamm scheren konnte, sondern bei jedem seine besonderen Fähigkeiten suchen mußte.

Endlich wollte man anfangen. Nun war man schon beinahe eine halbe Stunde mit dem Zentner zusammen, und noch nichts war geklärt! Doch wohin sich setzen?

Knockout hatte an alles gedacht. »Auf den Koks«, ordnete er an. »Das geht ganz gut. Ich hab Zeitungspapier mitgebracht, das legt man drauf. Nicht ...«, schrie er Lotte an, die sich einfach so auf den Koksberg gesetzt hatte. »Jetzt schau dir nur deine Hosen an, wie die aussehen ...«

Es war nicht so schlimm, aber alle lachten, weil er Lottes kurzen schottischen Rock eine Hose genannt hatte. Inzwischen bedeckte Knockout fürsorglich den Koksberg bis oben hinauf – er reichte fast bis zur Decke des niedrigen Kellerraums – mit Papier.

Es war ein merkwürdiges Sitzen. Ganz anders, als man es

gewöhnt war. Die kleinen spitzen Koksstücke stachen, der Sitz rutschte einem plötzlich davon, und man sauste abwärts. Wer es aber verstand, konnte sich eine sehr bequeme Lage schaffen, halb liegend, halb sitzend. Denn der Koks verschob sich willig unter dem Druck des Körpers.

Jedenfalls war es abenteuerlich. Der schwache Lichtschein, der alles verschwimmen ließ – die ungewöhnliche Hitze – die Kessel, die unter Knistern und Krachen die Glut nur so ausspuckten ... Der Kohlenstaub vermischte sich in den vor Hitze nassen Gesichtern, so daß sie bald wie die Rauchfangkehrer aussahen.

Nun saß man also. Knockout hielt es für nötig, die Lichtlosigkeit nochmals zu entschuldigen. Aber es störte keinen. In diesem halbdunklen Kellerraum fühlte man sich sehr heimlich. Die Hitze, im Gegensatz zu dem eisigen Wind, der durch die Straßen blies und den man bis hierher heulen hörte, gab ein Gefühl von Geborgenheit. Es waren doch nur Freunde da. Und mit Freunden kann man gut im Dunkeln sitzen. Manchmal sprang eine kleine glühende Kohle drüben vom Rost und verglühte auf dem Betonboden.

Als sich nun jeder einen geeigneten Liegesitz geschaffen hatte, fragte der Zentner: »Was war eigentlich am Montag los?«

»Wir sind auf euch gar nicht böse!« erklang Heiheis Stimme von oben. Er hatte es sich dort bequem gemacht. Seine genagelten Schuhe ruhten ungefähr über Lottes Schulter. »Ihr ... uns?« fragte der Zentner, ehrlich erstaunt. »Unsere sind doch auf euch böse! Sie behaupten, daß ihr mit Wache gestanden habt. Wie ist das?« Zentners tiefe Stimme folgte ihm heute sehr gut. Streng hatte er gefragt.

»Ich werde dir kurz erzählen«, sagte der Maulwurf und setzte sich auf, so daß sein Profil sich gegen den schwachen Lichtschein der Birne abhob. »Am Montag, als Stichflamme kommen sollte, haben die Grubers – sie nennen sich übrigens ELDSAs – in der Zehn-Uhr-Pause ...«

Maulwurf erzählte den ganzen Vorgang. Wie sie gemerkt hatten, daß die ELDSAs etwas vorbereiteten ... Eben, als er schilderte, wie sie Hugo ausgeschickt hätten, um nachzufragen, rief Lotte: »Ja richtig, wo bleibt denn Hugo?«

Jetzt erst fiel es ihnen auf, daß er fehlte. Was war nur? Er kam doch sonst immer pünktlich? Und jetzt war es schon fast halb sechs. Hatte er wieder, wie neulich, einen Zusammenstoß mit Heini gehabt? Hoffentlich war er vorsichtig genug gewesen, Heini nichts von dieser Versammlung zu verraten. Nur durch ihn konnten es die ELDSAs erfahren. Oder fand er nicht her?

Nachdem man alle Möglichkeiten erwogen hatte, beschloß man, fortzufahren. Durch Hugos Abwesenheit durfte man sich nicht abhalten lassen.

Maulwurf erzählte also weiter: »Und eben, wie der Hugo zu euch 'rüber wollte, hat ihn der Heini bemerkt ...« Ein leises Pfeifen kam aus Zentners Gegend. »Aha«, sagte er dann. »Der andere Dicke ist also Wache gestanden. Na, dann ist alles klar. Daß ich nicht gleich draufgekommen bin? Bei uns behaupten sie nämlich, daß es euer Dicker gewesen ist. Die beiden sehen sich doch sehr ähnlich?« »Zum Verwechseln!« beteuerte der A-Karli, glücklich, daß sich alles klärte. »Nono«, dämpfte Heihei, aber A-Karli rief: »Ihr kennt ihn vielleicht schon zu genau ... aber ich ... wie ich dies Jahr in die Klasse gekommen bin ... da hab ich sie immer verwechselt. Und ich war auch dabei, wie der Hugo wütend war, weil der ... der Alexander ... ja ... ihn als Heini angesprochen hat ...« »Na, dann ist alles klar«, sagte der Zentner noch einmal befriedigt. »Dann war also der Hugo keine Wache, wie unsre es behaupten.« »Das ist doch nicht wahr«, knurrte Knockout empört. »Na ja eben«, begütigte ihn A-Karli leise.

Ein Erleichterungsseufzer war zu hören. Die ganze gefährliche Entzweiung mit der B war nur ein Mißverständnis gewesen.

Da hörte man unsichere Schritte die Treppe heruntertapsen. »Das ist Hugo!« rief Heihei erfreut und rutschte, weil er sich vor Aufregung zu heftig bewegt hatte, von seinem hohen Sitz herunter. Ganz schwach hob sich im ersten Raum eine Gestalt ab. »Hugo?« rief Maulwurf fragend. »Ja«, kam eine gepreßte Stimme zurück.

Die Gestalt kam zögernd näher. In der schwachen Beleuchtung erkannte man die rundlichen Formen und die abstehenden Ohren.

»Ist irgend was geschehen, daß du so spät kommst?« fragte der Maulwurf. »Etwas mit Heini?« Bei dem Wort »Heini« schien Hugo zusammenzuzucken, sagte aber sofort, doch so leise, daß man es kaum verstand: »Ach nein, gar nichts. Ich hab nur nicht gleich hergefunden.«

»Setz dich dahin«, bot ihm Knockout seinen Kokssitz an. Er war schön geformt. Knockout hatte sofort seine Pflichten als Hausherr erkannt.

Mit einer Bescheidenheit, die man sonst nicht an ihm kannte, drückte sich Hugo auf den angewiesenen Platz, zwischen Lotte und Zentner.

Da bewegte es sich über seinem Kopf ... er fuhr zusammen ... Es war aber nur Heihei, der sich oben wieder häuslich einrichtete.

»Wir wollen für den Hugo wiederholen«, schlug A-Karli mit der ihm eigenen Kameradschaftlichkeit vor. »Also, du mußt entschuldigen«, sagte der Zentner, und Hugo wandte ihm blitzschnell wie überrascht den Kopf zu, »aber die Bs haben dich neulich mit deinem Bruder Heini verwechselt, wie er Wache gestanden ist für die Grubers. Darum waren sie auf euch so wütend.« »Mach dir nichts draus, Hugo«, tröstete ihn Lotte, die wußte, wie empfindlich Hugo in diesem Punkt war. Aber wider Erwarten war er nicht wütend aufgefahren.

»Ich muß etwas gestehen«, sagte dann Lotte verlegen. Ihr stumpfnäsiges Profil zeichnete sich sanft gegen den schwachen Lichtschimmer ab, da sie sich vorgeneigt hatte. »Ich ...

ich war zuerst auch schrecklich wütend auf die Bs, wie sie mich hinausgeworfen haben ...« »Du?« fragte Heihei und strampelte vor Erstaunen so, daß eine Fuhre Koks gegen Hugos Rücken rollte, wobei der wieder zusammenfuhr. Für Heiheis Temperament war eine derartig bewegliche Sitzgelegenheit eben nicht das Richtige.

»Aber gerade du hast es uns doch damals so schön erklärt, warum man nicht wütend auf sie sein soll ...« »Naja«, gestand Lotte, »jetzt sehen wir doch, daß es richtig war. Aber zuerst war mir trotzdem anders. Jetzt kann ich es sagen ... nur damit wir es den Bs nicht nachtragen, daß sie so häßlich zu uns waren, wegen des Irrtums mit Hugo.«

Maulwurf wollte im Dunkeln nach Lottes Hand fassen, um sie ihr in kameradschaftlicher Dankbarkeit zu drücken. Versehentlich erwischte er die von Hugo. »Was willst du denn?« fragte der erschrocken, und Maulwurf entschuldigte sich verlegen.

Lotte aber horchte auf. Das hatte so geklungen, als ob Heini es gesagt hätte. Mit einem plötzlichen Mißtrauen wandte sie den Kopf ihrem Nebenmann zu. Dicht neben ihr saß er.

Nein, sie mußte sich getäuscht haben. Undeutlich sah sie auf der ihr zugekehrten Seite einen dunklen Fleck hinterm Ohr, die Warze. Wie kam sie auf einen solchen Verdacht!

Es schien immer heißer zu werden. »Jaja, jetzt sind die kalten Tage«, sagte Knockout, während er aufstand, um zu den Kesseln zu sehen. »Da muß man fest heizen.« Schon der Gedanke, daß es draußen kalt war, erschien allen wie ein Labsal. Die kalte Straße mit dem eisigen Wind war eine Oase. Aber man mußte es hier ertragen. Dafür war man sicher.

»Dann kann ich der B sagen, daß es nur ein Irrtum war«, stellte der Zentner fest. »Ich hab mir so was Ähnliches gedacht. Aber nun weiter. Wollt ihr mit uns gemeinsam was gegen die Wachen tun? Wir werden gegen sie kämpfen.« »Natürlich machen wir mit!« rief der A-Karli. Knockout richtete sich geräuschvoll auf, als er das Wort »kämpfen« hörte.

»Fragt sich nur noch: Wie«, sagte der Maulwurf. »Glaubt ihr, daß es richtig ist, wenn wir paar As offen gegen die ELDSAs losgehen? – Versteh mich richtig«, wandte er sich über Lotte hinweg ins Halbdunkle, wo Zentners Gestalt zu erkennen war. »Ich sag das nicht aus Feigheit. Ich überleg nur, ob es richtig ist. Ich glaub nämlich, daß wir uns vermehren werden, besonders ... na, das erzähl ich später. Ein paar von den Unbeteiligten kommen sicher noch zu uns ...« »Und vielleicht auch ELDSAs!« rief Lotte und biß sich auf die Zunge. Beinahe hätte sie vom Zippel erzählt. Gleich darauf aber fuhr sie fort: »Aber grade darum müssen wir etwas tun, mit den Bs gemeinsam. Die ELDSAs werden immer frecher zu den Bs und zu uns auch. Wir dürfen nicht nur zuschauen, sonst denken sie, wir fürchten uns. Wir hätten ja nie mit solchen Sachen angefangen, sie zwingen uns aber dazu. Mit Reden werden wir jetzt nichts erreichen und auch mit Warten nicht. Wir müssen etwas unternehmen, auch, damit die Bs sehen, daß wir es ernst meinen.«

Lottes Worten folgte stürmischer Beifall. Auch Maulwurf gab sofort zu: »Lotte hat recht. Ich dachte nur, wir sollen der Gruber-Spur nachgehen.« »Das gleichzeitig«, sagte der Zentner. »Eben«, stimmte Lotte zu. »Mit Gewalt wollen wir uns nur wehren, aber siegen wollen wir mit der Wahrheit.«

Da hörte sie neben sich leise keuchen, als ob ein vor Aufregung heftiger Atem mühsam zurückgehalten würde. Was war nur mit Hugo los? Wieder schaute sie mißtrauisch hin ... und schrie auf: »Maulwurf ... seid still ... kein Wort weiter ... so etwas ...« Und damit sprang sie auf, packte ihren Nebenmann am Arm, zerrte ihn hoch ...

»Was ist denn los ... Hugo ... Lotte ... so red doch ...«, schrie es durcheinander.

Aber Lotte rief durchdringend: »Licht ... macht doch

Licht ... Hugos Warze ist verschwunden ... vorhin war sie noch da ... das ist jemand anderer ... Licht ...!«

In drei verschiedenen Händen flammten gleichzeitig Streichhölzchen auf. Mit ihrer grellen dreifachen Flamme beleuchteten sie deutlich: *Heini.*

Er hatte die Augen fest zusammengekniffen und machte nicht einmal den Versuch, sein Gesicht mit den Händen zu bedecken. Im Gegensatz zu seinen blutroten Ohren war sein Gesicht käseweiß unter dem Kohlenstaub, der sich auch bei ihm schon festgesetzt hatte. Aber außer diesen Spuren lief unterhalb seines linken Ohres ein dickflüssiger braunschwarzer Tropfen ...

Ein Spion! Die ELDSAs hatten in ihre geheime Versammlung einen Spion eingeschmuggelt! Heini an Hugos Stelle! Also hatte Hugo nicht dicht gehalten ...

Allen war der Schreck so sehr in die Glieder gefahren, daß sie stumm dastanden. Es war wieder dunkel, die Streichhölzchen ausgebrannt. Neue hatte man nicht mehr angezündet. Wiederum erhellte nur mehr die einsame Birne am Draht in der Ecke die Gestalten mit schwachem Schimmer.

Auch Heini gab keinen Laut von sich. Er erwartete sein letztes Stündchen. Er hatte sich sofort gedacht, daß das Abenteuer nicht gut ausgehen könnte. Hätte er sich nur dem langen Gruber, trotz dessen Drohungen, widersetzt! Dem war es ja gleich, was mit Heini geschah! Und Hugo ... das erwartete ihn auch noch ... er hatte es so geschickt eingefädelt, daß der jetzt irgendwo in der Straßenkälte herumstand und wartete ... Es war alles aus. Heini war kein Held. Er schloß die Augen und versuchte nicht einmal, irgend etwas zu seiner Rettung zu tun.

»Wie kommst du hierher?« ließ sich endlich Maulwurfs Stimme hören. Die klang erbarmungslos. Vor ihr verlor Heini den letzten Rest von Hoffnung. »Der Gruber hat mich hergeschickt«, hauchte er. »Damit ich ihm sage, was ihr geredet habt ...«

»Der Gruber ...?«

»Woher wußte denn der, daß wir hier ...? Das ist doch eine Lüge! Der Hugo hat es dir verraten!« »Nein«, verteidigte Heini mit plötzlich aufwallendem brüderlichem Gefühl die Ehre seines Zwillings, »im Gegenteil ... der Hugo ist selbst 'reingefallen. Aber der Gruber hat mir gestern gesagt ...« »Du lügst doch, du!« schrie Knockout und packte Heini an den Schultern. Er fühlte sich für das Versteck verantwortlich, weil er behauptet hatte, es sei ganz sicher. »Gestern haben wir es doch noch selber nicht gewußt ...« »Nein, ich lüge nicht«, zitterte Heini unter Knockouts Händen.

Er war nur so lange frech, als Gleichgesinnte um ihn waren oder der Hugo. Neulich, als er Wache stand – da ja. Aber hier? Er kam gar nicht auf den Gedanken, daß er einfach schweigen konnte. Höchstens aus Angst vor dem Gruber. Aber jetzt hatte er eben Angst vor den anderen. Und außerdem Gewissensbisse wegen Hugo, der hier in so schlechtes Licht kam. Also sagte er alles, was er wußte, und hoffte dadurch die zornigen Gemüter zu erweichen.

»Der Gruber hat es gewußt. Woher, das weiß ich nicht. Nur die Adresse hat er nicht gehabt. Die hat der Meyer gesagt, wie er aus der Klasse gekommen ist, heute um elf.«

»Der Meyer«, rief Heihei entrüstet. »Ja, der Schleicher war in der Klasse, wie wir es besprochen haben!« An Meyer erinnerten sich jetzt auch die anderen.

»Der Gruber aber, woher wußte der es? Wer kann ihm gesagt haben, daß wir eine Versammlung haben? Schon gestern? Weißt du es nicht?«

Heini war bemüht, so auffällig wie möglich mit den Achseln zu zucken, damit man es auch bei der schwachen Beleuchtung sehen könnte. Sie alle merkten, daß er nicht log. Aber eine leise Verachtung hatte jeder für ihn, daß er seine Geheimnisse so leicht hergab.

»Heini, warum hast du das eigentlich gemacht?« fragte jetzt der A-Karli leise, aber eifrig. »Warum bist du eigentlich dagegen, daß wir vom Gruber die Lügen aufdecken wollen?« Heihei schrie empört dazwischen: »Karli, sprich nicht so mit einem ELDSA, so, als ob der anständig wäre ...« Aber der A-Karli wiederholte beharrlich: »Sag, Heini, warum?«

Heini, dem in diesem Augenblick auch der A-Karli als eine Respektsperson erschien, erwiderte: »Na, für die ELDSAs.« »Und was sind denn deine ELDSAs?« fuhr Heihei ihn an wie ein kleiner kläffender Hund.

Dieser Ton wirkte auf Heini mutstärkend. Nur das Ernste, Eindringliche konnte er nicht ertragen. Darum antwortete er mit ziemlicher Frische: »Na, das sind eben eure Feinde. Und auf Feinde hat man immer eine Wut. Wir auf euch und ihr auf uns. Beim Fußballspielen hat man auch immer eine Wut auf die andere Partei. Das ist schon einmal so.«

Heini war doch schlauer, als man dachte. Jetzt versuchte er, den Kampf zu einem Sport zu machen. Es hatte auch seine Wirkung. Denn schon hörte man von Knockout ein beifälliges Grunzen.

»Nein, Heini, das ist etwas ganz anderes«, mischte sich der Maulwurf ein. »Das hier ist kein Fußballspiel, hier gehts nicht um Sport. Wenn du das annimmst, so weißt du gar nicht, was du tust, wobei du mitmachst. Der Gruber und der Alexander haben irgendeinen großen Schwindel gemacht. Mit dem B-Karli. Und damit man ihnen nicht draufkommt, haben sie den ganzen Rummel angezettelt.« (Die anderen staunten bei Maulwurfs bestimmten Behauptungen. Dann mußte er etwas Neues wissen! Der Maulwurf übertrieb nie.) »Und ihr Blödiane macht also mit, gegen uns, weil wir diese Lügen und Ungerechtigkeiten aufdecken wollen. Ich möchte mal sehen, wie dir zumute wäre, wenn man sagt: Du bist ein Dieb, und du bist es gar nicht! – Das ist nicht mehr Sport. Hier geht es um etwas viel Ernsteres!«

Heini staunte. Er hatte erwartet, verprügelt zu werden. Und nun sprach der Maulwurf mit ihm, zwar nicht freundschaftlich, aber auch nicht wie mit einem Feind. Es klang verständlicher, als wenn der Gruber sprach. Heini dachte an seine vergeblichen Versuche, sich vorzustellen, was die ELDSAs eigentlich seien. Er hatte es bald aufgegeben, weil er bequem war. Aber wenn der Maulwurf »Wahrheit und Gerechtigkeit« sagte, so klang das viel vertrauenerweckender, als wenn der lange Gruber »Stolze As« sagte. Woran das nur lag?

»Eine Gemeinheit hast du gemacht«, erklang Lottes tiefe Stimme. »Verstehst du, Heini? Eine Gemeinheit! Nicht, weil du dich hier eingeschwindelt hast. Kampf ist Kampf. Aber *wofür* hast du es gemacht! Daß du dem Gruber hilfst, seine Lügen zu verbreiten!«

Heini fühlte, wie seine Wangen rot wurden vor Verlegenheit. Über solch ernste Sachen zerbrachen die sich hier den Kopf! Und er hatte bei seinen ELDSAs nur daran gedacht, daß er sich durch sein Wachestehen bei Hugo Respekt verschaffen konnte!

»Ja, richtig«, erinnerte sich jetzt Lotte, »wie war das eigentlich mit der Warze? Ich möchte darauf schwören, daß ich sie vorhin gesehen habe ... extra habe ich noch draufgeschaut ... aber hier ist so eine schreckliche Beleuchtung ... hab ich mich geirrt?«

»Nein«, murmelte Heini verschämt, »vorhin war die Warze schon da. Die hat mir der Gruber angepickt ... aus Wachs ... aber sie ist zerlaufen, weil es hier so heiß ist ...«

Da lachten alle los. Sie konnten sich nicht halten. Eine Warze aufpicken! Etwas Hochachtung vor der Erfindergabe des langen Gruber mischte sich auch hinein.

Heini lachte ebenfalls mit. Er fühlte sich jetzt hier wohl, da er keine Angst mehr zu haben brauchte. Es gefiel ihm hier besser als bei den ELDSAs. Hier redeten sie natürlich, und man begriff, was sie wollten. Und nicht einmal Prügel hatte er bekommen ... Und der Gruber hatte also etwas ausgefressen ... besonders gut hatte er ihm ja nie gefallen ... Mit einem plötzlichen Entschluß sagte er entzückt: »He, ihr, ich bleib bei euch. Ich trete bei den ELDSAs aus und bei euch ein.«

»Kommt nicht in Frage!« schrie Heihei.

»Nein, kommt wirklich nicht in Frage«, bestätigte auch der Maulwurf. »Dein Überzeugungswechsel kommt ein bißchen zu schnell. Genau so wie du bei uns deine ELDSAs verraten hast, würdest du es umgekehrt tun. Aus einem Spion für den Gruber wird man nicht so leicht ein Kämpfer gegen seine Lügen, für die Gerechtigkeit.«

Da erst kam es Heini zu Bewußtsein, in welch schrecklicher Lage er sich befand. Er hatte nur an die Gegenwart gedacht. Wie konnte er es wagen, dem langen Gruber jemals wieder unter die Augen zu kommen? Was sollte er berichten? Daß man ihn entlarvt und er alles gestanden hatte? Und selbst wenn die Maulwurfs nichts ausposaunten – sollte er wieder ein ELDSA sein, sich weiter für den Gruber in solche Unannehmlichkeiten stürzen? Dem es ganz gleich war, was mit Heini geschah, den er blindlings in die Gefahr schickte? Denn Heini war sich darüber klar, daß es nur aus Gott weiß welcher Gutmütigkeit der Maulwurfs und durch seine eigene Geschicklichkeit gelungen war, daß er mit heiler Haut davonkam. Die schienen gar nicht an Verprügeln zu denken ... Bei ihnen war so eine anständige Stimmung!

Aber sie wollten ihn nicht haben. Er war überall ausgestoßen ... durch seine eigene Dummheit ... Und aus all dem Unglück heraus begann er bitterlich zu schluchzen.

Lotte brach fast das Herz vor Mitleid. »Maulwurf«, bat sie leise, »könnten wir nicht doch den Heini ... schau, er ist so zerknirscht ... und der lange Gruber wird ihn furchtbar quälen!«

Da mischte sich zum ersten Male seit Heinis Entlarvung der Zentner ein. Bisher hatte er sich im Hintergrund gehalten, denn es war eine innere A-Sache gewesen. Nun sah er die Gefahr, daß Lotte die anderen mit ihrem Mitleid herumkriegen könnte. »Nein«, sagte er mit mächtigem Baß, »das können wir nicht. Ihr wißt, ich hab nichts gegen euer Mädchen, im Gegenteil. Sie ist ja sonst sehr vernünftig. Aber Mädchen haben es an sich, daß sie leicht weich werden. Der Maulwurf hat recht; so schnell geht das nicht. Jetzt meint es der Dicke vielleicht ehrlich, aber morgen ...«

Heini hatte sich schon vorhin beim Klang der fremden Stimme den Kopf zerbrochen, wer das sein könnte. Im Wirbel der folgenden Geschehnisse hatte er es vergessen. Jetzt entschied diese fremde Stimme sogar sein Geschick! »Wer ist denn das?« fragte er neugierig, obgleich ihm noch die Tränen über die Wangen herunterliefen.

»Seht ihr, noch immer spioniert er!« rief Heihei wichtig. Es bereitete ihm ein außerordentliches Wohlbehagen, sich vor Heini groß zu machen.

Man überging seinen Einwurf. Und doch schien der Maulwurf dadurch vorsichtiger geworden zu sein. Denn als er anfing: »Der Zen ...«, unterbrach er sich und begann noch einmal: »Unser Freund hat recht. Man kann nicht vorsichtig genug sein, wenn wir was erreichen wollen. – Aber Heini, wenn du es wirklich ehrlich meinst, so versprechen wir dir, daß der Gruber nichts von heute erfährt, wenn du den Mund hältst.« »Das ist doch selbstverständlich«, beeilte Heini sich zu sagen.

Damit hatte der Maulwurf zwei Fliegen auf einen Schlag gefangen. Man half dem Heini und war gleichzeitig sicher, daß der Gruber nichts von ihm erfuhr.

»Dann geben wir dir den Rat, bei den ELDSAs nicht mehr so eifrig mitzumachen«, fuhr der Maulwurf fort. »Allmählich, damit es nicht auffällt. Geh ihnen aus dem Weg. – Zu uns gehörst du allerdings nicht.«

»Und ... aber was geschieht, wenn der Gruber was gegen mich macht ...«, stöhnte der Heini.

»Wenn du dich eine Weile anständig hältst«, ertönte Zentners Stimme, vor der Heini eine ganz besondere Ehrfurcht hatte, weil er nicht wußte, wem sie gehörte, »dann werden wir dir gegen den Gruber helfen.« Damit war man einverstanden.

Heini war überglücklich. »Oh, wenn ihr das tut ... ich mag nicht mehr zu ihnen ... ehrlich! Aber ...«, wieder wurde er ängstlich, »was soll ich morgen dem Gruber sagen? Er wird mich doch fragen, was war ...«

Der Zentner begann mächtig zu lachen. »Hahaha ...«, prustete er, »nein, das ist komisch ... Das hat sich der Gruber sicher nicht vorgestellt, daß sein Spion uns, *uns* fragen wird, was er ihm ausrichten soll! Hahaha!«

Doch Heini war wirklich dem Weinen nahe. Die hatten leicht lachen! Auf die wartete kein schreckliches Morgen, die gehörten irgendwohin. Wie aber sollte er aus seiner fürchterlichen Lage herauskommen?

Endlich erbarmte sich der Maulwurf seiner. »Ich denke, daß es das beste ist, wenn du morgen krank bist«, sagte er überlegend, und alle meinten aus seiner Stimme zu hören, daß er sein angestrengtestes Maulwurfgesicht machte. »Morgen, wenn möglich auch Montag, bleibst du zu Haus. Inzwischen wird so viel passieren, daß der Gruber dich ganz vergessen wird. – So, und jetzt geh nach Hause und ... ja übrigens, was ist eigentlich mit Hugo?«

Heini duckte sich zusammen. Vielleicht kamen jetzt die Prügel doch noch! Da er aber den Maulwurfs keinen Anlaß zum Mißtrauen geben wollte, entschloß er sich schweren Herzens, die Wahrheit zu sagen (weil sie morgen sowieso herauskam). »Dem hab ich einen Zettel gegeben. Ich hab gesagt, er ist von Lotte. Drauf hat gestanden, daß die Versammlung draußen beim Wasserturm ist. Er ist hingegangen, schon um halb fünf ... wahrscheinlich steht er noch dort ...« Und trotz aller Furcht mußte Heini kichern. »Lach doch nicht, du Kröte«, fuhr Knockout ihn an. Es erschien ihm sehr unpassend, daß Heini in seiner zweifelhaften Lage auch noch fröhlich war.

»Aber dem Hugo geschieht schon recht«, sagte der Zentner. »Wie kann er denken, daß ihm ein ELDSA die Einladung zu einer geheimen Versammlung bringt! Soll er sich für seine Dummheit nur die Füße abfrieren!«

Das fand man zwar etwas roh, aber trotzdem sehr richtig.

»Also jetzt aber 'raus«, plusterte sich Heihei auf, »du willst dich hier gleich einnisten, was?« »Wir haben noch allerhand zu besprechen«, wollte Lotte den schonungslosen Worten Heiheis die Spitze nehmen.

Heini wagte keinen Widerspruch, obgleich er ihm hart schien, jetzt, wo es interessant wurde, auf die kalte Straße hinausgeschickt zu werden. Denn er war bequem und neugierig zugleich. »Ja, aber morgen ...«, versuchte er, Zeit zu gewinnen.

Maulwurf durchschaute ihn. »Kein Aber und kein Morgen«, sagte er streng. »Morgen bist du krank. Es fällt dir nicht schwer, krank zu spielen, du Faultier. Und dem Hugo sagst du auch nichts, das besorgen wir.« »Ein paar Ohrfeigen von ihm tun dir ganz gut«, brummte Knockout. »So eine Keckheit, so was ...« Und trotz aller guten Vorsätze übermannte ihn der Zorn so sehr, daß er dem Heini plötzlich und unvermittelt eine herunterhaute. »Aber Knockout ...«, sagte der Maulwurf, doch es klang nicht sehr vorwurfsvoll. Edelmut ist eine schöne Sache, aber die Ohrfeige hatte der Heini zumindest verdient. Alle waren zufrieden damit, ja sogar erleichtert.

Heini schüttelte sich nur und sagte gar nichts. Er durfte sich nicht beklagen. Sogar ihm schien die Ohrfeige der einzig richtige Abschluß. Jetzt wußte er, daß das gefährliche Abenteuer einen glücklichen Ausgang genommen hatte. Dadurch gewann er seine ganze Seelenruhe wieder. Und die Aussicht, daß er morgen, vielleicht sogar Montag, bei dieser Hundekälte nicht in die Schule gehen mußte – nicht aus Faulheit, nein, im Dienste der Wahrheit und Gerechtigkeit – erfüllte ihn mit Wonne.

So torkelte er mit einem Gesicht, in dem sich Kohlenstaub

und die aufgelöste Warze zu einer erschreckenden Schmutzigkeit vereinten, außerordentlich zufrieden die schmale Wendeltreppe hinauf. Aus der dritten Eisentüre links kam er mit viel leichterem Herzen wieder heraus, als er hineingegangen war.

Die anderen blieben weiter im heißen Kesselraum. Nachdem viele wichtige Dinge besprochen waren, beschäftigte sie eine Frage, auf die es keine Antwort gab: Wer hatte dem langen Gruber gestern die geheime Sitzung verraten?

Ein schwarzer Tag für Gruber

Der Samstag war für den langen Gruber ein Pechtag. Um acht Uhr hatte er damit begonnen, daß Heini einfach fehlte und nicht, wie erwartet, den Bericht der gestrigen Geheimversammlung brachte.

Gruber war sehr unruhig. Er brauchte den Bericht unbedingt. Sein Netz war so fein und geschickt gesponnen, daß daran nicht ein Fädchen reißen durfte. Und Heinis Fehlen machte ihm einen großen Strich durch die Rechnung.

Daß Hugo kurz nach dreiviertel acht allein erschien, beunruhigte ihn noch nicht. Es war ja anzunehmen, daß er nach dem gestrigen Streich zu seinem Bruder alle Brücken abgebrochen hatte.

Daß er also den Schulweg nicht mehr mit ihm zusammen machte. Hatte aber gestern alles vorschriftsmäßig geklappt? War Hugo auf den Zettel 'reingefallen? War Heini überhaupt hingegangen? Gruber hatte ihn fast bis ans Haus gebracht. Ob die Maulwurfs ihn erkannt hatten? Ausgeschlossen! Wie hätte ihnen der Verdacht überhaupt kommen können? Heini hatte den Auftrag gehabt, sich krank zu stellen und darum wenig zu sprechen. Die Warze war Präzisionsarbeit gewesen. Warum kam er nicht?

Gruber beobachtete heimlich die einzelnen Maulwurfs. Sie sprachen kaum miteinander. Und doch meinte er mit Unbehagen so etwas wie eine feste, große Gemeinsamkeit zwischen ihnen zu spüren. Woran er das merkte, hätte er nicht sagen können. Aber man hatte es in den vergangenen Tagen auch nur gefühlt, daß sie sehr niedergeschlagen waren, ohne daß sie ein Wort gesagt hatten. Niedergeschlagen! Das war auch berechtigt gewesen. Der lange Gruber wußte Bescheid über jeden ihrer Züge. Doch heute ... Sollte die gestrige Versammlung mit dem Zentner alles wieder in Ordnung gebracht haben, was der lange Gruber so geschickt verwirrt hatte? Der einzige, der ihm auf diese Frage eine Antwort geben konnte, war Heini. Und der kam nicht.

Da entschloß sich der Gruber zum Äußersten, er ging zu Hugo. Möglichst harmlos fragte er: »Wo ist der Heini?« Ein wütendes, unverständliches Gebrumm war die Antwort. Nur: »Hol dich der Teufel!« vernahm er deutlich.

Hugo war mit Recht wütend. Nicht nur das schreckliche Warten gestern – heute auch noch die Vorwürfe und das Auslachen der Freunde! Das war mehr, als er ertragen konnte. Der Heini sollte was erleben!

Der Gruber war nun also genau so klug wie vorher. Erst während der Stunde, als der Magnetmaxl beim Aufrufen der Namen nach Heini fragte, gab Hugo Auskunft: Heini sei krank. Halsentzündung.

Heihei unterdrückte bei dieser Mitteilung nur mühsam ein Aufquietschen.

Der Magnetmaxl benahm sich sonderbar. Einige Male während der Stunde hatte er sich mitten im Satz unterbrochen und manchmal den Alexander, manchmal den Maulwurf oder den Gruber sekundenlang angeschaut. Man hatte den Eindruck, daß er über etwas sprechen wollte, das gar nicht mit Algebra zusammenhing. In zwanzig verschiedenen Köpfen schwirrte der Gedanke auf: Hatte der Magnetmaxl was gemerkt? Gruber und Alexander durchlebten bange Minuten. Aber es geschah nichts.

Dagegen hielt Grubers Pech in der Zehn-Uhr-Pause an. Als er, gemeinsam mit Alexander und Zippel, auf den Gang gehen wollte, trat plötzlich Mausi mit völlig verstörtem Gesicht auf die drei zu und bat sie, mit ihr in der Klasse zu bleiben. Sie hätte etwas Wichtiges zu erzählen. Etwas sehr, sehr Wichtiges.

Zuerst war der Gruber nicht sehr zugänglich. Von einem Mädchen sollte man Geheimnisse erfahren? Er mußte auf dem Gang sein, um dort die Vorgänge zu überwachen. Dann aber überlegte er, daß Mausis Geheimnis mit den Maulwurfs zusammenhängen könnte. Sie saß doch neben Lotte. Vielleicht hatte sie da was aufgeschnappt, weil Mädchen doch nicht schweigen können. Sicher hatte Lotte unvorsichtig gequatscht.

So blieben sie zurück. Kein Maulwurf war in der Klasse. Sie wurde überhaupt nur von einem Unbeteiligten bevölkert, der in der zweiten Bank eifrig lernte.

Gruber schritt auf den Hintergrund der Klasse zu. Ihm folgte Mausi mit einem Armesündergesicht. Ihnen schlossen sich Alexander und Zippel an, die nicht genau wußten, ob ihre Anwesenheit erwünscht sei oder nicht. Allerdings hatte Mausi sie darum gebeten.

Da standen sie. »Schnell, Mausi«, befahl der lange Gruber leise. »Wir haben wenig Zeit.«

Mausi wagte niemanden anzusehen. Sie druckste eine Weile herum, bis sie schließlich hervorstieß: »Es stimmt nicht, daß der B-Karli mein Zeichenheft geklaut hat, ich hab es wiedergefunden ... es war zu Haus verkramt ...« Bei den letzten Worten versagte ihr fast die Stimme.

Alexander fühlte, wie ihm der Boden unter den Füßen wegglitt. »Lügen haben kurze Beine, Lügen haben kurze Beine«, ging es ihm durch den Kopf.

Der lange Gruber aber war Herr der Lage. »Na und?«

fragte er und sah Mausi mit seinen herausquellenden Augen starr an. »Ja ... da hab ich mir gedacht ...«, stammelte sie verwirrt, »daß ich es sagen muß. Weil ... weil ... der B-Karli es nicht genommen hat ...«

Gruber schnitt ihr mit einer Handbewegung das Wort ab. »Mausi«, sagte er drohend, »zuerst mußt du schwören, daß du es niemandem sonst erzählen wirst, verstehst du?« Mausi nickte beinahe mit dem ganzen Oberkörper, um ihre Ergebenheit deutlich zu zeigen. »Und ihr ebenfalls«, wandte er sich an die zwei. »So etwas ist nicht für alle. Alexander schweigt ja sowieso«, fügte er in so zweideutigem Tone hinzu, daß Zippel erstaunt von einem zum anderen sah, »und Zippel ist vertrauenswürdig. – Dir aber, Mausi, möchte ich sagen: Es ist ganz gleichgültig, ob der B das Heft geklaut hat oder nicht. Er *könnte* es genommen haben. Und die Perlmutterfarbe hat er, das steht fest. Aber sogar, wenn nichts gestohlen wäre, – würdest du daran zweifeln, daß die Bs das sind, was wir behaupten? Würde ein aufrechter ELDSA sich davon kopfscheu machen lassen?«

Anscheinend nicht. Denn Gruber sah, wie die drei ihre Köpfe, mehr oder minder lebhaft, schüttelten.

Er atmete innerlich auf. Das hatte er gut gemacht.

Doch war ihm trotzdem nicht wohl. Er hatte das Gefühl, als wankte alles. Greifbare Anzeichen waren nicht da. Er witterte es nur. Diese dumme Sache mit Mausis Zeichenheft, die längst erledigt schien ... Alte Lügengespenster, die aus ihrem Grabe stiegen ... Doch die drei schienen beruhigt. »Unbedingtes Schweigen«, befahl er so drohend, daß Mausi eine Gänsehaut bekam. »Wer nicht schweigt, dem geht es schlecht.«

Da wurde die Klassentüre aufgerissen, herein stürmte Meyer; zum erstenmal sah man ihn aufgeregt. »Hier bist du!« keuchte er, »Gruber, es ist etwas passiert ... komm ... schnell ...«

Gruber, der schon die ganze Zeit trübe Ahnungen gehabt hatte, war mit einem Satz auf dem Gang.

Der Durchbruch

Er kam eben noch zurecht, um zu sehen, wie sich ein Strom von Bs unter Freuden- und Siegesgeheul in den A-Gang ergoß. Wie das geschehen war, konnte man nicht mehr feststellen. Jedenfalls aber war das Gangknie keine von Wachen bestandene Grenze mehr, sondern ein freier Durchgang. Es herrschte ein Hinundherlaufen, als hätte nie eine Versammlung bei Alexander stattgefunden. Wo waren nur die Wachen?

Sie standen, umringt von den übrigen ELDSAs, bei der Wasserleitung, in einem scheuen Haufen.

Mit aufreizenden Siegermienen, aus denen das Glück über die siegreich überwundene Schmach sprach, stolzierten die Bs herum, ein Herz und eine Seele mit den Maulwurfs, Arm in Arm mit ihnen. Und der Köhler und auch einige andere unbeteiligte As schämten sich nicht, vor aller Augen mit verschiedenen Bs freundschaftlich Briefmarken zu tauschen!

Die ELDSAs beachtete merkwürdigerweise niemand. Es schien ein geheimer Befehl. Nur manchmal traf sie im Vorübergehen ein höhnischer Blick oder eine aufreizende Bemerkung.

Sie sahen nicht mehr furchterregend aus. So sehr ihre Angriffslust und Siegesgewißheit in den letzten Tagen ihre Blicke und Stimmen mächtig und laut gemacht hatte – als sie nun bei der Wasserleitung standen, waren sie nur ein verschüchterter kleiner Trupp.

Man hätte sich mehr um die Unbeteiligten kümmern müssen, schoß es dem langen Gruber durch den Kopf.

Er stürzte auf den ängstlichen Haufen seiner ELDSAs zu,

der am liebsten taub und blind gewesen wäre. Langsam folgten ihm Alexander und Zippel.

Es war vielleicht das erstemal, daß der lange Gruber wirklich den Kopf verlor. Wie hatte dieser Durchbruch geschehen können? Ein einziges Mal war er nicht auf dem Gang, und schon krachte alles zusammen, was er mühsam aufgebaut hatte. Von den anderen war der Überfall auf den A-Gang vorbereitet gewesen, man merkte es deutlich. Hätte man es vorher gewußt, so wäre es leicht zu verhindern gewesen. Heini war schuld. Heini, der ausblieb, statt den Bericht der gestrigen Geheimsitzung zu bringen. Und warum hatte nicht der andere eine Nachricht geschickt? Gruber ließ seinen Blick herumschweifen ... Aber der, den er suchte, fand er nicht.

Einige umherspazierende Bs machten Miene, sich ihm auf unfreundliche Art zu nähern. »Das ist der Ober-A, weißt du«, sagte der eine laut zum anderen, offenbar in der Absicht, den Gruber in eine Prügelei zu verwickeln. Gruber wurde es unheimlich. Er beschleunigte seine Schritte, um zu seiner ELDSA-Gruppe zu kommen, damit sie ihn beschützte ... Oder sollte er sie zu Hilfe rufen ... Doch da sah er zu seiner größten Erleichterung, daß Lotte den Vorfall bemerkt hatte und leise und eindringlich auf die beiden Bs einredete. Mißvergnügt ließen sie daraufhin von ihrem Vorhaben ab. Nur einige wütende Blicke sandten sie ihm nach. – Sofort war Grubers Angst dahin. Ha, die sollten nur kommen! Von einem Mädchen ließen sich Jungen lenken!

Nun war er soweit gefaßt, daß er mit festem Schritt auf den ELDSA-Haufen zuschritt. Hier war er der Herr.

Sie empfingen ihn mit lauten Unschuldsbeteuerungen, von denen er aber vorerst kein Wort verstand. »Wer hat heute Wache gehabt?« knurrte er drohend. Da er offensichtlich eine Niederlage erlitten hatte, ja, da es eben einige Bs sogar gewagt hatten, auf ihn loszugehen, und ihn in Furcht und Schrecken versetzt hatten, war es ihm eine um so größere Erleichterung, daß hier alles vor ihm zitterte. »Wer hat Wache gestanden?« schrie er jetzt noch einmal, da niemand antwortete.

Nur der Haufen verschob sich merklich. Man drückte sich aneinander, um sich von den Hauptschuldigen abzusondern.

So standen schließlich der Rabe und einer der Starken aus der fünften Bank – die Samstagwachen – in der Mitte eines scheuen Kreises, der sich um sie gebildet hatte. Während aber der aus der fünften Bank schuldbewußt den Kopf gesenkt hielt, schaute der Rabe mit zornsprühenden Augen auf den Gruber. Man schien ihm schon Vorwürfe gemacht zu haben. »Wir können nichts dafür!« stieß er böse hervor. »Von ihnen waren so viele ... und der Zentner ist so stark ... und der Knockout ... was sollte ich da machen? Der Alfred« (und damit zeigte er auf die zweite Wache, einen aus der dritten Bank) »hat sich ja kaum gerührt ... einer ist zu wenig ... von unseren anderen ELDSAs war nichts zu merken ... Keiner hat sich getraut, was zu machen, weil du und der Alexander nicht auf dem Gang waren ... nur ich ...« »Ich hab nichts gemacht, weil du gesagt hast, wir dürfen nichts tun ohne dich«, brummte der Alfred aus der dritten Bank unglücklich. »Gekonnt hätte ich schon ...« »Ja, wirklich«, fiel nun auch der Marhat ein, der vor Aufregung noch mehr stotterte als sonst, »nnnniemand hat sich getraut ... wwwweil dddu es verboten hast ...« Im geheimsten bereitete dem langen Gruber dieses Eingeständnis höchste Freude. Sie folgten ihm also aufs Wort! Doch war diesmal der Preis für den unbedingten Gehorsam zu hoch gewesen. Darum fuhr er sie verächtlich an: »Ihr seid eine Bande von Feiglingen! In den Kindergarten gehört ihr ... Die Bs einfach durchzulassen und nicht den Finger zu rühren!«

Das ließ der Rabe nicht auf sich sitzen. »Das ist nicht wahr!« schrie er empört. So laut, daß einige Jungen in der Nähe neugierig stehenblieben. »Ich hab getan, was ich konnte! Die anderen haben mich im Stich gelassen! Solche

Feiglinge hast du aus ihnen gemacht! Da sind mir noch die Maulwurfs lieber, die haben wenigstens Mut, einer wie der andere. Aber wir dürfen nur das tun, was du uns anschaffst. Und aus lauter Angst traut sich dann keiner mehr, allein was zu machen! Jetzt willst du es auf mich schieben, dabei hast du die Schuld!«

Dieser offene Aufstand im eigenen Lager brachte den Gruber, der den ganzen Vormittag nichts als Mißerfolge gehabt hatte, vollständig außer sich. »Hört ihr, was er sagt?« schrie er mit rollenden Augen. »Die Maulwurfs sind ihm lieber! Darum läßt er da die Bs durch! So was darf kein ELDSA mehr sein! Er ist schuld an allem! Schau, daß du weiterkommst!«

Doch zu seinem Schrecken rief jetzt auch der Marhat: »Der Raaaabe hat ganz reeecht ...« Niemand lachte heute über sein Stottern, auch als er weitersprach: »Uuund außerdeeem siiiind sie ganz anstän-stä-ständig ...« Sofort donnerte der Gruber: »Auch der Marhat ist kein ELDSA mehr! Das wäre ja noch schöner! Geht nur zu euren Freunden, ihr Verräter! Ihr werdet schon sehen, was das heißt, unser Feind sein!«

Ohne auf die Beschimpfungen weiter zu hören, verließen Marhat und Rabe mit hocherhobenem Kopf den Kreis, der sich noch enger zusammendrückte, um von den beiden nicht berührt zu werden. Wortlos sah man ihnen nach, wie sie sich, angestarrt auch von vielen anderen, die das aufgeregte Gespräch aufgeschnappt hatten, unter die Menge mischten.

Die anderen blieben stumm und verschüchtert zurück. Keiner wagte ein Wort zu sprechen. Alfred aus der fünften Bank machte ein besonders zerknirschtes Gesicht und sah flehentlich zum Gruber auf, um zu zeigen, daß er nicht so aufrührerische Gedanken hätte wie der Rabe.

»Gruber«, ließ sich jetzt Alexander hören, der das Ganze mit wachsendem Schrecken beobachtet hatte, »es darf kein Unfrieden einreißen, gerade jetzt nicht. Man muß retten, was noch zu retten ist.« Mit Schrecken fühlte er, daß er alles verloren gab. »Mach du ihnen nur auch noch Angst!« fuhr ihn der lange Gruber an, der dadurch, daß alles vor ihm bebte, das Gefühl hatte, er sei trotz aller Vorgänge der Herr der Welt. »Man sieht, wohin das führt: Bs in unserem Gang. Arm in Arm mit den Maulwurfs! Die stolzen As verachtet! Damit ihr es ein für allemal wißt: In allem müßt ihr mich fragen, nur prügeln könnt ihr ohne Befehl! Die Maulwurfs, die Bs, die Verräter! Wann immer! Auf dem Schulweg, im Turnsaal, wo immer! Jeden, der nicht zu uns gehört! Die sollen uns kennenlernen! Bei den Verrätern wird angefangen, bei Marhat und Rabe! Denen kommt sowieso keiner zu Hilfe! Ich hoffe, daß das noch heute gemacht wird! Fünfte Bank, damit könnt ihr eure Schande wiedergutmachen. Die sollen schauen! Und dann bekommen auch die anderen wieder Respekt! Wir werden es schon wieder in Ordnung bringen!« Die fünfte Bank nickte ergriffen. »Heute nicht ELDSA rufen!« Das war der letzte Befehl. Damit drehte sich der lange Gruber um und verließ seine eingeschüchterten Anhänger.

Er war viel weniger siegesgewiß, als es schien. Ähnliches hatte er die ganze Zeit erwartet. Nun war also der Zeitpunkt gekommen, wo man anders vorgehen mußte, sonst krachte alles zusammen. Er hatte ja noch manches in Reserve. Er war nicht so dumm, alles auf eine Karte zu setzen. Er hatte auch einen anderen Weg vorbereitet. In zwei, längstens in vier Tagen würden die Maulwurfs wieder aus der B herausfliegen, wie Lotte vor einigen Tagen. (Gruber wußte darüber gut Bescheid.) Aber diesmal würde es endgültig sein. Man mußte nur inzwischen sehen, daß der Mut der ELDSAs nicht zu weit sank. Mit Marhat und Rabe hatten sie inzwischen heldenhafte Beschäftigung. So kamen sie in Übung für größere Aufgaben. Dann würden auch die Unbeteiligten, von denen sich jetzt manche mit den Bs und den Maulwurfs verbrüderten, gelaufen kommen. Und dann ...

Der lange Gruber verzichtete darauf, sich das weiter auszumalen. Er hatte jetzt eine wichtige Verabredung mit einem wichtigen Helfer zu treffen.

Wieder ein Brief

Die Stimmung in der A war urplötzlich umgeschlagen. Die Maulwurfs, die in der letzten Zeit still und geächtet durch die A gegeistert waren, hatten bei den Unbeteiligten durch ihr bedingungsloses Eingreifen für die anstürmende B außerordentlich gewonnen. Daß die ELDSAs, die ein so großes Maul entwickelt hatten, nun verschreckt in der Ecke standen, erfüllte manchen bisher Unbeteiligten mit Schadenfreude.

Heihei strahlte. Er fühlte sich als Hauptperson, als Gastgeber. Er hatte rechts und links je einen B untergefaßt. Wie eine Siegesbeute führte er sie herum und tat alles dazu, damit recht viele bemerkten, in welcher Gesellschaft er sich befand. Er unterhielt sich mit betonter Zuvorkommenheit und sprach zu ihnen ungefähr so, wie man zu idiotischen Wickelkindern spricht. Als nun gar noch der Köhler herankam und sagte: »Ist ja wahr. Richtig, daß ihr den Bs geholfen habt, gegen den Gruber. Warum sollen sie nicht zu uns kommen?«, kannte sein Glück keine Grenzen. »Hört ihr? Hört ihr?« jubelte er und wiederholte seinen Begleitern einige Male Köhlers Worte, als ob die sie nicht ohnehin verstanden hätten.

Lotte hätte vor Glück fast geweint, als sie die Bs auf dem A-Gang sah. Wie gut, daß sie gestern im Keller, gegen Maulwurfs Ansicht, dem Zentner zugestimmt hatte. Maulwurf hatte aus Vorsicht noch abwarten wollen. Aber man durfte sich nicht davon einschüchtern lassen, daß die anderen so laut schrien. Auch von ihrer eigenen Kleinmütigkeit hatte sich Lotte damals, als sie aus der B herausgeworfen wurde, nicht einschüchtern lassen. Hätte man nicht heute den Sturm gegen die ELDSA-Wachen unternommen, gegen diese unhaltbare Gemeinheit, so hätte man wirklich und berechtigt das Vertrauen der Bs verloren. Und wie sehr war das Ansehen in der eigenen Klasse gestärkt! Vielleicht konnte man jetzt bald mit der Aufdeckung der Perlmuttergeschichte beginnen!

Daß die Maulwurfs bisher versteckt geblieben waren, war gut gewesen. Doch es kommt ein Zeitpunkt, wo man ans Licht kommen, wo man handeln muß. Versäumt man diesen Zeitpunkt, so läßt sich der Fehler nur schwer wieder gutmachen. Handelt man aber, so gewinnt man. Denn durch das Handeln öffnet man manchmal viel besser den anderen die Augen als durch Worte. Viele Unbeteiligte hatten für die Maulwurfs, für die Bs Stellung genommen. Zwar hatten sie keine Ahnung, welche tiefen Gründe die Maulwurfs zu ihrem Tun veranlaßten. Aber in der Wachengeschichte lag die Ungerechtigkeit klar auf der Hand. Zuerst hatten sie mit neugierigen Blicken und Rufen alles begleitet, was die Maulwurfs von der A-Seite her taten, um den Durchbruch der B zu fördern. In dem Augenblicke aber, da die Entscheidung auf dem Spiele stand, war aus der Neugier der meisten Aufmunterung für die Maulwurfs, für die Bs geworden. Sie hatten sich gegen die Unterdrückung entschieden. Jetzt war alles gut. Man mußte sich nur die ELDSAs anschauen. Wie verprügelte Hunde standen sie in der Ecke! Eben war der Gruber mit Donnergepolter von ihnen weggestürzt.

Lotte hatte sich von einigen Fragenden losgemacht, um zu Maulwurf hinüberzugehen, der mit Zentner, A- und B-Karli und – selbstverständlich – mit Knockout beim Fenster stand. Seit dem großen Ereignis hatte sie ihn noch nicht gesprochen.

Wie sie sich mit Mühe durch das Gewimmel drängte, fühlte sie plötzlich, wie ihr etwas in die Hand geschoben wurde. Es schien ein zusammengefalteter Zettel zu sein.

Woher kam der? Wer hatte ihn ihr zugesteckt? Sie musterte alle um sich herum ... Eben war der Zippel vorübergegangen; doch schien er in eifrigem Gespräch mit Mausi zu sein, die ein tränenüberströmtes Gesicht hatte. Kam der Zettel von ihm? War also neulich ihre Annahme richtig gewesen, daß sein Briefweiterleiten kein Zufall war?

Was mochte nur in dem Zettel stehen? Er brannte in ihrer Hand. Aber sie wagte nicht, ihn hier zu öffnen. Also unterdrückte sie ihre Neugier, um so mehr, als sie bei den Freunden angelangt war. Die Freude brach wieder so stürmisch in ihr durch, daß sie dem Maulwurf um den Hals fiel. Ihm war das schrecklich peinlich. Als er aber sah, daß die anderen so taten, als fänden sie nichts dabei, konnte er trotz des allerbrummigsten Maulwurfgesichtes sein Strahlen nicht unterdrücken. »Na ja, das hat geklappt, Lotte«, sagte er. »Jetzt ist der Gruber erledigt«, jubelte Lotte, die den Zettel in ihrer Hand spürte.

Der Jubelruf, der ihr darauf von vielen Seiten antwortete, wurde durch das Läuten unterbrochen. Man begann, sich mit vielen Händedrücken und Versprechungen zu verabschieden. Ein paar Bs kamen angelaufen, um den Zentner abzuholen. Auch sie zerrten voll freundschaftlicher Grobheit die Maulwurfs an Schultern und Armen, was besonders von Knockout herzlich und kräftig erwidert wurde. »Also, ihr meint es ehrlich.« »Jetzt kann uns keiner mehr erzählen: Die As ... die As ... wir wissen, daß es solche und solche gibt!« schrie der Affenarmige und schaute sich dabei herausfordernd um. Alle wußten – er wollte, daß der Koch-Hans ihn hörte. Doch der war nirgends zu erspähen, ebensowenig wie der Gruber.

Da schoß Stichflamme heran. »Kommt ... schnell ... der Magnetmaxl ist schon bei uns am Gang ...« »Wieso unterrichtet der jetzt auch bei euch?« fragte der A-Karli erstaunt, und der B-Karli sagte eilig: »Ja, denkt mal, seit einer Woche haben wir ihn in Mathematik. Wir haben uns sehr gewundert

... A und B haben doch nie dieselben Lehrer ...« »Er gefällt uns aber«, stellte der Affenarmige noch schnell fest, »trotzdem er O-Beine hat ...« »Aber jetzt kommt!« trieb Stichflamme an, »er ist anständig, da wollen wir ihn nicht warten lassen.«

Der Magnetmaxl schien es nicht so eilig zu haben. Er ging auf dem B-Gang hin und her, als bemerkte er gar nicht, daß die Schüler, trotz des Läutens, noch zusammenstanden. Erst als die letzte Gruppe im Galopp in die B rannte, folgte er langsam.

Da schritt für die A auch schon der Hasenbart herbei. Sein Blick war unheilverkündend, wie meistens in der letzten Zeit. Mit finsterem Gesicht schaute er auf den B-Karli, der in der Eile beinahe in ihn hineingerannt wäre.

Lotte und Maulwurf gelang es eben noch, vor dem Hasenbart die Klasse zu erreichen. Im Laufen flüsterte Maulwurf: »Ich wollte es vorhin nicht laut sagen: Aber wir dürfen noch nicht so siegessicher sein. Erst wenn wir die Perlmuttergeschichte ganz aufgedeckt haben, können wir uns freuen. Bis dahin kann er noch immer versuchen ...« Für mehr war keine Zeit.

Als Lotte in ihrer Bank endlich den Zettel, der in ihrer Hand schon ganz klein und zerknittert lag, öffnete, las sie darauf: »Mausi hat ihr Zeichenheft wiedergefunden, hats dem Gruber gesagt. Alexander war auch dabei. Er scheint mehr von allem zu wissen. Gruber hat verboten, daß sie was über das Heft sagt.« Eine Unterschrift fehlte.

Mausi saß wie ein Häufchen Unglück da. Sie hatte vom Gruber die fürchterlichsten Vorwürfe bekommen, daß sie durch ihre dummen Mädchengeschichten den Einbruch der Bs ermöglicht hatte. Ihn mit solchen Nebensächlichkeiten aufzuhalten! Und dabei war es weder eine Nebensächlichkeit gewesen, noch eine dumme Mädchengeschichte, sondern die Wahrheit!

Samstag war Zahltag. Daran konnte auch der große Umschwung nichts ändern. Doch machte er sich in der Klasse in auffallender Weise bemerkbar. Mager sah das Bündelchen aus dem Taschentuch aus, das Alexander seit dem letzten Samstag nicht mehr benützt hatte. Nun war darin wieder Geld eingebunden.

Alexander war durch die Vorgänge in der Zehn-Uhr-Pause so niedergeschlagen, daß er gar nicht mehr auf den Gedanken gekommen wäre, von den verschreckten Mitgliedern Gelder einzukassieren. Doch der lange Gruber hatte ihn streng dazu angehalten. »Gerade jetzt«, ordnete er an, »müssen sie ihre Pflicht pünktlich erfüllen. Ihr seid mir schöne ELDSAs! Nach einer kleinen Schlappe werft ihr alles hin ... Gerade jetzt brauche ich Geld, unbedingt.«

Alexander antwortete nicht. Doch hatte er das eisige Gefühl, daß die heutigen Vorgänge nicht »eine Schlappe« gewesen waren, sondern der von ihm seit langem erwartete, seit immer gefürchtete Anfang vom Ende. Doch richtete es ihn auf, daß der Gruber anderer Meinung war. Sah er nicht zu schwarz? Die ELDSAs hatten schon zehnmal gesiegt, nun siegten eben auch einmal die Maulwurfs. Glückssache, einfach Glückssache, redete er sich ein, wenn er bisher Unbeteiligten begegnete und sie keine kameradschaftliche Zuvorkommenheit zeigten, sich vor einer Unterhaltung mit ihm drückten. Morgen konnte es schon wieder anders sein ...

Das Einkassieren ließ ihn allerdings von neuem den Mut verlieren. Fast jeder machte sich eine Ausrede, um weniger zu geben. Marhat und Rabe fielen vollständig aus. Die drei aus der fünften Bank allerdings taten ihr Bestes. Sie überreichten gemeinsam zwei Mark und murmelten etwas von »bald wiedergutmachen« und »Marhat«. Doch Meyer – als Alexander ihn absichtlich laut um den »ELDSA-Wochenbeitrag« ersuchte (damit die anderen merkten, daß man noch auf der Welt sei), fuhr erschreckt zusammen und flüsterte: »Ich hab vergessen, daß heute gesammelt wird. Ich hab nur fünfzig Pfennig.« Die steckte er ihm verstohlen zu.

Um zwölf Uhr konnte Alexander dem Gruber nur vier Mark sechzig geben. Und zu dieser Summe hatte Alexander persönlich eine Mark beigesteuert. »Mehr ist es nicht«, entschuldigte er sich, »du weißt ja, wie die Stimmung ist ...«

Der lange Gruber biß sich enttäuscht auf die Unterlippe und sann nach. »Aber gerade heute brauche ich Geld«, überlegte er. Dann aber zog er sich die Krawatte enger und sagte entschlossen: »Kann man nichts machen. Aber jetzt hör mal: Ich habe wegen der ELDSAs eine wichtige Besprechung. Davon hängt unsere ganze Zukunft ab. Paß nur auf, nächste Woche werden wir mindestens vierzig Mark einsammeln. Das wird ein Leben! Zu der wichtigen geheimen Versammlung kommst du jetzt mit.«

Diese Aufforderung schmeichelte Alexander. Aber gleichzeitig wurde er bei den geheimnisvollen Andeutungen das unangenehme Gefühl nicht los, daß der lange Gruber ihn wieder in eine finstere Sache hineinzog, damit Alexander jetzt, wo es gefährlich wurde, mit ihm noch enger auf Gedeih und Verderb verbunden wäre.

Aber letzten Endes gewann die Eitelkeit die Oberhand. Schließlich war Grubers Sache doch auch die seine. Nun endlich sollte er die geheimsten Fäden sehen.

So verließen sie also zusammen, wenig beachtet, nur von ein paar verstohlenen »ELDSAs« begrüßt, die Schule, vor der fast die ganze B versammelt war. Anscheinend warteten sie auf ihre A-Freunde. »Nächste Woche wird es wieder anders ...«, wiederholte der lange Gruber seine Prophezeiung, als sie durch die Bs gingen, die sie nur manchmal stumm, aber verächtlich anrempelten.

Wortlos schritten sie nebeneinander. Neblige Kälte lag in der Luft, die Feuchtigkeit drang durch die Kleider und ließ einen bis ins Innerste frösteln. Zielsicher führte der Gruber

Alexander einen unbekannten Weg, um Ecken, über Plätze, wieder um Ecken ... Mit wem wollte er sich treffen? Wer war der »ganz Geheime«? Sicher niemand aus der Klasse. Das hätte man einfacher haben können. Wer war »der Dritte«? Alexander zerbrach sich erfolglos den Kopf. Wer sonst hatte noch für die ELDSAs Interesse? Ein Erwachsener?

Einmal wagte er, den Gruber schüchtern zu fragen. Doch er erhielt nur die kurze Antwort: »Du wirst schon sehen.« Dadurch wich nicht die bedrückende Neugierde. Aber er würde es ja wirklich bald erfahren.

Nach zehn Minuten machte der lange Gruber vor einem kleinen Gasthaus halt. »So«, sagte er, »da wären wir.« »Hier drin?« fragte Alexander ungläubig, wurde aber keiner Antwort gewürdigt. Kopfschüttelnd folgte er seinem Begleiter durch die Türe, in der die bleigefaßten Glasscheiben klirrten.

Der dicke, große Wirt schaute erstaunt von seiner Zeitung auf, als er zwei Schuljungen eintreten sah. Gruber aber verschaffte sich gleich die richtige Würde, indem er seine Schulmappe mit kühnem Schwung auf eine Holzbank an der Wand warf und nachlässig sagte. »Ein kleines Helles.« Das verwirrte Alexander völlig. Bier trank der Gruber.

Doch der Wirt zerstörte Grubers Würde, indem er knurrte: »An Minderjährige wird kein Bier ausgeschenkt.« »Ich bin zwar schon über siebzehn«, äußerte der lange Gruber beleidigt. Wie gut der lügen konnte! »Aber wenn nicht, dann nicht. Einen Kaffee. Und dem da auch.« Damit war Alexander gemeint.

Kopfschüttelnd und brummend verließ der Wirt den Schankraum. Vor dem Filzvorhang, der die Theke von der Küche abtrennte, drehte er sich noch einmal mißtrauisch um und schloß die Kasse ab. Dann ging er.

Jetzt saßen die zwei allein in dem kleinen verräucherten Lokal. Es war sehr still. Nur vom Bierhahn fiel in unregelmäßigen Abständen ein Tropfen klatschend auf die Blechplatte darunter.

Alexander war es merkwürdig zumute. Noch immer schwiegen sie. Gegen die nasse Kälte draußen war die muffige Wärme hier, die nach abgestandenem Bier roch, angenehm und einschläfernd.

Was sollte das alles bedeuten? Wieso führte ihn der lange Gruber hierher? Würde er den Kaffee bezahlen?

Und wen erwarteten sie? Vor Alexanders Geist tauchte plötzlich die Vorstellung von wilden Männern mit Bärten und Revolvern auf. Scheu blickte er von der Seite her den geheimnisvollen Gruber an. Doch der glotzte seelenruhig auf die Plakate an der Wand. Nur einmal beugte er sich vor, um nach der Uhr zu sehen, die über dem Ecktisch an der Wand hing. Doch sie stand und zeigte unentwegt fünf Minuten vor dreiviertel sechs. Nebenan hörte man den Wirt rumoren. Anscheinend kochte er den Kaffee.

Da klapperten wieder die bleigefaßten Scheiben an der Eingangstüre. Alexander schaute wie gebannt hin – dann fuhr er zusammen, beugte sich schnell zum Gruber, der mit dem Rücken gegen die Türe saß, und flüsterte ihm erregt zu: »Sie haben uns nachspioniert, wir sind entdeckt!«

Doch da hatte der sich umgewendet, hob grüßend die Hand gegen den scheu Eintretenden und sagte ruhig: »Nein, es ist schon richtig. Auf den warten wir nämlich.«

Alexander stockte der Atem. Ihm wurde es schwarz vor den Augen. Siedendheiß überlief es ihn von oben bis unten. Er kniff die Augen zusammen, um aus dem verrückten Traum zu erwachen ... Doch als er sie wieder aufschlug und merkte, daß er wach und rings um ihn herum Wirklichkeit war, stand er schon beim Tisch – *der Koch-Hans*.

Er stand da und sagte mit künstlich forscher Stimme: »ELDSBE«. »Laß jetzt den Blödsinn«, hörte Alexander wie durch eine Wand hindurch den langen Gruber sagen. »So, setz dich. Den Alexander kennst du doch? Was ist denn mit dir los?«

Alexander schaute ihn mit ganz irren Augen an. Der Koch-

Hans schien davon etwas geniert. »Hast du ihn denn nicht vorbereitet?« fragte er den langen Gruber leise.

»Was ... was soll das heißen?« stotterte Alexander, als der Wirt sich hinter die Theke zurückzog. »Der Koch-Hans ...« »Das soll heißen, daß wir uns mit dem Koch-Hans treffen, um einiges zu besprechen«, antwortete der lange Gruber kühl. »Der Koch-Hans hat uns schon viel geholfen. Nur heute ...« »Wo habt ihr nur heute euren Kopf gehabt?« fragte der Koch-Hans vorwurfsvoll. »Ihr seid schuld, daß das passiert ist. Ich habs dir doch schon längst mitgeteilt, daß unsere mit dem Maulwurf eine geheime Sitzung haben, am selben Tag, wo der Zentner es uns gesagt hat. Natürlich hab ich mich auf dich verlassen, daß du was unternehmen wirst. Darum hab ich dir nicht noch extra mitgeteilt, was sie mit dem Zentner ausgekocht haben, du weißt doch, ich muß sehr aufpassen, damit es niemand merkt!«

Alexander begriff noch immer nicht. Er meinte den langen Gruber in einen unverständlichen Irrtum verstrickt. Darum flüsterte er ihm beschwörend zu: »Der Koch-Hans ist doch ein B ... du kannst doch nicht mit einem B ...« »Vor dem Koch-Hans brauchst du nicht zu flüstern«, antwortete der Gruber absichtlich laut. Alexanders Verblüffung freute ihn außerordentlich. Auf diesen Trick wäre der Alexander nicht gekommen! »Der Koch-Hans kann alles hören, vor dem hab ich kein Geheimnis. – Ich muß ihm von Grund auf alles erklären«, wandte er sich an den und blickte mit überlegener Miene auf Alexander. »Du siehst, wie geheim ich es gehalten hab, nicht einmal der Alexander hat was gewußt. Und du hast immer so eine Angst.«

Er machte eine kleine Pause, da der Wirt den dritten Kaffee anbrachte und ihn mit geringschätziger Handbewegung vor den Koch-Hans stellte.

Als er sich aber endgültig hinter seinen Schanktisch niedergesetzt hatte und eine Zeitung entfaltete, hinter der er fast verschwand, fuhr Gruber, zu Alexander gewendet, fort:

»Natürlich ist der Koch-Hans ein B. Aber du selbst weißt es doch am allerbesten, daß es vor allem gegen die Maulwurfs geht. Ich meine natürlich, weil die Maulwurfs die A verraten! Warum denn sonst? Und jetzt hab ich einen guten Trick gefunden, wie man ihre Pläne herauskriegen kann: Sie besprechen sich doch immer mit der B, weil sie zu der halten. Und weil die Blödiane denken, daß auch alle Bs zu ihnen halten. Aber das stimmt nicht, weil dort auch ein paar Gescheite sind. Der Koch-Hans zum Beispiel ist gegen sie. Durch ihn erfahren wir alles. Verstehst du jetzt?«

Alexander konnte weder ja noch nein sagen, so unbegreiflich war ihm alles. Wie konnte das nur sein: Wenn man dem Gruber glaubte, so haßte er doch die Bs wie die Pest. Darum waren doch alle ELDSAs gegen die Maulwurfs, weil man ihnen vorwarf, daß sie zur B hielten. Und jetzt setzte er sich mit einem B geheim zusammen, um gegen die As vorzugehen? Denn wenn sie auch keine ELDSAs waren, so mußten die Maulwurfs als As dem Gruber bei seiner Anschauung trotzdem näher sein als irgendein B! Und noch dazu ein B, der als besonderer Hetzer gegen die A bekannt war!

»Und was hat denn der Koch-Hans davon?« fragte Alexander schließlich. Er vermied es, mit dem direkt zu sprechen, sondern wandte sich immer nur an den langen Gruber.

»Der Koch-Hans«, erwiderte der lange Gruber, jetzt schon ungeduldig, »will so was Ähnliches wie wir. Er macht sich eine ›Stolze B‹ auf. Hast du nicht gehört, wie er gesagt hat ›ELDSBE‹? Es lebe die Stolze B? Aber dazu ist nötig, daß seine Bs nicht auf den Maulwurf und den Zentner 'reinfallen. Darum hilft er uns. Und wir werden ihm helfen, weil seine ›Stolzen Bs‹ die Maulwurfs 'rausschmeißen werden.«

Alexander glaubte jetzt steif und fest, daß er doch träume. In Wirklichkeit konnte es so etwas Irrsinniges nicht geben. Aber auch wenn es nur ein Traum war, wollte er dem Traum-Gruber sagen, was er meinte. »Du«, flüsterte er, »aber solche ›Stolzen Bs‹ wären doch Feinde! Merkst du das

denn nicht? Die ›Stolzen As‹ sind doch auch Feinde von ...«
»Laß es erst mal soweit sein«, winkte der Gruber ab. »Dann werden wir es schon miteinander ausmachen.« Und zum Koch-Hans hin entschuldigte er sich: »Der Alexander versteht's nämlich nicht, weil wir doch Feinde sind. Das ist aber gar nicht wichtig. Viel wichtiger ist, daß die ›Stolzen As‹ und die ›Stolzen Bs‹ einen gemeinsamen Feind haben. Die Maulwurfs und die Zentners, die in der A und in der B dasselbe wollen. Darum muß man in der A und in der B was gegen sie tun. Und so ein B wie der Koch-Hans ist mir tausendmal lieber als unsere eigenen As, die die A verraten.« »Dasselbe hab ich gesagt, als eure zum erstenmal in die B gekommen sind, da war ich gleich gegen sie. Und da hab ich gesagt: ›Mir ist sogar ein Gruber lieber als ihr, trotzdem er auch ein verfluchter A ist.‹ – Du entschuldigst schon!« »Natürlich«, sagte der lange Gruber verständnisvoll. »Damals haben wir uns ja noch nicht gekannt.«

Da er aber nach einem prüfenden Blick seiner Glotzaugen auf Alexander bemerkte, daß der sich nicht beruhigte, sondern immer verstörter aussah, spielte er seinen letzten Trumpf aus, um ihn zu überzeugen: »Schau, überleg dir: Mit unseren Maulwurfs, die doch As sind, könnten wir uns nie so zusammensetzen und besprechen wie mit dem Koch-Hans. Mit ihnen könnte man sich nie einigen. Und trotzdem der B eigentlich ein Feind ist, verstehen wir uns. Unsre Meinungen sind viel ähnlicher als die ELDSA-Anschauung und die von den Maulwurfs.«

»Der Maulwurf würde sich bestimmt nicht so mit uns hinsetzen ...«, sagte Alexander langsam.

Nein. Was der Maulwurf sagte, das meinte er ehrlich. Er hatte es allen gesagt, als er sich für die B einsetzte. Nicht für die eine B, wie der Koch-Hans sie darstellte, sondern für eine B, der man Unrecht getan hatte. Ja, Unrecht. Hier aber saßen zwei zusammen, die sich nach außen hin als Feinde ausgaben. Der lange Gruber und der Koch-Hans. Vor ihren ELDSAs, vor ihren ELDSBEs würden sie sich weiter beschimpfen – aber geheim saßen sie zusammen und berieten, was sie zusammen unternehmen wollten.

Und warum? Nur um zu verhindern, daß die Maulwurfs, daß die Zentners Einfluß bekamen. Alexander war es mit einem Male schrecklich klar: Um zu verhindern, daß die, die für Wahrheit und Gerechtigkeit – ja, *für Wahrheit und Gerechtigkeit* waren, daß die die Lügen von Alexander und Gruber aufdeckten! Und die dummen ELDSAs und die künftigen dummen ELDSBEs würden ihnen auch weiterhin glauben, wenn sie von Stolzer A und Stolzer B sprachen!

Das war die Wahrheit. Wahrheit! Dieses Wort bekam für Alexander plötzlich einen überirdischen Glanz. Wahrheit und Gerechtigkeit – wie wenig hatte er sie zu schätzen gewußt! Wie hatte er sie schätzen und fürchten gelernt, als er sie aufgegeben hatte. Wie fürchterlich war es, dagegen kämpfen zu müssen, weil man nur dadurch seine Schuld zudecken und verstecken konnte! Bis zu dieser Stunde hatte er gehofft, daß etwas Wahres an Grubers Behauptung von den »Besseren As« sei. Nun aber sah er, daß nichts blieb. Alles Lüge! Oh, wenn er nicht mehr die bekämpfen müßte, die er im Grunde seiner Seele, trotz aller Bemühungen, nie hatte verachten können! Sich nicht mehr fürchten müssen, daß die Seifenblase platzte! Diesen ganzen entsetzlichen Sumpf hinter sich lassen können ... Wahrheit und Gerechtigkeit. Wenn es nur einen Weg dorthin zurück gäbe ...

Da hörte er den Koch-Hans leise fragen: »Gruber, letztes Mal hast du mir Geld versprochen ... du weißt doch, daß ich ein paar ELDSBEs Marken versprochen habe, wenn sie ...«

»Jaja, ist schon gut«, unterbrach ihn der lange Gruber unwillig, mit einem mißtrauischen Blick auf Alexander. Der hatte eine ganze Weile keinen Laut von sich gegeben. Er saß mit verstörtem Gesicht da und stierte vor sich hin ... Er hätte ihn doch nicht mitnehmen sollen. Aber der Gruber hatte das Gegenteil erwartet, hatte erwartet, daß sich Alexanders gedrückte Stimmung heben würde, wenn er sah, welche starken Helfer der Gruber im Hintergrunde hatte. Daß es so auf ihn wirken würde, hatte er nicht angenommen.

»Da hast du zwei Mark fünfzig.« Damit schob er dem Koch-Hans das Geld zu.

Das sind also die »Geheimen Zwecke«! schoß es Alexander durch den Kopf. Fordernd hörte er den Koch-Hans sagen: »Das ist zu wenig. Du hast mir mehr versprochen. Erinner' dich nur. Letzten Samstag hast du gesagt, daß du noch kein Geld hast, dafür aber wirst du mir heute ...«

»Gruber!« schrie da Alexander auf, so daß sogar der dicke Wirt hinter der Theke die Zeitung sinken ließ und herüberschaute, »was hast du letztes Mal mit dem Geld gemacht? Mit den neun Mark siebzig?«

»Und mir hast du erklärt, daß ihr überhaupt noch nichts einkassiert habt ...«, hakte der Koch-Hans empört ein.

In den Augen des langen Gruber leuchtete ein Haßblitz auf, als er Alexander zuzischte: »Die neun Mark siebzig habe ich für *andere* geheime Zwecke ausgegeben! Und du, Koch-Hans, hast mit den zwei Mark fünfzig genug. Na, da hast du noch zwei. Dafür kriegst du genug Marken. Verwöhnen darfst du sie nicht! Mach sie lieber auf ihre ›Stolze-B-Pflicht‹ aufmerksam. Und den Kaffee hier zahl' ich doch auch!«

Mit einem Achselzucken griff der Koch-Hans nach den vier Mark fünfzig.

Jetzt hat er dem Gruber für vier Mark fünfzig die B verkauft, schoß es Alexander durch den Kopf. Oh, Klari hatte etwas vergessen. Nämlich das, daß auch die Afrikaner einen Oberafrikaner haben könnten ... und daß die beiden Obersten zwar tun, als wären sie Feinde, in Wirklichkeit aber ...

Da stand er auf. »Ich geh jetzt«, sagte er tonlos. »Was soll das heißen?« fragte der lange Gruber argwöhnisch, und auch der Koch-Hans schaute erstaunt. »Ich geh jetzt«, wiederholte Alexander nur. Er war schon auf dem Weg zur Türe.

Doch als er die Klinke in der Hand hielt, holte ihn der lange

Gruber ein. »Alexander«, sagte er, halb bittend, halb drohend, »du weißt, was passiert, wenn du abspringst ... Ich weiß genau, wer die Perlmutterfarbe gestohlen hat und wer der Dieb von B-Karlis Buch ist ...«

Alexander taumelte. Zum erstenmal, zum allerersten Male hatte der lange Gruber es ausgesprochen. Die Drohung, die Schuld, die stumm zwischen ihnen stand – jetzt war sie laut geworden.

»Ich weiß«, murmelte er wie betäubt. Und dann ging er zur Türe hinaus.

Erst als ihm die naßkalte, neblige Luft ins Gesicht schlug, kam ihm seine Verzweiflung ganz zu Bewußtsein. Nein, zwei konnten nicht gleichzeitig recht haben. Recht hatten nur die einen, nur sie. Sie, von denen er durch eine fürchterliche Schuld getrennt war. Diese Schuld war nicht das Buch des B-Karli, das er genommen und verbrannt hatte. Was war das für eine Kleinigkeit!

Die Schuld war, daß er wider besseres Wissen gegen die gekämpft hatte, die die Wahrheit und Gerechtigkeit wollten. Die sagten, daß es gleich sei, ob man ein A oder B war, daß es aber nicht gleich sei, ob einer den anderen belog und betrog, zu seinem eigenen Vorteil.

Aber dorthin konnte er nicht mehr zurück.

Heinis Halsentzündung

Es ist nicht immer angenehm, einen Arzt zum Vater zu haben. Heini hatte das schon einige Male am eigenen Leib feststellen müssen und dabei immer wieder bedauert, daß man Väter nicht ihre Berufe wechseln lassen kann. Sich einen anderen Vater auszusuchen – soweit gingen seine Wünsche nicht. Denn im großen und ganzen war er ja mit ihm zufrieden.

Aber am Montag früh malte er sich wieder mal in bunten Farben aus, welchen anderen Beruf der Vater lieber haben sollte. Lehrer? Nein, da sollte er noch lieber Arzt bleiben. Bonbonfabrikant war natürlich das Ideal, selbstverständlich mit einer sehr großen Fabrik mit möglichst vielen verschiedenen Sorten Bonbons. Doch das war nicht einmal nötig. Jeder Beruf war gut, der ihn tagsüber außer Haus hielt und bei dem er seinen Sohn nicht zur Hilfe brauchte. (Diese Einschränkung machte Heini im Hinblick auf Knockouts Vater.)

Nur nicht Arzt sollte er sein. Am Samstag früh hatte er Heini in den Hals geschaut, als der über Schmerzen klagte. Heini hatte nur sehr ungern den Mund aufgemacht und »Aaa« gesagt, da es sich ja herausstellen mußte, daß ihm nichts fehlte. »Ich sehe zwar nichts«, hatte der Vater zur ängstlichen Mutter gesagt, dann aber zu Heinis Erleichterung hinzugefügt: »Vielleicht ist etwas im Entstehen. Also liegenbleiben, Umschläge und gurgeln.« So war er also für den Samstag gerettet.

Weniger gut gefiel es ihm, daß er auch den Sonntag liegenbleiben mußte, obgleich er schon in der Früh behauptete, daß ihm nichts mehr fehle. Ihm war langweilig. Nicht einmal der Gedanke, daß er ein Opfer für die Wahrheit und Gerechtigkeit brachte, konnte seine Mißstimmung bessern. In der traurigen Bettlage erkannte er mit deutlicher Schärfe, wie leichtsinnig es gewesen war, sich die Freundschaft seines Bruders Hugo zu verscherzen.

Der war finster wie die Nacht. Und dabei stolz wie ein Spanier. Er würdigte, nach den Ohrfeigen des vergangenen Tages, seinen Bruder keines Blickes, tat, als wäre der überhaupt Luft. Die Ohrfeigen waren Vergeltung für den gefälschten Zettel gewesen. Mehr wußte Hugo anscheinend nicht, sonst wäre er wenigstens herablassend zu Heini gewesen. Die Maulwurfs hatten also dicht gehalten. Einerseits tat es Heini sehr leid. Wüßte Hugo, was geschehen war, so würde er ihm vielleicht manches erzählen ...

Denn Heini war es nicht entgangen, daß Hugo neben der

bösen Miene auch eine Siegesgewißheit zur Schau trug wie schon lange nicht. Das machte ihn sehr neugierig. Aber er wagte nicht zu fragen, wie der gestrige Tag für die Maulwurfs ausgegangen war, obgleich das sozusagen lebenswichtig für ihn war.

Am Sonntagnachmittag aber, als er die Langeweile nicht mehr aushalten konnte – schon um vier Uhr war es dunkel gewesen, denn dicke Schneewolken standen am Himmel –, hatte Heini das Schweigen gebrochen. »Was war eigentlich gestern in der Schule los?« fragte er in die Stille. Ihm war komisch zumute, als er seine eigene Stimme hörte. Seit zwei ganzen Tagen hatten die Brüder nicht ein Wort gewechselt. Doch schienen es Heini Jahre.

Hugo war erstaunt über Heinis Frechheit. Die Überraschung verschlug ihm fast den Atem. Die Sekunden zogen sich, da er über eine möglichst böse, treffende Antwort nachdachte. Endlich war er soweit. »Deine ELDSAs sind unten durch«, sagte er verächtlich. »Der Gruber ist sooo klein!« Bei dem »sooo« machte er nicht einmal eine Handbewegung. Schon der Tonfall deutete an, daß der Gruber auf höchstens zehn Zentimeter zusammengeschrumpft war. Dann hüllte sich Hugo wieder in Schweigen.

Er konnte nicht wissen, daß diese Nachricht seinen Bruder Heini vor Glück und Erleichterung beinahe aufjubeln ließ. Und er ahnte nicht, welch harten Kampf Heini mit sich ausfocht: Soll ich ihm von Freitagnachmittag erzählen oder nicht? Soll ich ihm vorprotzen, daß ich jetzt auch für Wahrheit und Gerechtigkeit bin? Er hätte es für sein Leben gern getan. Aber dann fiel ihm sein Versprechen im Kohlenkeller ein. Nur wenn er es hielt, würden sie ihm helfen. – Doch noch ein anderer Grund hielt ihn zurück, der Grund, der ihn überhaupt zu den ELDSAs getrieben hatte: Hugos Vormundschaft. Er würde wieder sagen: »Na, siehst du, Blödian, jetzt siehst du selber, was der Gruber ist ...«

Also schwieg Heini. Der dunkle Nachmittag erschien ihm erträglicher, da er keine Angst hatte.

Doch am Montagfrüh als das In-die-Schule-Gehen so nahe vor ihm stand, überfiel ihn wieder Schrecken und Furcht. Was auch inzwischen geschehen war – der Gruber würde ihn fragen. Entsetzlich! Und waren die Maulwurfs wirklich schon so stark, wie Hugo sie darstellte?

Also beschloß Heini, weiter krank zu bleiben.

Er hatte gehofft, daß der Vater schon auf Krankenbesuchen unterwegs sei und daß die Mutter daher die Entscheidung, ob er aufstehen könne oder nicht, bis Mittag hinausschieben würde. Doch er hatte Pech, der Vater war ausnahmsweise noch da. Er nahm sich kaum die Mühe, Heini in den Hals zu schauen. »Du bist gesund«, sagte er, »also gehst du in die Schule. Keine Widerrede. Habt ihr nicht vielleicht heute Turnen, das du schwänzen willst?« Der Vater kannte die schwache Stelle seines Sohnes.

Also mußte er sich trübselig auf den Weg machen. Er war so gebrochen, daß er sich wie in alten Zeiten dem Maulwurfbruder anschloß, obwohl der anscheinend keine Notiz von seinem dicken Schatten nahm. Und doch merkte Heini erfreut, daß Hugo ohne sich umzusehen hin und wieder seine Schritte verlangsamte, um es Heini zu ermöglichen, ihm zu folgen. Denn Heini war ein fauler Fußgänger. So langten sie zusammen in der Schule an.

Die gefürchtete Frage

Als sie in die Klasse traten, stellte Heini fest, daß inzwischen wirklich ein Umschwung stattgefunden haben mußte. Es herrschte ein viel freierer, ein viel offenerer Ton in der A. Die Maulwurfs gingen zwar ohne viel Großtuerei herum (Heihei und Hugo ausgenommen), und doch merkte man, daß sich das Gewicht etwas zu ihnen hin verschoben hatte. Das Gesicht der Klasse war nicht mehr allein von den ELDSAs beherrscht.

Heini war glücklich. Nicht, daß er noch immer an Maulwurfs und Lottes Worte von der Wahrheit und Gerechtigkeit gedacht hätte – sondern einzig darum, weil er nun weniger Grund hatte, sich vor dem Gruber zu fürchten.

Nach kurzer Anwesenheit aber mußte er sich zugestehen, daß nicht alles so rosig war, wie es ihm im ersten Moment erschien. Die ELDSAs machten sich ziemlich bemerkbar. Sie gingen mit entschlossenen Gesichtern herum, meistens zu zweit oder zu dritt, rempelten gern irgendeinen unschuldigen Jungen, der zufällig im Wege stand, an und brummten ihm dann zu, er könnte achtgeben. Ja, nun kam Heini drauf: es war in der Zwischenzeit eine außerordentliche Spannung in der A entstanden, dadurch, daß die Maulwurfs wieder ans Licht gerückt waren. Nun standen sich zwei Kräfte offen gegenüber, wenn auch noch niemand anfangen wollte. Heini machte sich möglichst unauffällig, um in dieser unentschiedenen Lage neutral zu bleiben. Dabei schnüffelte er aber neugierig herum. Sehr bald hatte er heraus, daß zwischen dem langen Gruber (dessen Blick Gott sei Dank bisher noch nicht auf ihn gefallen war) und Alexander etwas nicht stimmte. Alexander machte ein merkwürdiges Gesicht, versonnen und verschlossen. Und dann fing Heini einen Blick des langen Gruber auf, den dieser zu Alexander hinübersandte und der nicht eben freundlich war. Als Heini sich neugierig zu Alexander wandte, stellte er fest, daß Alexander Grubers Blick nicht beantwortet hatte. Über seiner Sensationslust vergaß Heini ganz seine Furcht vor der Frage des langen Gruber. »Da ist was los, da ist was los . . .«, murmelte er aufgeregt.

Doch nicht zu lange sollte er sich in seliger Selbstvergessenheit wiegen. Folgende Begebenheit brachte ihn, obgleich er sie nicht sofort verstand, wieder in den Zustand der Angst:

Knapp vor acht schlich sich eine ziemlich mitgenommene Figur scheu in die A, in der man mit einiger Mühe den Raben erkannte. Denn Rabe war seit dem Freitag, da Heini ihn das letzte Mal gesehen hatte, erheblich verändert. Die stolze Haltung war dahingeschwunden, die sonst den Raben immer ausgezeichnet hatte. Heute schien es, als wollte er sich so klein als möglich machen. Außerdem war sein Gesicht verändert: ein dicker Kratzer lief die linke Wange herunter, während das rechte Auge fast zugeschwollen war. Im ersten Augenblick dachte Heini, daß dem Raben ein Unglücksfall zugestoßen sei. Aber gleich darauf merkte er, daß der Unglücksfall sicher nicht zufällig passiert war: denn er sah eine merkwürdige Bewegung in der fünften Bank, in der seine drei starken ELDSA-Kameraden sich fast sichtbar aufbliesen und wie ein Mann ihre fragenden, stolzen Gesichter zum Gruber hinwandten ... Und der Gruber nickte ihnen herablassend zu. Heini lief es heiß und kalt den Rücken herunter. Er begriff. Zwar wußte er nicht, was der Rabe, ein ehemaliger ELDSA, verbrochen haben konnte, aber doch konnte er sehen, daß der Gruber in dieser Form strafte. Merkte es denn niemand anderer? Sie drängten sich an den Raben heran und fragten, aber der Rabe antwortete nur ausweichend ... Er sei gefallen ...

Warum erzählte er denn nicht den anderen, daß man ihn verprügelt hatte? Oder irrte sich Heini? Nein, nein, die fünfte Bank saß, dick vor Glück und Befriedigung, da und holte sich immerfort Blicke des Lobes ... Heini erzitterte. Also auch er würde mit diesen Fäusten in Berührung kommen ... entsetzlich ... Wenn nur die Maulwurfs durch irgendein Zeichen zu verstehen geben würden, daß sie ihn, in welcher Weise immer, zu den Ihren zählten!

Doch das war nicht der Fall. Sie beherrschten sich mustergültig. Kein einziger verschwendete einen Blick an ihn. Ja, Heihei schien in dieser Richtung noch besonders gewarnt worden zu sein. Denn es war beinahe auffällig, wie absichtlich er wegschaute, wenn eine Begegnung mit Heini nur im Bereich der Möglichkeit lag. Die Maulwurfs hielten sich so tadellos an ihr Versprechen, Heini nicht zu verraten, daß er beinahe daran zweifelte, daß jemals jenes aufregende Gespräch im Kohlenkeller stattgefunden hatte.

Auch die Maulwurfs hatten Rabes bedauernswürdigen Eintritt gesehen. Lotte begriff gleich die Zusammenhänge. Sowohl sie als auch Maulwurf wußten ja von den Rebellionen bei den ELDSAs. Aber daß sie so was machen würden ... Knockout war außer sich. Er machte A-Karli schreckliche Vorwürfe, daß man es nicht ihm überlassen hatte, ELDSAs zu verprügeln. Er mißverstand die ganze Sachlage. Erst mit viel Mühe konnten ihm die wirklichen Zusammenhänge erklärt werden. »Wenn sie sich selber verprügeln, ist es fast genau so gut«, brummte er dann. Das war die allgemeine Meinung bei den Maulwurfs.

Heini aber lag gar nichts mehr an ihrer Verschwiegenheit. Sie sollten offen sagen, daß er zu ihnen gehörte, daß sie ihn schützen würden! Mehrmals während der ersten Stunde wandte er sich nach Lotte um. Und, o Glück, einmal erwischte er einen Blick von ihr. Sie sah ihn an, und um ihren kleinen breitlippigen Mund zuckte ein verräterisches Lächeln auf. Es schien beinahe, als könnte sie sich nicht zurückhalten und würde gleich in ein schallendes Gelächter ausbrechen. Doch dann besann sie sich. Mit einem entschiedenen Ruck schüttelte sie den Kopf, daß die schwarzen Ponys hin- und herflogen. Das bändigte ihre Lachlust. Zwar lagen die Ponys jetzt schief und wirr über die Stirn, aber sie hatte ein vollkommen ernstes Gesicht. Doch Heini wußte, was er wußte. Befriedigt wandte er sich wieder nach vorne.

Vor Beginn der Stunde hatte Gruber ihn nicht gefragt. Heini fühlte sich jetzt wieder so sicher (bei ihm schwankten Angst und Frechheit sehr schnell), daß er sich jetzt in der Hoffnung wiegte, es würde überhaupt nicht mehr zu der gefürchteten Frage kommen.

Doch sie blieb nicht aus.

Als sie in der Turngarderobe saßen und sich zur Stunde umzogen, schritt das Unheil, in Gestalt des langen Gruber, bekleidet mit Turnhose und Turnschuhen, auf Heini zu, der sich eben bemühte, den Knopf der Turnhose an der rechten Hüfte zu schließen. Er wollte und wollte nicht zugehen, weil immer eine Fettfalte dazwischenkam.

Er hatte das Nähern der Gefahr nicht bemerkt. Als darum knapp vor ihm eine strenge Stimme fragte: »Warum warst du Samstag nicht in der Schule?«, erschrak er dermaßen, daß er die Hose losließ und sie ihm herunterrutschte.

Seine frohe Sicherheit war mit der Hose bis auf den Nullpunkt gesunken. Ach, den Gruber gab es noch immer. In dem Augenblick, da er fordernd vor ihm stand, hatte er für Heini kein bißchen seiner Macht eingebüßt, obgleich die Maulwurfs ihn doch etwas zur Seite zu drängen schienen. Die heruntergerutschte Hose machte Heinis Lage noch schlechter. »Ich ... ich ...«, stotterte er, während seine Ohren mit unheimlicher Geschwindigkeit purpurrot wurden, »ich war krank ... ich war nämlich krank ... ich mußte im Bett bleiben ...« Ob ihm das genügte? Heini stand erstarrt da, wie ein Vogel, der von der Klapperschlange gebannt wird.

»Und was war am Freitagnachmittag?« forschte der lange Gruber weiter.

»Am Freitag ... ja, am Freitag ...«, stotterte Heini, »da ...«

Der lange Gruber übte eine magnetische Anziehung auf Heinis Furcht aus. Trotz aller guten Vorsätze fühlte Heini mit Entsetzen, daß er nicht mehr schweigen konnte, wenn der lange Gruber ihn weiter fragte ... er mußte alles sagen ... ach, wie konnten ihn die Maulwürfe schützen ...

Doch sie schützten ihn. Einer von ihnen. Durch eine Kleinigkeit.

Der A-Karli, der im Turnanzug noch viel winziger aussah

als sonst, weil das Ruderleibchen seine mageren Arme und Schultern frei ließ, mischte sich urplötzlich in die Unterhaltung. »Na, da bist du ja, wieder gesund«, stupste er Heini, obgleich man sich in der A sonst nie über Wetter und Krankheit zu unterhalten pflegte. Und schon war er wieder vorbei.

Aber es hatte genügt. Denn diese einfache Frage – kein anderer als einer, der Freitagnachmittag mit dabeigewesen war, merkte ihren tiefen Sinn – es war eine Erinnerung an Heinis Schweigegelöbnis gewesen. Ja, er hatte zu schweigen versprochen. Dafür wollten ihm die Maulwurfs helfen. Nicht mehr die schwachen Maulwurfs, die nur die Gerechtigkeit und Wahrheit auf ihrer Seite hatten. Heini merkte es doch: mancher von denen, die sich noch am Freitag um nichts gekümmert hatten, zeigte heute Freundschaftlichkeit für die Maulwurfs. Sie waren gar nicht so schwach!

Da hatte Heini all seine Frechheit wiedergefunden. Und gleichzeitig fiel ihm, wie vom Himmel gesandt, eine rettende Ausrede ein, um die er die ganzen vergangenen Tage sich den Kopf zerbrochen hatte. »Ich hab nicht hingefunden«, sagte er darum ohne Spur von Verlegenheit. »Das Haus, was du mir gezeigt hast, war es nicht. Ich hab sehr lange rumgesucht. Dabei hab ich mich auch verkühlt.« Er blinzelte schnell zum langen Gruber.

Doch der beachtete ihn gar nicht. Seine Augen, die in tatenloser Wut weit aus den Höhlen quollen, stierten auf den A-Karli, der jetzt neben dem mächtigen Knockout stand.

Eine Antwort gab der lange Gruber nicht. Er ging wortlos weg. Plötzlich aber drehte er sich blitzschnell um, packte den erschrockenen Heini, der inzwischen doch den Hosenknopf zubekommen hatte, an den runden Schultern und zischte ihm ins Gesicht: »Du lügst, warte nur!«

Ein Unglücksfall

Es war kein Zufall gewesen, Zippel hatte es deutlich gesehen.

Ihm war aufgefallen, daß der lange Gruber sich bei jeder Übung, die Professor Hampel anordnete, in der Nähe des A-Karli aufstellte. Seit Mausis Geständnis war es dem Zippel ungefähr klar, wie weit er dem Gruber trauen konnte, und seit Rabes »Unfall« vollständig. Darum beobachtete er ihn mißtrauisch.

Doch es kam zu schnell. Es geschah beim Stafettenlauf rund um den Turnsaal.

Der A-Karli war der dritte Mann der ersten Partei und hatte für das letzte Viertel dem Gruber den Stab zu übergeben.

Die vier letzten Rivalen standen in Ablaufstellung, um den Stab richtig zu nehmen. Plötzlich aber drehte sich der lange Gruber um, sah den vier vorletzten Läufern entgegen. Es war eine sportlich völlig unmögliche Stellung für Stabübernahme und mußte mit Zeitverlust enden. Als die vier Vorletzten in voller Fahrt angesaust kamen, als die drei anderen Letzten ordnungsgemäß übernahmen und dem Ziel zuliefen, hackte der lange Gruber mit voller Kraft den ihm entgegenrasenden A-Karli seinen rechten Fuß in den Knöchel. Dann lief auch er.

Niemand hatte es bemerkt, da alle gespannt blickten, wer zuerst das Stafettenziel erreichen würde. Erst durch einen Aufschrei wurde man aufmerksam.

Am Boden lag der A-Karli, bleich wie ein Handtuch. Er biß die Zähne zusammen und versuchte sich aufzurichten. Aber mit einem leisen Wimmern sank er immer wieder zurück.

Im Nu interessierte sich niemand mehr für den Ausgang der Stafette. Schon kniete Knockout rechts neben seinem kleinen Freund, links Herr Professor Hampel. Die anderen schlossen um die Gruppe einen neugierigen, erschrockenen Kreis.

»A-Karli, was ist denn, was ist geschehen?« fragte Knockout entsetzt. Immer wieder zuckte es ihm in den Fingern, um ihn anzufassen oder hochzuheben, doch unterließ er es, aus Angst, dem Kleinen weh zu tun.

Professor Hampel behielt den Kopf oben. »Wo tut es weh?« fragte er.

A-Karli versuchte tapfer zu sein, doch es gelang nicht. »Die Hand ... die linke ...«, stöhnte er endlich. Professor Hampel hob ihm ganz sachte den linken Arm. Der mächtige Knockout wandte sich ab. Er konnte das nicht mit ansehen. Ihm hätte man alles antun können, er hielt Schmerzen aus. Aber es ging über seine Kraft, diese kleine Hand schlaff herunterhängen zu sehen und dazu A-Karlis vor Schmerz verkrampftes Gesicht.

»Gebrochen«, stellte Professor Hampel aufgeregt fest. »Geht sofort einer zum Herrn Direktor hinauf und sagt, daß wir die Stunde schließen. Ob nicht ein anderer Professor inzwischen Zeit hat. Ich fahre mit dem Karli zum Schularzt. Meyer, gib mir den Mantel, er braucht sich nicht umzuziehen, wir fahren im Auto. Aber ihr anderen zieht euch um, die Stunde ist sowieso bald zu Ende.«

Die erschreckte A trollte sich wortlos in die Garderobe, während Professor Hampel den A-Karli aus dem Turnsaal trug.

Da lief ihm Knockout nach. »Kann ich nicht auch mitgehen?« fragte er bittend. »Der Karli ist nämlich mein Freund ...« In A-Karlis Augen blitzte ein schwacher Schimmer der Freude auf. Er versuchte sogar ein schwaches Lächeln. »Nein, das geht nicht«, sagte Professor Hampel ... Doch als er auf Knockouts sommersprossigem Gesicht tiefe Enttäuschung sah, rief er ihm zu: »Du kannst nach der Schule zu mir ins Konferenzzimmer kommen und fragen, was der Arzt gesagt hat. Jetzt schau darauf, daß in der Garderobe

Ruhe bleibt.« Professor Hampel schien dahingehend ziemlich besorgt zu sein.

Noch einmal abgebremst

Als Knockout in die Garderobe zurückkehrte, herrschte dort ein ohrenbetäubender Lärm. In eine Ecke gedrängt stand der lange Gruber, der alle um ein paar Zentimeter überragte, um ihn schützend mit erhobenen Fäusten seine ELDSAs geschart. Auf die drangen mit Schreien und Schlägen einige Maulwurfs ein, allen voran Hugo und Heihei. Abseits standen nur wenige, Heini, Zippel, Rabe und Alexander. Die anderen waren interessierte Zuschauer. »Von allein ist er nicht gefallen!« schrie Hugo, »sicher hast du ihm was gemacht!« »Da ist gar kein Zweifel dran!« schrie Heihei und versuchte sich durch Hopsen größer zu machen, um so den Gruber über die schützende Hand von den ELDSAs hinweg mit der Faust zu erreichen.

Das hören, alle Ermahnungen Professor Hampels vergessen und sich den Weg durch die Menge bahnen war für Knockout eins. »Du Hund!« schrie er, »du ELDSA-Hund, du hast also dem A-Karli ...« »Lüge!« schrie der lange Gruber mit überkippender Stimme, denn schon hatte Knockouts mächtige Pratze ihn am Hals gepackt, »eine gemeine Maulwurfslüge! Alle haben gesehen, daß der Karli ausgerutscht ist! Da seht ihr, wie sie lügen und verleumden ...« Nun schien die lange erwartete große Rauferei endlich zu beginnen. Schon warfen sich die drei aus der fünften Bank mit lauten »ELDSA«-Rufen auf Knockout, packten ihn an Armen und Beinen, schon sprang Heihei auf den Gruber los ...

Da ertönte aus dem Hintergrund unerwartet eine laute Stimme.

Es war der Magnetmaxl, der unbemerkt hereingekommen

war. Neben ihm stand der Köhler, der im Auftrag von Professor Hampel zum Direktor gelaufen war. »Ruhe! Ruhe!« schrie der Magnetmaxl. Es klang aber nicht wie ein Lehrerbefehl, sondern eher wie ein warnendes: Wartet mal ab. Warnend und besorgt. Und dadurch erreichte der Magnetmaxl wirklich das, was in diesem Augenblick kein anderer Lehrer erreicht hätte: die Kämpfenden ließen voneinander ab.

»Eben erfahre ich, was geschehen ist«, sagte jetzt der Magnetmaxl schnell und eindringlich. »Wir wollen alle hoffen, daß eurem Kameraden bei dem Unfall nicht viel geschehen ist. Aber damit ihr nicht in die Weihnachtsferien mit einem so traurigen Abschluß geht, wurde etwas beschlossen, was euch bestimmt Freude macht: Morgen ist kein Unterricht. Statt dessen machen wir einen Tagesausflug.« Er machte eine kleine Pause, als überlegte er, was er weiter sagen sollte. Schnell fuhr er fort: »Zusammen mit der B.«

Von einigen Seiten her wurden Ausrufe der Verwunderung hörbar. So plötzlich wurde ein Ausflug angesagt? Und zusammen mit der B? Das hatte es noch nie gegeben.

»Wer geht mit?« fragte Heini, der noch immer mit Rabe, Alexander und Zippel dastand. Ja, wer von den Lehrern ging mit?

Der Magnetmaxl schaute wieder mit einem aufmerksamen Blick über die Schar halb ausgezogener Jungen hin, als mache er sich Gedanken darüber, wie sie seine Mitteilung aufnehmen würden. Dann sagte er kurz: »Ich.«

Es folgte Schweigen. Die Aufregung von vorhin war schon etwas abgeflaut. Warum verschwieg der Magnetmaxl den zweiten Lehrer, der mitging? Denn mit zwei Klassen mußten es immer zwei sein.

Doch der Magnetmaxl erwähnte auch weiterhin nichts desgleichen. Er teilte nur noch mit: »Treffpunkt morgen um acht Uhr bei der Endstation der 39. Nehmt euch genug zum Essen mit, wir werden erst gegen vier Uhr zu Hause sein.

Und jetzt macht euch schnell fertig. Ich bleibe hier, bis ihr angezogen seid. Die Rechenstunde entfällt.«

Danach stand der Magnetmaxl auf seinen O-Beinen stumm wie eine Bildsäule und machte keine Miene, wegzugehen. Knockout knirschte mit den Zähnen, daß ihm der lange Gruber entkommen war. Der aber setzte sich mit verhaltener Angst und Wut zwischen Alexander und Zippel, die nur unwillig auseinanderrückten. »Die Schweine«, murmelte er vor sich hin. »Na wartet nur, morgen. Da wird was geschehen ... morgen abend ist der Maulwurf erledigt ... wartet nur ... wartet ...«

Alexander packte bei diesen Worten kalte Angst. Angst für die anderen. Er sah hinüber zum Raben. Wie der aussah! Und der Marhat fehlte überhaupt. Was hatten sie nur mit dem gemacht? Und jetzt die Drohung! Und er hielt es auch für absolut möglich, ja wahrscheinlich, daß der Gruber den A-Karli zu Fall gebracht hatte ... Er traute ihm alles zu ... Darum brach er das Schweigen, das seit dem Treffen mit dem Koch-Hans zwischen ihnen stand, und fragte: »Was hast du vor, Gruber?« Doch der hatte sich schon gefaßt und bemerkt, daß er eine Unvorsichtigkeit begangen hatte. »Nichts, nichts«, brummte er. »Gar nichts. Aber alle ELD-SAs *müssen* morgen auf dem Ausflug sein, versteht ihr? Sagt es den anderen! Sie müssen! Entschuldigung gibt es nicht!«

Er war als erster fertig. Als erster verließ er ohne Gruß, fast fluchtartig, die Turngarderobe. Nur den drei Starken aus der fünften Bank, die sich ihm in den Weg drängten, flüsterte er befehlend zu: »Morgen pünktlich am Ausflug sein! Alle!« Sie nickten feierlich.

Noch immer stand der Magnetmaxl an der Türe. Er hielt den Knockout auf, der dem Gruber nachstürzen wollte.

Ein Freund der Wahrheit und Gerechtigkeit

»Achtung! Euch droht etwas! Wahrscheinlich dem Maulwurf! Gebt am Ausflug acht auf den langen Gruber. Er hat Pläne, man weiß nur nicht, was für welche!«

Das stand mit Druckbuchstaben, die die wahre Schrift des Schreibers unkenntlich machen sollten, auf einem Blatt Papier.

Wie aber sollte er unterschrieben werden? Schrieb der Schreiber seinen wirklichen Namen, so glaubte man ihm nicht. Denn er war ja auf der anderen Seite. Aber er wollte, daß der Zweck erreicht würde: daß die Maulwurfs morgen auf der Hut waren. Der Gruber war ein Teufel. Der schreckte vor nichts zurück. Besonders jetzt, wo es um Sein oder Nichtsein ging. Jedes Mittel war ihm recht. Der Schreiber aber wollte den Maulwurfs helfen in ihrem Kampf gegen die Lüge und ihre schrecklichen Folgen.

Aber wie sollte der Brief in ihre Hände gelangen? Hoffentlich ergab sich morgen am Anfang des Ausflugs eine Gelegenheit. Die Maulwurfs mußten gewarnt werden vor der großen, letzten, entscheidenden, geheimnisvollen Gemeinheit des langen Gruber, der das Ende seiner Herrlichkeit herannahen fühlte.

Darum setzte der Schreiber mit bebender Hand die Unterschrift: »Ein Freund der Wahrheit und Gerechtigkeit« unter den Brief. Dann steckte er ihn in die innere Brusttasche.

Die winzigen Geschwister

Gegen Abend schon hatte es zu schneien begonnen, und am nächsten Morgen schneite es noch immer. Die nasse, nebelige Kälte war gewichen, da Schnee die Erde bedeckte. Es war richtiges Weihnachtswetter. Leise und leicht kamen große Schneeflocken herunter, als siebenundvierzig Jungen und zwei Mädchen in der Frühe jedes zu seinem Fenster hinausschaute, um zu sehen, was für Ausflugswetter sei.

Nicht ein einziger hatte an diesem Morgen verschlafen. Denn jeder einzelne – ob A, ob B, ob Junge oder Mädchen – erwartete den heutigen Ausflug. Heute mußte und würde sich die ungeheure Spannung, die mit jedem Tag steigend über A und B seit drei Wochen lag, lösen, so oder so. Der heutige Tag entschied über die Zukunft des Zusammenlebens von A und B. Und über vieles andere. Was geschehen würde, wußte man nicht. Das lag noch im Dunkel. Am Abend würde man es wissen.

Am zeitigsten verließ Knockout sein Haus. Er wollte, bevor er zum Klassentreffpunkt ging, noch zum A-Karli schauen, um zu erfahren, wie es seinem kleinen Freund heute ging und um zu fragen, was er gestern aus Rücksicht nicht gefragt hatte. Gestern nachmittag, das war sein erster Besuch beim A-Karli in der Wohnung gewesen. Da hatte er erfahren, daß die Hand wirklich gebrochen war.

Auf einem schmalen Diwan, aus dem die Sprungfedern herausstanden, hatte der A-Karli gelegen, noch schmaler und kleiner als sonst, die linke Hand in einem weißen Gipsverband. Und mit Entsetzen hatte Knockout festgestellt, daß nicht der A-Karli das Zarteste auf der Welt war, wie er bisher angenommen hatte. Er war ein Riese gegen die zwei winzigen, mageren Geschwister Michel und Mariele, die um A-Karlis Diwan herumkrochen und ständig den Gipsverband antippten. Der A-Karli war zu Hause der größte der Geschwister!

Und sogar jetzt, da er mit der gebrochenen Hand lag, mußte er seine Pflichten als ältester Bruder erfüllen, nämlich auf die Kleinen aufpassen, weil die Mutter in der Waschküche nebenan Wäsche wusch. Sie hatte nur auf einen Augenblick die Arbeit unterbrochen, um Knockout die Türe aufzumachen. Hatte über das Unglück mit der Hand gejammert und war dann wieder zur Arbeit zurückgelaufen.

Knockout war sehr verlegen gewesen und hatte kaum gewagt, sich zu bewegen, obgleich der winzige Michel und das noch viel winzigere Mariele ihn immerfort zupften und kitzelten. Denn er fürchtete, sie bei der leisesten Bewegung zu zerquetschen. Bald war er am vorigen Nachmittag wieder gegangen. Denn der A-Karli schien, obgleich er es ableugnete, noch sehr von Schmerzen geplagt. Knockout hatte zu ihm nur flüsternd gesprochen: der leidende A-Karli erschien ihm als etwas Heiliges.

Heute früh aber nahm Knockout sich vor, das zu fragen, worauf er unbedingt Antwort wollte. Jetzt war keine Zeit mehr, sich einschüchtern zu lassen. Um sich Mut zu machen, lief er mit einem Satz die fünf Treppen bis zu A-Karlis Wohnung hinauf.

Sie hatten keine Klingel, die Türe hatte nur eine Klinke, die einfach heruntergedrückt wurde. Dann war man schon drinnen.

Das erste, was Knockout beim Eintreten hörte, war lautes Schnarchen. A-Karli winkte ihm von seinem Sofa mit der gesunden Hand zu, ganz leise zu sein, und Knockout bemühte sich, in seinen genagelten Schuhen auf den Zehenspitzen zu gehen. Ein verteufelt behutsames Haus war das hier! »Der Vater schläft«, flüsterte der A-Karli seinem großen, schneebedeckten Freund, der frische Kälte hereinbrachte, entgegen. »Er hat Nachtschicht gehabt ...« Dabei deutete er auf die beiden Betten in der hinteren Ecke des großen Zimmers. »Und wo sind Michel und Mariele?« fragte Knockout ängstlich, da er fürchtete, irgendwo auf sie zu treten. »Die Mutter hat sie gerade in den Kindergarten geführt«, beruhigte ihn der A-Karli. »Komm, setz dich zu mir aufs Bett ...«

Knockout lehnte entschieden ab. Er starrte mißtrauisch auf die weiß geschiente Hand und fragte: »Wie ist es denn heute?« »Schon fast gut«, sagte der A-Karli. »Tut gar nicht mehr weh. Schade nur, daß ich nicht mit auf den Ausflug gehen kann, gerade heute ...«

Da gab sich Knockout einen Stoß. Wenn es ihm gut ging, brauchte er keine Schonung. »A-Karli«, fragte er streng, »bist du gestern von alleine umgefallen, oder hat das der Gruber gemacht?« Entgegen Knockouts Erwartung sträubte sich der A-Karli gar nicht, sondern nickte sofort: »Der Gruber hat es gemacht. Er hat eine Wut auf mich gehabt. Erstens überhaupt wegen der Maulwurfs, und dann hab ich den Heini ein bißchen erinnert ...« Knockout ließ ihn nicht ausreden. »Also doch!« tobte er los und vergaß alle Rücksicht auf den schlafenden Vater. Doch der schien einen sehr festen Schlaf zu haben. »Also doch! Und wie er es abgelogen hat! Na wart, ich soll nur erst mal an der Endstation sein ... Servus ...« Damit wollte er dem A-Karli die Hand drücken, um wegzustürzen. »Psst«, mahnte der ihn, »Knockout, wart noch einen Moment ... ich muß noch was sagen ... nämlich, tu ihm noch nichts an der Endstation ... im Gegenteil, mach, als wäre nichts geschehen, bitte ...«

Da wurde es dem Knockout aber zu bunt. »Nein«, sagte er entschlossen, »das laß ich mir nicht mehr erzählen. Du brauchst keine Angst um mich zu haben, mit den dreckigen ELDSAs werd ich schon noch fertig. Gestern hab ich den Gruber schon beinahe ...«

»Bleib noch, hör doch zu!« bat der A-Karli aufgeregt, der ganz vergessen hatte, daß die linke Hand gebrochen war, und sie beschwörend aufzuheben versuchte. Mit einem kleinen Schmerzensschrei ließ er sie wieder sinken. Das erschreckte Knockout so sehr, daß er wider Willen stehenblieb und zuhorchte.

»Ich will doch nur, daß du nicht gleich was machst, und nicht, weil ich Angst habe. Aber du könntest alles zerstören. Heute wird es nämlich losgehen, aber erst später. Irgend jemand hat es dem Maulwurf gesteckt, und unsere wissen es.

Der Maulwurf war gestern abend noch extra bei mir, um das zu erzählen. Mit den Grubers steht es gar nicht so gut, die fangen sich schon an zu streiten, außerdem muß der Lange ahnen, daß wir beinahe die ganze Geschichte mit der Perlmutterfarbe wissen. Ihm wäre also eine gewöhnliche Rauferei sehr angenehm, wenn nur nicht die Rede ist von den Schwindeleien von ihm ... und ... vom Alexander. Denn wenn das 'rauskommt, so helfen ihm die anderen nicht mehr ... Und heute muß es 'rauskommen, dann geht es sowieso los, *darum* sollst du nicht früher was anfangen. Verstehst du? Im Gegenteil, wenn sie gleich anfangen wollen zu raufen, darfst du dich nicht von ihnen dazu aufreizen lassen! Erst bis es soweit ist, wenn alle Unserigen es für richtig halten!«

Knockout war ratlos. Das war wieder so eine verzwickte Sache. Warum durfte man dem Gruber nicht gleich eine herunterhauen, wenn man ihn erwischte? Doch dann leuchtete es ihm allmählich ein. Jaja, es stimmte, der Gruber hatte es dem A-Karli nur gemacht, weil er zu den Maulwurfs gehörte ... und weil die gegen die Lügen waren.

Also antwortete er schließlich seufzend auf die bange Frage des A-Karli: »Nicht wahr, Knockout, du unternimmst nichts allein?«, mit einem schweren: »Ja.« Dann aber rannte er los, daß der Rucksack auf seinem Rücken hin- und herflog.

Letzter Kriegsrat

Ein besseres Ausflugswetter konnte man sich im Dezember gar nicht wünschen. Gegen acht Uhr hörte das Schneien fast auf. Aber der Boden war mit zwanzig Zentimeter frischem lockerem Schnee bedeckt.

An der Endstation der 39 herrschte reges Leben. Der Schnee war im Umkreis von zehn Metern festgestampft von den unruhigen Füßen der Wartenden. Fast alle hatten Rucksäcke für die Butterbrotpakete auf dem Rücken. Auch der Magnetmaxl, der heute lange Pumphosen anhatte, wodurch man die O-Beine fast gar nicht bemerkte, hatte einen.

Aus jeder Elektrischen, die in Abständen von fünf Minuten an der Endstation landeten, stieg mit lautem Geschrei eine neue Ladung. Bei jeder neuen Elektrischen war man in der gleichen Spannung: Wer kommt jetzt? Und wer wird ausbleiben?

Fünf Minuten vor acht entstiegen zwei wichtige Personen der 39. Aus dem ersten Waggon kam der Gruber, der weithin sichtbar auf der Plattform stand. Er konnte zufrieden mit seinen ELDSAs sein: allen voran die drei aus der fünften Bank, wurde er von ungefähr acht Stimmen mit weithinschallendem, tadellos klappendem »ELD-SA, ELD-SA« empfangen. Das war der aufopferungsvollen Arbeit eben der drei Starken zu verdanken, die Tag und Nacht nicht ruhten, um die Schande ihres Alfred wieder gutzumachen. Und stotternd und schüchtern klang auch von drei Schritten weiter hinten ein schwaches »ELD-SA«. Der Marhat rief es, der trotz seines gestrigen Fehlens doch zum Ausflug gekommen war. Na, der sah auch schön aus! Die fünfte Bank hatte gute Arbeit geleistet. Alexander hielt sich in seiner Nähe auf, er konnte sich nicht gut drücken. Die fünfte Bank hatte nicht gewagt, ihn mit zur Aufstellung in Reih und Glied zu zwingen. Neben ihm drückte sich der Zippel herum.

Gruber war zufrieden. Die Lage war besser, als er es erwartet hatte.

Weniger beachtet als er wurde die zweite Person, die ankam, nämlich der Koch-Hans. Er entstieg dem Anhängewagen. Er wurde nur von zwei oder drei Bs empfangen, die ihn sofort mit Fragen bestürmten: »Hast du die Marken mitgebracht? Auch die englische?«

Koch-Hans und der lange Gruber bemerkten einander

anscheinend gar nicht. Es war reiner Zufall, daß sie mit der gleichen Elektrischen gekommen waren.

Und doch hätte man sie noch zehn Minuten vorher im eifrigsten Gespräch miteinander sehen können. Allerdings nicht in der Elektrischen, sondern in einer Seitenstraße, nahe einer Umsteigestelle in die 39. Dieses Treffen war kein Zufall gewesen. Wenn die Dinge so ernst stehen, wie sie für die beiden standen, konnte man sich nicht mehr auf den Zufall verlassen. Man mußte ihm nachhelfen.

Die Antworten, die der Koch-Hans dem langen Gruber auf seine Fragen gab, hatten den nicht zufriedengestellt. Schon die erste Meldung: daß wohl einige Bs die Marken sehr gern genommen hätten – welcher Junge nimmt nicht gerne Marken –, daß sie auch sehr begierig auf die neue Lieferung warteten, daß sie aber der Gründung einer ELDSBE noch verständnislos gegenüberstanden – trafen den langen Gruber tief. »Aber du hast es mir doch versprochen!« fuhr er den Koch-Hans, der wie ein Untergebener vor ihm stand, an. »Ich kann nichts dafür«, hatte der sich verteidigt, »du weißt ganz genau, daß ich es genau so will die du! Aber sie sagen . . . natürlich sind sie gegen die A, weil die so frech sind und so ein großes Maul haben . . . aber da meinen sie mehr dich und deine. So schnell kann ich es ihnen nicht erklären, daß ihr recht habt . . . natürlich nur gegen die Maulwurfs und Zentners . . . Aber was soll man denn antworten, wenn sie sagen: Die Zentners machen doch etwas gegen die As, und die As, die zu uns halten, sind anständig, darum hält auch der Zentner zu ihnen . . .«

»Du meinst also nicht, daß deine heute gegen den Zentner losgehen würden, ich meine, daß sie die Zentners verprügeln, weil sie mit den Maulwurfs zusammenhalten . . . Wir würden ihnen dabei helfen, wenn ihr uns zu Hilfe ruft.« Der Koch-Hans hatte nur den Kopf geschüttelt. »Nein. Höchstens vier oder fünf. Aber nur, wenn du mir die englischen Krönungsmarken gibst, die du versprochen hast. Darauf sind sie nämlich sehr scharf. Und ich krieg doch die indische?«

Der lange Gruber war auf diese Frage nicht eingegangen. »Auf die Maulwurfs würden sie auch nicht losgehen? Ich meine, wenn sie überhaupt auf die As eine Wut haben, so könntest du sie auf die hetzen. Nein, auch nicht? Na, dann mach ich den letzten Vorschlag: Wenn wir, die ELDSAs, auf die Zentners und auf die Maulwurfs losgingen, würden sie da mit uns mitmachen? Zum Kuckuck, unsere Maulwurfs müssen sehen, daß man sie in der B nicht haben will!«

Der Koch-Hans dachte lange nach. »Weißt du«, hatte er dann gesagt, »unsere Bs sind leider noch fast alle so verblödet, daß sie glauben, der Zentner und der Maulwurf sind anständig. Die haben es sehr geschickt angestellt. Und weil man ihnen jetzt schon glaubt, darum ist es fast unmöglich, jetzt etwas zu machen.«

»Es muß aber jetzt sein«, hatte der lange Gruber eigensinnig beharrt. Seinem Gesicht hatte man es ansehen können, daß er einen tiefen Entschluß faßte. »Koch-Hans, wenn heute einer von ihnen, entweder der Maulwurf oder der Zentner oder die Lotte etwas machen würde, das eine Schweinerei ist, irgend etwas sehr Empörendes. Und wenn dann die ELDSAs auf die Maulwurfs losgehen würden, gegen diese Schweinerei, glaubst du, daß dann die Bs zu uns halten würden?« »Dann ja!« hatte der Koch-Hans begeistert gerufen. »Denn sie sind schon ganz verblödet von der ›Wahrheit und Gerechtigkeit‹, wie die Maulwurfs immer sagen. Wenn es sich jetzt herausstellt, daß eigentlich die ELDSAs für die Wahrheit und Gerechtigkeit sind und die *anderen* Schweinereien machen, werden sie wild. Aber wird der Maulwurf oder der Zentner so was machen?«

»Das laß meine Sorge sein«, hatte der lange Gruber vielversprechend geantwortet und seine Krawatte zurechtgezupft. Sogar heute hatte er eine an. »Ich will nur wissen, ob man dann mit den Bs rechnen kann.« »Dann ja«, war Koch-

Hans' Antwort gewesen. »Hoffentlich klappt es, ich wäre sehr froh. Aber die Marken gib mir auf jeden Fall.«

Noch einen Händedruck hatten sie getauscht – dann waren sie in die nächste 39 eingestiegen, die kam. Der lange Gruber in den ersten – der Koch-Hans in den zweiten Wagen.

Die Gruppen

Gegen viertel neun gab der Magnetmaxl das Zeichen zum Aufbruch. Er war also wirklich der einzige Lehrer, der die Aufsicht über beide Klassen auf diesem Ausflug führte.

Aus der A waren außer Karli alle erschienen, und aus der B fehlten nur vier Schüler, die schon am vorigen Tage krank gewesen waren.

Merkwürdig war es, wie sich fast selbstverständlich die Gruppen bildeten. Rund um den Magnetmaxl, der von Anfang an in gleichmäßigem Schritt ging und sich dadurch ganz vorne hielt, marschierten einige Bs, die die gute Gelegenheit wahrnahmen, den für sie neuen Lehrer etwas genauer zu beschnuppern. Ein guter Ruf war ihm vorausgegangen. Und bis jetzt hatte er die Bs auch noch nicht enttäuscht. Drei von den unbeteiligten As vervollständigten diese erste Gruppe. Sie stießen sich heimlich an, als sich ihnen nach sehr kurzer Zeit Alexander anschloß.

Als das geschah, wollten die anwesenden Bs eine feindselige Haltung einnehmen. Da aber Alexander eher gedrückt als frech erschien, und da der Magnetmaxl dabei war (also ein alter A-Lehrer, auf den die A gewissermaßen ein Vorrecht hatte), ließen sie es sein, wandten sich nur verachtungsvoll ab und nahmen das Gespräch mit dem Magnetmaxl wieder auf, der sich von Anfang an sehr eingehend mit ihnen unterhielt. Alexander beteiligte sich nicht an dem Gespräch, obgleich der Magnetmaxl auch ihn manchmal fragte. Seine Antworten waren einsilbig. So gab es der Magnetmaxl bald auf. Nur von Zeit zu Zeit sah er ihn forschend an, wenn er sich im Gehen umdrehte, um zu sehen, ob die anderen folgten. Sekundenlang ruhte dann sein Blick auf dem schweigend dahingehenden Alexander.

Der Zug der beiden Klassen erstreckte sich über ein langes Stück Weg.

Nicht weit hinter der ersten Gruppe gingen Heihei und Stichflamme. Auf den ersten Blick hätte man meinen können, sie stritten miteinander. Denn sie schrien mit wildem Händefuchteln gleichzeitig einer den anderen an. Aber das schien nur so, sie unterhielten sich ausgezeichnet.

Wie ein wandernder Bienenschwarm zogen einige Meter dahinter die Maulwurfs daher. Rund um sie der Großteil der Bs mit Zentner, der den traurig und finster blickenden Knockout untergefaßt hatte. Ein unbeschreiblicher Lärm ging von dieser Gruppe aus.

Die fünf Meter, die ständig zwischen ihnen und den ELDSAs lagen, wurden von Einzelgängern ausgefüllt. Da sah man den Raben, dessen blaues Auge inzwischen eine gelbliche Färbung angenommen hatte, schweigend gehen. Finster blickte er auf den Weg vor sich. Er schien nicht die höhnischen Schimpfworte zu hören, die ihm seine ehemaligen ELDSA-Freunde von Zeit zu Zeit zuriefen.

Die ELDSAs! Die zu sehen war ein reines Vergnügen. Sie hatten Dreierreihen gebildet – voran als Musterreihe die fünfte Bank, die sich durch die Ereignisse der letzten Tage eine Art Vormachtstellung erobert hatte. So marschierten sie in gleichmäßigem Schritt und Tritt. Manchmal begannen sie, ein Lied zu singen, manchmal brach der eine oder andere in ein lautschallendes »ELD-SA« aus, in das die übrigen freudig einstimmten. Sie boten das Bild einer frohen Kameradschaft. Es hatte aber der fünften Bank Arbeit, gutes Zureden und schließlich Drohungen gekostet, manchen anfangs mißlaunigen ELDSA wieder in Reih und Glied zu bringen und mit neuem Mut zu erfüllen. Doch nun war jeder froh, mit dabei zu sein. Was gab es Schöneres als Gemeinsamkeit!

Ihr Auftreten machte entschieden Eindruck auf viele andere. Einige Unbeteiligte folgten ihnen mit dem unverhohlenen Wunsch, sich anzuschließen. Und selbst unter den Bs fanden sich welche, die meinten, so was Ähnliches in der B wäre nicht übel.

In der losen Gefolgschaft der ELDSAs bewegte sich auch der stotternde Marhat. Er zuckte manchmal zusammen, wenn er hart auf einen Stein auftrat. Denn seine rechte Schulter war noch hergenommen von der handgreiflichen Belehrung, die ihm vor zwei Tagen die fünfte Bank gegeben hatte. Ach, er hatte sich empört! Er hatte dem Raben recht gegeben! Und wegen seiner damaligen Dummheit war er nun ausgeschlossen und vereinsamt, auf allen Seiten. Gerade auf einem Ausflug spürt man es besonders stark, ob man geschätzt, beliebt oder ausgeschlossen und fremd ist. Auf einem Ausflug mußte man irgendwohin gehören. – Nicht einmal einen Leidensgenossen hatte er zur Gesellschaft. Nicht einmal den Raben, dessentwegen er überhaupt in die unglückliche Lage gekommen war. Denn aus dem war über Nacht ein erbitterter ELDSA- und Gruber-Hasser geworden. Als ihm darum der Marhat stotternd mit dem Vorschlag gekommen war: den langen Gruber um Verzeihung zu bitten – hatte er ihn wortlos stehengelassen und in weitem Bogen ausgespuckt. Ach, der Marhat wollte so gerne wieder mittun! Wie schön wäre es, da vorne mitzumarschieren, in Reih und Glied, zu singen, mit ihnen gemeinsam »ELDSA« zu rufen. Er war es so gewöhnt! Mit hungrigen Augen und schmerzender Schulter folgte er seinen ehemaligen Freunden. Wenn ihn der Gruber jetzt plötzlich zurückrufen würde! Dieser Gedanke verwirrte ihn beinahe vor Glück. Und auf einmal schien ihm wirklich das Schicksal zu lächeln. Ein ELDSA, der Zippel, blieb etwas zurück (er war in der letzten

ELDSA-Reihe marschiert) und gesellte sich zu dem unglückseligen Marhat. Ja, er begann sogar ein Gespräch mit ihm. Also nicht alle ehemaligen Kameraden verachteten ihn. Und wie nett der Zippel war! Ob ihn die fünfte Bank sehr verprügelt hätte? fragte er. »Oh, gar nicht so schlimm«, stotterte der Marhat beruhigend. Außerdem hätten sie ja recht gehabt. »Wieso?« fragte der Zippel erstaunt. Na ja, weil er, der Marhat, doch so häßlich vom Gruber gesprochen hätte ... es täte ihm aufrichtig leid ... und ob der Zippel nicht vielleicht mit dem Gruber sprechen könnte und sagen, daß der Marhat offen um Verzeihung bitten wolle ... oder vielleicht mit dem Alexander, der sei nicht so streng ...

Da erlebte der Marhat, daß der Zippel ihn verächtlich ansah, ihn ebenfalls stehenließ und mit raschen Schritten versuchte, die ELDSA-Gruppe einzuholen. Na ja, dachte der Marhat zerknirscht, er denkt halt auch, daß der Gruber nicht verzeihen wird. So leicht ist es nicht gutzumachen ...

Den Beschluß bildete ein Gemengsel aus A und B. Die letzten unbeteiligten As (ihre Zahl war sehr gesunken) und diejenigen Bs, denen das heutige Gehaben der ELDSAs so imponierte, außerdem der Koch-Hans, der hier geschäftig herumschoß; immer Marken in der Hand, hatte er leichte Arbeit. Da er öfter zum Markentauschen mit dem einen oder anderen stehenblieb, auf den er dann auch heftig einredete, blieb er ständig der letzte Mann.

Als Unglücklichster auf dem Ausflug kam sich Heini vor. Er wußte überhaupt nicht, wohin mit sich. Außerdem hatte er große Angst. Hier konnte man sich nicht mehr geschickt zwischen den beiden entscheidenden Gruppen herumdrükken. Ja, vorhin, als der Gruber mit der Elektrischen gekommen war, hatte auch Heini in Reih und Glied gestanden und hatte »ELD-SA« gebrüllt. Denn die fünfte Bank wußte noch nicht, daß auf ihm ein schwerer Verdacht ruhte. Aber dabei war er ständig von dem Gedanken beseelt gewesen, zu entwischen, bevor ihn der Gruber in die Finger kriegen konnte.

Er mußte sich in Sicherheit bringen. Wohin nur? Zu den Maulwurfs? Erstens würden die es ihm nicht erlauben. Zweitens aber gingen die mit den Bs, die ihn sofort bei Erscheinen verprügeln würden. Denn Heini war die Wache gewesen, die Stichflamme damals am Gangknie abgefangen hatte.

Zum Raben? Dazu war Heini zu feige. Sich vor aller Augen zu dem Aufrührer gesellen! Außerdem betrachtete ihn der sicherlich noch als einen ELDSA. Ach, alle Kameradschaftlichkeit hatte aufgehört, die Klasse war gespalten in Freund und Feind. Und Heini gehörte nirgends hin ...

Endlich sah er einen Ausweg. Er schleppte sich schnellen Schrittes nach vorne und schloß sich der Magnetmaxl-Gruppe an. Es war eine schreckliche Anstrengung für ihn, denn diese Gruppe ging schnell und gleichmäßig, ganz ohne Pausen »zum Ausschnaufen«. Doch er spannte alle Kräfte an, um nicht zurückzubleiben. Merkwürdig, er bekam kein Seitenstechen, wie sonst angeblich immer bei solchen Gelegenheiten. Was die Angst alles tut! Hier war er sicher. Beruhigend war es, daß hier nicht von *dem* gesprochen wurde, worum sich die Gespräche aller übrigen Gruppen drehten. Hier unterhielt man sich eben darüber, ob es auf dem Monde Menschen geben könnte, und wenn nicht, warum nicht.

Nur daß er Alexander ebenfalls hier antraf, beunruhigte Heini zuerst. Gab es denn überall einen ELDSA, der aufpaßte? Aber nicht lange, so siegte Heinis bequeme Anschauung: Abwarten, was wird.

Der karierte Rock

Gegen halb elf begann die Sonne einen Kampf mit den Wolken zu führen. Hier und da durchbrach sie die graue Wand und brannte für Minuten heiß herunter. Verschwand sie, so war es sofort eiskalt. Allmählich wurden aber die Sonnenzeiten immer länger, nur selten schoben sich noch Wolkenbänke vor, bis die Sonne endlich siegte. Die Wolken hatte sie weit zurückgedrängt und brannte nun warm durch die dünne Schneeluft herunter.

Schon vorher war manchem vom Gehen heiß geworden, so daß er sich die Jacke ausgezogen und lose über die Schultern gehängt hatte. Nun aber, da der Weg steil anstieg, mußte man die Jacken hinten in den Rucksack stopfen, sonst war einem unerträglich heiß. Sogar der Magnetmaxl zog seinen karierten Rock aus, legte ihn über den Arm und stapfte in Hemdsärmeln den Schneeweg hinauf.

Es war aber nicht nur das Steigen und die Sonne, die alle so in Hitze gebracht hatte. Es war vielmehr die ständige Spannung, das ständige Auf-der-Hut-Sein, das zum Beispiel den Maulwurf-Zentner-Bienenschwarm in Bann hielt.

Denn wenn auch die Magnetmaxl-Gruppe sich vorne in unbeirrter Harmonie fortbewegte und in ihrem Gespräch vom Mond ins große Weltall abgerutscht war, so hatte sich bei den anderen manches verändert.

Schon wäre es an einigen Stellen beinahe zu Raufereien gekommen. Denn die ELDSAs, die zwar nicht mehr die schönen Dreierreihen einhielten, aber doch ein Haufen blieben, schienen es plötzlich drauf angelegt zu haben, A-Kollegen, die sich bisher unbeteiligt gezeigt hatten, an sich zu ziehen. Dabei konnte es sich der eine oder andere ELDSA nicht verkneifen, mehr oder minder laute, hämische Bemerkungen über die Maulwurfs und die Bs zu machen. Ging mal einer von ihnen zufällig an ihnen vorbei, so wurde er unweigerlich angerempelt oder wie zufällig in den Schnee geworfen. Sie wollten anscheinend eine Rauferei heraufbeschwören.

Doch sie hatten im großen und ganzen damit kein Glück. Obleich alle vor Wut und Empörung kochten, hatten der Zentner und die Maulwurfs ihnen zu gut eingeschärft, daß man sich nicht von den Grubers herausfordern lassen dürfe. Nicht jetzt, da die ELDSAs es wollten.

Gegen halb elf erschien plötzlich der Meyer vorne beim Magnetmaxl. Heini erschrak zu Tode, denn Meyer war doch meistens Grubers Bote. Schon einmal hatte er eine unheilvolle Rolle gespielt, damals, als er Knockouts Adresse wußte.

Auch Alexander war nicht wohl zumute. Er wußte: daß er hier ging, war nur eine Notlösung. Eine Feigheit. Aber was wäre in seiner Lage Mut gewesen? Bei den ELDSAs zu bleiben? Er konnte –, konnte nicht.

Der Meyer schien aber aus eigenem Antrieb nach vorn gekommen zu sein. Warum auch nicht? Man war in letzter Zeit *zu* mißtrauisch geworden, alles führte man auf den Kampf zurück. Ein Junge hört doch nicht auf, ein Junge zu sein, nur weil er zu den ELDSAs gehört. Wahrscheinlich war es dem Meyer auf die Dauer zu langweilig geworden, den ganzen Ausflug lang ELDSA zu spielen. Wahrscheinlich hatte es sich weiter hinten herumgesprochen, daß der Magnetmaxl Dinge erzählte, die jeden interessieren. Hier war die rettende Insel in den Stürmen, die die Klassen durchbrausten. Auch Mausi hatte sich hierher geflüchtet.

Der Weg wurde immer steiler. Öfters kam es vor, daß einer ausrutschte und in den lockeren, sonnenbeschienenen Schnee fiel. Meyer hielt sich schon eine Weile direkt neben dem Magnetmaxl, auch dort, wo der Weg zeitweise so eng wurde, daß nur für zwei oder drei Personen Platz war. »Herr Professor, kann ich Ihren Rock tragen?« fragte er auf einmal. Es war erstaunlich, damit in die »ewigen Fragen«, über die man sprach, wenn das Gelände ein Gespräch erlaubte, hineinzuplatzen. Also sagte auch der Magnetmaxl erstaunt: »Wie kommst du denn darauf?« Eben war man auf einem kleinen Plateau angekommen, und sofort setzten wieder die Unterhaltungen ein, in wieviel Jahrmillionen wohl die Sonne ausgebrannt sein würde und was für Folgen das für die Erde haben würde. Und da hinein sagte der Meyer: »Ich kann Ihre Jacke tragen, Herr Professor, damit Sie sich nicht schleppen.«

Die anderen ärgerten sich über Meyer. Denn wenn man von

den Vorgängen, Entfernungen und Zeiten des Weltalls spricht, kommen einem irdische Dinge außerordentlich nichtig und verächtlich vor. Man war darum sehr zufrieden mit Magnetmaxls Antwort: »Nein, danke Meyer, jeder soll seine Sachen alleine tragen.«

»Und Sie halten es prinzipiell für möglich, Herr Professor«, fragte eben der Köhler wichtig, während sie über das Plateau gingen, »daß es einmal Raketen geben wird, die so schnell fahren wie das Licht?«, als wiederum Meyers beharrliche Stimme ertönte: »Ich werde den Rock sicher nicht zerdrükken ...«

Nun sah es aus, als würde sich im nächsten Moment ein halbes Dutzend auf den Meyer stürzen, um ihn zu verprügeln. Um Unfrieden zu vermeiden, entschloß sich der Magnetmaxl: »Na, wenn es dir solchen Spaß macht, dann nimm schon.« Und gab Meyer den Rock, ohne ihn weiter zu beachten.

Der Meyer schien nun wirklich vollkommen befriedigt zu sein. Ohne sich an dem allgemeinen Weltallgespräch zu beteiligen, marschierte er mit dem sich immer mehr und mehr vergrößernden Haufen um den Magnetmaxl. Es hatte sich allmählich herumgesprochen, daß dort über allgemein wichtige Fragen gesprochen wurde. Selbst Heini war so gefesselt von dem Gedanken eines Raumschiffs, daß er fast gar nicht spürte, wenn der Weg streckenweise steil aufwärts führte. Fiel er hin, so krabbelte er schnell wieder auf und watschelte mit auswärtsgestellten Füßen im Eiltempo nach, um nur ja nicht den Anschluß zu verlieren. Glücklicherweise blieb man jetzt hie und da stehen, um den Ausblick, der immer weiter und weiter wurde, zu genießen. Soweit man sehen konnte, war alles glitzernd weiß.

Gegen Ende des Vormittags herrschte in dem Bienenschwarm rings um die Maulwurfs und Zentners lebendigste Stimmung. Nur mit großer Überwindung standen sie von den Raufereien ab, für die hier wirklich der geeignete Platz und

Zeitpunkt gekommen schien. Herrgott, diesen Gruber jetzt in den Schnee zu rollen, hin und her, den Kopf mit Schnee abreiben oder auf breiter Front eine unerbittliche Schneeballschlacht gegen die verfluchten ELDSAs zu eröffnen! Stichflamme behauptete, besonders harte Schneebälle machen zu können, die wie Kanonenkugeln wirkten.

Sollte man eine so günstige Gelegenheit ungenützt vorbeigehen lassen? Doch Zentner und Maulwurf blieben hart. Ruhe, sich nichts anmerken lassen. Aber scharf aufpassen.

Weil es auch sie in den Fingern juckte, kam urplötzlich doch eine Schneeballschlacht in Gang. Allerdings bewegte sie sich in rein sportlichen Bahnen und nur im freundschaftlichen Kreis. Doch erfrischte es und stärkte Kraftbewußtsein und Laune.

Nach diesem Austoben schien bei ihnen etwas besprochen zu werden. Man sah daraufhin viele der roten, aufgeregten Gesichter ernst werden. Und plötzlich schoß der borstenhaarige B-Karli, der den ganzen Ausflug lang etwas traurig gewesen war, da er von dem »Unfall« seines Namensbruders aus der A gehört hatte, totenbleich auf den Maulwurf zu, zerrte ihn beiseite, flüsterte ihm in abgerissenen Worten etwas in die Ohren ... In seinen Augen stand Entsetzen.

Auch der Maulwurf wurde etwas blaß und seine grasgrünen Augen groß und hart. Dann aber mahnte er den B-Karli zum Weitergehen, sprach leise und beruhigend auf ihn ein. Der B-Karli zitterte am ganzen Körper.

Maulwurf holte mit raschen Schritten den Bienenschwarm ein, zog den Zentner heraus und blieb mit ihm stehen.

Auch der große Zentner wurde sichtbar weiß und ballte wütend die Fäuste, als ihm der Maulwurf das Neueste mitteilte. »Ruhe, Ruhe«, mußte der mahnen. »Ich denke, wir müssen den Unsern jetzt sagen, daß sie sich auf jeden Fall und in jeder Minute bereithalten müssen, denn der Zeitpunkt kann plötzlich kommen.«

Für einen Außenstehenden war kaum etwas zu bemerken.

So vorsichtig gingen Lotte, Zentner, Maulwurf, der Affenarmige, Stichflamme und Hugo von einem zum anderen, so unauffällig flüsterten sie ihnen zu, daß man jetzt auf alles gefaßt sein müsse. – Nur der lange Gruber, der auf der Suche nach Alexander nach vorne ging, beobachtete das Geflüster mit argwöhnischen Blicken. Als man das letzte steile Stück den Berg hinaufkletterte, verschwand die Sonne hinter einer plötzlich anrückenden, unendlichen Wolkenwand. Ihr Verschwinden machte sich sofort bemerkbar. Zuerst angenehm, denn die Luft strich kühl über die erhitzten Gesichter hin.

»Wir könnten uns wieder die Röcke anziehen«, schlug der Magnetmaxl kameradschaftlich vor, was beim Köhler den Einwand: »Ihm sei noch heiß genug« und bei Heini ein entsetztes: »Dann zerplatzt man ja vor Hitze« zur Folge hatte. Die meisten aber zogen mehr oder minder behutsam ihre Jacken aus den Rucksäcken. »Meyer, gib mir meinen Rock«, sagte der Magnetmaxl. Aber er sprach es in die Luft. Denn wo war Meyer?

Längst war er entschwunden, während die Unterhaltung vom Weltall und Raumschiff zum Fußball übergegangen war (der Magnetmaxl hatte sich zur allgemeinen Begeisterung als sehr unterrichtet erwiesen) und von dort über freundlichen Austausch von Schwindelmethoden bei Schularbeiten bis zu Vorschlägen, wie man eine Schule viel besser einrichten könnte.

Wo war Meyer? Oder vielmehr, was wichtiger war: Wo war der karierte Rock?

»Meyer ... Meyer ... wo ist der Meyer?« ertönte, von Mund zu Mund weitergegeben, der Ruf.

Endlich erreichte er den, der gesucht wurde, und schnell kam Meyer nach vorne gelaufen, mit ahnungslosem Gesicht. »Wo ist der Rock? Schnell, wegen dir Trottel wird sich der Magnetmaxl noch verkühlen ...«, wurde ihm zugerufen. Zu spät bemerkte man, daß der Spitzname »Magnetmaxl« laut geworden war, aber der Magnetmaxl lachte nur:

»Glaubt ihr, daß ich das nicht schon längst weiß? Aber wo ist mein Rock?«

Ja, der Rock! Den hätte Meyer schon vor einer Dreiviertelstunde dem Leitner zu tragen gegeben. Er, der Meyer, hätte nämlich ...

Der Magnetmaxl unterbrach Meyers langatmige Erklärungen: »Also soll der Leitner ihn mir geben.«

Aber der Leitner hatte ihn auch nicht mehr. Von ihm war er zu Heihei gewandert und von Heihei zu Zippel und von Zippel zum Pospischil und von Pospischil zum Hugo. So eine Aufregung! Hugo! Wo war Hugo? Na endlich, dort tauchte er auf! Richtig, der karierte Rock war bei ihm! So kam alles wieder in Ordnung.

Suppe und Limonade

Es war jetzt sehr kühl. Urplötzlich sah es wieder nach Schnee aus. Außerdem pfiff der Wind hier oben ziemlich scharf. Lockend war der Gedanke, drüben in das Gasthaus zu gehen. Und Hunger hatten sie alle! Seit fast vier Stunden ging man schon, war beinahe zwei Stunden gestiegen.

Also brachen in das stille Gasthaus mit viel Geschrei und Lärmen gegen halb eins die A und B samt Magnetmaxl ein. Aufgeregt lief der Wirt dieser Flut von Gästen entgegen, die ihm schon gestern angemeldet worden war. Im Nu waren in dem großen Gastzimmer ein paar Tische zusammengerückt. Und unter schrecklichem Stühlegepolter fanden schließlich alle an einem fast unendlichen Tische Platz. »Limonade ... Suppe, Suppe, Soda mit Himbeer, Limonade, Limonade, Limonade ...« Dem Wirt und dem fünfzehnjährigen Burschen, wahrscheinlich der Sohn, der ebenfalls bediente, schwirrte der Kopf von den Bestellungen, die ihnen von allen Seiten gleichzeitig entgegenflogen. Und dann erfüllte das Geraschel von Butterbrotpapieren den Saal.

Alle wurden von der Wärme und Gemütlichkeit erfaßt, aber einige aus dem Maulwurf-Zentner-Bienenschwarm konnten selbst in diesem Moment nicht ihre aufgeregte Spannung verbergen. Heihei lief umher wie ein kleiner Polizeihund und flüsterte denen, die steif wie Stöcke und mit mißtrauischen Augen dasaßen, zu: »Iß doch, sonst fällt es auf!«

Der B-Karli lehnte mit blassem Nicken ab. Er *konnte* nicht essen. Essen, wo er wußte, was geschehen war ... Er war es gewesen, der das Entsetzliche bemerkt und es dem Maulwurf weitergegeben hatte. Wie ruhig der war! Wie gebannt starrte der B-Karli auf den Maulwurf, der anscheinend mit Appetit in sein Butterbrot biß und die eigelbe Kunstlimonade in langen Schlucken dazu trank, ansonsten aber auffallend schweigsam war. Anscheinend merkte er, daß ihn jemand ansah. Er blickte auf, und sein und B-Karlis Blick trafen sich. Da zwinkerte der Maulwurf ganz, ganz vorsichtig dem B-Karli zu. Sei nur ruhig, bedeutete das, wir sind die Stärkeren. Der B-Karli fühlte sich wunderbar gestärkt durch diesen Blick, und eine heiße Liebe zu dem Maulwurf, dem ruhigen, sicheren, guten Maulwurf erfaßte ihn. Die beklemmende Angst, daß in dieser Stunde vielleicht endgültig die Lüge und Gemeinheit siegen würden, wich.

Auch Lotte mußte sich Heiheis wohlgemeinte Ermahnung gefallen lassen. Sie versuchte gehorsam zu essen, denn sie sah ein, daß Heihei recht hatte. Aber, kaum daß sie abgebissen hatte, versank sie mit vollem Munde wieder in den tief nachdenklichen Zustand. Das Gegenstück zu ihr bildete Mausi, die furchtbar demütig und verschüchtert an Lottes Seite Platz genommen hatte und mit vielen Seufzern, die zum Fragen herausforderten, schon das vierte Butterbrot aß. Doch Lotte fragte nicht.

Der Zentner aber bot das Bild fröhlichster, unbeschwerter

Gelassenheit. Er aß und trank gewaltig, lachte dröhnend und unterhielt sich mit fünf Leuten zugleich über den ganzen Tisch hin, während Knockout, ihm gegenüber, zwar ebenso mächtig, aber stillschweigend, ein Riesenbrot nach dem andern in sich hineinstopfte.

Der lange Gruber hatte sich, umringt von der gehorsamen fünften Bank, an dem langen Tisch genau gegenüber dem Maulwurf niedergelassen. Seiner dick aufgetragenen lauten Lebhaftigkeit merkte man an, daß sie nicht ganz echt war. Immer wieder, wie unabsichtlich, wanderte der Blick seiner hervorquellenden Augen kurz zu seinem Visavis. Eine Mischung von Angst, Bosheit und Schadenfreude lag in dem Blick. Mit demselben Blick kontrollierte er auch von Zeit zu Zeit seinen Nebenmann Alexander, den er sich an seine Seite geholt hatte. Von Gruber aufgefordert, hatte sofort der gehorsame Alfred aus der fünften Bank seinen Platz für Alexander geräumt.

Alexander aß überhaupt nicht. Die Butterbrotpakete, die Klari heute früh mit besonders viel Liebe und Sorgfalt vorbereitet hatte (»Schau, sind sie zu dick geschnitten?«), machte er nicht einmal auf. Er starrte vor sich hin, ohne auch nur einmal die Augen von der rissigen Tischplatte zu heben. Der lange Gruber versuchte kaum, mit ihm zu sprechen. Auf einmal kam es Alexander vor, als ob ein leichtes Erdbeben den Boden erschüttere, leise, aber beständig. Dann merkte er, daß er zitterte.

Dann, nachdem alle Bestellungen und Lieferungen erledigt und sie alle gut durchgewärmt und satt waren, machte sich auch die Spannung, die in der Luft lag und die sie für eine halbe Stunde vergessen hatten, wieder bemerkbar. Der Gruber sah aus wie auf dem Sprung, und seine ELDSAs schienen näher an ihn herangerückt zu sein.

Ach, dachte der Köhler, es wird sicher wieder nichts werden. Die Unbeteiligten der A hatten miteinander Wetten abgeschlossen, ob es auf dem heutigen Ausflug zu etwas kommen würde oder nicht. Der Köhler hatte, wie die Sache aussah, vier Briefmarken gewonnen, weil er von vornherein erklärt hatte: Nichts wird. Unterwegs hatte es ein paarmal ausgesehen, als käme die große Rauferei in Gang, aber merkwürdigerweise war nichts passiert, obzwar sonst viel geringere Anlässe als die Stänkereien der ELDSAs dazu genügten. Bei dem herrlichen Schnee! Die Maulwurfs waren eben doch Schlappschwänze. – Mancher war anderer Meinung. Es kam was, es kam was ... In ihnen erwachte die Hoffnung auf kolossale kommende Dinge ...

Doch ihre Hoffnung schien wieder in nichts zu zerrinnen. Nichts passierte. Nun saß man schon über eine Stunde hier, und von Feindseligkeiten war keine Rede. Im Gegenteil, unter dem kameradschaftlichen Vorsitz des karierten Magnetmaxl, der umringt von As und Bs aller Schattierungen saß, die sich bemühten, ihm ihre frisch- oder wiederentdeckte Liebe zu beweisen, war ein eifriges Gespräch – wieder über Fußball – ausgebrochen. Zum allgemeinen Entzücken hatte er nämlich gestanden, daß er bis vor drei Jahren in einer akademischen Fußballmannschaft den Mittelstürmer gemacht hatte. »Trotz der krummen Beine!« sagte der Affenarmige mit zärtlicher Bewunderung, und der Magnetmaxl lachte. Das räumte das letzte Mißtrauen, das man gegen Lehrer hatte, vollständig weg.

Die große Gemeinheit

Es war zwei Uhr vorüber, als der Magnetmaxl vorschlug, aufzubrechen. Man müßte mit mindestens zweieinhalb Stunden Heimweg rechnen. Und gegen vier Uhr, na sagen wir fünf, wollte man zu Hause sein, sonst kam man zu sehr in die Dunkelheit hinein.

Der Pospischil lief hinaus, um den Wirt zu holen. Gleichzeitig stellten sich beim Magnetmaxl sechs oder sieben Jungen ein, um sich von ihm ihr Geld zu holen, das sie ihm bei Beginn des Ausflugs zur Aufbewahrung übergeben hatten.

Der Magnetmaxl griff sich in die rechte Brusttasche des karierten Rocks – in die linke –, dann wieder in die rechte, suchte in beiden Seitentaschen, wieder in der rechten Brusttasche. Dann sagte er ganz leise in den Saal hinein: »Wo ist meine Brieftasche?«

Schon während des Suchens war nach und nach jedes Gespräch verstummt. Als er fragte, hatten schon alle gespannt auf ihn geblickt. Ein Schweigen antwortete ihm. »Um Gottes willen, die ist wahrscheinlich herausgefallen, wir Ihr Rock herumgeschleppt wurde!« rief der Köhler aufgeregt. Und schon wurden Vorschläge laut: »Gehen wir gleich los ... sie wird noch auf dem Weg liegen ... es sind sonst keine Leute gegangen ...« Und alle diejenigen, über deren Arm im Laufe des Vormittags der karierte Rock gewandert war, machten schrecklich bestürzte Gesichter.

»Nein«, sagte der Magnetmaxl langsam und bestimmt. »Herausgefallen kann sie nicht sein. Ich habe die Brieftasche immer in der rechten Brusttasche. Die war zugeknöpft, auch jetzt, da die Brieftasche weg ist. Aus der zugeknöpften Tasche kann die große Brieftasche nicht herausfallen. Die hat jemand herausgenommen. Wer hat das getan?«

Ein qualvolles Schweigen, unterbrochen von mühsam unterdrückten Verwünschungen, antwortete.

Das mußte passieren! Die unausdenkbare Gemeinheit war geschehen, daß man dem Magnetmaxl, ihm, die Brieftasche stahl! Wer war dazu fähig? In Stücke würde man den zerreißen, jeder würde sich daran beteiligen! Und besonders diejenigen, die den Rock getragen hatten, zitterten vor Scham und Wut über die mögliche Verdächtigung, die sie treffen konnte und mußte.

»Jemand ist unter euch, der die Brieftasche hat«, ertönte Magnetmaxls leise Stimme wieder, aber allen erschien sie wie eine Fanfare des Jüngsten Gerichts. »Derjenige soll sie binnen fünf Minuten hergeben. Tut er das, wirft er sie heimlich unter den Tisch, so soll es ein Geheimnis bleiben, dann soll derjenige nur für sich allein das Gefühl haben, eine fürchterliche Gemeinheit begangen zu haben. Während der nächsten fünf Minuten kümmert sich keiner um den anderen, damit der Dieb Gelegenheit hat, die Brieftasche unter den Tisch zu werfen. Ist sie nach fünf Minuten nicht da, so wird jeder einzelne untersucht.«

Noch waren Magnetmaxls Worte nicht verklungen, als plötzlich erschreckend Maulwurfs glasklare Stimme laut rief: »Hier ist sie, Herr Professor ...« Und dabei zog der Maulwurf, der aufgestanden war und riesengroß aussah, mit einer freien und offenen Bewegung die Brieftasche aus seinem eigenen Rucksack, hielt sie mit gestrecktem Arm wie eine Fahne hoch in die Luft ...

Bevor sich den anderen ein Laut des Erstaunens, der Empörung, Wut oder des Entsetzens entringen konnte, war der lange Gruber, dem bei Maulwurfs Worten fast die Augen aus den Höhlen traten, über den Tisch gesprungen, wie ein Panther, mit einer Geschicklichkeit, die man ihm nie zugemutet hätte. Hatte den Maulwurf am Kragen gepackt. Der war durch den unerwarteten Ansprung hintüber gefallen und unter dem langen Gruber zu liegen gekommen, der ihm die Kehle zudrückte.

Da brach der Tumult los. Der Zentner sprang, ohne darauf zu achten, daß Gläser unter seinen mächtigen Bergstiefeln klirrend zerbrachen, auf den Tisch und schrie mit gellender, hoher Stimme: »Los! Alle gegen die ELDSAs! Sie haben dem Maulwurf die Brieftasche zugesteckt, damit ihr denkt, er stiehlt!«

Diese Worte brachten die entsetzten, aufgestörten Jungen zur Besinnung. Sie waren so einfach und klar, daß die meisten begriffen, um was es ging. »Genau so hat er es dem B-Karli gemacht!« schrillte Heihei noch und warf sich dann mit Todesverachtung in das Getümmel, der Kampf war schon im vollen Gang.

Knockout, wie ein Gott der Rache anzusehen, hatte sich auf den langen Gruber geworfen, so daß sie jetzt schon drei Mann hoch übereinander lagen. Aber der Gruber mußte unter Knockouts wuchtigen Hieben seinen eisernen Griff um Maulwurfs Hals lockern, der schon röchelte. Und während sich das Blatt wendete, während nämlich sofort darauf Knockout rittlings auf Grubers Brust saß und ihm abwechselnd rechts und links fürchterliche Ohrfeigen herunterhaute, mit den Begleitworten: »Die ist für A-Karlis Hand und noch eine dafür, und die ist überhaupt für deine Gemeinheit, und die ist für den Maulwurf ...«, stürzte sich auf ihn die fünfte Bank.

Der Kampf tobte heiß, Tische und Stühle, Flaschen und Gläser wurden zu Waffen und flogen hin und her. Aber er war ziemlich bald entschieden.

Denn die Maulwurfs und diejenigen der Bs mit ihrem Zentner, die vorbereitet waren, waren mit einer solchen heiligen Überzeugung in diesen Kampf gegangen, mit der Überzeugung und dem Wissen, daß diese Geschichte mit der Brieftasche nur die Krönung einer langen Reihe von Lügen, Verleumdungen und heuchlerischer, gefährlicher Machenschaften gegen die Wahrheit und Gerechtigkeit war und daß jetzt endlich der Zeitpunkt gekommen war, gründlich damit aufzuräumen, endlich! Die anderen aber, und mit ihnen auch fast alle, die bisher unbeteiligt geblieben waren und gar nicht verstanden hatten, um was es ging, begriffen: Der Gruber hat etwas Unerhörtes gemacht, etwas, das sie ohne Rückhalt auf die Seite derer drängte, denen man eine solche Sache in die Schuhe schieben mußte, um sie schlechtzumachen. Weil sie sich nämlich selber so rein hielten, daß man ihnen nichts vorwerfen konnte.

Und die paar Bs, die zuerst, angefeuert vom Koch-Hans, ihre eigenen Klassenkameraden angegriffen hatten, ohne im

Grund zu wissen warum, verdrückten sich nach kurzer Zeit und standen verlegen und tatenlos an die Wand gedrückt da. »Du Trottel, der Gruber hat doch dem Maulwurf die Brieftasche hineingeschwindelt, wie damals dem B-Karli das Perlmutterpapier!« hatten sie zu hören bekommen. Und ihr sowieso nicht zu großes Verständnis für Koch-Hans' vorherige ELDSBE-Pläne war einer beschämten Verwirrung gewichen.

Den Ausschlag für den Ausgang des Kampfes aber gab die Panik, die bei den ELDSAs selber ausbrach. Denn es war geschehen, daß der Zippel, einer ihrer besten Leute, mit glühendem Gesicht auf den vor Schrecken stummen Alexander losgesprungen war und ihm mit dem lauten Ruf: »Du weißt es doch so gut wie ich, daß es der Gruber gemacht hat . . .«, die Hände auf den Rücken drehte. Und Alexander, der eine der zwei Ober-ELDSAs, der Held, dem man besonders vertraut hatte, weil er doch ein früherer Maulwurffreund war, dieser Alexander ließ sich ganz einfach und ohne den geringsten Widerstand zum Gefangenen machen. Stumm und starr stand er da, das Gesicht zur Brust gesenkt, während der Zippel noch einmal rief: »Du weißt so gut wie ich, daß der Gruber ein Schuft ist!«

Der Zippel! Den verzweifelt kämpfenden ELDSAs schwand der Mut, als sie ihn hörten. Einen Verräter hatten sie unter sich! Oder ... hatte er recht? Sollte der lange Gruber das wirklich selber gemacht haben?

Und dort in der Ecke ein anderes merkwürdiges Bild, das den Mut und die Zuversicht noch mehr sinken ließ: Dort kämpften verbissen und hartnäckig der Marhat und der Rabe! Beide zerschunden und zerbeult noch vor zwei Tagen, da die fünfte Bank über sie das Strafgericht abgehalten hatte, wegen gemeinsamer Meuterei. Und nun standen sie sich gegenüber, nein, sie wälzten sich wütend ineinander verschlungen als ein Knäuel Feinde auf dem Boden. »Für die Wahrheit und Gerechtigkeit!« stöhnte mit einem Male der

Rabe hervor, und ein mühsam gestottertes »Eeeeldsssa ...« entrang sich dem Teil des Knäuels, wo man den Marhat vermuten konnte.

Ohne Zögern hatte sich der Marhat, als der Kampf losbrach, eingemischt, auf seiten der ELDSAs. Hier sah er eine Möglichkeit, wieder zur Gunst zu kommen. Und ihm hatte sich auf der anderen Seite der finstere Rabe entgegengestellt.

In seinem schützenden Versteck unter einem umgefallenen Tisch sah Heini das Kriegsglück sich nach kurzer Zeit entscheidend seinen neuen Freunden zuwenden. Er atmete erleichtert auf. So hatte er doch auf die richtige Karte gesetzt, und den unsympathischen, gefürchteten Gruber war er los! Er lugte vorsichtig hervor. Ja, wie sah denn die Mausi aus? Drüben stand sie, an die Wand gelehnt, und mit ganz blassen Lippen und entsetzten Augen redete sie vor sich hin: »Das hab ich doch nicht gewollt, nein, das hab ich nicht gewollt ... daß der Gruber das tut ...« Und neben ihr stand der Magnetmaxl im karierten Rock und sah anscheinend ganz ruhig über den Tumult hinweg ...

Da war es auch schon entschieden. Schwer atmend und mit noch immer kampfbereit geballten Fäusten mußten die kämpfenden Maulwurfs, die Bs, die As, feststellen, daß der Gegner nicht mehr kampffähig vorhanden war. Von Knockout gehalten, stand mit wutverzerrtem Gesicht der lange Gruber bewegungslos da, nur ab und zu gelang es ihm, dem Knockout gegen das Schienbein zu hacken. Als er auch daran gehindert wurde, spuckte er wie ein Besessener um sich. – Überwältigt saßen dort die drei Hoffnungen der ELDSAs, die fünfte Bank, einmütig überwältigt, einmütig gehalten von As und Bs. Merkwürdigerweise hatten sich an ihrer Festhaltung besonders einige früher Unbeteiligte hervorgetan. Stumm und unbewegt stand noch immer Alexander vor Zippel, die Hände am Rücken verschränkt, das Kinn gegen die Brust gesenkt. Bewegung war nur mehr um Meyer, der um seinen Kopf fürchten mußte, da Stichflamme und Heihei ihn unentwegt mit einem gemeinsamen fürchterlichen Kriegsgeheul umtanzten und dazu bedrohlich die Hände schwangen. Und die übrigen standen verlegen und tatenlos da. So schwach waren sie also, da man endlich die Wahrheit ihren Lügen gegenübergestellt hatte und den Kampf mit ihnen gewagt!

Sehr klein und unscheinbar machte sich der Koch-Hans: Er tat, als ginge ihn die ganze Angelegenheit nichts an.

Mitgenommen sah auch die Gegenseite aus. Dem Maulwurf war das Hemd über der Brust zerrissen, und Knockout war von oben bis unten bespuckt. Überhaupt waren die Kleider der meisten grau, da sie sich im Laufe des Gefechts alle mindestens einmal auf dem Boden befunden hatten. Hugo schien ein Staubtuch in Person zu sein.

Im Türrahmen standen schon seit geraumer Zeit der entsetzte Wirt und die noch viel entsetztere Wirtin, die einmal ums andere die Hände vor dem Gesicht zusammenschlug.

Anklagerede

»Herr Professor«, sagte da der Maulwurf und versuchte mit beiden Händen seine Haare in Form zu bringen, »entschuldigen Sie bitte, aber es ging nicht anders. Vielleicht verstehen Sie die Geschichte mit der Brieftasche noch nicht, ich habe trotzdem eine Bitte an Sie: Lassen Sie uns noch etwas erledigen, ohne daß Sie sich einmischen. Danach wird alles klarwerden.« Ganz männlich und entschieden, offen von Mann zu Mann, hatte der Maulwurf das vorgebracht.

Der Magnetmaxl schien das voll anzuerkennen. »Gut«, sagte er, und es war ein Versprechen, wie man es einem vollwertigen Partner macht. »Willst du mir nur sagen, was ihr vorhabt?« Bevor Maulwurf antworten konnte, brüllte Heihei aus voller Seele und Lunge: »Gericht wollen wir halten, Herr Professor!« Und: »Ja, Gericht halten ... Die Brieftasche ... Genau wie mit dem B-Karli ... Gericht ... Erzählt uns ...«, schrie es durcheinander.

»Was für ein Gericht?« fragte der Magnetmaxl ernst und sehr gespannt. »Über die ELDSAs«! schrie es von so vielen Seiten, daß Heini, der schon aus seinem schützenden Versteck hervorkriechen wollte, es lieber vorzog, unten zu bleiben.

»Bitte, Herr Professor, lassen Sie uns das alleine machen«, ertönte jetzt Zentners tiefer Baß. »Wir haben es bis jetzt allein gemacht, und darum soll sich auch jetzt kein Lehrer einmischen.«

Der Magnetmaxl schien wirklich eine besondere Art von Lehrer zu sein. Kein Lachen, keine Überheblichkeit erschien auf seinem Gesicht. »Gut«, sagte er, »wollt ihr, daß ich dabeibleibe?«

Für diese Frage wollten ihn einige beinahe umarmen. Von fünf verschiedenen Seiten gleichzeitig wurden ihm Stühle untergeschoben.

»Niedersetzen«, bestimmte dann der Zentner, »alle, auch die ELDSAs! Maulwurf, willst du reden?«

Maulwurf nickte schwer. Ja, nun mußte er reden. Es fiel ihm schwer. Der Kampf war zu Ende, er war ausgefochten, der Kampf, der an jenem Morgen begonnen hatte, da die lächerliche Perlmutterfarbe verschwunden war. Oder vielleicht schon früher. Da er und mancher seiner Freunde geahnt hatte, daß es hier nicht um die Perlmutterfarbe ging, sondern um viel mehr. Dieser Kampf, der in einer geraden Linie bis zu der Gemeinheit mit der Brieftasche geführt hatte, dieser Geschichte, die so viele empört und auf seiten der Maulwurfs gebracht hatte. O ja, Sprechen war schwer für Maulwurf. Denn er mußte vielen die Hintergründe aufdekken, die zwangsläufig den Gruber zu immer größeren Lügen und Verleumdungen verleitet hatten, verleiten mußten. Sie mußten alle begreifen, daß die Sache mit der Brieftasche nur das letzte Glied in einer langen Kette war. Würde es ihm gelingen, das alles so klar auszusprechen, wie es ihm selber war?

»Es ist eine lange Geschichte«, begann er stockend. »Sie fängt mit dem B-Karli an, nein, eigentlich noch früher. Ich weiß gar nicht, wo ich beginnen soll. Erinnert ihr euch noch an damals, als wir den B-Karli herübergerufen haben zu uns in die A, wegen der Perlmutterfarbe?«

»Ja ... natürlich ... klar ...« Die Antworten prasselten schnell, man merkte, jeder wollte die Verzögerung, die dadurch in Maulwurfs Erzählung entstand, verkürzen. Und: »Aber der B-Karli hat sie doch gar nicht gehabt ...«, kam noch ein Einzelgänger hinterher.

»Natürlich nicht«, setzte der Maulwurf fort. »Es war dieselbe Geschichte wie mit der Brieftasche. Das Blatt mit der Perlmutterfarbe ist in Karlis Schultasche genau so hineingekommen, wie heute die Brieftasche in meinen Rucksack. Und mit derselben Absicht.«

»Hört nicht auf ihn, er lügt, der A-Verräter!« schrie auf einmal der lange Gruber laut. »Die Kanaille, er lügt, daß ich es gemacht habe ...«

»Wer hat das gesagt?« fragte der Zentner mit Seelenruhe. »Verrat dich nicht früher, als es nötig ist!« Der lange Gruber fand keine Antwort, obgleich er einige Male dazu ansetzte.

Inzwischen fuhr der Maulwurf fort: »Die Sache mit der Brieftasche, weil die euch am meisten interessiert, war so: Wir haben schon vor Beginn des Ausflugs gewußt, daß so etwas passieren wird. Ein ELDSA, dem sein Führer nicht mehr gefiel, hat uns nämlich diese Mitteilung gemacht und ...«

Da bemerkten Heihei und Stichflamme, die, ihren Privatgefangenen Meyer zwischen sich, Zippel und Alexander gegenübersaßen, wie Alexander bei diesen Worten aus seiner Starrheit erwachte, sich mit einer erschreckten Bewegung in die Brusttasche faßte ... »Was hast du da?« schrie Stichflamme, warf sich halb über den Tisch und riß Alexanders Hand herum.

Er hatte sie zur Faust geschlossen. Mit wenig Widerstand ließ sie sich öffnen. Ein kleiner, zusammengefalteter Zettel lag darin. Stichflamme hielt ihn triumphierend hoch.

»Gib her«, sagte Maulwurf ruhig und vermied es, zu Alexander hinzusehen, der nun wieder mit niedergeschlagenen Augen dasaß.

Maulwurf schien ganz absichtslos mit dem Zettel, den Stichflamme ihm gereicht hatte, zu spielen, als er, zuerst zerstreut, fortsetzte: »Wir wußten also, daß der Gruber mit seinen ELDSAs heute irgend etwas ganz Gemeines gegen uns machen wollte, wir wußten nur nicht, was. Darum haben wir genau achtgegeben und uns nicht von den ELDSAs herausfordern lassen. Wir haben darum auch bemerkt, wie der Meyer den Rock vom Magnetmaxl ... ich meine vom Herrn Professor geholt hat. Einer von uns hat aber auch gemerkt, wie der Meyer plötzlich ins Gebüsch verschwunden ist, als ob ... na ihr wißt schon, und daß der Gruber ihm nach einer Weile nachgekrochen ist. Der B-Karli war es, der zu mir gekommen ist und gesagt hat: Eben haben der Gruber und der Meyer eine Brieftasche aus dem Rock genommen. Da haben wir Bescheid gewußt. Wir haben auch gewußt, daß der Meyer den Rock jemandem von uns Maulwurfs zu tragen geben wird, damit man nachher glauben soll, wir haben die Brieftasche gestohlen. Damit sie nicht wissen, daß wir was gemerkt haben, hat der Heihei auch den Rock übernommen. Ich aber hab mich gar nicht gewundert, wie ich plötzlich im Gedränge gespürt hab, daß jemand an meinem Rucksack hinten herumbastelt. ›Jetzt hab ich die Brieftasche‹, wußte ich, ohne daß ich mich umgedreht hab. – Versteht ihr jetzt, warum ich sie gleich hergezeigt hab? Und versteht ihr auch, warum der Gruber sofort auf mich gesprungen ist?«

Ein entsetzliches Wutgeheul brach los. Es sah aus, als

wollte man sich nochmals, diesmal aber ganz einmütig und mit verstärkter Kraft auf die gefangenen ELDSAs stürzen.

Aber die glasklare Stimme Maulwurfs übertönte alles: »Ruhe! Sitzenbleiben! Ruhe! Wir haben immer gesagt, daß wir für die Wahrheit kämpfen! Also müßt ihr jetzt darauf hören, wenn wir euch die ganze Wahrheit sagen, von Anfang bis Ende, sonst hat alles nicht den richtigen Sinn gehabt! Darum ist es uns gegangen, dafür haben wir uns aus der B 'rausschmeißen lassen, dafür haben wir uns vom Gruber schlechtmachen lassen müssen und konnten uns zuerst nicht wehren! Für die Wahrheit und Gerechtigkeit, die so einfach zu begreifen ist, und manchmal so sehr schwer, daß wir selber öfters verzweifelt waren. Aber jetzt, wo sie gesiegt hat, ist es einfach. Darum müßt ihr begreifen, wodurch überhaupt die ELDSA entstanden ist, wozu der Gruber sie gebraucht hat und warum er heute die Geschichte gemacht hat. Ich will, daß auch die dummen ELDSAs, die dem Gruber so gutgläubig nachgelaufen sind, endlich begreifen, wie er sie angeschmiert hat. Wißt ihr, warum ihr habt glauben sollen, daß die Bs schlechter sind als ihr? Ja?« »Weil sie es sind!« schrie der Gruber verzweifelt, »und du auch, weil du zu ihnen hältst! Hört nicht auf den Lügner, den Maulwurf!«

»Wenn du reden willst, Gruber, so antworte auf unsere Fragen«, sagte der Maulwurf ruhig, aber sehr bleich. Zum ersten Male seit den letzten Wochen sprach er zu Gruber direkt. »Hast du die Perlmutterfarbe selber gestohlen oder hat das der Alexander oder ein anderer ELDSA für dich getan?«

Diese direkte, unverhüllte Beschuldigung nahm allen den Atem. Der Maulwurf mußte viel wissen, wenn er so sprach. Alle hatten eine scheue Hochachtung vor ihm dafür – zum ersten Male beschuldigte der Maulwurf seinen besten Freund von früher, den Alexander, einer schrecklichen Sache. Bei ihm gab es also nicht mehr Rücksicht nehmen auf einen Freund ...

Wie nicht anders zu erwarten, beantwortete der Gruber die Frage mit einer fürchterlichen Schimpfkanonade. Aber er erschreckte damit niemanden mehr, er wirkte eher lächerlich. Knockout hielt ihn mit eisernem Griff.

Maulwurf hörte ruhig und abwartend zu, als ginge ihn das alles nichts an. Wie traumverloren faltete er den Zettel vor sich zusammen, nahm ihn auseinander ... Auf einmal blieben seine Augen daran hängen, wurden ganz groß und grasgrün sichtbar, dann runzelte sich seine Maulwurfstirn in noch nie gesehener Weise. »Wer hat das geschrieben?« fragte er, und die grasgrünen Augen ruhten streng und mißtrauisch auf Alexander, der noch immer nicht aufblickte.

Maulwurf begann vorzulesen: »Achtung, Euch droht etwas, wahrscheinlich dem Maulwurf! Gebt bei dem Ausflug auf den langen Gruber acht. Er hat Pläne, man weiß nur nicht, was für welche. Ein Freund der Wahrheit und Gerechtigkeit.« Bei den letzten Worten schnappte dem Maulwurf die Stimme um, er hustete schnell einmal, aber es klang doch etwas atemlos, als er danach fragte: »Wer hat das geschrieben?«

»Ich«, ertönte es plötzlich leise von Alexander her.

Diese Sensation *war* zu groß, als daß sie hätte in Ruhe hingenommen werden können. Wie war das möglich? Alexander, ein ELDSA-Führer? Da steckte doch eine Finte dahinter, bestimmt! Oder ...

Die Beichte

Maulwurf setzte zum Sprechen an. Aber seine Stimme gehorchte ihm nicht. Zum ersten Male hatte er die Fassung verloren, der sonst immer so sichere Maulwurf. Er konnte nicht weiter.

Da sprang der Zentner für ihn in die Bresche. »Du hast das geschrieben?« fragte er mitleidslos. »Das soll man dir glauben, du Ober-ELDSA, du? Daß du eure eigenen scheußlichen Pläne hast verraten wollen? Sicher hast du damit was anderes vorgehabt, vielleicht wolltest du uns auf eine falsche Spur locken, was? Warum hast du den Zettel nicht weitergegeben? Und warum bist du so erschrocken, wie Stichflamme dich jetzt damit erwischt hat? He? Möchtest du vielleicht antworten?«

Und da antwortete Alexander wirklich. Der fürchterliche Krampf, der ihm nun seit Tagen und Wochen die Brust zuschnürte, löste sich. Jetzt oder nie mußte, *durfte* er sprechen, die Schuld gutmachen ...

»Den Zettel habe ich geschrieben«, begann er flüsternd, aber es erschien ihm überlaut, »weil ich euch warnen wollte, aber ich hab mich nicht getraut, ihn jemandem zu geben. Jetzt war es zu spät, darum wollte ich ihn verstecken, weil ihr mir nicht mehr glauben könnt. Aber wenn ihr es schon wißt ... Glaubt mir oder nicht ... macht mit mir, was ihr wollt ... aber ich *muß* jetzt sprechen, ich halts nicht mehr aus ... alles ist besser, als zu lügen, als so weiterleben ... laßt mich sprechen ... dann könnt ihr mit mir machen, was ihr wollt ...«

Im Laufe der paar Sätze hatte sich Alexanders leises Flüstern zu lautem Schreien gesteigert. Und als er zum Schluß noch einmal schrie: »Ich kann es nicht mehr aushalten ...«, klang es so verzweifelt, daß man merkte: Da spricht einer die Wahrheit.

»Bitte, bitte, unterbrecht mich nicht«, fuhr er mit geschlossenen Augen fort. Er sprach furchtbar schnell. »Ich muß alles sagen, damit niemand von euch so etwas tut, was ich gemacht habe. Ich habe etwas Schreckliches getan. Zuerst war es nicht viel, aber aus einer Lüge sind tausend geworden. Es war eine schreckliche Zeit ... Ihr könnt mir nicht glauben, und ihr habt recht, weil ich an allem schuld bin ... Ich erzähle es auch nur, weil ihr den Zettel gefunden habt. Den hab ich schon gestern geschrieben, da war mir schon alles gleich. Ich wollte nur, daß die Lügen vom Gruber nicht noch weitergehen ... aber dann habe ich den Mut verloren, euch den Zettel zu schicken. Es hat so angefangen ... damals am Montag, mit dem B-Karli ...«

Und nun folgte Alexanders Beichte.

Keiner unterbrach ihn. Niemand stellte eine Zwischenfrage. Kaum, daß die sechsundvierzig Jungen und die zwei Mädchen zu atmen wagten. Mund und Augen blieben ihnen offenstehen. Und nicht jemand von der Gegenseite, nein, Alexander, ein Ober-ELDSA, enthüllte alles! Was mit der Perlmutterfarbe geschehen war und mit dem Buch, mit dem Selbstschutz und mit dem B-Karli, mit Mausis Zeichenheft und ihrem Geständnis, mit dem Geld und ...

Am entsetztesten waren die ELDSAs. Zuerst starrten sie auf Alexander, dann brach der eine oder andere in Verwünschungen aus. Ja, der Pospischil wollte sogar auf den Gruber losgehen, aber Knockout ließ es nicht zu.

Und der Gruber? Er sagte nichts mehr. Was hätte er sagen sollen, wo Alexander schonungslos alle Karten aufdeckte? Wo Alexander selber seine Schuld eingestand, durch deren Mitwisserschaft Gruber ihn für immer in der Hand zu haben glaubte?

Die Beichte schien kein Ende zu nehmen. Dabei wurde sie immer abenteuerlicher. Das Geld, ja, das ELDSA-Geld ... die Kremschnitte ... Die Meuterei von Rabe und Marhat ... und dann der Treffpunkt im Gasthaus ...

Ein Türenklappen unterbrach plötzlich Alexanders Erzählen. Alle schauten auf ... »Nur der Koch-Hans«, brummte Hugo verächtlich und beruhigend, damit Alexander fortfahren könnte.

Nach den nächsten drei Sätzen wußten alle, warum der Koch-Hans davongelaufen war. Ein wütender Aufschrei, fast nur aus ELDSA-Kehlen, erschallte, als nun Alexander von der Vereinbarung zwischen Koch-Hans und Gruber erzählte. Und immer weiter ... Alexander sah zum Erbarmen aus. Tiefe schwarze Ringe waren unter seinen Augen, die blonden Haare hingen ihm in feuchten Strähnen über die Stirn, und er war entsetzlich bleich. Er sprach sehr schnell, ohne Unterbrechung und Pause, so, als könnte er gar nicht erwarten, alles aus sich herausgesagt zu haben.

»Macht mit mir, was ihr wollt«, stieß er schließlich hervor, »nichts kann so schrecklich sein wie die vergangenen Wochen. Ich kann nicht sagen, daß ich weniger schuld hab als der Gruber; ohne meine Hilfe hätte er das alles nicht machen können. Aber ich hab verstecken müssen, was ich getan hab, und habe immer nur gezittert, daß es herauskommt. Darum hat der Gruber mich in der Hand gehabt, und er hat alles gemacht, weil er den Maulwurf hat ausstechen wollen und weil ihn doch niemand leiden konnte, ich auch nicht ... und weil er das Geld hat haben wollen ... und ich hab ihm geholfen und geholfen, trotzdem ich die ganze Zeit gewußt habe, daß er lügt ... Aber es wäre schrecklich gewesen, wenn der Maulwurf und die Lotte und der Heihei und die Bs und alle die anderen nachgegeben hätten ... Schrecklich ... Ihr könnt das gar nicht so verstehen ...«

Und nach diesen Worten begann Alexander zu zittern. Seine Zähne klapperten wie ein Trommelwirbel. Dann sackte er einfach über der Tischplatte zusammen und begann laut zu schluchzen.

Beratung im Schnee

Es war still. Keiner wagte sich zu rühren. Maulwurf hatte sein Gesicht während der ganzen Beichte mit der rechten Hand beschattet, so daß man seine Augen nicht sehen konnte. Auch der Magnetmaxl, der sich nicht mit einem Worte eingemischt hatte, saß regungslos. Was sollte jetzt werden?

»Wir müssen Gericht halten.« Damit erhob sich der große, schwere Zentner. »Es hilft nichts. Wir haben jetzt den Alexander gehört, einen von ihnen. Schlimmer kann ja niemand die ELDSAs anklagen. So etwas darf sich nie mehr wiederholen. Was können wir aber machen, damit es nie mehr geschehen kann?«

»Raus mit dem Gruber!« schrie der Zippel. Und: »Raus mit dem Gruber!« schrien sie alle, schrien es immer wieder.

Am lautesten schrien es die ELDSAs. Von niemandem wurde der Gruber in diesem Augenblick so glühend gehaßt wie von ihnen. Auf welchen Leim waren sie gegangen! Sie hatten doch immerhin geglaubt, etwas Ehrenhaftes zu tun, sie wären durchs Feuer gegangen für ihn und den Alexander! Keinem, keinem hätten sie die Beschuldigungen geglaubt, hätte nicht Alexander selber sie beglaubigt. Oh, wie sie den Gruber haßten, der dort saß und böse vor sich hinlächelte ... Und: »Raus mit dem Koch-Hans!« schrien die ELDSAs weiter. Dieser Punkt hatte ihnen den Rest gegeben. Gehetzt hatte der Gruber gegen die Bs und hatte darum die Maulwurfs schlechtgemacht, weil sie zur B hielten. Aber er selber hatte mit dem Koch-Hans was ausgekocht!

»Raus mit dem Gruber, dem Alexander, mit dem Koch-Hans, mit allen, die noch ELDSAs sind!« schrie auf einmal die fünfte Bank, die leise miteinander diese Worte vereinbart hatte. Sie fielen immer von einem Extrem ins andere.

»Jaja, raus mit uns, raus mit uns!« höhnte Heihei giftig. »Bis vor einer halben Stunde wart ihr es, gegen die Wahrheit und Gerechtigkeit, und jetzt auf einmal ...«

»So kommen wir zu keinem Ziel«, sagte Lotte. »Es wäre vielleicht besser, wenn wir draußen beraten und dann Vorschläge machen würden, über das Urteil können wir nachher hier abstimmen.«

Getreu ihrer früheren Gewohnheit zogen nun Maulwurf,

Lotte, Heihei, Zentner, Stichflamme, Knockout (der mit drohender Mahnung der dienstbereiten fünften Bank den Gruber zur Bewachung überlassen hatte), einige Bs (vor allem einer der Helden des Tages, der B-Karli) hinaus vor das Gasthaus. Es hatte wieder zu schneien begonnen.

Die kleine Gesellschaft spürte nicht Schnee, Wind und Kälte, was hat das in solchen Augenblicken zu sagen!

Wie groß der Augenblick war, das fühlten sie erst jetzt, da sie, der engste Freundeskreis, der miteinander durch dick und dünn, durch Feindschaft, Haß und Mißverstandenwerden treu gegangen, allein waren. Jetzt, da ganz und gar die Wahrheit und Gerechtigkeit gesiegt hatte, die ihnen so wert war.

Nach all der Siegesfreude war ihnen jetzt, da sie sich gegenüberstanden, etwas schwach zumute. Was war erreicht worden! Was wäre geschehen, wenn sie damals nicht so fest bei ihrer Sache geblieben wären, wenn sie nachgegeben und gesagt hätten: Da kann man nichts machen, wir sind zu schwach. Aber ihr Vertrauen, daß die Wahrheit und Gerechtigkeit siegen müßte, hatte sie durchhalten lassen.

Nun war es soweit. Nun ging es darum, Gericht zu halten über die Lüge. Und es ging darum, zu verhindern, daß sie jemals wieder die Oberhand gewinnen konnte.

Die Meinungen gingen auseinander. Über den Gruber zwar war man sich einig. Aber was zum Beispiel einige andere ELDSAs betraf, die aus lauter Dummheit mitgelaufen waren, tobten verschiedene Anschauungen gegeneinander. »Alle die, die ELDSAs waren, müssen bestraft werden!« schrie Stichflamme, dem sich Heihei anschloß.

Merkwürdigerweise standen sowohl Zentner als auch Maulwurf, Lotte und – Knockout dagegen. »Grad die wissen es jetzt am besten«, brummte Knockout, und Lotte sagte: »Richtig. Sie haben es nicht besser gewußt, aber jetzt wissen sie es. Habt ihr nicht gesehen, wie sie wütend wurden und wie sie sich jetzt schämen, daß sie der Alexander und der Gruber so an der Nase herumgeführt haben? Gerade die fallen sobald nicht wieder auf so was 'rein.« »Recht hat sie, eure Lotte«, stimmte der Zentner zu. »Unsere Lotte«, verbesserte er sich schnell.

»Aber was ist mit dem Alexander?« wurde weiterberaten, »und mit dem Koch-Hans?«

Auch der Magnetmaxl hatte ein Geheimnis

Knapp eine Viertelstunde, nachdem sie ausgezogen war, kehrte die kleine Gruppe, das Gericht, zurück ins Gastzimmer.

Drinnen schienen alle in derselben Stellung geblieben zu sein, in der man sie verlassen hatte. Alexander hatte sich anscheinend von seinem Weinkrampf erholt. Noch immer lag sein Kopf auf der Tischplatte über den verschränkten Armen, aber sein Rücken wurde nicht mehr vom Weinen gerüttelt.

Lebhafte, aber halblaute Unterhaltungen waren im Gange. Nur Heini stieß laute Töne aus.

Er war, als ihm die Gelegenheit günstig schien (Hugo war mit den anderen draußen), unter dem schützenden Tisch hervorgekrochen, mit lauten Beteuerungen: »Ich bin schon lange für die Wahrheit und Gerechtigkeit!« Dann hatte er als Beweis die Geschichte im Kohlenkeller erzählt, allerdings etwas entstellt. Heini spielte in seiner Erzählung eine sehr heldenhafte und edle Rolle. Ja, er wurde gelobt für seinen Mut und sein nachheriges Schweigen. So was hätte man dem Heini gar nicht zugetraut! Angenehm war bei dieser spannenden Geschichte die Zeit vergangen. »Warum hast du es uns nicht erzählt«, machten jetzt einige ELDSAs dem Heini Vorwürfe, aber Zippel hatte ihnen geantwortet: »Weil ihr viel zu blöd wart. Ich weiß das alles schon viel länger, aber mit euch konnte man ja nicht reden! Schaut euch nur den Raben und den Marhat an, wie ihr die zugerichtet habt ...«

Der Magnetmaxl schwieg zu allem. Er hatte sich restlos an sein Versprechen, sich nicht einzumischen, gehalten. Keine Bemerkung war von ihm zu hören gewesen, kaum eine Bewegung zu merken, höchstens, daß sein Gesicht erwartungsvoll und gespannt war.

Der Einzug des »Gerichts« vollzog sich unter neuerlicher, nunmehr fast schon unheimlicher Spannung. Der Schlußpunkt sollte gesetzt werden, eine verantwortliche und ernste Angelegenheit. Jeder war sich bewußt: Das hier war kein Spiel mehr und kein Sportwettkampf. Manchen unter ihnen wurde etwas bange bei dem Gedanken an die große Verantwortung. Lotte begann sogar der Gruber schon leid zu tun, weil er von schwindelnder Höhe so plötzlich und so tief heruntergerutscht war zur tiefsten Verachtung ...

Da begann der Zentner: »Im Namen von A und B, im Namen der beiden Klassen wollen wir beschließen, was geschehen soll. Vorher wollen wir uns aber noch einmal an alles erinnern, was geschehen ist. Wir haben erfahren, daß der Gruber den Alexander für sich herumgekriegt hat, weil er vom Alexander was gewußt hat. Wenn der Alexander damals den Mund aufgemacht hätte, um alles einzugestehen, wäre der Gruber nicht weitergekommen. Aber so hat der Gruber, der nur darauf gelauert hat, sich irgendwo einzunisten, den Alexander als ein Firmenschild benützt. Und wie er gesehen hat, daß er allein nicht aufkommt gegen das Mißtrauen, das ihr alle gegen ihn gehabt habt, da hat er sich etwas Neues ausgedacht: Er hat euch geschmeichelt, daß ihr besser seid und die Bs und alle, die gegen ihn sind, schlechter. Und hat gesagt, daß wir eure Feinde sind. Der Gruber hat sich nur mit Lügen obenhalten können. Trotzdem er euch auf ›die Bs‹ gehetzt hat, hat er mit dem Koch-Hans gepackelt. Der Gruber hat also selber gar nicht an das geglaubt, was er euch erzählt hat: daß die Bs und die zu ihr halten lügen und stehlen ... Dabei hat er selber insgeheim alle diese ›Diebstähle‹ und ›Lügen‹ selber eingefädelt, wie damals die Geschichte mit dem B-Karli. Wie heute die Geschichte mit der Brieftasche und dem Maulwurf. Damit alle glauben, der Maulwurf macht solche Gemeinheiten, die er in Wirklichkeit nie machen würde, zu denen Gruber aber jeden Moment fähig ist. Seine eigenen ELDSAs hat er bestohlen, hat sie Geld bezahlen lassen und es für sich ausgegeben. Also auch seine eigenen Anhänger hat er angeschmiert und betrogen, immerfort belogen, sonst wären sie nicht mit ihm gegangen. Darum glauben wir, daß die ELDSAs das jetzt einsehen und uns mithelfen sollen, die Gerechtigkeit für unsere beiden Klassen herzustellen. Sie sollen mit uns zusammen alles dazu tun, daß niemand einen anderen zu seinem eigenen Vorteil belügen und ausnützen kann. Wenn sie das wollen, so ...«

Ein mehrstimmiges »Ja ... natürlich ... also gut ...« ertönte. Teilweise waren es ELDSAs, die, erfreut über die unerwartete Großzügigkeit, sofort ihre Zustimmung gaben, teilweise sonstige Volksstimmen, denen die Vernunft der Gründe, die der Zentner darlegte, einleuchtete. Außerordentlich erbittert war nur Heihei, dem dieser Schiedsspruch viel zu milde dünkte. »Jetzt ist jeder blöde ELDSA auf einmal ein anständiger Mensch ...«, brummte er wütend, und auch Heini murmelte enttäuscht, daß sein Leidensweg durch den Kohlenkeller ganz unnütz gewesen sei, da man so und so die Verzeihung der Sieger bekäme ... Aber Lotte erklärte sehr energisch, daß man ihnen die Gelegenheit geben müsse, zu zeigen, ob sie wirklich nur aus Dummheit mit dem Gruber gegangen seien, vielleicht wären wirklich ein paar ehrlich überzeugt gewesen und sie sähen jetzt, wo sie die Wahrheit wüßten, alles ein ... »Die ehemaligen ELDSAs werden nicht gleich mitzubestimmen haben«, sagte sie zur Beruhigung zum Schluß. »Sie müssen sich erst bewähren.«

»Was Alexander betrifft«, setzte der Zentner fort, und sofort verstummten alle anderen. Was wurde über Alexander bestimmt? Wie sollte man über ihn richten? Was würde der Zentner sagen? Wie verhielt man sich zu Alexander?

Als sein Name genannt wurde, richtete er sich langsam auf. Ohne Scheu und Furcht wendete er sein blasses Gesicht dem Zentner zu und sah ihn gerade an, als wollte er damit ausdrücken: Ich nehme jedes Urteil an.

»Was den Alexander betrifft«, begann der Zentner nochmals, »so wissen wir, daß er eine sehr schrecklich große Schuld hat. Durch ihn ist ja der ganze Betrug vom Gruber erst möglich geworden, wie ihr es von ihm selber gehört habt. Wir haben uns draußen, als wir im Schnee beraten haben, gefragt: Hat der Alexander eigentlich das wollen, was der Gruber gemacht hat? Und da haben wir alle geantwortet: Nein. Schon lange hat ihn die Reue gepackt, aber er war zu feig, auszuspringen. Er war zu feig, uns den Zettel mit der Warnung zu geben, aber er hat ihn schon gestern geschrieben. Alexanders Schuld ist sehr groß – aber bei ihm ist noch Hoffnung da, daß er ein anständiger Kerl ist. Darum, Alexander«, und hiermit wandte sich der Zentner direkt an ihn, »wollen wir beschließen, daß du in der Klassengemeinschaft der A bleiben sollst.«

In Alexanders blasses, gefaßtes Gesicht kam neue Bewegung. Man sah, er kämpfte erneut mit den Tränen. Viele beobachteten ihn; er hatte trotz allem einen guten Eindruck gemacht. Seine ehrliche Beichte hatte ihm viel eher genützt als geschadet. »Bravo, Zentner!« riefen manche, die das Gefühl hatten, jetzt, wo sie so stark seien, könnten sie sich edel zeigen. »Ja, so ist es gut«, sagte auch der kleine, borstenhaarige B-Karli. Seine Rachegefühle schwiegen, denn auch er sah ein, daß mit dem Alexander noch was zu machen sei.

»Aber«, fuhr der Zentner energisch fort, da er die Gefahr eines zu großen Edelmutes sah, »Alexander, du darfst dich nicht wundern, wenn wir noch lange Zeit großes Mißtrauen gegen dich haben werden. Erst mußt du uns davon überzeugen, daß deine Reue ehrlich war. Erst wenn gerade du beweist, daß du bei uns ehrlich mittun willst, um für beide Klassen die Gerechtigkeit zu wahren und zu halten, werden wir dir vielleicht wieder Vertrauen schenken. Aber es wird nicht leicht für dich sein.«

Alexander antwortete nicht darauf, aber seine leuchtenden Augen zeigten, daß er in diesem Augenblick ein tieferes Gelöbnis tat, als er es hätte durch Worte ausdrücken können.

»Und was ist mit dem Koch-Hans?« rief der Brillenmeisel fragend, und einige Bs schlossen sich der Frage an, schon um den As zu zeigen, daß sie nicht ihre eigenen Leute schonen wollten.

»Der Koch-Hans«, antwortete der Zentner sofort, »ist keine große Angelegenheit. Ihr seht, der ist schon davongelaufen. Der ist nur dumm. Ich glaube, wir fühlen uns stark genug, den Koch-Hans auch weiter in der Klasse zu ertragen. Kein einziger wird ihm doch auch nur ein Wort glauben, ihr habt es doch bis jetzt nicht getan. Den lassen wir einfach links liegen. Solange wir selbst ehrlich sein werden, wird uns ein Koch-Hans nicht verwirren können. – Aber jetzt der Gruber. Darüber soll der Maulwurf sprechen.«

Maulwurf hatte seine alte Sicherheit wieder. Man sah ihm an: er war sich der großen Verantwortung bewußt, die er trug, und er verstand sie zu tragen. »Beim Gruber können wir nicht so milde sein«, sagte er langsam. »Herr Professor, jetzt haben wir an Sie eine Bitte, weil wir zu Ihnen Vertrauen haben. Sie sollen uns helfen. Wir wollen den Gruber nicht mehr in unserer Klasse haben. Denn wir sind alle der Ansicht, daß er sich nicht ändern wird, daß er immer wieder versuchen wird, auf irgendeine Weise nach oben zu kommen. Immer wieder wird er Verwirrung und Lüge in und zwischen A und B tragen wollen. Schon in der vorigen Schule hat er es gemacht. Wir verlangen, daß der Gruber von unserer Schule weggeht. Wir wollen uns nicht stören lassen. Denn wir alle, nicht nur der Zentner oder Knockout oder die Lotte, nein, alle sollen darauf sehen und mithelfen, daß sich so etwas wie diese Geschichte nie mehr wiederholen kann. Wenn alle mittun, kann es nicht mehr passieren. Die A und die B werden sich jede Woche einmal miteinander beraten. Tut einer etwas, was den anderen schadet, so werden wir es gemeinsam abstellen. So können wir gar nicht mehr gegeneinander hetzen, weil wir uns helfen wollen. Wir glauben, daß Sie, Herr Professor, uns verstehen, und darum fragen wir Sie alle: Wollen Sie uns helfen? Können Sie uns helfen?«

Wie sich nun der Magnetmaxl erhob, als wäre der Maulwurf, als wären die A und B eine Respektsperson, der man stehend antworten müßte, sah er plötzlich um viele Jahre jünger aus.

»Maulwurf«, sagte er, fast bescheiden, »nicht wahr, ich kann dich doch so nennen, wie es deine anderen Kameraden tun, die zu dir Vertrauen haben?«

Ganz verwirrt nickte ihm die ganze A zu, als wären sie alle der gefragte Maulwurf.

»Ich habe euch nämlich auch ein Geständnis zu machen«, fuhr er fort. »Jetzt kann ich es ja sagen. Glaubt ihr, daß wir Lehrer nicht bemerkt haben, daß bei euch etwas vorging? Wir haben zwar nichts Näheres gewußt, nichts von der Perlmutterfarbe oder von dem Buch. Aber es war euch doch während der Stunden anzumerken, daß ein großer Kampf im Gange war. Wir haben uns im Lehrerkollegium lange darüber unterhalten, einige Lehrer wollten Ordnung bei euch schaffen. Damals habe ich darum gebeten, daß das nicht geschieht. Versteht ihr, warum? Ihr seid schon große Jungen. Darum meinte ich, ihr könnt allein damit fertig werden, es alleine unter euch auskämpfen. Ich kann euch sagen, daß es nicht leicht war, die Erlaubnis vom Herrn Direktor zu bekommen. Ich hatte die Verantwortung für euch übernommen, weil ich Vertrauen zu euch hatte. So habe ich es durchgesetzt, daß ich vor kurzer Zeit auch in der B Mathematiklehrer geworden bin, so habe ich es durchgesetzt, daß wir den gemeinsamen Ausflug von A und B machten. Es war doch gestern zu merken, daß der Höhepunkt da ist. Und es sollte nicht mit dem Verprügeln von ein paar Gegnern enden;

so aber hat es gestern in der Turngarderobe ausgesehen. – Heute aber muß ich euch sagen: Ich bin stolz auf euch und ich bin froh darüber, daß ich meinen Willen im Lehrerkollegium durchgesetzt habe. Ich war der festen Überzeugung: Ihr sollt lernen, mit euren Dingen selber fertig zu werden und ihr werdet es schaffen. Ihr sollt lernen, alleine zu entscheiden und die Verantwortung zu tragen. Nun, es war richtig. Ihr könnt es. Kein Lehrer hätte es so gut und richtig entscheiden können, wie ihr es heute getan habt. Keiner hätte euch so überzeugen können, wie ihr euch selber überzeugt habt, daß ihr nur dann die Gerechtigkeit und Wahrheit für euch haben werdet, wenn ihr sie erkennt und verteidigt. – Nun habt ihr mich um meine Hilfe gebeten. Was den Gruber anbelangt: Ich *will* euch helfen, denn euer Urteilsspruch war richtig. Ihr habt recht: Der Gruber soll abgehen, weil er ein ewiger Unruheherd wäre. – Gruber, in einem Monat ist Semesterschluß. Da wirst du von der Schule weggehen. Ich werde im Lehrerkollegium dafür sorgen, daß du ohne viel Aufsehen entlassen wirst. Aber du mußt selber den Abgang verlangen. Vielleicht gelingt es dir, doch noch ein anständiger Mensch zu werden – wenn du es willst. Das ist jetzt schon deine Sache.«

Während der Magnetmaxl gesprochen hatte, war es fast dunkel im Gastzimmer geworden, so dicht fiel der Schnee.

»Jungen«, sagte er noch, und schon sah man nur mehr seine Umrisse in der Dämmerung. »Bleibt immer so, wie ihr heute wart. Auch später. Paßt auf, wenn die Lüge und die Ungerechtigkeit sich einschleichen wollen, geht hart gegen sie vor. Ich glaube, daß Jungen, die in der dritten Klasse mit ihrem langen Gruber fertig geworden sind, auch später im Leben mit den langen Grubers fertig werden ...«

Draußen fiel der Schnee.

Inhalt

Anna Maria Jokl

Die Reise nach London

Wiederbegegnungen
128 Seiten. Gebunden
Jüdischer Verlag im Suhrkamp Verlag

Die Reise nach London ist eine Reise in die eigene Vergangenheit. In London hat Anna Maria Jokl von 1939 bis 1950 gelebt; der Ort ihres Exils war ihr immer fremd geblieben. Während sie nun durch London geht, kehren Bilder und Erinnerungen wieder, auch aus anderen Metropolen ihres Lebens: aus Prag, Berlin, Jerusalem. Erinnerungen an entscheidende Begegnungen und »Vergegnungen«, immer aber auch Wiederbegegnungen mit sich selbst quer durch die Zeiten.
1911 in Wien geboren, kam Anna Maria Jokl in den zwanziger Jahren nach Berlin, zur Piscator-Schule, zum Rundfunk. 1933 verließ sie die Welt des heraufziehenden Nazi-Deutschlands und emigrierte nach Prag. Nach dem Einmarsch der Deutschen in die Tschechoslowakei floh sie im März 1939 über Polen nach London. 1950 studierte sie am Institut von C. G. Jung in Zürich – ein Kapitel dieses Buches erzählt davon. 1951 kehrte sie ins Nachkriegs-Berlin zurück. Von 1965 bis zu ihrem Tod im Oktober 2001 lebte Anna Maria Jokl in Jerusalem.

NF 473/1/5.03

Anna Maria Jokl

Essenzen

Erweiterte Ausgabe
Bibliothek Suhrkamp 1259
113 Seiten

Begegnungen, Begebenheiten und Eindrücke eines Lebens in diesem Jahrhundert haben sich zu Essenzen verdichtet: Anna Maria Jokl erzählt von Flucht und Exil, von neuen Anfängen in Prag und in London, in Berlin und in Jerusalem. »Wäre jede Phase eine Glasplatte, mit ihrem besonderen Zeichen eingeätzt, alle übereinandergelegt und von oben mit *einem* Blick durchschaut – somit der Zeitablauf aufgehoben –, mag eine Hieroglyphe der Epoche sichtbar werden.«
Über die Erstausgabe 1993 im Jüdischen Verlag im Suhrkamp Verlag schrieb Hermann Wallmann in der *Süddeutschen Zeitung*: »Miniaturen, die unter dem Titel *Essenzen* zu einem der schönsten und weisesten Prosabücher komponiert worden sind, die es in der deutschsprachigen Nachkriegsliteratur gibt«.

NF 474/1/5.03